禍國

歸程

HUOGUO

上冊

十四闕・著

別久成悲，伊人卻是不懂。
伊人不懂，輕易話離別。

菩提明鏡，惹了塵埃

目錄

楔子　棄婦　005

第一卷　今生・蛇眠　017

第一回　新婢　018
第二回　迷霧　046
第三回　前因　066
第四回　啓程　089
第五回　狼虎　113
第六回　風雲　137
第七回　塵埃　158

第二卷　前世・蛇魅　177

第八回　緣起　178
第九回　情結　198
第十回　爾虞　228

第十一回　我詐　251
第十二回　切膚　274
第十三回　真假　298
第十四回　緣斷　320

第三卷　今生・蛇煉

335
第十五回　夢醒　336
第十六回　賭局　359
第十七回　亂心　382
第十八回　重遇　410

楔子

棄婦

真可憐。

秋薑坐在窗前，看著外面的雪，耳朵裡，卻聽著三十丈外奴婢房裡傳來的聊天聲。她們都在說——她好可憐。

「夫人求了那麼多次，公子都不肯來，真是半點往日情分都不念了……」嬌俏的女聲，是那個叫阿繡的婢女的。

「被送上山來的，都是失了寵的。」疲憊蒼老的聲音，是那個叫月婆婆的管家的。「這麼年輕，就要一輩子待在這裡，沒個兒女傍身的，可憐哇……」

「早知今日，何必當初。聽說她是得罪了大夫人，才被弄到山上靜心養性，一養就大半年……看來，是沒希望回去了。」阿繡感慨著，難免抱怨。「我們也得在山上陪一輩子不成？這裡好冷啊，洗衣服、洗菜能凍死人。」

「要不，再去求求老管家，求她去公子面前遞個好，只要公子能來看看夫人，沒準一切就還有轉機……」

秋薑靜靜地聽著。

她其實什麼都不記得了。

年初的時候大病一場，醒來後頭疼欲裂，什麼都想不起來。

她不知道自己是誰，曾經做過什麼，身體也完全不聽使喚。

像是個剛出生的嬰兒一般，需要重新認識眼前的世界。

幸好還能聽懂別人說話。而且，她聽覺特別靈敏，很遠地方的聲音都能聽見。

因此，這些天，她一直靜靜地坐著聽。

她所住的地方，叫陶鶴山莊，建在一座叫做雲蒙山的山頂上，常年積雪，加上正值深冬，格外寒冷。

她聽阿繡抱怨說這個月的炭用得特別快，全燒完了，因此，屋子冷得跟冰窟一般。

現在日頭出來了，稍稍好一些，月婆婆就將她抱到窗前晒太陽。

窗外是個荒蕪的院子，沒有任何景致可言。倒是天空湛藍，萬里無雲，乾淨得有如明鏡。

據說她叫秋薑，是一個叫風小雅的人的十一侍妾，因為頂撞大夫人而失寵，被送上山來閉門思過。

除了她，陶鶴山莊裡還有好幾個同樣失寵的侍妾，但彼此獨門獨院，相距甚遠，從不往來。

這幾個月，除了月婆婆和阿繡，她沒見過第三人。

她想見見風小雅，但月婆婆幾次遞話過去，都沒回應。月婆婆每次找的理由都不一樣，什麼「公子可能還沒消氣，妳再等等」、「公子太忙最近沒時間，妳再等等」、「公子病了出行不便，妳再等等」……

可秋薑早已從月婆婆和阿繡的私下耳語中得知：風小雅拒絕來看她。

真可憐。

阿繡和月婆婆都這麼說她。

秋薑面無表情地聽著，一言不發。

然後，她深吸一口氣，試著抬動手臂，慢慢地、一點點地抓住窗櫺。差一點，就差一點了……

「啪！」

月婆婆和阿繡聞聲匆匆趕來，衝進房間時，看見秋薑又一次摔在地上。

「拿什麼、做什麼，叫我們一聲便好。妳身子還沒好俐落呢，別逞能啊！」阿繡帶著幾分埋怨地將她抱起來，十六、七歲的年紀，力氣倒是很大，抱著她回榻，半點不喘氣。

月婆婆掀開她的衣服，果不其然地看見她身上又多了幾塊青痕。

阿繡一邊為她抹藥，一邊繼續責怪道：「才三天，就摔了七、八次，藥膏都快用完了。要等初一，他們才送東西上山，還有十天，什麼都得省著用。」

秋薑並不說話，她五官平凡，沉默不言時像個沒有生氣的木雕。

阿繡無奈地嘆了口氣，替她蓋上被子。「行了，妳還是躺著吧。快午時了，我去做飯。」

阿繡離開後，月婆婆正要走，忽聽被中傳來一聲嗚咽，極輕極淺，滿是壓抑。

月婆婆回頭看了被中的可憐人一眼，心事重重地離開了。

當晚秋薑就病了。

高燒不退，渾身戰慄，米湯難進。

阿繡慌了。「這、這可怎麼辦？得請大夫來啊！可我們是不准下山的，怎麼辦、怎麼辦？」

月婆婆猶豫許久，才去暖閣裡抓了隻鴿子，夾張字條讓牠飛下山了。

阿繡很是震驚。「婆婆，您養的鴿子原來是做這個用的？」

月婆婆嘆氣。「公子說了，不到萬不得已，不許放鴿子給他，可我看夫人這狀況……怕是熬不過這幾天了……」

「公子真是無情之人。」沒有見過風小雅，只是聽說他許多事蹟的阿繡如此道。

這位無情的公子終於在第二天晚上，踏足陶鶴山莊。

阿繡只抬頭看了一眼，便心臟「撲通」亂跳。太、太……太俊了！

風小雅素有「燕國第一美男子」之稱，可阿繡沒想到，他比她想像的還要好看。他穿著一身黑衣，從馬車上走下來，自他出現後，周遭的一切便不再存在。

天上地下，所有光束華彩，盡只照著他一人。

阿繡屏住呼吸，不敢再看，低頭守在門旁。

跟風小雅一起來的是個灰衣隨從，身形枯瘦，同樣不苟言笑。他走上前為秋薑搭脈，片刻後回稟道：「驚風著涼，寒氣入體導致，不是什麼大病。」

阿繡瞪大眼睛——都病成這樣了，還不是大病？

風小雅點點頭。「不棄，你跟月婆婆去煎藥。」

該隨從便跟著月婆婆離開了。

如此一來，房間裡只剩下風小雅和秋薑二人。

阿繡心想挺好，這場病沒準就是夫人跟公子和好的契機呢。希望公子能夠原諒夫人，

讓夫人回家，然後把她也帶下山，因為這裡實在是太冷了。

風小雅來到榻旁，他的動作很慢，走路的姿勢也較常人不同，像是拖著千斤重擔前行，十分吃力。

秋薑聽聞聲響，迷迷糊糊地睜開眼睛，看見了一道因為冷漠而顯得極為深邃的目光。而比眼睛更冷的，則是他說出的話語。

「妳故意生病，好讓我來看妳。如今，目的達成了。」

秋薑有些怔忡，她的頭又昏又沉，他的身形也似跟著扭曲模糊了。

「妳想要什麼？」風小雅問她。

秋薑心頭茫然：我想要什麼？

「我不可能接妳回去。」

為什麼？為什麼不能？

「妳待在此地，繡花、參佛、釀酒……什麼都好，找點事給自己做。」

繡花、參佛也就罷了，釀酒一說從何而來？

「很多手段只能用一次。所以……下次再裝病，我也不會來了。」

秋薑心底生出一股不甘，掙扎著坐起來。

兩人視線相對。

秋薑感覺自己心中的火苗洶湧澎湃地衝出來，卻撞上冰層，「嗤啦」一下全滅了。

她一直想見風小雅。

她什麼都不記得了，卻仍執著地想要見一見他。

總覺得，如果見到他，便能想起些什麼、改變些什麼。

可現在她知道了，一切不過是虛幻一場。

風小雅是個薄情之人。

而她，大概是受的傷實在太痛，所以選擇了自我保護的遺忘。

秋薑渾身戰慄，汗如雨下，浸溼了她的長髮和衣衫，整個人看上去荏弱蒼白，觸之即碎。

風小雅看到這個模樣的她，眼神忽然一變，俯過身來，似是想親她。

秋薑沒有動。

在即將觸及的一瞬，他卻長袖一拂，將她用力一推。

秋薑不受控制地倒回榻上，心中驚悸難言。

風小雅的表情再次恢復成冷漠，甚至比之前更陰沉，還有點生氣，卻不知是氣她還是氣他自己。

「好自為之吧。」說了這麼一句話後，他想走。

秋薑實在忍不住，厲聲道：「為什麼要這樣對我？我做錯了什麼？我什麼都不記得了！就算要懲戒我，也得讓我知道到底發生了什麼吧！」

風小雅猛地回頭，眼中似有水光一閃而過，再次凝結成霜。「妳真的不記得了？」

「是！」秋薑咬著嘴脣，不屈道：「我哪裡得罪了大夫人？為什麼要把我關在這種地方一輩子？」

風小雅定定地凝視著她，卻不說話，最後還是灰衣隨從捧著煎好的藥回來，打破僵持。

「公子？」灰衣隨從不明所以，轉身把藥遞給月婆婆，示意她去餵藥。

月婆婆將藥捧到秋薑面前，秋薑卻一滾，從榻上摔下去。

月婆婆嚇一跳，想要攙扶，秋薑卻死死地盯著風小雅，用手一點點地朝他爬過去。

「怎麼？我所犯之錯就這麼難以啟齒嗎？你為什麼不敢回答？這樣將我關在此地，我不服！」

月婆婆和聞聲進屋的阿繡都嚇壞了，萬萬沒想到居然有侍妾敢這麼跟主人說話。

風小雅閉了閉眼睛，再睜開時，萬物寂滅，不喜不悲。

「妳，於去年除夕夜，挑釁小慧，稱我父與她有染。父親當場嘔血病逝。」

小慧是風小雅的正妻之名。

秋薑終於得到答案。

卻發現，還不如不知道好。

自那天後，月婆婆和阿繡對她的態度完全變了。

她們從前背後議論她，都說她可憐；現在，都說她可恨。

也是，區區一介妾室，氣死了公公，按照律法都可以處死了，風小雅不殺她，只是將她軟禁在別苑，已算仁慈。

更何況，她的那位公公，不是一般人。

月婆婆抹淚道：「丞相大人竟已仙逝了……這消息要是傳出去，大夥得多傷心啊。」

「因是家醜，所以瞞下了吧？十一夫人生得一張老實面孔，沒想到竟是個毒婦！竟敢汙衊丞相大人！丞相大人一生廉潔，為國為民，怎麼可能跟大夫人爬灰？氣死我了、氣死我了，我不想伺候這種人！」

阿繡說到做到，自那之後，再不進屋。

月婆婆稍好一點，但也不像之前那般悉心周到。

秋薑就在冷水冷飯中，飢一頓、飽一頓地慢慢熬著。

她形銷骨立，虛弱不堪。

阿繡想，她大概快要死了吧。這樣的人，活著也只是遭罪，還不如死了算了。

時光荏苒，很快過去了一年。

秋薑始終苟延殘喘、半死不活地活著。

阿繡想，這人可真能熬。

第二年三月，冬雪開始融化的時候，月婆婆說有客人來，讓阿繡迴避。

阿繡非常震驚，這種地方居然還有客人？她心中好奇得不得了，但只能乖乖待在屋子裡等著。她隔著窗戶的縫隙看了一眼，來的是一男一女兩個人。

那兩人直奔秋薑的院子而去，顯然是來看她的，但並不入內，也不跟她交談，只是看了一眼後，便又離開了。

事後阿繡問月婆婆那兩人是誰，月婆婆搖頭。「公子沒說，只說是貴客，不得怠慢。」

阿繡想，恐怕是十一夫人的親戚，但都找到這裡了，為什麼不索性將她接走呢？

看來公子是真的打算關夫人一輩子，以作懲戒了。

想到自己也要在這冷得要命的山莊裡耗一輩子，阿繡就十分絕望。

又一年平淡無波地過去了。雲蒙山的雪積了又化，化了又積，雜草長了又枯，枯了又長。

轉眼到了第三年。

阿繡算算日子，已是華貞六年的七月了。

秋薑仍是那副魂遊天外的樣子。

雲蒙山的七月還算暖和，但阿繡已囤了許多柴火和炭，準備迎接即將來臨的寒冬。

這一日，秋薑坐在窗前，盯著院子裡的一塊石頭，神色怪異。

阿繡從院外走過時，發現她在哭。

兩行眼淚無聲地從她臉上滑落，五官雖然依舊木訥，但眼瞳中有了些許人間煙火的氣息。

阿繡心中「哼」了一聲。馬上就是中元節了，主家那邊該祭拜相爺了，這女人還有臉哭呢！

秋薑哭了許久。

當天晚上沒有月亮，雷聲陣陣，下了一夜的雨。

阿繡一邊打哈欠，一邊端著隔夜的硬饅頭走到秋薑房前，把饅頭放地上，踢了踢門。

「吃飯了。」

她扭頭就走。

再過來是午時，她端著隨便弄的米糊走到廊前，發現饅頭還在地上，沒有動。

阿繡生氣道：「喲，還鬧脾氣不吃？那就永遠別吃！」當即把饅頭和米糊都端走了。

到了第二天，月婆婆問：「怎麼還不去給夫人送飯？」

「她不肯吃。」

「她不吃，是她的事。咱們該送還是得送。」

「我不想慣著那種女人！」阿繡仍是憤慨。

月婆婆嘆了口氣。「我也不喜歡她，但是，她畢竟是公子明媒正娶過門的十一夫人，萬一哪天想起她，發現我們苛刻她，到時候要處置的就是我們……」

阿繡被說服了，兩人一起捧著飯菜來到小院，發現門窗緊閉，萬物蕭條。

月婆婆敲門，無人回應，便推開房門。

門裡空空，沒有人。

月婆婆大驚，連忙四處搜尋，也沒有找到秋薑。

秋薑不見了。

她逃走了。

什麼也沒拿。金銀細軟、衣服食物，統統沒有少。

阿繡忍不住想：她為什麼不帶點值錢的東西走呢？一個女人，身無分文，還體弱多病的，能逃到哪裡去？

然後她又想：怎麼還有臉逃？果然是個不安分的賤人！

幾日後，主宅來了通知，阿繡和月婆婆終於可以下山了。

阿繡被安排進了主宅，從主宅的僕婢口中才得知風小雅病倒了。秋薑被送上山的第二天，風小雅就一病不起。後來秋薑生病那次，他是強撐病體上山，回來後病情加重，至今未能下榻。

也就是說，秋薑上山三年，風小雅就病了三年。

而這一次，秋薑失蹤的消息送到，風小雅當場吐血。

不會吧？阿繡想：公子真的喜歡那個其貌不揚的女人啊？

「當然啦！」主宅的婢女道：「公子自從娶了十一夫人，一直帶在身邊，形影不離，眼睛裡只有她，再無其他夫人的存在。若非出了那麼大的事，公子根本不可能送她離開，而且，送她上山也是為了保護她啊！」

阿繡咂舌。她伺候了十一夫人三年，沒覺出她有什麼好的。

回憶起來，全是秋薑在那裡拄著拐杖一步一步艱難行走的樣子。

秋薑被送上山時基本是個廢人，手腳都不能動彈。

後來不知什麼時候起，慢慢地，她就會自己穿衣梳頭吃飯了，再後來，就能走路了……

阿繡突然心悸。

捫心自問，若是自己病成那樣，是否還能逃，還敢逃？答案對比鮮明。

真是個壞女人啊……

傷了公子的心，害死了相爺，最後還逃了。

真正的無情之人，是她啊。

第一卷

今生·蛇眠

到底是怎樣的過去，
才能讓一個人的內心如此軟弱。
不能光明正大地活，不能義正詞嚴地說，
甚至不能……為自己辯解。

第一回　新婢

秋薑靜靜地站在隊伍末端。

九名侍婢一字排開，被叫到花廳裡訓話。

管事的張嬸一個個挑剔過去，吹毛求疵地看誰都不順眼。「妳，領子歪了不知道嗎？妳，胸口開得這麼低幹什麼？準備勾引誰啊？這是相府不是妓院！還有妳，衣袖上那麼大兩個補丁，不知道的，還以為相府多苛待下人不發衣服呢！」

被訓的婢女小小聲地反駁：「是好久沒發布了呀。上次發還是公子去世前呢，都過去一年了。」

「妳說什麼？」張嬸瞪眼。

那婢女連忙禁聲。

張嬸繼續挑剔。「妳，膝蓋上有汙漬；妳，頭髮太油膩，去洗一洗；妳……」輪到最後一個秋薑，她從上到下打量——

秋薑烏黑的長髮一絲不苟地綰在腦後，用一根竹簪緊緊箍住。

小臉白白淨淨。

衣服整整齊齊。

從頭到腳沒有絲毫出挑的地方，自然也沒什麼可數落的。最後，張嬸只好咳嗽著說了句：「別一副呆呆愣愣的樣子，機靈點。」

秋薑應了一句「是」。

聲音不高不低，不好聽也不難聽，就跟她的人一樣，放人堆裡就找不著了。不具備任何特點，因此也就不會犯什麼錯。

張嬸把這九名丫頭又從頭到尾看了一圈，語重心長道：「今天晚上的宴席十分重要，宴請的客人十分尊貴。妳們都給我打起精神來，把差事辦得妥妥當當、漂漂亮亮的，崔管家那裡有賞！知道嗎？」

「知道。」九人齊齊應道。

張嬸點點頭，吩咐「那就開始準備吧」，說完一扭一扭地走了。

一名綠衣婢女對著她的背影啐了一口。「區區一個廚娘，真把自己當根蔥了。要不是崔管家病了，哪輪得到她指手畫腳？」

「噓，不要說啊，被她聽見可就慘了！」

「聽見就聽見，反正這府裡頭的差事我也不想做了。公子在世的時候，一年發兩回布，逢年過節還有紅包。薛相接手之後，一直沒發布，紅包更是一文沒有！他可也是當過下人的，把當下人的苦全忘了！」

衣袖上有補丁的婢女連忙捂住她的嘴巴。「越說越不像話了，相爺豈是我們能議論的？人家那是天上的鳳凰，就算一時被貶為奴，也跟咱們不一樣，更何況又飛回天上去了。」

「要不是公子死了，輪得到他？」綠衣婢女說著，眼圈紅了起來。「公子為什麼去得這麼早啊，可憐的公子……他可知道，他一走，連府裡頭的下人們都跟著開始受苦了哇……」

被張嬸指責頭髮太油膩的婢女翻了個白眼，道：「妳要這麼不情願就走啊，相爺又不是沒說過，大家想走的儘管走。妳自己非賴在這裡受苦的，又怨得了誰去？」

「妳這油頭妹有什麼資格說我？醜八怪！」

說著，雙方吵起來了，勸架的勸架，拉人的拉人，之後各自回了住處。

小屋是四人合住，擺放了四張床，除此之外，還有一桌一椅一衣櫃。木頭都是好木頭，卻有一段年分了，上面的漆都脫落大半。

油頭髮的婢女還在生氣，進屋後一屁股坐到床上，罵道：「氣死我了、氣死我了！等我當上管家，肯定要給柳絮顏色看！」

衣袖上有補丁的婢女一邊找衣服一邊道：「行了，東兒，光在這裡罵有什麼用，先把活幹了。晚宴要在露華軒那裡辦，那裡都一年多沒打掃了，地得洗，桌得換，還有廚房裡也需要人幫忙，一堆活呢，趕緊的！」她挑了半天，翻出一件稍微新點兒的衣服，比了一比。「妳們看這件怎麼樣，還行嗎？」

叫做東兒的油頭髮婢女點點頭。「湊合吧。對了，香香，說起來，這還是薛相第一次在府內宴請賓客吧，什麼客人這麼重要？」

「聽說有百言堂其中一位大人。」

東兒一驚。「不會是那個花子大人吧？」下一刻，表情就轉成了厭棄。「啊呀，他好討厭的！最煩他了！」

「為什麼？他長得挺英俊的呀。」

「英俊什麼啊，流裡流氣，一副地痞小流氓的樣子，故意女聲女氣地說話！還特別挑剔，一會兒嫌我們端上去的茶難喝，一會兒嫌書房裡有霉味。」東兒嘖嘖感慨。「妳等著看吧，晚宴上他還會繼續挑毛病的，整一個男張嬸。」

香香「噗哧」一笑。「人家可是百言堂的大人，妳把他比作張嬸，也太抬舉張嬸啦！」

這時門又開了，長得最美、也是被指責胸露得太多的婢女走進來道：「我說妳們去哪裡了，果然回來偷懶了。」

「我可是回來換衣服的！」香香對天發誓。

東兒道：「我剛跟柳絮打完一架，看見她那張臉就煩，回來透口氣。」

美貌婢女道：「別提那人了，妳們快幫我參謀參謀，穿哪件衣服好。」

香香掩脣笑道：「有區別嗎？反正憐憐妳哪件衣服的胸口都開得一樣低。」

叫憐憐的美貌婢女瞪了她一眼。「妳知道什麼，我剛打聽到晚上的客人是誰了。」

「誰？」大家全都精神一振。

「風小雅。」

秋薑的睫毛不由自主地顫了一下。

而那邊，尖叫聲已響成一片。

「風小雅？是燕國丞相家的公子風小雅嗎？」香香捂著紅撲撲的臉，雙眼開始閃閃發光。

憐憐糾正她：「是前丞相啦，笨蛋。風樂天風大人已經辭官告老很多年啦，現在燕國沒丞相，燕王眼巴巴地盼著咱們相爺能過去呢！」

「哎呀，管他前任現任，聽說他是燕國第一美男子啊！因圖騰為『鸑鷟』，故又人稱鶴公，他家肯定養了很多很多仙鶴。」

秋薑垂下眼皮——草木居她不記得了，但陶鶴山莊裡，是一隻仙鶴都沒有的。

「聽說他有一百個妻子！燕國的女孩們都想嫁給他啊！」

秋薑看著自己的手——不，是十一個。而她，就是那倒楣的第十一個。

「這樣的男人，又有錢，又有權，又風流，又倜儻……真是完美啊……」

「可我聽說他是個殘廢！」東兒一語驚人。

「我聽說他的病治好了呀……」眾說紛紜。

「有沒有殘廢，晚上不就見到了？」憐憐說到這裡，走到鏡前攏了攏頭髮。「我得好好打扮打扮，如能被他看上，收我做夫人，後半輩子就不用愁了。」

其他兩人笑她。「就憑妳？人家什麼樣的美人沒見過啊，哪看得上妳？」

「我有這個。」憐憐挺了挺胸。

香香和東兒看了看她，再看了看自己，一致閉上嘴巴。

秋薑認同地想：確實，如果比這個的話，想必絕大多數女人都是比不過的。

這時張嬸在外面吼：「快給我出來幹活！」

大家嚇一跳，連忙出去了。

「真是一刻看不到就偷懶，都跟我走，去廚房洗菜切菜！」張嬸指揮四人朝廚房走。

秋薑一如既往地跟在隊伍末端，張嬸在前面朝她們「刷刷」飛眼刀，於是她知道，她失去了最好的逃走機會。

秋薑所在的府邸，原是璧國三大世家之一——姬家的產業。淇奧侯姬嬰臨終前，將其

傳給了他的僕人薛采。璧國皇帝昭尹一病不起後，由皇后姜沉魚代為聽政。姜沉魚極是欣賞薛采，破例免了他的奴籍，提拔為相，因此造就了一段八歲封相的佳話。

沒錯，秋薑現在的主人，璧國的丞相，是個現今只有九歲的孩子。

而且，他性格孤僻，少言寡語，對下人很苛刻，自己也過得很窮酸，恃才傲物，看不起大家。

這是府裡頭的下人們一致討論出的結果，並紛紛認為，跟溫文多禮的姬嬰相比，薛采實在是天差地別。之前薛采剛接手姬府時，已經放了一批下人出去，一部分人不是沒別的去處，就是貪戀在相府當差的美名，覺得有面子，執意留下，後來發現待遇全然不同，想再走已沒戲。每每念及此事，眾人都捶胸跺地，後悔不已。

如今，府裡頭一共剩了二十名下人：九名男僕，十一名女僕。九名男僕負責幹粗活，平日裡不許進內院。女僕中包含了真正的大管家崔氏，但她年歲已高，身體很差，動不動就病倒，等於是在府裡養老了。其次是廚娘張嬸，勢利小人，不得人心，對薛采倒是忠心耿耿，十足的狗腿一條。最後就是她們九名婢女。除了秋薑是新來的，其他人都是姬嬰時代留下的姑娘，每每提及英年早逝的姬嬰，無不眼淚汪汪。

不過，除了二十名下人以外，還有一些奇奇怪怪的人。

那些人平日裡根本感覺不到他們的存在，但一旦出事，比如說某天香香在書房裡熏香時，不小心起火了，頓時「呼啦啦」跳出一堆黑衣人來，以迅雷不及掩耳之勢將火撲滅。當時，書桌後的薛采，淡定地將書翻過一頁接著看，像是什麼都沒發生過一般。

只有香香嚇得夠嗆。自那之後，如廁、沐浴時她都疑神疑鬼，生怕有黑衣人躲哪裡偷看。

其實她真是抬舉自己了，因為，那些暗衛只跟著薛采。薛采在哪裡，他們在哪裡。婢女的院子，薛采不來，他們自然也不會來。

秋薑進府三個月，只去過書房一次，還是香香臨時肚子疼，換了她去替薛采磨墨。當時薛采還沒回府，張嬸讓她把筆墨紙硯都備好，說薛采吩咐了回來要畫畫。這些表面工夫張嬸向來做得極好，卻絲毫不管薛采不去的後院那些地方，任之荒蕪。

秋薑一邊嘆氣，一邊把筆墨備好了。剛想走人時，薛采回來了。

她只好站到一旁，垂頭，把自己當個擺件。

事實上她最擅長的就是當擺件，她想不引人注意，一般人就絕對不會發現屋裡還有這麼一個人。

結果，那天卻出事了。

就出在墨上。

薛采在書桌前坐下，紙張已經鋪好，數枝毛筆也從粗到細、井然有序地掛在筆架上，兩具硯臺裡磨好了墨，一切看起來都符合要求。

但他提了筆，從左到右又從右到左，在硯上方劃過，猶豫了一下。

就是那一下，讓秋薑的心一「咯登」，立刻意識到自己錯了。

薛采抬頭朝她看過來。「墨是妳磨的？」

「是。」

「新來的？」

「是。」

薛采看著她，不說話了。

滿臉笑容的張嬤從外頭趕來，本想著辦好了差事，來主人面前邀功，卻見屋內氣氛有異，不禁問：「怎、怎麼了？相、相爺可是有哪裡不滿意嗎？」

薛采勾起脣角，忽然一笑。

「沒有。」

他低下頭，蘸了右邊的墨汁開始畫畫。「刷刷」幾筆，畫的似乎是女子的頭髮。

秋薑只看到這裡，張嬤對她說沒什麼事了，讓她退下。她躬身退出，卻感到薛采那雙又亮又冷的眼睛一直在盯著她，盯得她的後背都起了汗。

她回去後問香香：「妳平日都是替相爺怎麼磨墨的？」

「就那樣磨啊。」香香一臉茫然。

秋薑只好把話說得明白些：「我看見抽屜裡有各種不同的油墨……」

「喔，隨手拿起來磨磨就好了。」

「不做區分？」

「什麼區分？」

秋薑知道了問題所在。

當時，她打開抽屜，看見裡面有各種油墨，材質齊備，十分古雅考究；又加上薛采要畫畫，因為不清楚他要畫什麼，她就挑了一款油煙墨和一款松煙墨出來。油煙墨由桐油煙製成，墨色黑而有光澤，能顯出墨色濃淡的細緻變化，宜用於山水畫；而松煙墨暗淡無光，多用於翎毛及人物毛髮。

她哪料到書香世家的婢女竟會淪落至此，什麼也不懂！照理說不應該啊，姬嬰公子生前，可是出了名的雅士，要不然他書房的抽屜裡，也不可能有全套的筆墨紙硯。

秋薑忍不住問香香。「妳在這府裡頭幹了多久了？」

「有五、六年了呢。」

「一直在書房伺候嗎？」

香香搖頭。「淇奧侯在世時，是別的姊姊侍奉的，相爺接手後，那姊姊出府嫁人了，所以就調我過去了。」

原來如此。

「那相爺，沒挑剔過妳什麼嗎？」

香香睜大眼睛。「挑什麼？」

「沒什麼，隨便問問。」秋薑一笑，將話題帶過，心中卻是冷汗涔涔。她只道要四平八穩不讓人挑錯，就是好婢女的生存之道。哪料到堂堂相府的婢女，竟然良莠有別，墮落至此，連分墨都不會！

自那之後，她說什麼都不敢再踏進書房，離薛采越遠越好。此人多智近妖，恐怕已看出什麼，不說破而已。

再等等吧。熬過一年半載，要是還打聽不到什麼，就換地方。

然而，此刻在廚房「登登登」剁鴨子的秋薑發現，已經沒有時間了。

因為，那個人……來了。

同一時間，一輛純黑色的馬車，緩緩停在薛府大門前。

薛采親自走到門口迎接。

車門開啟，薛采上了馬車。

馬車馳進府門，前往露華軒。

「什麼？」

當滿心期盼貴客出場的憐憐回來，將她躲在大門旁偷看到的這一幕說給大家聽時，大家全都驚了。

「他沒下車？」

「沒有。」

「怎麼可能，白澤府門前所有客人落馬下車，是不成文的規矩啊！」

「對啊、對啊，我記得皇后娘娘當年來時，也是在門口就下車了。雖然她那時候還沒當皇后，但也貴為淑妃啊！」

「什麼風小雅嘛，架子居然那麼大！」

「他明明只是一介布衣，沒有官職在身的。」

「啊？燕王沒給他什麼爵位嗎？」

「沒有。說是風老丞相不讓，說他既然已經辭官退隱，就要退得乾乾淨淨，不讓兒子從政。」

「那他傲個屁啊！」

香香見眾人義憤填膺，連忙勸阻：「大家不要這樣，反過頭來想想，這豈非更說明了風公子厲害嘛！連進咱們相府都不下車。」

一派議論聲中，秋薑把蒸熟的鴨子從籠裡取出裝盤。

一旁的張嫲看在眼裡，重重咳嗽了幾聲。大家全都安靜下來。

「有時間說三說四的，不如多幹點兒活！」張嬸訓斥。

大家習以為常，沒精打采地「喔」了一聲後各自散開。

張嬸轉向秋薑道：「阿秋啊，妳跟柳絮一起上菜吧。」

「嗯？」秋薑一怔。

憐憐不滿地叫：「為什麼？不是我去上菜嗎？」

「等妳學會把胸藏好再說。」張嬸冷冷道：「快去，別磨蹭。」

綠衣婢女柳絮得意地看了憐憐一眼，提著食籃就走。秋薑無奈，只好跟上。

從廚房到露華軒，有一條彎彎曲曲、景觀秀美的曲廊，秋薑打量四周，思忖著薛采的那些暗衛是否藏匿此中，還有沒有機會可以逃走。最後她絕望地發現，不行，走不了。

這條曲廊，不過百丈距離，但兩側起碼埋伏了十二名暗衛。奇怪，平日裡薛采就算在府，也沒這麼多護衛，難道是因為風小雅來了，增加人手了？

秋薑一步一步，走得十分謹慎。

出了這條曲廊，就是露華軒了。

軒前一片花海。

風柔月明，映得這些蓬勃盛開的花朵格外嬌俏可愛。露華軒經過了徹底打掃，窗明几淨、纖塵不染。

一輛黑色的馬車停在軒外。

秋薑心中一悸。她的視線落在馬車車輪上方的白色圖騰上——那是一隻仙鶴，正在懶洋洋地梳翎，姿態慵懶，顯得溫柔寧靜。

兩名男僕「哼哧哼哧」地把長案從花廳裡抬出來，放到馬車旁的地上。

柳絮睜大眼睛，莫名其妙。「這、這是做什麼？」

一名男僕匆匆過來道：「相爺說，今天的晚宴就擺院子裡。」

「在院子裡用飯？」

「嗯。客人還沒到齊，妳們兩個等等再上菜。」說罷，他又匆匆回去搬榻了。

柳絮回頭看秋薑，秋薑低著頭，長長的瀏海覆下來，遮住大半張臉，一副旁人勿擾的模樣。柳絮本想找她商量的，但見她這副要死不活的樣子，也就算了。

這時一陣環佩聲「叮零噹啷」地由遠而近。

柳絮回頭，見一個衣服花得晃眼的男子，搖著扇子，一路笑著走過來。沿途的風景、明媚的陽光，都不及他搶眼。

「花子大人！」柳絮上前兩步，躬身行禮。

秋薑見狀，也跟在她身後行禮。

來人正是百言堂的第八子。

百言堂是皇帝的智囊團，現直接聽命於皇后。雖無正式官職，卻可參議國事，故而人人敬畏。他們本是七人，分別以衣服的顏色稱呼，花子加入後，就成了最特殊的第八人。

因為，他是由薛采直接舉薦的。

也是八子裡唯一一個住在宮裡頭的。

更是她們最熟悉的一個。

薛相的客人很少，花子算是難得的常客。

花子看見柳絮，眉一揚，眼一瞇，把輕佻味做了個十足，再用一種甜死人不償命的聲音道：「柳絮姊姊，好久不見了呀，越來越美貌呢。」

柳絮緋紅了臉。「大人千萬莫再這樣叫我，羞煞小婢了。」

花子吸了吸鼻子。「好香。籃子裡是什麼？」

秋薑還沒來得及有任何反應，花子已從她手中取走食籃，隔著蓋子聞了一聞，瞇起眼睛道：「唔，我來猜猜……清蒸鱸魚、紅梅羊方、八寶酒蒸鴨，還有、還有……」

柳絮抿唇笑道：「還有一樣，若大人能全猜出來，就算大人厲害！」

「真是小看我啊。」花子直起腰，眼睛撲閃撲閃，炫亮奪目中自有一股子勾人的風情。

秋薑覺得此人很假。

比如他明明聲線清朗，卻故意嗲聲嗲氣說話。

比如他明明是周正的英俊小生長相，卻老翹蘭花指作妖媚狀。

再比如此刻，他明明半點兒真心都沒有，卻跟婢女肆意調笑，搞得她們以為他對自己有意，意亂神迷。

被他那閃啊閃的眼神迷倒的，眼前就有一個。

不過——

這一切跟她又有什麼關係呢？

秋薑垂下睫毛，繼續當擺設。

結果，花子眼波一轉，卻飄到她身上。「最後一道菜，就跟她有關了。」

秋薑下意識皺了下眉。

柳絮嬌笑道：「怎麼說？」

花子忽然靠近秋薑，輕佻地在她耳邊道：「好香。」

秋薑不動，而柳絮的臉上已經有些變色了。

花子伸手在秋薑耳後那麼一彈，指上突然跳出一朵素菊，他把花拈到鼻尖嗅了嗅，道：「春蘭秋菊，果是世間至香。」

柳絮鬆了口氣，嬌嗔道：「大人還沒猜最後一道菜是什麼呢。」

「我猜了呀。」花子笑咪咪道：「最後一道，就是菊。鮑魚菊汁。對不對？」

「對！對！大人好靈的鼻子。這麼多味道混在一起，還能分辨得出來。」柳絮拍手。

花子湊到秋薑面前不走。「聽說妳叫阿秋？姓秋，還是名秋？」

秋薑額頭冒出薄薄的汗，瘦骨嶙峋的手，也緊緊絞在一起。

柳絮橫攔過來，擋在她面前道：「大人您就別逗她了。這是我們府新來的，不懂事，沒見過什麼世面。」

「是嗎？」花子又將秋薑上上下下打量一番，「呵呵」著轉身走了。

他一走，秋薑覺得連空氣都清新了幾分。

柳絮瞪了她一眼。「呆頭呆腦，一點兒眼力都沒有。把食籃給我，妳回去拿新的吧！」

秋薑一聽，如釋重負，忙把食籃給她，轉身剛要走人，花子的聲音便遠遠傳了過來。

「那個秋天，妳過來。」

裝作沒有聽見吧！秋薑往前走了一步。

「喂，叫妳呢！秋菊花——」

沒有聽見，我什麼都沒聽見。我也不叫什麼秋菊花！秋薑又飛快地往前走兩步。

花子眼珠一轉，喚道：「那位行如風的姑娘，停步。」

秋薑止步，無奈地握了下拳頭，鬆開，然後轉身，低頭走回去。

她一步一步、老老實實地走到花子和馬車面前。

在此過程中，她的心幾乎都提到喉嚨。

可馬車車門並沒有開，裡面的人，也沒有探頭出來看。

花子隨手丟過一串銅錢。

「我問了你們相爺，果然沒有備酒。無酒的宴席還叫宴席嗎？快，去給爺買兩壺好酒來！」

秋薑忙將銅錢揣入懷中，轉身離開，像是有頭老虎在身後追她一般。

花子這才回頭對緊閉的車門道：「你們兩個就準備這樣一直坐車上，不下來了嗎？」

「當然不。」薛采的聲音冷冷地從車中傳出。

伴隨著他的這句話，兩名車夫下馬走到車旁，各自從車壁上解開幾個鐵扣，然後用力做了個對拉。

「喀喀喀喀。」

原本密不透風、釘得死死的兩側車壁被卸了下來。

兩名車夫再在車壁上一折，半面車壁折下來，穩穩當當落地，變成了臨時撐板，將另一半車壁架住。如此一來，等於馬車兩邊平空搭出兩張桌子，車裡的人不用下車就可以直接用飯了。

花子看得嘆為觀止，感慨道：「早就聽說你是天下第一大懶人，沒想到你竟懶得如此霸氣，如此威武，如此高水準啊！」

馬車車廂因為沒了兩側車壁，變成了一個徒有頂棚的框框。框內兩人對坐，一黑一白，一大一小，對比鮮明。

身穿白衣的小人是薛采。

鋪著純黑色絲氈的軟榻中間，擺著一張小几，几上一壺新茶初沸。而薛采，提起了那壺茶，倒在一旁杯中。

玉白如脂的羊首提梁壺，在薛采手中，燦燦生光。壺裡的茶更是色碧如春，倒入同為玉石雕刻的歲寒三友紋杯中，上面的蘭花也彷彿跟著開放一般。

花子眼前一亮。「好壺，好杯！快，也給我一杯嘗嘗。」

他剛要上前，薛采涼涼地看他一眼，道：「你不是要喝酒嗎？」

「酒要喝，茶也要品。」花子伸手去搶。眼看指尖就要碰到杯柄，杯子卻突然沿著小几滑出一尺，穩穩落到另一個人手中。

那人道：「酒是你的，茶是我的。」說完笑了一笑。

那人筆直地跪坐在軟榻上，黑絲軟榻與他的長髮幾乎融為一體，可他的皮膚是那麼白，素白中，隱隱透著藍，給人一種很不健康的病弱感。

他的身形十分端正，也許過於端正了；但他的表情是放鬆的、愜意的，笑得溫暾和綿軟。

花子細細打量著這個人，然後問薛采。「就是他嗎？」

「嗯。」

花子嘖嘖感慨道：「我生平見過的美男子很多，能比得上我的，只你一個。」

「噗哧！」一旁的柳絮不合時宜地笑了出來，然後連忙捂脣，羞紅了臉。

那人不以為意，淡淡道：「多謝三皇子誇獎。」

柳絮還在納悶。什麼三皇子？那不是花子大人嗎？

薛采已轉頭吩咐：「柳絮，去看看酒買回來了沒。」

「是。」縱然心中萬般好奇，但柳絮知道，這是相爺要跟貴客們議事了，連忙躬身退下。

等她一離開，花子的表情就變了，收了笑，一臉嚴肅地看著那人。「發生了什麼事，竟讓你不遠千里地來璧國！」

風小雅微微一笑。「你猜。」

「燕王死了？」

薛采咳嗽一下。

花子睨著他。「幹麼，你不也是這麼盼著的嗎？」

薛采冷冷道：「我沒有。」

「少來，如果燕王此時駕崩，皇后就能發動戰爭，趁火打劫，以戰養國，既解國窮，又轉內亂，一舉兩得，是天大的好事啊！」

風小雅道：「真可惜，讓你們失望了。燕王身體強壯，連傷風咳嗽都沒有，恐怕你們還得等個七、八十年。」

花子睜大眼睛。「不是他，那就是你爹死了？」

薛采連咳嗽都懶得咳嗽了。

風小雅沉默了一下，答：「家父確實在大前年去世了。」

「節哀……那是為了什麼？」花子很是不解。「像你這樣的人，如果不是皇帝死了、父親死了那樣的大事，又是什麼急迫的理由，讓你不遠千里地來找薛采？」

「其實……」男子緩緩開口，每說一句話，都似乎要想一下。「見薛相是其次，我此番來，主要是見你。」

「見我？」花子受寵若驚。

「嗯。」風小雅點點頭，望著他，緩緩道：「有件事我想徵求你的意見。」

「什麼？」

「我想要程國。」

花子臉上的表情僵硬了，他挖了挖耳朵，把頭轉向薛采。「我聽錯了嗎？好像聽見很了不得的一句話。」

「你沒有聽錯。」薛采神色淡淡，看不出喜怒哀樂。「風小雅想要程國。」

風小雅凝眸一笑，對花子道：「所以，我來徵求你的意見，程國的……前三皇子。」

花子不是花子。

在他成為花子前，他是一位皇子。

唯方四國中程國的三皇子——頤非。

一年前他在皇權的爭鬥中，輸給了自己的妹妹頤殊，從此潛逃出國，背井離鄉，隱姓埋名地待在璧國，做了皇后姜沉魚的小小幕僚。

頤殊至今還在四處派人抓他。

所以，他的身分在璧國，是絕對的機密，也是燙手的山芋。

薛采留下這個山芋，慢慢燉著，以備不時之需。

頤非心中也很清楚，璧國收留他的目的十分不單純，但又沒有別的辦法，只好一天天、一月月地留下來。

一待就是一年。

而如今，有個人竟然跑來說，他想要程國。

如果此人是別人，頤非肯定認為他瘋了；但因為這個人是風小雅，又有薛采坐在身旁，頓時讓他意識到，有一盤很大的棋開下。而他，幸運也不幸地成了其中的一枚棋子。

頤非定定地看了風小雅半天，然後笑了，笑得又是嘲諷又是刁鑽。「你想怎麼要？程國的百姓雖然四肢發達、頭腦簡單，但也容不得一個異國人當自己的君王。除非……你娶頤殊，做程國的王夫。」

「嗯。」

頤非「啪」地栽倒在地，好半天才爬起來，滿臉震驚。「你說什麼？」

薛采將一封信箋遞給他。

緞布包裹、繡有銀蛇紋理的精美信箋，一看即知來自程國的皇宮，是國書的象徵。頤非打開信箋，裡面只有三句話——

「程王適齡，擇偶而嫁。舉國之財，與君共用。九月初九，歸元宮中，誠邀鴜鶿公子來程一敘。」

頤非皺眉，好半天才抬起頭，用一種奇怪的目光打量著風小雅，道：「妹夫啊，你想我怎麼幫你啊？」

他本意調侃，風小雅卻一本正經道：「候選者共有八人，其中，程國五大氏族各占一人，燕國是我，宜國是胡九仙——」

「等等！」頤非打斷他的話。「胡九仙？就是那個天下首富嗎？」

「是的。」

「他快五十歲了吧？」

風小雅道：「我也有十一個夫人。」

這！倒！是！

頤非感慨，他確實不該低估頤殊的承受能力。那女人，只要對自己有利的男人，管他什麼身分，統統可以上床利用。區區五十歲算什麼，十一個夫人又算什麼呢……

可當風小雅說出最後一個人選時，他還是狠狠吃了一驚。

因為，最後一個人選是——

薛采抬起頭，平靜地說道：「璧國是我。」

秋薑揣著錢一路往前，她走得很快，希望能夠順利出府。只要離開相府，就安全了。

頤非真的給了她一個非常好的機會。

然而，眼看大門就在三尺外，她很快就可以走出去時，張嫿突然出現叫住她。

「去哪裡呀？」

秋薑只好停下，老實巴交地回答：「替花子大人買酒……」

「我知道他讓妳買酒，我的意思是，妳知道去哪裡買嗎？」

秋薑一怔。

張嫿走過來，從她懷中拿走那串銅錢，掂量一下，臉上笑開了花。

「我知道哪裡有酒賣，跟我來。」張嫿轉身帶路。

秋薑看了眼三尺外的大門，決定要放手一搏，可她剛鼓起勇氣衝到門口，就看見一隊銀色盔甲。

她立刻轉身、折返，回到張嫿身後。

張嫿沒有察覺到她的這番小動作，一邊領路一邊道：「算妳運氣好，我那當貨郎的姪子今天正好來府裡頭送香料，他的貨架裡有酒，還是好酒呢，便宜花子大人了！」

秋薑嘴裡敷衍著，卻情不自禁地回頭，心中無限感慨。

張嫿扭頭，順著她的目光也看了一眼門外，道：「喔，妳也看見了吧？聽說那是風公子的隨行娘子軍，他走到哪裡，這三十三位穿銀甲的姑娘就跟到哪裡。都是如花似玉的美人呀，那位風公子，可真會享受的。」

秋薑苦笑。

她當然知道，那些姑娘有個統一的名字，叫風箏。

意思就是被「風」小雅牽引著的「箏」。

風小雅在哪裡，風箏們就在哪裡。

別看她們年紀小，但個個武功很高，平日裡負責保護風小雅的安全。

說來風小雅也是個怪人，比如他明明帶了這麼多姑娘隨行，真正侍奉他衣食起居的，卻是他的兩個車夫——一個叫孟不離，一個叫焦不棄。

他們為他洗澡、梳頭、穿衣、趕車……做一切本該由婢女來做的事，風小雅從始至終一根手指都不用動。

真是懶到沒邊了！

秋薑一邊心中暗諷，一邊跟著張嫿到了後院。有個貨郎等在院中，看見她們，立刻迎了過來。「姑姑，怎麼樣？」

「酒呢？」

「在這裡。」貨郎打開貨架，裡面果然有兩壺酒。「姑姑您放心，都是好酒，外頭賣至少要一百五十文，給您只收八十文。」

他殷勤地將酒壺遞上，張嬸示意他將酒壺遞給秋薑，秋薑卻不肯接。

張嬸詫異。「怎麼了？」

秋薑咬唇。「張嬸，這酒……不行……」

張嬸還沒說話，貨郎已叫了起來：「妳這丫頭怎麼說話的呢？什麼叫我的酒不行？我的酒怎麼就不行了？這可是十年陳的竹葉青！特地從宜國名酒鄉進的！」

秋薑搖頭。「不……不是……」

張嬸的臉色開始有點不好看。「什麼意思？」

秋薑怯生生地看著她。「花、花子大人給了一百文錢。」

「那又如何？」

「相爺席間沒有備、備酒，說明只有花子大人一個人喝。」

「妳到底想說什麼？」

「東兒她們跟我說過，花子大人很挑剔的。他能給一百文，說明，要的就是值一百文的好酒。」

貨郎不滿道：「妳的意思是，我的兩壺酒不值一百文？姑姑，我可是看在您的面子上才只收八十的！換了其他人……」

「我知道、我知道，你別急啊……」張嬸轉向秋薑，厲聲道：「別磨蹭了，快把錢給他，帶酒回去交差，省得客人到時候嫌妳慢！」

「我如果帶這兩壺酒去，更會被罵的……」秋薑堅持。

張嬸倒吸口氣，第一次發現她還有這麼不聽話的一面。「妳……知道自己在說什麼嗎？」

秋薑伸手接過其中一壺酒，搖晃了幾下，再打開壺蓋，壺內的酒上浮起一片泡沫，又很快的消散了。

秋薑將酒潑到地上。

琥珀色的液體流淌在青灰色石面上。

貨郎和張嬸雙雙變了臉色。

沒等張嬸發怒，秋薑已先道：「張嬸妳看，竹葉青酒本應是略帶翠綠的金黃色，清澄透明沒有雜物，且泡沫持久不散，方是好酒。這壺酒泡沫消得如此快不說，更有這麼多懸浮物。我不用喝，就知它不好，等入了花子大人的嘴，被他嘗出是劣酒，我受責罰沒什麼，壞了相府的名譽可事大啊。」

張嬸張了張嘴，很是尷尬。

秋薑嘆氣道：「不如這樣，勞煩這位小哥再去外頭買兩壺好酒來？一百文還是給他，我一個子兒都不要。量少點兒也沒事，但要對得起這價。」

「也……只能這樣了！你還不快去？」張嬸踢了貨郎一腳。

「是是，我馬上去換。」貨郎說著接了秋薑的銅錢，飛快地跑了。

張嬸打量著秋薑，緩緩道：「妳這丫頭，懂得倒是多，還能分辨酒的好壞。」

「我娘親會釀酒，我耳濡目染，所以會這些……」

「懂得多沒什麼，當丫頭的，最重要的是知道什麼該說、什麼不該說，什麼該做、什麼不該做……」張嬸意味深長地瞇起眼睛。

秋薑忙道：「我懂得！今日那位小哥幫我買酒，是給了我一個天大的人情，我會記著的。」

張嬙微微一笑。「果然是個聰明人。」

「我好像聽到了一個可怕的消息……」頤非呆住了，怔怔地看著薛采。

薛采為自己倒了杯茶，素白的小臉上沒有太多表情。

風小雅微微一笑道：「你沒有聽錯，璧國的候選者確實是他。」

頤非拍案。「禽獸啊！竟然連九歲的小孩都不放過！」

薛采似想到了什麼，眉頭微蹙。

頤非道：「你肯定是不會去的！」

「嗯。」薛采點了點頭。「所以你替我去。」

「啊？」頤非怔住了。

薛采一本正經道：「你闊別故土一年，不想回去看看嗎？」

頤非眸光閃爍，忽有所悟。「別兜圈子了，你們想要幹什麼，又想讓我做什麼，直說吧。」

「三皇子果然爽快。」風小雅給了孟不離一個眼神，沉默寡言的孟不離從袖中取出一把扇子，扔向頤非。

頤非接住，打開一看，扇面上畫的是地圖——程國的地圖。

他面色微變。「什麼意思？」

「意思就是，你助我娶到頤殊，我得到程國後，圖上紅色區域，就全是你的。」

地圖宛如小蛇長長一道，程國本是海島，面積狹小，如今更被紅墨一分為二，以程國帝都蘆灣為分界線，下面的三十六郡十二州，全劃入了紅色範圍。

頤非望著那半片殷紅，陷入沉思。

風小雅緩緩道：「頤殊當年用不入流的手段劫持了你父王，殺了你的兩個哥哥，搶了皇位，又讓你顛沛流離、有家難回……換了誰都不會甘心。可惜，你一無人手，二無錢財，宜國、燕國都已明確表示不會幫你，你如今雖在璧國安身，卻只能餬口而已，想要逆襲，難如登天。所以，你不妨考慮一下我的提議。」

頤非看著地圖，清瘦的臉龐一旦斂去笑意，就顯得很是深沉。

「胡九仙雖然有錢，但老矣。程國那五大氏族是什麼貨色，你心中比我清楚。薛相又不參與此事。那麼，你不覺得我是八位候選者中，最有希望成為王夫的嗎？」風小雅微笑淺淺，明眸如星，讓人覺得無論什麼時候，能跟這樣一個人說話，都是一件非常舒服的事情。

但頤非心裡覺得更不舒服了。

他慢慢地合起扇子。

「你那十一個老婆怎麼辦？」

風小雅輕描淡寫道：「休了。」

夠狠！頤非注視著眼前這個看起來毫無殺傷力的陰柔男子，想著有關此人的生平傳聞，不禁大為感慨。

風小雅。

燕國前丞相風樂天的獨子。

眾所周知，燕國的先帝摹尹看破紅塵出家當和尚去了。走前把兒子彰華託付給了最信任的臣子風樂天。而風樂天不負所望，勤勤懇懇、兢兢業業地輔佐著彰華，令四海安定，穩穩妥妥後，才辭官告老，雲遊天下去了。

因此，燕王彰華一直感念這位重臣的好，對風小雅處處照顧。儘管風樂天早放下話說，要退隱就得退得乾淨徹底，不讓兒子做官，可風小雅雖無官職在身，得到的恩寵絲毫不比任何貴胄子弟少。

燕國人全知道，他們的君王平生有三愛——

一愛薛采。

二愛如意吉祥。

三愛就是前丞相家的風小雅。

風小雅人如其名，是個名聞燕國的雅士。他精樂律、擅工筆、通禪道、懂享樂，還最是憐香惜玉，雖有妻妾無數，但對每一個都愛如珍寶。

男人們都想結交他。

女人們都想嫁給他。

總之在燕國的民間傳說裡，他是個完美得不行的貴胄公子。

然而，此刻跪坐在黑絲軟榻上的男子，是無情的，充滿野心的，渾身散發著一種巨大的侵略性……他雖然在笑，笑意卻不抵達眼睛；他雖然在求頤非，卻絲毫沒有求人的姿態。

頤非看看風小雅又看看薛采，忍不住想——物以類聚、人以群分，難怪這兩人能湊到一起去。果然一隻狐狸一頭狼，早商量好了要算計他這隻小綿羊啊！

頤非一挑眉，笑了起來，笑得格外愜意。「你什麼都考慮周全了，我好像沒別的可以選了，那麼……就請多多關照了。」

「三皇子果然痛快。」

頤非豪氣干雲地揮一揮袖。「酒呢？酒還沒來嗎？」

「來了、來了——」回應他的，是柳絮一連串的催促聲：「快點啊，阿秋，花子大人都等急了！」

秋薑提著酒，低頭快步走進來。

頤非接過酒罈，拔開蓋子一聞，面露喜色。「好酒……」

柳絮笑道：「大人喜歡就好！」

頤非打量著秋薑。「一百文能買到這樣的好酒，妳這個小丫頭不錯啊。」

柳絮忙道：「大人的事情我們肯定上心的，而且相府的人去買酒，酒肆老闆多少給點兒優惠，不敢糊弄。」

「是嗎？我平日裡去買酒，可沒見他們這麼老實。」

柳絮掩唇。「凡夫俗子，又怎認得出大人的尊貴呢？」

「真會說話……」頤非仰起脖子，將酒一口氣全倒進嘴巴，驚得柳絮睜大眼睛。

她正待勸阻，薛采開口：「上菜。」

柳絮只好先布菜，一扭頭，見秋薑還木頭似的站在原地，便在她胳膊上擰了一把。

秋薑只好跟著布菜，一盤清蒸鱸魚端到車壁搭成的案上時，風小雅皺了下眉，目光直勾勾地看向她。嚇得秋薑手一抖，兩雙筷子清脆落地。

她連忙彎腰去撿。「我、我去洗筷子！」

一雙修長的手先她一步撿起地上的筷子，頤非笑咪咪地睨著半彎腰的她，彈了彈筷身道：「這筷子不錯啊……怎麼不是以往的銀筷了？」

秋蕾怔了一下。以前用的是銀筷子？沒人告訴她這點啊！

雖然沒有抬頭，但可以感到有兩道熾熱的目光始終盯在她身上，她不敢起身，只能繼續保持著那個吃力的姿勢，卑微回答：「那個，鱸、鱸魚清香鮮嫩，配今年新竹劈製的竹筷，更、更為適宜。」

頤非「噗哧」一笑，轉向薛采道：「沒錢就沒錢唄，還說得一套一套的……你這小婢女真有意思。」

「多、多謝誇獎……」秋蕾只能看著自己的鞋尖。

頤非將髒了的竹筷遞給她，秋蕾連忙伸手接，結果那筷子在空中轉了個彎，反而抵在她的下巴上，然後力度緩緩向上，秋蕾被迫抬起頭來。

頤非笑咪咪道：「長得也很漂亮。」

他眼睛瞎了嗎？秋蕾心想，自己這種長相也能叫漂亮？

果然，一旁的柳絮很不滿，嘟噥了一句：「花子大人真會鼓勵人。」

就在秋蕾這麼一抬頭中，風小雅的目光已飄過來，和她撞了個正著。

秋蕾頓時手腳冰涼。

完了，她想。

折騰這麼久，終究沒能逃脫。

那個人……看見她了。

她名義上的所謂夫君，看見她了。

秋薑在陶鶴山莊的時候，是真的以為此生就這樣了。日復一日、年復一年地煎熬著度過，帶著茫然、帶著愧疚、帶著悔恨。

她對一切都不再抱有希望。

直到一天晚上。

她昏昏沉沉地睡著時，做了一個很不安的夢，夢見了風小雅。

風小雅用一雙霧濛濛的眼睛注視著她，看上去十分哀傷。他說——

「走吧。」

走？她能去哪裡？

「去妳想去之地。」

可哪裡是她的想去之地？

就在那時，一記巨響震碎夢境，她從夢中驚醒，發現窗外有亮光。

秋薑艱難地爬下床，過去推開窗戶，看見空中閃爍著美麗的煙花。

她聽見阿繡在院外雀躍地對月婆婆說：「過年啦！過年啦！月婆婆，恭賀新年，萬事如意！」

過年了？

秋薑怔怔地看著空中的煙花，聽著一聲接一聲的爆竹聲。煙花是山下人放的，在她的位置卻看得最清楚。

火焰在空中綻放，有時是蝴蝶，有時是流星，還有幾束是花，薑花。

秋薑的手不由自主地摳緊窗櫺。

「妳叫秋薑，是藍亭山下一個叫做『歸來兮』的酒鋪老闆的女兒，因為身體不好，自小在山上的庵堂裡養病。公子上山參佛時，看見酒鋪意外著火，妳父母雙雙殞難。公子見妳孤苦，便納妳為妾，帶回草木居。」

腦海中，有個聲音如此道。

秋薑的頭劇痛起來，她捂住腦袋，那個聲音仍在繼續。

「妳父本是程國鳳縣人，因在程國活不下去就去了璧國，在璧國帝都賣酒時認識了妳娘。兩人成親後生下了妳，為了給妳看病輾轉到了燕國。所以，妳的戶籍在程。但妳父孤兒出身，家中已無親眷。而妳娘馮茵有一位姊姊叫馮蓮，還在帝都，是妳在這世上唯一的親人……」

秋薑滿頭大汗地抬起頭，看見窗櫺被她抓出無數道指甲印。

馮蓮……帝都……親人……

她默默地重複著這些關鍵資訊，眼中有什麼被點亮，跟煙花一樣「砰」地燃燒了起來。

她從那晚開始決定逃。

她要回娘家看一看，起碼，看看在這世間僅剩的親人。

就那樣，秋薑一邊裝病麻痺月婆婆和阿繡，一邊更加刻苦地活動身體、積蓄力氣。

第三年的春天，她已完全恢復行動力；與此同時，腦海裡也記起了更多東西。比如，下山的路怎麼走，哪裡有水源，哪裡有果林，哪裡有人家，哪裡有驛站。

她每天節省一點兒口糧，攢夠了三天的分量後，在中元節那天晚上趁著夜雨離開了。阿繡跟月婆婆呼呼大睡，山莊裡沒有其他守衛，她也沒有迷路，就那樣一路順利地下了山。

她想起了如何捕捉兔子，如何尋找松鼠藏起來的堅果，如何利用水源掩藏蹤跡，如何跟路人打交道……這些技能像是被淤泥裹住的珍珠，當淤泥一點點被擦去時，就自然而然地出現在腦中。

她甚至去了一趟玉京，在草木居外的茶鋪裡坐著喝了一盞茶。那條巷子的盡頭有很多人在彈奏，茶鋪老闆說一開始是些慕名來聽鶴公彈琴之人，後來發展為彼此較藝，如今已是玉京的一道盛景，叫做——聽風集。

她從茶客們口中聽了很多關於風小雅的事蹟，可關於她的，就只打聽到一句「秋薑，性靈貌美，擅釀酒，通佛經」。

她心想傳聞果然有虛。首先她並不貌美；其次，她也不會釀酒和參佛。當然，後者有可能是她忘記了，但前者，秋薑對著擦得光亮的茶壺照了照自己的臉——無論怎麼看，都是個眉目寡淡的平凡人。

而且也沒人知道風樂天已死，大家都說老丞相遊山玩水去了。

秋薑聽著聽著，黯然離開。

我……的過去，究竟是怎樣一個人呢？

我真的是在庵堂長大的嗎？為什麼沒有養出賢良的品行，會做出氣死公公這樣喪心病狂的事情？還是，我是遇到了什麼，被逼無奈才說出公公跟大夫人有染？

我的父母，真的是死於火災？他們生前對我，又懷抱了怎樣的期盼和希望？能為了我而背井離鄉，必定很愛很愛我吧？

還有風小雅，他娶了孤苦無依的我，是我的恩人嗎？可他父因我而死，心中必定怨我、恨我……

我是真的做錯了，還是被冤枉的？

若是有人故意陷害我，我怎能就此蒙冤含屈，坐以待斃？

秋薑走得很遠了，最終沒忍住，回頭看了一眼草木居。

草木居是座很普通的三進院落，座落在天璿大道的巷尾，占地不過半畝，白牆黑瓦很是樸素，門楣卻是當今天子親題。

據說當年還是太子的燕王彰華跟太傅談及風小雅和姬嬰兩人孰美時，風樂天謙虛，說了一句「小雅陰鬱似雪，姬嬰磊落如月。雪會凍死人，月卻能照亮夜啊」。

彰華並不認同，事後揮筆寫了八個字，命人送交風小雅，讓他掛在門上。

如今，這八個字就掛在草木居的大門橫梁上。

「浮光折雪，草木間人。」

意思是：「世人道你陰鬱，像光束落在雪上；但你分明是茶，暖香綿長。」

自此，風小雅榮登燕王三愛之一。

燕王那樣的人會看走眼嗎？秋薑不認為。

也就是說，很有可能，風小雅真的是個外冷內熱之人，整個事件都是她對不起他。那麼……

我不是逃。

我只是，不想死得不明不白。

等看過親人，祭拜完父母，探明所有的前因後果，回憶起一切後，我會回來的。

回來跟你了結所有的恩怨情仇。

秋薑在心中暗暗發誓，然後扭身離去，再沒回頭。

她一路逃到了璧國。

打聽到馮蓮這幾十年都在白澤府當差，沒有回家。

於是她又找到白澤府，這才知道姬嬰已經去世了，這座座落在朝夕巷的宅院，如今是相府，新主人叫薛采。

她跟門衛報上身分，求見馮蓮。病中的崔管家親自接待了她，告訴她姬嬰去世後，身為乳母的馮蓮太過悲傷，也撒手人寰了。因為她老家已無親人，破例容她葬在了白澤公子墓旁。

崔管家讓東兒領她去了墓地，馮蓮身為奴身，碑上沒有她的名字。

秋薑萬萬沒想到，自己歷經艱辛、千里迢迢地來璧國尋親，最終卻是這個下場，旅途辛勞加上心力交瘁，一下子暈了過去。

等她再醒來時，已被東兒背回了相府。

崔管家看在馮蓮的分上願意收留她，秋薑也想留在璧國再找找父母生前的故人，繼續打聽從前的事，便簽了活契，留下來當婢女。

她的才能令她很快勝任相府的工作，而她的性格又讓她能夠把自己隱藏得很好。人忙碌起來就不容易去思考痛苦，她很喜歡這裡的日子，想著再幹半年，攢夠了去程國的路費後就離開。

沒想到，現實最高明的地方在於它的殘忍——明明已經相隔千里，兜兜轉轉，卻還是再遇了。

如今，她僵硬地抬著頭，回視風小雅的目光，用一種近乎悲壯的心情等待謊言被揭穿的一刻。她想她沒什麼可畏懼的，最壞的結果，不過是被押回那個活死人墓般的山莊罷了。

只要她還活著，一切就還有盼頭。

所以……來吧！

結果，風小雅的目光很隨意地從她臉上掠了過去，轉頭對薛采道：「你打算讓花子大人以什麼身分替你出席？」

薛采想了想，還沒來得及說話，頤非已「噗哧」一笑，眨了眨眼睛。「藥童怎麼樣？比如說江晚衣的師弟什麼的……」

薛采面色微變。

秋薑自是聽不出頤非是在用皇后姜沉魚的陳年舊事揶揄薛采，她只是感到很震驚——

風小雅居然、居然、居然……沒認出她？

他神色平靜，沒有絲毫變化，也不再看她，很認真地注視著薛采，等著他的回答。

難道他不記得她了？

怎麼可能！

秋薑僵直地愣在原地。

之前千方百計地想躲避，希望這個人沒有發現她，如今他真沒發現她，她反而感到異常難受起來。

在秋薑一團紊亂的思緒中，晚宴繼續進行。

頤非喝酒，薛采吃菜，唯獨風小雅喝著茶，什麼也沒碰——他果然跟記憶中一樣，是不沾葷腥的。

三人的交談並不密集，許是有下人在場的緣故，話都點到為止。偶有幾句爭執，秋薑也沒聽進去。只知道最後當柳絮推她時，卻是頤非醉了，薛采命她送頤非去客房休息。

柳絮很不高興，她對頤非一直抱有幻想。然而，薛采冷冽的目光能洞穿一切私心，當他看了柳絮一眼後，柳絮便不敢再爭，將頤非交到秋薑手上。

秋薑只好扶著醉得東倒西歪的頤非去客房。

走到一半，頤非忽然蹲下身嘔吐，秋薑等他吐完，想再扶他起來，他卻索性往地上一躺，睡了。

秋薑沒辦法，只好把他背起來，扛回屋中。

頤非在她背上咯咯笑，口齒不清地說：「妳力氣好大，居然能背得動我。」

秋薑點頭。「我連馬都扛過。」

「喲，這麼狠？什麼時候？多高的馬？」

「有次在山路上，遇到一位姑娘，因為愛馬被蛇咬了而哭泣。我替她扛馬下山求醫，她十分感激，給了我一片金葉子。」幸虧那片金葉子，她才有了來璧國的盤纏。

頤非嘆道：「好心有好報。」

到客房後，秋薑打水幫頤非擦臉。頤非笑著笑著，忽然收了笑，定定地看著她。

他眼中有很深的情緒。

有點悲傷，有點留戀，還有點說不上來的怨念。

看得秋薑心中一抖。

秋薑道：「大人，睡吧。」

頤非回答：「咦？我不是一直沒醒過嗎？」

說完這句話，他就睡過去了。睡容恬靜，在褪去輕佻的、張揚的、猥瑣的笑意後，這人倒也不那麼討人厭了。

秋薑幫他壓了壓被角，轉身離開。剛打開門，一個人影出現在面前——

那人頭戴斗笠、身穿灰衣，不是別人，正是風小雅隨行兩名車夫中的焦不棄。

焦不棄在看見秋薑後，拱手行了一禮。「夫人，公子有請——」

秋薑的手在衣袖中握緊，莫名鬆了口氣。

風小雅果然認出了她。

晚宴上之所以裝作不認識，是因為有外人在場吧。

秋薑垂頭，默默地跟著焦不棄離開。

床上明明睡過去的頤非忽然翻了個身，睜開眼睛，黑瞳剔透，哪有半分醉意？

風小雅依舊住在馬車裡。

馬車的車壁合起，恢復成原來的樣子。

焦不棄將秋薑帶到車門前，車門由內自開，車內溫暖如春，洋溢著一股淡淡的清香。黑色的軟榻旁有一只白玉脂瓶，瓶裡插著一束白色鮮花，香氣便是從此而來。

秋薑的睫毛微微一顫。她想了起來，這是薑花。

風小雅道：「坐。」

秋薑在他對面坐下。

風小雅看著她，目光怪異、專注，卻又看不出什麼情緒。彷彿她只是一幅畫，而他正巧在研究這畫上的人是如何一筆一筆畫出來的。

無愛亦無恨。

秋薑忍不住先開口：「你是來抓我回去的嗎？」

「是，妳當如何？」

好像……也只能束手就擒。秋薑握緊雙手，沉默了半晌後，卻抬眼道：「你不是來抓我回去的。」

是的話，早抓了，不必如此迂迴地在薛相和花子大人面前裝作不認識。

風小雅將一樣東西推到她面前。「就差妳了。」

秋薑打開來一看，居然是休書。

她詫異抬頭，映入眼簾的，是風小雅平靜得看不出任何端倪的臉。

她忙將休書仔仔細細地看了一遍，裡面寫著因為嫉妒、無子，故而休之。

秋薑心想：呸，之前席間聽他和薛采他們的談話，分明是此人想要娶女王，所以才把侍妾們全休掉。

不過，如此一來，是否意味著……她自由了？

他不但不計較她私逃之罪，還願意放她自由？

秋薑不禁凝視著風小雅。

陶鶴山莊相見時，她病得迷迷糊糊，並未看個真切。剛才宴上她心亂如麻，也沒能好好打量。算起來，這是她第一次近距離地、好好地看他。

她的第一個結論是：此人果然是一個久經痛苦之人。

在燕國街頭巷尾百姓皆知的版本裡，風小雅生來不幸，患有融骨之症。那是一種非常罕見並讓人無比絕望的病。因為骨骼無法正常長成，隨著年紀的增長，骨關節逐漸腫大，出現不同程度的彎曲和增生，令整個人行動艱難，無時無刻不處於疼痛之中。

但傳奇之所以是傳奇，就在於他並沒有被此病拖垮，變成半身不遂的廢人，而是另闢蹊徑勤奮練武，堅挺地活了下來。

人們在提及風小雅的名字時，想到的全是此後的功成名就。他那名震朝野的宰相父親，他那十一個出身卑賤卻又貌美如花的妻妾，他那號稱「玉京三寶」之一的樂技，以及燕國皇帝對他的無上寵愛……他活成了瀟灑自由的樣子，陰霾與病痛，都似已離他遠去。

但秋薑看著他，就知道這個人的痛苦，巨大到常人無法想像。

嚴格自律、晝度夜思的人，才會這麼正襟危坐，脊柱筆挺得像是一把拉滿了的弓。

而要讓一張弓保持這個樣子，半點兒不得鬆懈。

稍有懈怠，就會崩潰。

秋薑的第二個結論是：他真美。

在玉京，有一首民謠：「鶴來速關窗，姑娘勿多望。望一望，啊呀，就要別爹娘。」

說的就是風小雅的美貌和風流。

他的眉毛很黑，眼角很長，鼻子高挺，臉龐消瘦，整個人像是鍍了一層白釉。因為過於精緻，從而俊美無匹，又因為過於冷白，而顯得脆弱易碎。

這樣的人，會愛她？

愛她愛到生父因她而死，也不處置她？愛她愛到都私逃出走了，還肯放她自由？

秋薑雖沒有從前的記憶，卻直覺地不相信。

那麼——為什麼？

總有理由可以解釋種種不合常理。

不找到那個理由，她不甘心。

也許是她注視的時間過長，風小雅有些不耐煩了，沉聲道：「結束這場姻緣，於妳於我都有好處。」

秋薑伸出指尖輕輕撫摸著休書。「墨香村的極品羊毫筆，文秀坊的雲墨，千文一張的灑銀卷蓮紙，用來寫休書，真是誠意十足。如此，我還有什麼可說的呢？」

她畢恭畢敬地向風小雅行了個大禮。「休書已收，一別兩寬。祝君……一切順利。」

說罷，她打開車門跳下去。

風小雅忽然叫她：「秋薑！」

他聲音沙啞，似乎有些著急。她落地後回頭，風小雅卻又別過臉去，沒有跟她對視。

他看的是那束薑花。

過了好一會兒，他才道：「沒什麼了。去吧。」

一直等在車旁的焦不棄突然上前，將車門關上。

另一個頭戴斗笠的灰衣奴僕走到她面前，做了個請的手勢。

秋薑皺眉跟著此人離開。她在心中得出了第三個結論：風小雅恐怕……真的很喜歡她。

一時間，心頭百感交集，越發焦灼——

我一定得找到記憶！

我得知道，我跟他之間，到底發生過什麼！

秋薑回到客房，沒等進屋，就聽頤非扯著嗓子在屋裡喊。

「渴死啦——渴死啦——有沒有人呀？」

她連忙取了茶端進去。「來了、來了，大人請用茶……」

一個「茶」字還沒說完，原本在床上翻來滾去的頤非突突跳起竄到她身後，一把捂住她的嘴巴。

秋薑手裡的托盤，頓時掉到地上。

茶壺一分為二，茶水流了一地。

秋薑被反綁在一輛花裡胡稍的馬車裡。

馬車跑得很快，車身顛簸得厲害。秋薑的頭好幾次磕在車壁上，但她沒有發出任何聲音。

頤非見她不哭不鬧，眼中閃過一抹欣賞之色，原本警戒的表情放鬆了許多，拿著從她懷中搜出的休書看了好幾遍，哈哈大笑道：「妳知道嗎？第一次在薛府見到妳，當時妳拿汗巾給我，光看那捲汗巾的方式我就覺得妳不是普通丫頭，懷疑妳很久了。果然不出所料，原來妳是風小雅的小夫人。」

「侍妾。」秋薑糾正他。「不是夫人，更不是什麼小夫人。」

「聽起來很幽怨的樣子啊……」頤非嘖嘖道：「也是，妳那夫君真是我生平僅見的絕情之人。普通人家養貓貓狗狗，養個兩、三年也都有了感情，捨不得丟棄。而他，十一個老婆，說休就休。」

「因為他知道，如果成功的話，他可以娶百個千個。」

頤非悠悠道：「那他就太小看頤殊了。頤殊如果是會放縱丈夫納妾的女人，根本當不上女王。」

秋薑不想深談這件事，便看著飄蕩不定的窗簾，試圖從縫隙裡看到一點兒窗外的風景。可惜馬車實在跑得太快，快得她根本來不及分辨外面有什麼。她不禁問：「你要把我帶去哪裡？」

「妳猜？」頤非朝她眨眨眼睛。

「我猜不到。」

「恐怕不是猜不到，是懶得猜吧。」頤非笑咪咪地打量著她。「明明是顆七竅玲瓏心，卻要偽裝木疙瘩，也挺不容易的。」

秋薑學他的樣子笑了笑。「在偽裝這方面，大人是我的前輩。我怎敢班門弄斧？」

「看看，獠牙露出來了……」頤非一邊「嗤嗤」地笑，一邊靠近她，忽然用很低沉的聲音說道：「其實，我知道妳想幹什麼。」

秋薑的心「咯登」了一下。

在這樣近的距離裡，頤非的眼眸撲閃撲閃，很欠抽。

「別告訴我妳是湊巧賣身進的薛府，薛采何許人也，他的住處，妳一個新人怎麼可能

隨隨便便就進來？那小狐狸年紀雖小，眼睛可亮得很，連我都能看出妳有問題，更何況身為主人的他？」

頤非忽然伸手，拈起她的下巴，打量著這張不漂亮卻十分順眼的臉，笑得越發深邃起來。「說吧，妳跟他之間有什麼交易？」

秋薑的瞳孔收縮。

「他是不是讓妳在他府裡等風小雅？因為他知道，風小雅一定會來的。風小雅要娶頤殊，就得休掉全部妾室。而妳，是那十一個人中唯一的漏網之魚。只有風小雅來了，薛采才有機會跟他談條件。他們談的條件是什麼？他們想要利用我做什麼？別拿一半的疆土這種話來搪塞我，我不是三歲小孩，欺騙和誘哄，對我沒有用。」

「那什麼對你有用？」秋薑反問。

「事實。」頤非懶洋洋地往車壁上一靠，愜意地舒展開四肢，用最舒服的姿勢跟她說話。「把事實告訴我，由我自己來決定要不要幫、怎麼幫、幫到什麼程度。」

秋薑垂下眼睛，頤非也不催促，任她沉思了很長一段時間。

最後，秋薑終於抬起頭，問：「除了捲汗巾，我還有哪裡露出破綻了嗎？」

頤非得意一笑。「太多了。比如妳看似柔弱，其實會武功啦；比如妳背我去客房時，周圍埋伏了三個人在保護妳啦……」

秋薑聽到這裡欲言又止。但頤非沒有給她開口的機會，繼續說下去：「比如三更半夜，風小雅卻把一個婢女叫到馬車上去說悄悄話……」

「然後你就知道了我是風小雅的人？」

頤非糾正道：「然後我就肯定了妳是薛采的人。」

秋薑沉默。

頤非笑道：「好了。我已經把我要說的都說了，接下來，是不是該由妳來為我解惑了？」

秋薑嘆了口氣。

頤非道：「妳不敢出賣薛采嗎？確實，他是挺難纏的，但是，我也並不比他好多少。我現在對妳客氣，是因為覺得妳有用。但如果一顆棋子不能為我所用的話，再怎麼好用也是徒勞。妳說對嗎？我的脾氣不太好，耐心有限。所以，在我們出城之前，妳不妨好好考慮一下。等出了城牆，如果妳還不坦白的話……」

頤非笑，沒有往下繼續說。

與此同時，秋薑看到車窗窗簾的縫隙，有白光在閃爍。

璧國帝都的城牆，與其他各地全不一樣，因為，它是真真正正用白璧鑲嵌而成的，在月夜下便如仙境一般，散發著朦朦朧朧的光，極盡奢華燦爛；也曾一度被抨擊為勞民傷財，正是因為璧國總是把錢浪費在這種門面工夫上，所以才導致近些年來國庫空虛、入不敷出。

而此刻，外頭的光正好宣告了這一點——城牆已在眼前。

秋薑咬了咬唇。

頤非以手支頷，凝眸而笑。「倒數開始，五、四、三、二——」

秋薑無奈地開口：「不是我不想說……」

「喔？」

「而是……我沒什麼可說的。因為我不知道。」

「什麼？」頤非的笑容僵住了。

秋薑嘆道：「你全部猜錯了。我根本不是薛采的人，也沒跟他做什麼交易，更沒跟他一起來算計你。所以，你抓我是沒有用的。」

頤非揚眉。「妳覺得我會相信嗎？」

「你應該信她的。」

這句話不是車內發出的。

這句話來自車外。

聲音清脆、清冽，帶著三分的傲、七分的穩，冷靜得根本與其主人的年齡不符合。

這是孩子的聲音。

這是薛采的聲音。

頤非面色大變，突然扣住秋薑手臂，連同她一起撞破車窗跳出去，結果，一張大網從天而降，不偏不倚，將他倆罩了個正著。頤非反手抽出匕首，只聽「哧」一聲，網被劃破，他拉著秋薑破網飛出，順勢在持網者的手臂上一踩，翻過眾人頭頂，跳到馬車車頂上。

一排弓箭手出現在城牆上方，鐵騎和槍兵蜂擁而至，將馬車重重包圍。

而其中最醒目的，莫過於薛采。

他騎在馬上，一身白衣，在烏泱泱的人群中格外醒目。

他身旁，停著一輛漆黑的馬車。正是風小雅的馬車。

頤非手中的匕首往秋薑頸上緊了一緊，微笑道：「好巧啊，三更半夜的，大家都不睡覺，來這裡賞月嗎？」

「你劫持我是沒有用的。」秋薑道。

「是嗎？」頤非壓根不信。「可我覺得妳家相爺和妳的夫君，都緊張得很呢。」

「他們緊張的是你，不是我。」

「喔？」頤非揚眉看向薛采。「她真的不是你的人？」

薛采沉聲道：「她是我的婢女，也僅僅是個婢女。」

「可她是風公子的侍妾。」

「前侍妾。」馬車內，傳出風小雅的聲音。「她已經被我休了。」

頤非轉了轉眼珠。「既然如此，那她沒用了。」尾音未落，他的刀已飛快割過秋薑的咽喉，猩紅色的血液頓時噴薄而出。

薛采面色微變。

頤非看在眼中，更是鎮定，笑咪咪道：「出來一年，其他都還好，唯獨想念糖人的味道，想得都成了煎熬。」說著，他湊過去在秋薑流血的喉嚨上舔了一舔，嘖嘖道：「顏色不錯，可惜味道不夠甜……想當年，我最喜歡的就是用人來熬糖了……」

車內的風小雅冷冷道：「你想怎樣？」

頤非朝他拋了個媚眼。「怎麼，這就受不了了？不是說只是前侍妾嗎？而且還是個不怎麼受寵的侍妾，就算她被我一口一口吃掉了，也與你沒什麼關係了呀。」

馬車內沉默了。

頤非笑得更歡。「如果大家覺得月亮賞得差不多了的話，我是不是可以走了？」

薛采道：「你要去哪裡？離開璧國，你還有地方可去？」

「那就不勞費心了。總之不要追來就好。如果再被我發現你們追來，那麼這位姑娘少

了的，可就不止胳膊、腿什麼的了……」頤非說著搖頭嘆道：「好可惜呢，薛相，本想跟你再共事幾年，可惜天下無不散的宴席，我要走了。這一年承蒙關照，日後有緣再見。」

薛采似乎想說什麼，但最終沒有說。

頤非還是第一次看到他如此憋屈的樣子，不由得心情大好，架著秋薑轉身剛想走人，一道黑影突從空中飛來；與此同時，一把軟劍流星般割斷秋薑身上的繩索，秋薑手腳一鬆，重獲自由的第一反應，就是反手搶過頤非手中的匕首，並把他從車頂踹下去。

頤非落地，還沒來得及跳起，又一張大網從天而降，他沒了武器，這一回，終被捆了個正著。

頤非直勾勾地看著車頂。黑影站在秋薑身旁，比她高了整整一個頭，黑色的皮裘從頭到腳，只露出他的臉——一張消瘦的、在月下泛著鬱鬱青白的臉龐。

頤非訝然。「你不在馬車裡？那剛才在車內說話的人是誰？」

馬車裡，焦不棄探出頭來。「回三皇子，是奴在說話。」

前半句用的還是風小雅的聲音，後半句就恢復了本音。

頤非認栽，望著黑衣人苦笑。「你這隨從的口技不錯。」

黑衣人淡淡點頭。「嗯。我平日裡足不出車，為的就是遇到這種情況時，好嚇你一跳。」

這個人，當然就是傳說中的天下第一大懶人，風小雅。

這一次，他不但動了手指，還全身都動了。

而當他動起來時，世間就再沒有人能比他更快。

秋薑凝視著近在咫尺的風小雅，身為被保護者，她居然不感到安心，反而莫名害怕。

她忽然發現，她怕這個人。

發自內心的，怕他。為什麼？

半個時辰後，四人重聚薛府書房。

一開始薛采還想找大夫來為秋薑療傷，結果發現那不過是頤非的一個惡作劇——他的匕首是特製的，一按把手，就會往外噴紅水，遠遠看去，便如噴血一般。因此，秋薑根本沒受傷，唯一的損失大概就是她的衣服，衣領紅了大片。

侍衛將那把匕首送到薛采面前時，頤非嘻嘻一笑道：「很便宜的，二十文錢一把，沒想到真的騙過了薛相，太值了。」

薛采冷哼一聲，沒追究此事，而是開口：「我們來重談一下合作的條件吧。」

風小雅霸占了書房裡唯一的一張榻，沒有坐，而是躺下了。大概是之前動用了武功，此刻的他看上去十分疲憊。

秋薑和薛采站著，唯獨頤非是坐著的——被五花大綁地坐在地上。

因此，薛采這麼說，頤非便自嘲地看了看身上的繩子。「你以為我為什麼要逃？答案就是我不跟你們談，任何條件都不談。」

「你覺得自己還有拒絕的機會？」薛采冷冷道。雖然年幼，但他一沉下臉，整個房間裡的空氣都似凍結了一般，壓抑得人難受。

可頤非好像完全感覺不到，繼續咧著嘴笑。「沒有，但幸好我還有死的機會。」

一句話後，室內一片死寂。

薛采不知道在想什麼，目光閃爍不定，似乎也拿這個傢伙很頭疼。至於風小雅，秋薑

覺得他好像睡著了。

然而就在這時，風小雅突然睜開眼睛，目光宛如石子擊碎水面時激湧而起的水花，清澈而凜冽。

「三十九萬七千。」風小雅側過頭，用那樣清冽深幽的目光緊盯著頤非，沉聲道：「你知不知道這個數字意味著什麼？」

頤非明顯怔了一下。

「三十九萬七千，是這二十年來燕國和璧國失蹤的孩童總數，僅僅只是記錄在冊的，沒有案宗可查的更是不計其數。那麼，你知不知道這麼多孩子，都失蹤去了哪裡？」

頤非的臉色一下子變了。

「去了程國。」

不知是不是錯覺，秋薑覺得風小雅的臉看起來異常悲傷，但僅一瞬間，便又變成了尖銳。

「身強力壯的，被賣去兵器工坊做苦力；漂亮的，被賣去青樓。程國靠著這兩樣收入，得與三國抗衡。」

頤非發出一聲冷笑。「那又如何？你也說是二十年了，這個毒瘤都已經長了那麼多年，爛進骨頭裡了，現在才想起來要追究，不嫌晚嗎？」

「我不追究。」風小雅一個字一個字，很慢卻很有力量地說：「我要直接挖了它！」

有風呼嘯著從窗外吹過。

光影彷彿一眨眼就暗淡了。秋薑定定地看著風小雅，有些震驚，又有點別的什麼東西，讓她覺得自己離他越發遙遠，遠得根本看不清晰。

第三回　前因

程國，唯方四大國之一，本是區區一座海島，土地貧瘠、人員稀少。不知何時起，島上的居民發現了一種鐵，用那種鐵打製出來的兵器格外鋒利。因此，在全民習武的情況下，再配以神兵利器，加上當時皇帝的野心，程國開始向外擴張，沒幾年，就將周邊島嶼全部囊括旗下。程王為了更好地統治國家，將島上原部族全部殺光，就這樣，以鐵血手腕奠定了程國的根基。

一晃百年。

第三十五代程王銘弓試圖仿效先祖繼續擴張，可惜時過境遷，燕、璧、宜三國都已非當年弱國，國力雄厚，易守難攻。銘弓雖有神兵猛將在手，亦難作為，連連敗仗之下，氣得中了風。當然，另有一說是頤殊為了奪位，對他下毒。總之，以戰養國的計畫徹底失敗。然而，程國還是很有錢。

錢從何來？

明面上看，是兵器買賣和歌舞伎場的賦稅，令它的經濟畸形卻又繁榮地繼續增長，但深入挖掘後，發現遠不止於此。

光從璧國來說，姜沉魚的父親姜仲，就養有三千名死士，這些死士有著嚴密的分工和紀律，能夠完成許多艱難的任務。而這樣的人才，絕非三兩年就能培養出來的。他們必須從小接受專業訓練，經過重重考驗才能成為死士。光靠姜仲自己，根本不可能做到。那麼這些死士是哪裡來的，又是如何培育的呢？

答案就在那三十九萬七千之中。

二十年來，有檔可查的三十九萬七千名孩童，就這樣被人販子拐走，送到程國，由一個祕密的組織挑選、分揀。適合練武的，送去訓練；長得漂亮的，送去賣藝；體弱多病的，奴役幹活後任之死掉。

日復一日，年復一年。

滴水穿石，成績驚人。

在姜沉魚與其父鬧翻之後，她終於查出家族死士的由來，這個祕密終於浮上水面。

因此，她要做的第一件事情就是——終止罪孽。

姜沉魚對薛采道：「我不管別的國家如何，但凡璧國境內，私販人口者，死。」

薛采定定地看了她很長一段時間，才欠身鞠了一躬。「臣遵旨。」

他徹夜難眠。姜沉魚的命令聽來簡單，但要實施起來，艱難至極。

首先，經過這麼多年的累積和沉澱，販賣組織已經頗具規模，自成一個完整體系。他們有錢、有勢，還有人，滲透在生活的方方面面，根本不可能一下子剷除；其次，組織真正的頭領在程國，璧國境內怎麼折騰都沒什麼，一旦涉及別國，稍有差池便成了國與國的大事。還有，不得不說，璧國也是此組織的受惠者，如果沒有這些死士，沒有這些像是草芥一樣可以隨意犧牲掉的棋子，那些不方便放到明面上來解決的事情，怎麼處理？

最後，還有一點，也是最重要的一點，姬嬰臨死前對他說過一個計畫，一個足以驚天地、泣鬼神的計畫。姬嬰本想用五年時間去完成它，卻沒有機會了，只好把這個遺志留給薛采。

「你可以做，也可以不做。」姬嬰當時是這麼說的。「你做了，我感激你；你不做，我也不會怪你。只當是姬家的命，四國的命，天下人的命罷了。」

垂死之人，再多遺憾、再多不甘、再多委屈、再多痛苦，卻因為知道快要結束，所以反而統統看開了。

年僅八歲的薛采跪在他面前，又氣又急，整個人都在抖。

最後他恨恨地說：「誰在乎你的感激，誰又在乎你怪不怪！」

姬嬰聞言一笑，伸出手，遲疑地、輕輕地，最終堅定地放在他頭上。

太小了。要是再大一點兒就好了。

太短了。要是教他的時間再長一點兒就好了。

太殘忍了。竟將這樣的祕密交付給這樣一個孩子。

「小采……」他一個字一個字地說：「別怕。」

薛采的戰慄，因這一句而停止了。他抬起頭，注視著眼前這個被稱為主人的男子，看著他的笑容，看著他溫柔的眼眸，心中像是有一道門被推開了，自那後，天高海闊，無所畏懼。

別怕。小采。

薛采於一年後，在相府的書房，想起姬嬰當時的表情，不知為何，心頭一鬆，笑了起來。

他將案卷合起，閉上眼睛慢慢地思索著。這件事實在牽涉太廣、影響太大，他必須把

每個細節都顧慮周全。他看似傲慢，其實心細如髮，在政事上最擅長把握殺與放的界限，給人的印象雖然強硬，但大部分事情其實都處理得很婉轉。

要不就是一擊必中，要不就是隱忍不發。

這就是璧國的新相，年僅九歲的薛采的行事作風。

最終，他決定暫時不動。這個毒瘤，起碼三年內都先不碰。

他把這個結果匯報給姜沉魚時，姜沉魚什麼都沒說。當天黃昏，姜沉魚去內院看望她曾經的死士師走。師走的花因為一場暴雨被淹了，他坐在輪椅上艱難地用一隻手掃水。姜沉魚看到那一幕時，眼眶微紅。

也就是在那一天，疲憊的薛采獨自一人回到相府，關在書房裡寫了一封信。

收信者是燕國的君王彰華。

不日，收到回信。

回信中，彰華給了一個建議——

「公了不成，何不私了？撼樹蚍蜉，未必不成。」

薛采如醍醐灌頂，立有所悟。

他一邊讓人在程國放出流言，說皇帝無子，不合國體；一邊收買大臣在朝堂上對頤殊施壓；再讓宮人在頤殊身邊吹風哪個氏族的兒郎如何如何俊俏……三管齊下，頤殊終於心動，決定選夫。

程國境內，當然優先考慮五大氏族的子嗣。其他三國嘛，頤殊看中的是宜國胡九仙的財力。璧國無所求，姜沉魚又跟她不和，為了氣她，頤殊故意點了薛采的名字。燕國的貴公子太多，頤殊本沒考慮風小雅，但彰華說選誰都可以，只要不是風小雅。如此一來，頤殊反對風小雅上了心，一打聽，這個男人居然如此霸道——

他有十一個侍妾！每次都是娶一個，處幾天，不喜歡了，扔山上去，再娶新的。

頤殊聽得牙癢癢，怒道：「他把女人當什麼了！」

而且，聽說他還是個超級懶漢，吃飯都要人餵，出入皆用馬車、滑竿，很少自己走路！

世人皆獵奇，權力越大的人越愛。頤殊無疑是已站在權力巔峰上的女人，該經歷的磨難都經歷過了，見過的奇人異士多如過江之鯽，但是像風小雅這樣的，還是第一次聽說。因此，在探訪風小雅的死士送回這樣的密報後，頤殊毅然決定，燕國選風小雅當王夫候選人。

就這樣，人選敲定，只等九月初九，八位公子齊聚蘆灣，歸元殿上，一決雌雄。

而在六月初九這日，風小雅來了璧國，與薛采會面。

他們的計畫就是——毒瘤難治，就把生長毒瘤的大樹砍掉。而且，要做得神不知、鬼不覺。

這個計畫看似粗糙簡單，細想之下，成功率卻很高。為了加重籌碼，薛采押上了頤非。

程國內，馬、王、周、雲、楊五大氏族根深柢固，地位不容動搖，想要戰勝他們當選王夫，並不是那麼容易的事情。但是，有頤非在的話，會好辦很多。

首先，除了馬、王兩家對頤殊死忠，周、雲兩家都是見風使舵的牆頭草，當年也是看二皇子涵祁和三皇子頤非都不行了，才轉頭效忠頤殊。如果此刻頤非回去，開出的條件夠吸引人的話，將那兩家爭取過來的可能性很大。

至於楊家，名存實亡，雖還掛著貴族的頭銜，但早從三代前便被發配鄰島，日日捕魚晒網，跟普通百姓沒什麼兩樣。只不過這一代出了一位賢者楊回，四處開學收徒，在民間名望興盛。但是這個楊回十分迂腐，認為女人稱帝大逆不道。頤殊為了表示大度愛才，登基後曾去拜訪這位「程國版言睿」，卻被他閉門不見，引為笑柄。頤殊為了表示大度愛才，……

總之，薛采對王夫之位勢在必得。但他也很清楚，頤非絕不是這麼容易乖乖受擺布的人。所以他先試探一下，如果頤非在半個程國的利益引誘下就同意的話，那麼，此人就算廢了。

書房中，薛采講完了前因後果，望向頤非。「你果然沒有令我失望。」

「你少用一副爺爺欣慰地看著孫子的表情看我。」頤非不屑。

「如果你真的答應了之前的條件，那麼我們反而不能用你了。」薛采破天荒地笑了笑，那樣一張故作深沉的小臉，只有笑起來時，還稍稍有點這個年齡的孩子應有的稚嫩氣息。「無欲乃剛，有私則斜。此事太過重要，我不希望一開始就在擇人上出現紕漏。」

頤非哈哈一笑。「所以你認為我抵擋住了誘惑，就變得可以信任了？」

「其實……」薛采慢吞吞地說道：「我一直覺得你可以信任，只不過——」

「只不過是證明給我看。」風小雅微微一笑。「畢竟，我不認識你，也不了解你。」

頤非沉默了。

風小雅和薛采都不再說話，任由他一個人靜靜地想。

過了很長一段時間，頤非突然抬頭，朝秋薑看過來。「她到底是誰？」

秋蕾一顫，內心深處，暗潮湧動著、晃蕩著，因這一番解釋而再度變得難受起來。
風小雅之所以休了她，是因為要做那樣的大事。他果然是個好人。
他若是好人的話……自己就是……壞人。
從前的我，真的是個混帳東西嗎？
秋蕾的睫毛如蝶翼般顫抖著，想看看風小雅此刻的表情，卻又不敢去看他此刻的表情。
「她是……」耳中，聽見風小雅刻意放低的嗓音，宛如一根蛛絲，緊緊吊著她的心，隨時都會斷裂，秋蕾的呼吸不由自主地停住了。
風小雅從她身上收回目光，恢復了淡然的表情。「她是我的前侍妾。」
「沒有別的？」頤非的眼眸閃閃發亮。「如果還對我說謊，所謂的合作就到此為止。」
風小雅和薛采交換了個眼神。
最後還是薛采開口：「你知道的，正如人販組織扎根在程國，最好的細作組織也在程國。」
秋蕾一驚，有種不祥的預感。
「組織名叫如意門，領頭者是一個叫如意夫人的人，如果出的價錢夠高，他們可以承接一些委託，讓你一遂心願。而秋蕾……」薛采看了她一眼。「是如意夫人派去刺探風兄祕密的細作。」
「你胡說！」秋蕾立刻反駁道：「不可能！我不是！」
薛采無視她的抗議，繼續說下去：「有人想從風兄身上挖掘祕密。所以，秋蕾出現了，成了他的十一侍妾，陪在身邊半年，被風兄察覺，身分曝光……」

「你胡說！不可能！絕不可能！」秋薑慌亂地衝到風小雅面前，急聲道：「你告訴他們不是這樣的，我怎麼可能是細作？」

風小雅靜靜地看著她，雖然他一個字都不說，但秋薑的心悠悠蕩蕩，像被水草勾住的浮萍，終於沉了下去。

「妳發現瞞不下去了，索性陷害風丞相跟龔小慧有染，氣死風丞相。風兄不得已對妳出手，妳頭部受傷，醒來後就不記得從前的事情了。風兄饒妳一命，將妳送上雲蒙山。但妳反骨猶在，不聲不響跑掉，機緣巧合下來了我府中。風兄知道後拜託我不要說穿，任妳在此長住。」薛采一口氣說完，睨著風小雅道：「還要我幫你說得更徹底些嗎？」

「不用。這就是事實。」風小雅冷冷地看著秋薑。「妳還有什麼疑問嗎？」

「你胡說，你們統統都是騙子！我不相信，我不信！」秋薑大喊一聲，扭頭撞開書房的門衝了出去。

屋子裡的三個人都沒有動，彼此對視一番。

風小雅轉向頤非。「那麼三皇子呢，還有什麼疑問嗎？」

頤非皺著眉頭。「她真的是細作？」

「如意夫人的嫡傳弟子，代號瑪瑙，人稱七兒，精百計，擅偽裝，又名千知鳥。」

頤非「哇」了一聲：「這樣危險的女人你還留著？見我殺她還那麼緊張？」

風小雅的目光閃爍了幾下，別過頭去不說話了。

薛采則悠悠道：「其實，我是刻意把她留給你的。」

「什麼？我？」頤非揚眉。

「她失憶了，對如意夫人的忠誠也就蕩然無存。但技能還在，如果你想做點兒什麼

事，她將是個很好的幫手。所以，你知道該怎麼做了。」說完最後一句話後，薛采走上前親自解開頤非身上的繩索。

頤非道：「我好像還沒答應加入你們這個瘋狂的狗屁計畫。」

「你會的。」薛采揚唇自信一笑。

依稀有光從大開著的窗櫺外照進來，點亮了他的這個笑容。頤非忽然發現，自己再也說不出一個字來。

他已無話可說。

薛采太了解他了。

了解到，知道他不可利誘，卻有軟肋可以打動。

二十年……

三十九萬七千。

這個數字裡，其實包含了三個人。

三個深深烙印在他的記憶裡，難以忘懷也不會褪色，變成瘡疤疼痛著、腐爛著，但永遠也不會癒合的名字——

松竹，山水，還有……琴酒。

圖璧四年六月初八，程國宮變。

公主頤殊在燕、宜兩位君王的扶植下，迅速掌控時局；而頤非，作為這場皇位之爭的

失敗者，不得不燒了府邸連夜逃亡。

逃亡的密道早已備好，就在湖底，不料竟真有用到的一天。

他跳入湖中，憋著一口氣沉到湖底，好不容易游到湖西北角的巨岩旁，就暗道一聲不妙。

密道始挖於五年前，五年來從未用及，加之要避人耳目，自不可能疏通打理，年分一久，湖底的淤泥和水草竟將洞口糊了個嚴嚴實實。

侍從們見此光景，忙拔劍的拔劍、掏匕首的掏匕首，上去披斬。

眼見時間一點點過去，洞口的水草越來越少，有幾個實在憋不住浮到水面換氣，結果岸上飛來一片箭雨，瞬間將他們射成了刺蝟。

琴酒在水下一看不好，連忙臂上加力，將洞口的水草劈出一個缺口來，雖然很小，但已夠一人鑽入。

琴酒比手勢讓頤非先走。

頤非剛要鑽，身後一道寒光襲來，他連忙朝旁閃避，那道光擦著他的身體劃向了岩壁。

轉頭一看，卻是頤殊的追兵們趕到了。剛才上去換氣的侍從暴露了他們的行蹤，追兵們紛紛跳湖下來追捕。

頤非雖精通水性，但畢竟入水時間已久，無法換氣的後果就是行動遲鈍。第二道刀光劈來時，他想躲，沒能躲開，一刀正中後背，若非刀在水中重力大減，只怕會被就此劈穿。

松竹腳上一蹬，衝了過來，一邊將他推向密道，一邊用自己的身體擋住剩餘的刀光。

頤非費力地爬進洞口，轉身剛想救松竹，就見猩紅色的液體在水中膨脹開來。與此同時，繼他之後爬進洞裡的琴酒一把扣住他的胳膊，將他往密道深處拉。

湖水冰涼。

但頤非眼眶處，又痛又漲，一片溫熱。

水草隨著這場打鬥四下搖擺，宛如幼年惡夢裡張牙舞爪的妖魔，而在妖魔的籠罩下，青衣的松竹，還有白衣的山水，就那樣一點點地被染成了鮮紅。

頤非永遠無法忘記，松竹和山水死前的樣子。

更無法忘記，他逃出程國時是多麼屈辱和狼狽。他們約好了要一起走，從頭來過，可一眨眼，最重要的人已人鬼殊途。

很多東西其實是無法割捨的。

尤其是，他失去的已經太多太多，到頭來，兩手空空，連僅有的三個生死與共的下屬，也全沒了。

繼松竹和山水之後，琴酒也一病不起。他們好不容易東躲西藏找到了璧國使臣的船，再也抵抗不了病痛折磨的琴酒，為了不成為頤非的累贅，背著石頭沉進了海裡。

他們三個，都是童年時被拐賣到程國的孩子，接受殘忍的訓練後，成為合格的死士。頤非從品先生手中買了他們，從此之後，他們成了他最親密的人。

他還記得第一次跟他們見面時的情景。

品先生領著三個一般高矮胖瘦，甚至長相也差不多的十七歲少年進來，讓他們現場展露武功給頤非看。

三個少年全都武技不凡，百步穿楊。

頤非很是滿意，問品先生：「怎麼賣？」

品先生伸出了五個手指。

「五十金？不貴。來人……」他剛要命人拿錢，品先生呵呵笑了起來。

「不是五十，是五百金。」

頤非吃了一驚。以他對死士的了解，一人五十金算頂天了。而這三人，居然要五百金！

「為什麼？」他忍不住問。

「如果你單買一人，五十金。如果你三個全要，那麼，五百金，不講價。」

「買三個你不打折，還抬價……他們有什麼過人之處？」頤非何等機靈，品先生這麼一說，他頓時明白了。

品先生什麼也沒說，只是把三個少年的眼睛蒙上，然後給每個人一個鼓，讓他們隨便敲三下。

在安靜得針掉到地上都能聽見的房間裡，三個少年靜靜地站著，然後同時抬臂、擊鼓，停止。過了一會兒，又同時抬臂、擊鼓、停止。

三記鼓聲，全部同時起、同時止，心有靈犀，宛如一人。

頤非嘆為觀止，當即命人去準備五百金。

在等錢的過程中，頤非問品先生：「他們武功不錯，又很有默契，那麼忠誠方面如何呢？」

品先生聽後，對三個少年道：「每人打自己一拳。」

少年們還蒙著眼罩，一聽這話，絲毫沒有猶豫，各打了自己一拳，拳聲同樣整齊。

品先生上前挑開他們的衣服，只見胸口上，三個青紅色的拳印高高腫起——果然是對自己沒有半分留情。

頤非將這一幕看在眼中，若有所思。這時黃金取到，品先生點清了金錠，一笑道：「好了，你們三個從現在開始就是三皇子的人了。三皇子是你們的主人，你們知道該怎麼做了。」

「拜見新主人！」三個少年同時跪地。

頤非上前將他們的眼罩一一解開，眼罩下的臉龐，年輕呆板，面無表情，連受傷的痛苦都毫不可見。

頤非的目光從第一個人看到第三個人，然後再從第三個人看回第一個人，最後，從袖子裡取出三塊糖，朝他們笑了一笑。「我請你們吃糖。跟著我，不挨打，能吃糖。」

就是這麼一句話，頃刻間點亮了三張原本已經死去的臉。

跟著我，不挨打，能吃糖。

彼時的頤非是真的認為，自己一定會贏的。比起荏弱無能的大哥麟素，剛愎寡恩的二哥涵祁，他無論從哪方面來說都是最適合的儲君。

沒有顯赫的出身又如何，不被父王喜愛又如何，在程國這個實力大於一切的國度裡，他韜光養晦，玩世不恭，一點點地積攢和擴張著自己的勢力……

結果，卻輸給了一個女人。

世事諷刺，莫過於此。

跟著他的屬下們不但沒有糖吃，還紛紛丟掉了性命。

山水、松竹、琴酒。

他們當然不叫這三個名字。他們本有自己的名字、自己的家，卻被萬惡的人販誘拐，從此開始了地獄般的人生。生得屈辱，死得也毫無尊嚴。

而像他們那樣的人，有三十九萬七千，甚至更多……

這是程國的罪孽嗎？

頤非彷彿已經看見末日來臨，有神靈在天上宣判，說——

「程，汝罪惡滔天，當淹沒。」

然後，那座形似巨蛇的島嶼就沉下去、沉下去，沉了下去。

一朵濃雲飄過來，遮住隱透的晨光。

秋薑坐在臺階上，倚靠欄杆，看著陰下來的天空，就那麼痴痴地看著，彷彿那已是她關注的全部。

一件彩衣忽然撞進視線中。

頤非出現在院門口，與她遙遙相望。見她絲毫沒有要招呼他的意思，便抬步走進來。

「妳真的不記得了嗎？」

「他們說謊。」

「喔？」

「他們說謊。」

「喔。」

「他們說謊！」秋薑突然被激怒，跳了起來。「風小雅說謊，我不是細作！我也不希罕做他的侍妾，就算他不給我休書，我也早就想擺脫他的，何必要捏造罪名，強加給一個無依無靠、父母雙亡的我……」

頤非突然出手。

他的手很快，一下子扣住她的手腕，另一隻手朝她頭頂拍落。秋薑下意識翻身一扭，騰空踩著他的肩膀飛起，一個觔斗躍到他身後。然而不等秋薑站穩，頤非已出腿掃她下盤。

頤非邊打邊問：「妳的武功哪裡來的？」

「父親教的。」

「妳父親是誰？」

「秋峰，曾做過鏢師。」

「區區鏢師能教出妳這樣的女兒？」

「我青出於藍。」

對話間，兩人已過了十招。

頤非攻擊不斷，秋薑則飛來飛去地閃避。頤非快，秋薑卻更靈巧。

「何為佛教三藏？」

秋薑呆了一下，但仍是極為流暢地答了出來：「總說根本教義為經，述說戒律為律，闡發教義為論。」

「何為三墳？」

「伏羲、神農、黃帝。」

「何為十二律？」

「黃鐘、大呂、太簇、夾鐘、姑洗、仲呂、蕤賓、林鐘、夷則、南呂、無射和應鐘。」

「何為如意七寶？」

「一寶金，二寶銀，三寶琉璃，四寶頗梨……」秋薑本是踩著欄杆想跳上屋頂的，但背到這裡，突似想到什麼，整個人一震，腳下踩空，摔了下來。

頤非也不救，任她摔到地上，沉聲道：「想起來了？」

秋薑渾身顫抖地看著前方，喃喃背出後半句話：「五寶硨磲，六寶赤珠，七……七寶……瑪瑙。」

「妳通音律，曉佛學，知百史，會武功……妳還覺得，這些都是巧合嗎，瑪瑙？」

「我不是瑪瑙！」

「那麼……七兒？」

「我也不是七兒！」秋薑憤怒地爬起來，抹去臉上的泥土，轉身就走。

頤非步步緊跟。「妳還想偽裝多久？」

秋薑頭也不回。「我沒有偽裝！」

她快步走到小屋前，打開門，正要進去，卻在見到裡面的場景時怵目驚心——

小小的屋子裡四張床。

因為要下雨，天色很暗，但已近卯時。平日裡這個時候，相府的婢女們就該起床幹活了，然而此刻，三人躺在地上，全都驚恐地睜著眼睛，一動不動。

秋薑衝進去，抱起其中一人的頭。「東兒！東兒！」

東兒沒有呼吸。

她又去抱第二人。「憐憐！憐憐！不、不……」
頤非站在門口，也是一臉震驚。
秋薑急切地摸索著憐憐的傷口，顫聲道：「她們是被一劍割喉而死，出劍的人動作很快，只用了一劍，三個人就全死了……」
頤非走進來，檢查第三人，也就是香香的咽喉，點頭道：「確實。幾乎沒怎麼流血。」
「怎麼會這樣……」秋薑求助地看著他。「是誰？是誰殺了她們？為什麼要殺她們？」
「妳問我？妳不是一直在外面的臺階上坐著嗎？」
秋薑頓時變色。她自書房跑出來後，心亂如麻，雖然回了小院，卻沒進屋，坐在外頭發呆，哪料到屋內竟然出了命案！
頤非看到一樣東西，目光一亮，再看秋薑的表情裡就多了很多情緒。「其實……妳不應該看不出來吧？」
「什、什麼？」
「這麼快的刀，難道妳是第一次見？」
秋薑大怒，正想反駁，頤非掰開香香緊握的拳頭，從裡面取出一樣東西，拈到她面前——
那是一只風鈴。
鈴身是用頗梨雕刻而成，血般鮮紅。
彷彿一隻血紅色的魔眼，凝住秋薑視線的同時，也定住了她的心。
「妳是不是想說，這玩意妳也是第一次見？」
秋薑的眼淚毫無預兆地流了下來。

她定定地看著頤非手中的風鈴。

頗梨雕製的風鈴，只有鈴壁沒有鈴芯，因此是沒有聲音的。因為它本就不是為了發聲而製。它是信物，也是象徵。

代表著擁有者的身分，乃是天下最神祕的組織——如意門中最厲害的七個弟子裡的第四人——頗梨。

秋薑是第一次見到這個風鈴。

正因如此，她才哭了。

因為，她本不該認識這樣東西，卻在看見的第一眼就知道它是什麼。就像是她看到薛采書房抽屜裡的那些墨石時，第一眼就知道它們分別是什麼類型的墨，適合用來做什麼。

沒有人可以天生擁有這種技能。

必須經歷大量嚴苛的訓練才能掌握。

而秋薑，偏偏忘記了那個學習的過程。

這同時意味著，她忘卻了自己本來的身分。她只記得自己是風小雅的侍妾，卻忘記了，她怎麼嫁給他的，又為什麼嫁給他。

「有人想從風兄身上挖掘祕密。所以，秋薑出現了，成了他的十一侍妾，陪在身邊半年，終被風兄察覺，身分曝光……」

「妳發現瞞不下去了，索性陷害風丞相跟龔小慧有染，氣死風丞相。風兄不得已對妳出手，妳頭部受傷，醒來後就不記得從前的事情了。風兄饒妳一命，將妳送上雲蒙山。但妳反骨猶在，不聲不響跑掉。機緣巧合下來了我府中。風兄知道後拜託我不要說穿，任妳在此間長住。」

薛采的聲音於此刻迴響在耳邊，映襯著眼前的三具屍體，顯得越發怵目驚心起來。

秋薑渾身發抖，必須極力遏制才能再次扶起東兒的頭，面對這張一度最親近的同伴臉龐——東兒睜著大大的眼睛，雖然喉嚨上的劍傷非常乾脆俐落，說明她死得很快，但她的表情十分恐懼，五官全都扭曲了。

所以，東兒、憐憐和香香在死前經歷過什麼，秋薑連想都不敢想。

她只能淚流滿面地將東兒抱入懷中，抱著那具已經僵硬冰冷的身體，泣不成聲。

頤非在一旁冷冷地看著她，一改平日的輕浮誇張，顯得冷酷異常。「她們是因妳而死的。」

秋薑死命地咬住下唇。

「凶手肯定是來找妳的，而當時我正好劫持了妳逃離在外，薛相的下屬們全出來追我們，府內疏於防範，凶手才得以直闖而入，向她們逼供妳的下落。」

「不、不……」

「這些婢女自然不會知道老實乖巧的阿秋，就是如意門的七兒，凶手什麼都問不出來，又找不到妳，一怒之下殺人滅口。」

「不要……再、說了……」

「他留下這個風鈴，也許是無意，也許是故意，他在故意提醒妳和警告妳，要妳趕快回去。」

「不要再說了！」秋薑大吼一聲，跳起來一拳打向頤非胸口。

頤非不閃不避，硬生生地挨了她一拳。

拳頭入肉，便像是被牆擋住一般，再不能進入半分。

秋薑張了張嘴巴，卻沒法再說一個字。

頤非忽然伸手，包住她的拳頭。「憤怒嗎？」

秋薑一顫。

「還是……覺得委屈呢？」頤非的眼神宛如一把鋒利的刀，慢慢地、不動聲色卻又切切實實地剮剜著她。「是不是覺得這一切跟妳有什麼關係？明明都不記得了，不是嗎？不記得自己做過怎樣傷天害理的事情，不記得自己都跟誰有過交集，把過去拋了個徹徹底底、乾乾淨淨！所以，想不起來就是想不起來，為什麼要為此事負責，為什麼要變成自己的罪過——妳是不是這麼想的？」

秋薑的拳頭在他手中拚命掙扎，想要掙脫，卻被他死死握住，絲毫動彈不了。

於是秋薑後退，但她退一步，頤非就前進一步，一步一步，最終將她逼到牆角。

一道白光映亮他和她的眼睛，緊跟著一記重雷轟隆隆地砸了下來。

暴雨醞釀到此時，終於傾盆而下。

秋薑的眼淚跟門外的雨一般，洶湧肆流。

一時間，氤氳的水氣，薰染了屋內的死寂，淡淡的血腥味再次蔓延。秋薑的呼吸變得無比急促，她覺得自己快要透不過氣來。

頤非沉聲道：「我再問妳一遍——真的，想不起來了嗎？」

秋薑開口，聲音卻突然啞了，怎麼也發不出來，她拚命深呼吸，想讓自己冷靜，但越著急就越不行，急得她額頭上的冷汗跟著眼淚一起流下來。

頤非突然鬆手，秋薑雙腿一軟，倒了下去。

她倒在牆角，額頭抵著冰涼的牆，渾身顫抖。

頤非露出失望之色，發出一聲冷笑。「還以為會有多厲害呢，不過如此而已。」

他轉身走了出去。

大雨如潑，但他絲毫沒有理會，就那樣大踏步地走了出去。

大雨很快將他全身打溼。

他的每一步都走得很堅定。

他一直走、一直走，最後走到薛采的書房前，「刷」地拉開門，雷電在他身後扯裂黑幕，他的身影看起來高大又孤傲。

而頤非，就用那種孤傲的神情，望著薛采，沉聲道：「我去程國。」

薛采本在書桌後看奏書，聞言將文書一放，抬起霜露凝珠般的眼眸。

頤非與他對視，目光毫不退讓。「但我有三個條件。第一，不得干涉我的任何行為；第二，不得跟蹤監視我；第三，也是最重要的一點——我不要那個女人。」

薛采目光閃爍，過了片刻，才點一點頭。「行。」

頤非轉身就走。

薛采在他身後道：「關於最後一點……我可不可以問問為什麼？」

頤非笑了笑。「第一，我對別人的女人沒興趣；第二，我對你拚命想塞給我的女人更沒興趣；第三……」

薛采靜靜地等著。

頤非卻閉上嘴巴，眼中閃過一線異色，沒再往下說，重新淋著雨走掉了。

薛采一直望著他的背影，直到密密麻麻的雨珠將他完全吞噬。

「被你說中了，他真的是個很謹慎的人。」只點了一盞燈的書房陰影幽幽，而在最濃

幽的屏風後，孟不離和焦不棄抬著風小雅走出來。

薛采的目光依舊停留在頤非消失的地方，答：「誰遭遇了他那樣的事情，都會變得很謹慎的。」

「他會照著我們的計畫走下去嗎？」

「也許會比你的計畫更精采。」

「你對他這麼有信心？」

薛采這才將目光收回來，轉投到坐在滑竿上的風小雅臉上，微微一笑。「此地的主人生前曾對程國三皇子有過一句評價。」

風小雅的眼睛亮了起來。「你是說淇奧侯姬嬰嗎？」

「他說——如果程國落到頤非手中，璧國將很危險。我將之視為最高讚美。」

風小雅沉吟道：「所以姬嬰當年扶植他的妹妹當程王？」

「是。」

「既然如此，為何你今日要縱虎歸山？不怕璧國陷入危險之中？」

「因為……」薛采低下頭，輕輕撫摸著手上的奏書，緩緩道：「有些東西，比王權霸業重要。不是嗎？」

奏摺是戶部尚書寫的，上面統計了圖璧五年內失蹤的所有孩童資料。然後姜沉魚寫了批語。

批語只有一句話——

「家失子，國失德。民之痛，君之罪。」

最後的「罪」字，被什麼東西暈開了，幾乎看不清楚。

薛采知道，那是姜沉魚的眼淚。

他抬起頭，長長地嘆了口氣，然後叫來張嬸，讓她好生安葬無辜死去的三名婢女；再通知府內下人，最近有凶徒出沒，相府不安全，賜眾人賣身契放歸。

張嬸大驚失色慌忙勸阻，薛采卻不為所動，最後張嬸沒辦法，只好哭哭啼啼地去辦了。

薛采吩咐完這一切後，起身走到門口，望著外面的雨，凝眸不語。

風小雅始終沒有離開，直到此刻才再度開口：「我們會成功的。」

薛采回眸，烏黑的瞳眸點綴了他素白的臉頰，他彷彿還是個少年，又彷彿，已老去了很多年。

多情滅心，多智折齡。

塵世不饒人。

第四回 啟程

頤非的馬車衝破重重雨幕，飛快地奔馳在長街上。

暴雨的緣故，長街冷冷清清，街旁的店鋪也遲遲未開，毫無平日裡的喧囂熱鬧。

一家酒樓的旗子被風吹得呼呼作響，竹竿終於承受不了重量，「啪」地折斷，倒了下來。眼看就要砸在前行的馬車上，車夫連忙勒馬，兩匹馬卻受了驚嚇，抬蹄就要嘶吼。一道青影閃過，以車為跳板，縱身躍起，腳尖踢上斷折的竹竿，只聽「呼啦」一聲，旗子被掉了個頭，倒向另一邊。

那人動作不停，翻身橫落在馬背上，將正要癲狂的馬強行壓回地面。

一切都發生在電光石火間。車夫只覺眼前一花，一切已歸復原樣。

而這時，意識到不對勁的頤非才探頭出來道：「怎麼了？」

青衣人順著馬背滑到地上，反手打開一把傘，青色的油紙傘面上，一朵白色的薑花靜靜綻放。

隨著那薑花圖案一點點抬起，傘下先是露出尖尖下頷，緊跟著，是小口瑤唇，鼻尖秀美、鼻翼挺直、眸亮眉長、額頭光潔……

來人正是秋薑。

卻又有點不一樣了。
彼時的秋薑，是相府裡最不起眼的婢女，低眉斂目、溫順乖巧，不張揚，也不出挑。
但此刻站在車前的這個秋薑，瞳極亮，宛如映照在黑琉璃上的一弧月影，流光溢彩；笑極靜，宛如覆在煙霧上的紗，底下氤氳蕩漾，但表面波瀾不驚。
她是那麼自信。
自信得讓人幾乎認不出來。
頤非定定地望著她。
而秋薑，就那麼筆直地站在前方，攔住馬車，擋住去路，抬頭說了一句話——
「我也要去程國。」
頤非「喔」了一聲，擺了擺手。「再見。」
他「啪」地關上車門。
秋薑一怔，連忙拍門。「等等，再見是什麼意思？」
車內，傳出頤非因為不再那麼輕佻，而顯得有些陌生的聲音：「再見，就是再也不要見面。」
車夫無奈舉鞭，驅動馬匹，馬車從秋薑身邊擦身而過。
秋薑跺了跺腳，追上去。
「為什麼？之前不是你硬逼我面對事實的嗎？我好不容易鼓起勇氣要跟你一起去程國尋訪真相，為什麼拒絕我？」
「喀嚓」一聲，車窗開了。
頤非只露出半張臉、一隻眼睛，厭厭地望著她。

「糾正妳三點。第一，我煩妳；第二，我很煩妳；第三，我特別煩妳；第四……」

秋薑揚眉。「不是只有三點嗎？」

頤非張了張嘴巴，說不下去，最後「喀嚓」一聲，把車窗又關上了。

馬車加快速度，在雨幕中疾馳。濃密的雨線宛如一張大網，罩住不可知的前途。

眼看馬車就要遠得看不見了，秋薑豎起三根手指，悠悠數道：「三、二……一！」

話音剛落，前方一聲巨響，原來是車輪崩掉了，整個車子頓時散了架，七零八落地癱在路上。

頤非狼狽地從碎裂的車廂裡爬起來，撥開被雨淋溼的頭髮，轉頭看向秋薑。

長街又復寂靜，他和她站在道路的兩端，遙遙相望。

秋薑向他伸出手，掌心上，赫然躺著兩塊伏兔（註1），正是從馬車車軸上卸下來的。

「我要去程國。帶我去。不然，我有九百九十九種方法，讓你一路不得安寧。」

頤非氣得抹了把臉上的雨水，破口大罵：「不要臉！」

秋薑挑了挑眉毛。「就算我不要臉，也是……」

「我不是說妳！」

秋薑一怔。

頤非恨得牙癢，必須拚命遏制自己，才能忍住心底的怒火和衝動，最後「啐」了一聲：「小狐狸，果然說話跟放屁一樣，沒一句算話的！」難怪薛采剛才答應得那麼痛快，

註1　位在車輿之下、車軸之上，形狀和兔子相似，上面是平的，下面是內凹的，正好可以卡在車軸上，有減震的作用。

因為他算準了秋蘄會跟上來。

「小狐狸？」秋蘄蹙眉。「你是指薛相嗎？」

「不要再在我面前提這個人！如果妳還想跟我一起走的話。」頤非翻身上馬，示意秋蘄上另一匹馬。

秋蘄大喜，連忙跑過去跳上馬背。

「約法三章。第一，不得干涉我的任何行為；第二，不得跟蹤監視我；第三……」頤非說到這裡，忽然閉上嘴巴。

秋蘄等著下文。

「算了，沒有第三了！」

「你算數好像不太好，剛才也數錯了。」

「閉嘴。」

「為什麼？」

「第三，閉嘴！」頤非拍了一下馬屁股，馬兒立刻撒腿狂奔。秋蘄連忙跟上。

殘破不堪的車廂碎片中，車夫淋著雨，呆呆地注視著兩騎飛快消失在道路的那一頭，才喃喃說了一句話——

「那個……你倆騎馬走了，我……怎麼走？」

大雨下了整整一天。

入夜時依舊沒有停歇。

頤非和秋蘄抵達一處名叫「錦珀」的小鎮。

璧國帝都附近的城鎮多以玉為名，這個名叫錦珀的鎮子雖小，卻因為是進京要道，十分繁華。

青石長街兩頭燈光璀璨，映得地面水光斑斕。

頤非在一家看起來最大、最豪華的客棧前下馬，把馬韁扔給迎上來的夥計後，吩咐：「來壺好酒，再來十個饅頭。」停一停，看了眼秋薑，又補充道：「至於她，稀粥鹹菜。」

「等一下！」秋薑不滿地抗議。「為什麼我是稀粥鹹菜？我要吃好的！」

頤非睨著她。

她只裝沒看見，吩咐：「我要二斤八兩重的清蒸鱸魚，紅燜菇盒一個，茭白還沒過季，來份素炒茭白。葷菜嘛，小牛腰煎到四分熟即可。主食要鹹肉千張包。唔，差不多了，再來一碗蓴菜湯。」

頤非的目光轉為瞪視。「妳要宴客？」

「只是便飯。」

「妳區區一個婢女要吃這麼多？」

「你錯了。」秋薑糾正他。「之前，我是個區區婢女，但現在，我自由了。」

「自由地變成了一個飯桶嗎？」頤非一邊冷嘲熱諷，一邊大步走進客棧。

大堂內燈火如晝，雨夜的緣故，客人很多。

頤非挑了一張最東角的桌子坐下，沒多會兒，秋薑點的那些菜便陸陸續續上來了。但頤非只是喝酒，那些香噴噴的菜餚一筷子也沒有碰。

他不吃，秋薑也不勸，逕自捧起湯碗為自己盛了滿滿一碗，剛喝一口，就將碗「匡噹」一聲砸在地上。

所有人的目光霎時朝這邊轉了過來。

秋薑拍案罵道：「這做的都是什麼玩意，難吃死了！你們廚子是誰？叫他出來！」

店夥計們面面相覷，大堂內一片寂靜，所有人都屏住了呼吸看熱鬧。

秋薑挑了挑眉，厲聲道：「怎麼，敢做不敢承認？做得這麼難吃，這家店還是趁早關門算了！」

話音剛落，一人從後堂衝出來。「是、是、是誰？說、說、說老子的菜難、難吃？」

有人指了指秋薑，於是那人一路狂奔到秋薑面前，指著她的鼻子問：「妳？」

此人四十出頭年紀，骨瘦如柴，一副營養不良的模樣，還口吃，沒想到，竟是此間客棧的大廚。

秋薑神色不變，鎮定地說：「是的。這個蓴菜湯難喝死了。」

「妳、妳、妳敢說老子菜難、難吃，不、不想混了？方、方圓十里，誰、誰、誰不知道我、我廚三刀？」大廚氣得眼都紅了。「妳、妳、妳可知是哪三、三刀？」

「唔……龍牙、虎翼和犬神？」

頤非「噗哧」一笑。

大廚壓根沒料到秋薑竟會回答，不由得一呆。「什、什、什麼亂七八、八、八糟的？」

「上古三大邪器不是嗎？亂世時曾出現過的。」

「妳才、才、才邪器！」「刷刷刷」三道銀光閃過，大廚雙手各拿一把菜刀，口中還叼了一把菜刀，擺了一個十分炫酷的姿勢，引得周遭一干人等紛紛鼓掌。

「好棒！又見到廚三刀的三刀了！」

「是啊、是啊，好久沒見到了啊！」

「這女娃要倒楣了……」

在議論聲中，廚三刀對秋薑道：「看、看、看好了！」

伴隨著最後一個字，三把刀同時飛起，如疾風驟雨一般落到秋薑面前的清蒸鱸魚上。

而等刀光再停下來時，桌上的鱸魚看似沒有變化，但魚身上出現無數道刀痕，每一道間的距離都是均等的。

「一百刀，妳數數。」

廚三刀滿臉驕傲。

要知道鱸魚極嫩，尤其是熟了的鱸魚，筷子一夾就碎了，更別提用菜刀再連肉帶刺地這麼均勻切成一百片了。

不得不說，此家客棧之所以能成為錦珀第一，大半也是靠了這位大廚的神技。

四周掌聲如雷。

廚三刀得意洋洋地看著秋薑。「妳服不？」

秋薑忽然伸手。

她的動作並不快，所有人都看得很清楚，包括廚三刀自己，想要躲避，卻沒避開。廚三刀就那麼眼睜睜看著自己的刀莫名其妙地落入秋薑手中。

「妳！」他剛罵了一個字，秋薑就用他的刀開始切魚了。

還是那條鱸魚。

被廚三刀豎向切成薄如蟬翼的一百片後，又被秋薑拿來切。

與廚三刀那令人眼花撩亂、異常華麗的刀技不同，秋薑的手法十分簡單。

所有人都能看得清清楚楚。

看著她刀起，切落；刀起，再落……一刀接一刀，三把刀帶著一種特殊的節奏，在她手中依次落下，將魚又橫向切了一遍。

魚片本已極薄、極軟，在她手下卻異常聽話，彷彿花朵綻放一般，有條不紊，錯落有序。

如此過了一刻鐘時間。

當秋薑終於停下來，把三把刀都接在手中時，人人都不由自主地長吸一口氣。

「一百刀，你要不要也數一數？」秋薑衝著廚三刀微微一笑。

廚三刀已無法回答。

他根本連一個字都說不出來。

魚身細長，豎切一百片已是登峰造極，而此人，卻能橫著再切一百片。

這是何等可怕的技藝？

秋薑將菜刀遞還，用同樣緩慢到足夠讓所有人都能看清楚的動作，但廚三刀還是沒能躲開，被硬塞了三把刀在手中。

「這道湯，雖然也是用雞絲火腿做湯底，卻偷懶沒有事先將蓴菜煮沸瀝乾，被直接丟到原汁裡煮。你怕味道不夠香，還淋了一勺豬油進去。湯過醇則膩，菜不焯則澀。我現在可以說它做得難吃了嗎？」

廚三刀張開嘴巴，然後又閉上，再張開，再閉上，最終跺一跺腳，撲地就拜。「妳、妳、妳是我祖宗！我、我、我服！收、收我為徒吧！」

秋薑溫柔地伸手，將他扶起來，然後溫柔地笑笑，溫柔地說了一句：「我不要。」

大堂一片哄笑。

而這笑聲，久久未絕。

半個時辰後，秋薑住進二樓的地字三號房時，還能聽到樓下大堂的喧囂聲。

所有客人都在興致勃勃地討論剛才發生的這一幕。他們說，錦珀鎮來了個女易牙，一手好刀工，一上來就砸了鼎鼎大名的廚三刀的場。

然而秋薑注視著桌上的燭火，沒有絲毫得意之色，相反的，她的表情十分沉靜，還帶了點兒陰鬱，眼底絲絲縷縷，盡是思緒。

她從頭上拔下幾根頭髮，仔仔細細地別在門縫和窗縫裡，然後衣服也沒脫，吹燈、上床、睡下。

她睡得很不安穩，夢境裡一片氤氳水氣，像是發生很多很多事情，但又什麼都沒發生。

等她再睜開眼睛時，天已大亮。

她第一個動作，就是竄到門邊查看昨晚別進去的那根頭髮，然後，臉色頓變——

頭髮……沒有了……

也就是說……

昨夜有人打開過這扇門……

進到了她的房間……

而她……

完全沒有察覺到。

秋薑下樓吃早餐時，大堂的客人們還在討論她，她那神奇的一百刀，以及她的年輕。

當她出現時，大家同時指指點點，口中說著「就是她、就是她」。
而廚三刀更像是等了許久，「嗖」地衝到她面前，滿面紅光道：「祖宗，您、您起了？」
大堂內有人嗤笑。
廚三刀回頭瞪他。「笑、笑什麼笑，願、願賭服輸！這姑娘今、今天起就是我祖宗了！」
這下子，所有人都笑了。連秋薑的臉都有點繃不住，笑了笑。
「這、這邊請——」廚三刀殷切地將她領到視野最好的雅座上，只見上面已滿滿擺了一桌佳餚。「早、早餐……請祖宗指、指點。」
秋薑一看，八葷八素，葷菜精緻，素菜也著實不含糊，看得出是費了一番心思做的。
秋薑夾了一筷香拌豆干放入口中。廚三刀緊張地屏住呼吸。「如、如何？」
「好吃。」秋薑笑了笑。
廚三刀鬆一大口氣，從袖子裡取出塊汗巾擦了擦已經冒汗的額頭。「做、做一夜，沒、沒睡。」
「那真是辛苦了……」秋薑看著桌上的菜餚，目光閃爍不定，過了好一會兒，才抬頭道：「你知不知道鱸魚怎樣做更好吃？」
「請、請賜教。」
「昨晚的鱸魚你用了十二味香料烹飪調製它的湯汁，確實又香又醇，但是，湯汁不該直接澆在魚中一起蒸，而應放小碗中跟魚一起燜蒸，待魚熟後再將湯汁從碗中倒在魚上，如此一來，澆汁比生汁要少一些澀味，魚肉會更加鮮香溫軟。」秋薑說到這裡，掃了眼在座全部傾耳聆聽的客人一眼，對廚三刀勾了勾手指。「還有最最重要的一個祕方，你附耳過來，我只跟你說。」

廚三刀大喜過望，其他人則紛紛露出失望之色。更有客人拍案道：「女易牙，別藏私啊，有什麼好方子說出來大家一起分享嘛！」

「對啊、對啊，讓我們也學學嘛！」

秋薑一笑。「行啊，只要你們也認我當祖宗。」

一語冷場。

所有人同時閉上嘴巴。只有廚三刀哈哈大笑，得意道：「我、我認的，所以，只、只教我！」

他湊到秋薑面前，秋薑壓低嗓子，用只有他們兩個能夠聽到的聲音道：「那個祕方就是——讓替你做這桌子菜的人去死。」

伴隨著最後一個「死」字，秋薑一下子掀翻桌子，衝入後堂廚房。

廚三刀高聲喊：「攔住她！」

廚房裡原本有三個打雜的，聞聲抄起菜刀朝她撲過來。秋薑毫不留情，一抓一個丟出門去，直衝到最大的灶臺前。

廚房裡一共有三個灶。

最大的灶臺在最裡面，光線也最暗淡。一個頭髮花白的男人弓著背，用一根半人多長的竹筒在吹火，每吹一口氣，就停下來咳嗽一聲，再吹，再咳嗽。

秋薑放慢腳步，一步一步走過去。

男人忽然開口：「往鍋裡再加壺水，避開那些湯盅，七主飯後都要喝一碗燉得酥酥爛爛、香香濃濃的湯，而我燉的湯啊，最地道，因為我從不往裡面加水……用的都是鍋裡的蒸露，蒸露滴進盅裡，一滴一滴，盡得精髓。」

秋薑走到鍋旁，掀開足有一張圓桌那麼大的蓋子，只見裡面架著一個大蒸架，架上放著七七四十九只雞蛋大小的盅罐，每只的材質還不一樣，有的是竹子，有的是木頭，有的是玉，有的是石頭……而罐子裡裝的東西也琳琅滿目，一眼看去，光肉類就有十二種之多，更別提一些奇形怪狀的香料。

蒸架下方是一大鍋沸騰的水，水氣瀰漫上來，凝結到鍋蓋上，一滴滴地滴進那些盅裡，一時間，滿鼻子都是誘人的香味。

秋薑想了想，依言將一壺冷水倒進鍋裡。

男人呵呵笑，聲音沙啞難聽：「好工夫。」

確實，要避開那些密密麻麻、看起來幾乎沒有間隙的罐子，把冷水倒到蒸架下，並不是一件容易的事情。但秋薑毫不費力地瞬間完成了，恰恰體現出她雙手之穩、動作之快、用力之準。

「我不但能往這鍋裡倒一壺水，也能裝一個人。你信不信？」秋薑拿著鍋蓋，遲遲沒有蓋上，鍋裡的水平靜了一段時間後，又開始蒸騰，裊裊水氣瀰漫上來，她的眼睛在迷濛的白煙中亮如寒星。

然而，男人並沒有害怕的樣子，反而又笑，邊笑邊咳嗽。「這麼久沒見，七主的性子果然也變了呢。」

「喔，我本該如何？」

「換了以前的妳，從妳掀起鍋蓋的那刻起，老夫就已經死了。」

「那是因為我現在覺得，好東西要慢慢燉，人也應該慢慢殺。」

男人站起來，抬頭露出一個笑容。「妳就錯了。妳剛才沒動手，就沒機會動手了。」

秋薑立刻感覺到了四肢在變沉。事實上，當此人抬起頭，讓她看到他的臉時，她就知道壞事了。

因為背影也好，花白的頭髮也好，此人怎麼看都是個老頭，但他的臉十分年輕，清瘦、英俊，眼瞳是異樣的淺綠色，在幽暗的光線裡，看起來就像狼。

一頭馬上要撲過來將她吞噬的狼。

秋薑踉蹌後退，身體不受控制地撞到一旁的小桌子，上面的蔬菜嘩啦啦砸下來，砸到她腳上。

她稍稍清醒了一些，再看向一旁水氣蒸騰的大鍋，便知道問題出在哪裡——就是這口鍋！

因為，鍋裡煮的不是什麼湯，而是藥……迷藥……

秋薑咬住下唇，極力保持清醒，但男人的臉在視線中開始扭曲，變得越來越模糊，連他的聲音也彷彿被調慢了，一個字一個字都拖拉得很長——

「妳應該慶幸，遇到的是我……」

他接下去說了些什麼，她再也沒聽見。

秋薑暈了過去。

不知過了多久，太過強烈的光線讓秋薑悠悠甦醒。

秋薑不敢睜眼，因為即使閉著眼睛都能感覺到熾烈的光，此刻睜開只會自毀雙目。

在黑暗的世界裡，感官逐漸清晰。

首先清醒的是大腦，然後是聽覺。

她聽見有兩個人在對話。一男一女，男人是之前那個，女人的聲音則是初聞。

女人道：「我不相信她！我不能冒險！」

「但我們無權定她的罪，要帶回去交夫人處置。」

女人冷笑。「誰不知道夫人最偏愛她？而且夫人說什麼閉關，一閉好幾年，根本見不著面！沒準都已經死了，否則出那麼大的事，她早該露面了！」

「不得對夫人無禮。」

「哼，你們這幫愚忠！總之我不管，我要為小五報仇！」

秋薑感覺到一樣冰涼的硬物抵在自己的脖子上，她沒有動。

很快的，硬物消失了，大概是被男人攔回去了。

「在璧國，我的身分最高，妳得聽我的。我說，帶七兒回去。」

女人咬牙切齒道：「好，算你狠！我讓你帶她走，但只要你一出璧國，我就殺了她！」

男人冷冷道：「妳殺她，我就殺妳。妳可以試試看。」

「你！」女人跺腳，然後是狠狠踢門的聲音，再然後，門被重重甩上，幾乎連地面都在震，最後，腳步聲遠去。

屋子裡安靜了好一會兒。

男人終於開口：「別裝了，我知道妳醒了。」

秋薑回答：「我是醒了，但不敢睜眼。我不想變成瞎子。」

男人一笑，緊跟著，光感撤離。

秋薑這才睜開眼睛，打量四周。

男人道：「幾面窗，幾扇門？」

秋薑身處的乃是一個特別空曠的屋子，三面都是窗，總計有十二扇之多，門則有兩扇，是璧國標準的花廳建築。

但秋薑只掃了一眼，便道：「沒有。沒有窗也沒有門，因為全是封死的。」

「那剛才的姑娘怎麼走的？」

「雖然聽起來像是摔門而出，但我知道，她是從上面飛走的。」

秋薑指了指屋頂。

屋頂上，有個不大不小的洞。

「一般在光線明亮的屋子裡，很少有人會去注意頭頂上方。妳的視線剛才並沒有抬起來，又是如何知道上面的洞才是真正的門？」

「因為風。」

幾乎感應不到的氣流，從頭頂的洞落下來，再被肌膚敏銳感知。而這種感知，往往比眼睛和鼻子，更可靠。

男人開始鼓掌，笑聲銅鑼般刺耳。「不愧是七兒。」

還是花白的頭髮、微駝的背和年輕的臉，但組合在一起，就變成一種奇特的魅力；尤其是他笑起來時，臉上皺起滄桑的紋路，眼睛卻撲閃撲閃，顯得天真又單純。

「七兒，他們都說妳失憶了。」

秋薑的心「咯登」了一下。

「如果妳失憶了的話，恐怕我就不得不殺了妳了。我不能帶一個危險人物回組織，妳知道的。」

秋薑沒有作聲。

「那麼，現在告訴我，我是誰。」

秋薑靜靜地看著他，還是不說話。

「我數三下，如果妳不回答，那我只能說對不起了。」男人說著，將長長的竹筒伸過來，抵在她的脖子上。「三……」

秋薑看著他撲閃撲閃、宛如孩子般的眼瞳。

「二。」

秋薑看著他消瘦的、黝黑的手指。

「唔……還不說？那只好……得罪了。」

伴隨著最後一個字，竹筒刺過來。

秋薑沒有動。

「嗤嗤」幾聲，她身上捆得死死的牛皮繩索斷了。

青漆竹筒帶著優美的弧度，旋轉著回到男人手中。男人順勢站起來，一邊咳嗽，一邊以竹筒點地，蹣跚地往門那邊走。

「接下來我要帶妳回如意門。這一路上都不會太平。我們會遇到很多人。有些人，會殺妳；而有些人，會幫妳。」

「誰要殺我？」

「那些認為妳背叛組織的人。」

「那誰要幫我？」

男子咯咯一笑。「比如說——我。」

他在說第一個字的時候，還是那個難聽的聲音，而等到說出最後一個字時，聲音就變了，變得有點脆又有點膩，還有那麼一點點猥瑣。

這是非常特別的一個聲音。

也是秋薑很熟悉的一個聲音。

秋薑的臉色頓時變了。

「頤……非？」

男人回身，衝她眨了眨眼睛。

秋薑大驚——真的是他！她的手腳已得自由，當即飛身過去近距離觀察。

易容之術，一直以神祕聞名於世，但事實上，一個人並不能真正的易容成另一個人，人皮面具什麼的都是傳說誇大。不過，想要看起來比較相像，卻是可以藉助化妝和道具實現的。

此刻的頤非，黏粗了眉毛，塗黃了臉，加厚了嘴脣，僅是在五官上做了些許調整，便看起來跟原來有了很大不同。再加上他換了衣服，駝著背，總是低頭，不仔細看，還真認不出這個有著垂死老頭般佝僂身形的人，就是風華正茂的頤非。

「怎麼會是你？」秋薑想不明白。

「其實妳並不認得我——這個我，對不對？」頤非揚袖，展示一下自己這身新裝束。

秋薑的目光停留在他手中的青漆竹筒上。

頤非將竹筒的把手那端倒遞給她，上面赫然刻著一個「琉」字。

秋薑驚道：「三寶琉璃？」

頤非一笑。「是啊，想不到吧。此地的伙夫，竟是妳的三哥。」

秋薑沉下臉，冷冷道：「我沒有哥哥。」

「那換個說法，妳曾經的同夥？」

秋薑咬住下唇，冷冷看著頤非，道：「堂堂三皇子，只會耍嘴皮子，欺負一個弱女子嗎？」

「弱女子？在哪裡？」頤非東張西望。

秋薑終於有些怒了。「我沒有時間跟你扯嘴皮子，如果你不能好好說話，那我去找能跟我好好說話的人。」

她伸手推門，門不開，再一扯，整扇門都掉下來，露出後面的牆。

頤非「噗哧」一笑，她這才想起這門是假的。明明剛才都發現了的端倪，卻因為生氣忘記了，秋薑不由自主地想：情緒果然影響判斷，此大忌，下次一定要注意才行。尤其是，這一路上，註定風雨多事，一步錯，步步錯。

「好了、好了，不逗妳了。事實上我們必須抓緊時間了。」頤非將手伸給秋薑。「走，邊走邊說。」

秋薑將信將疑地握住他的手，那手上立刻傳來一股巨力，將她整個人往上拔升，卻原來是頤非飛身跳起，拉著她一起從屋頂的洞口跳出去。

屋頂外，枝繁葉茂、爬滿花藤。因此，在屋裡雖然能看到出來的洞口，但從外面看，洞口被藤蔓、樹葉擋住，不容易發現。

而等秋薑跳出來後，就知道為什麼頤非會把她關在這間屋子裡了。因為外面就是客棧的閣樓，閣樓東南西北連在一起，形成一個回字，正好將這間屋子死死圍在中間；又因為

屋子四面都是牆，唯一出入口在屋頂上，人在閣樓間行走，只當是普通牆壁經過了，不會知道裡面另有乾坤。

不得不說，這樣的隱蔽設計既簡單又巧妙。

頤非帶著秋薑滑下屋頂，跳進東邊的閣樓走廊，再經由走廊直接下樓，抵達客棧後院馬房。他們的馬，就拴在裡面。

頤非示意秋薑牽上自己的馬，卻沒有騎上去，而是走到院子的另一側，那裡有一大片空地，停放著好幾輛馬車。頤非挑了最氣派的一輛，將原有的馬匹解開，把自己的馬換上去。

秋薑有樣學樣，跟著照做。

換好馬後，頤非在原本屬於他的那匹馬上重重一拍，馬兒吃疼，立刻拉著新套上的馬車衝出去。

不一會兒，遠處的大堂方向便響起一片驚呼聲——

「啊，張兄，那不是你的馬車嗎？」

「渾蛋！給我停下啊！來人，快去追老子的馬車——」

一群人衝出大堂追逐馬車而去，頤非趁機示意秋薑趕緊上馬，兩人調轉馬頭從後門離開。

新換的馬兒極是神駿，快如閃電，一眨眼間，便已遠離客棧。

頤非嗤嗤笑了起來。「果然車好，馬也好。這兩匹馬，可比之前薛小吝嗇給我的那兩匹好太多了！」

秋薑無語，原來他剛才折騰那麼一齣，是為了換馬。

「而且，沒了那兩匹馬，追著蹄印跟蹤我們的人，線索就斷了。」

秋薑忍不住問：「薛相在那兩匹馬的蹄上做了記號？」

「不知道。」頤非咧嘴一笑。「但小心點兒總沒錯。」

雖然他表現得滿不在乎，秋薑卻覺得他其實很在意。頤非很在意薛采。確實，如果薛采是敵非友的話，那一切就太可怕了。

但現在下結論還為時過早。秋薑決定先不考慮薛采的真實意圖。昨晚到底發生了什麼事情，頤非又為什麼會變成三兒，這才是目前最需要弄清楚的事情。

「昨晚我睡著後，到底發生了什麼事？」

「妳先回答我——妳故意挑釁廚三刀，目的何在？」

秋薑沒有隱瞞，回答得很快。「為了讓人知道我在這裡。」

「喔？」

「如果真如你所說，憐憐和東兒她們是被如意門的人所殺，而那個人正四處找我的話，那麼，當他聽說有個能把鱸魚橫切一百刀的姑娘時，就會知道是我。我要誘他出來……」

頤非替她接了下去：「然後殺了他替那幾個婢女報仇？」

秋薑沒回應，她只是望著前方，眼神悠遠而深邃，這令她看起來有一種堅毅之美。頤非忽然發現，這個女人縱然不算是美女，但只要她願意，就能輕易讓人為她著迷。

當年的風小雅，是不是就是被她不經意間散發出的風華所惑，一時情動娶了她呢？

她到底是不是如意門的七兒？她的失憶是真的，還是假的？

這些問題都像此刻前方的山巒一樣，看似清晰明白，卻又遙不可及。不知還要探尋多

久，才能抵達真相。

頤非眼底起了一連串變化，他將目光從秋薑身上收回，緩緩道：「那家客棧是如意門的據點之一。」

「你怎麼知道？」

「我當年跟他們做過交易。他們負責送我安全抵達璧國帝都，而我許諾了一些東西給如意夫人。」

頤非說完笑了笑，笑容裡卻有很滄桑的味道，看得秋薑心中一悸。

他……也是如意門的主顧？

「當年他們與我碰頭的最後一個地方，就是那家客棧，與我碰頭之人，就是三兒。」

頤非指了指青漆竹筒。

「當年是去年？」

「是。」

「你見到了三兒？」

「是。因為我許諾的東西很貴重，貴重到他不得不親自來取。」

「所以那個時候起，你就知道這家客棧有問題。」

「是。但當時他們與我並無利害關係，相反還算有恩於我，所以，我沒有必要揭發。」

秋薑盯著他。「那麼現在呢？」

頤非忽然笑了，笑得神祕而詭異。「現在我可是如意門的老三，更要為組織盡點兒力。比如說——」

「帶著我回去。」

秋薑已經明白了。

其實想想也應該知道，如意門既然是那麼出類拔萃的細作組織，又地處程國，身為程國三皇子的頤非怎麼會不知道呢？他不但知道，還一早就跟他們有所往來，因此知道一些外人不知悉的細節。

比如三兒的長相；比如那家客棧的密室；再比如……昨夜在她不清醒的情況下所發生的一場布局。

「昨天我故意帶妳住進這家客棧，他們第一時間發現了妳，當晚妳一進房間，外面就起碼埋伏了十個人等著破門抓妳。但他們遲遲沒有行動，我很奇怪，伺機混進了他們的隊伍，這才知道此地主事的三兒不在，底下的人不敢輕舉妄動。」

「於是你搶先一步殺了真正的三兒，假扮他出現？」

「沒錯。」

秋薑仔細打量頤非。

頤非揚眉。「怎麼？」

「我竟不知你還懂得易容。」

「要想假扮別人，是不太容易，但要假扮三兒，卻不難。」頤非笑了笑。「妳可知道為什麼？」

秋薑想了想。「因為他的體型跟你差不多？」

「唔，這的確是很關鍵的一個原因。」

「因為他當時待在那個光線暗淡、水氣蒸騰的廚房裡？」

「唔，這也是原因之一。但最重要的妳還是沒說。」

秋薑望著他，從他花白的頭髮看到他蠟黃的皮膚，再看到他有點泛綠的瞳仁，「啊」了一聲。頤非的手在眼前輕輕一抹，原本綠色的眼瞳便又恢復成原來的黑色。

秋薑「咦」了一聲：「這是什麼？」

「妳不知道？」頤非笑了，朝她伸出手，手心中赫然躺著兩片薄薄的綠晶薄片。「這是用五色稀鐵提煉出來的五色足鑌，這一款叫綠軟，比水晶透，比絲絹軟。」

秋薑接了過來，仔細辨認，腦海中像有什麼一閃而過，等到要去捕捉時，卻又消失了。

「不知為何，覺得很熟悉。」

「妳是應該熟悉，因為這是妳搞來的。」

「什麼？」

「妳，喔不，七兒姑娘，曾經假扮南沿謝家的大小姐——謝柳，為的就是得到謝家獨有的稀鐵冶煉配方。皇天不負有心人，妳認謝繽當了足足五年的爹，總算取得他的信任，把這配方傳給了妳。」頤非說著，將綠軟收回，又戴回了眼睛裡，他的瞳仁，再次變成了淺綠色。

比這種變化更令人震驚的，則是他說的話。秋薑愣愣地看著自己的手。謝柳？足鑌？配方？這……又是怎麼一回事？

「正是因為有了這個，我才有恃無恐地冒充三兒。」

秋薑心想：恐怕頤非一開始就知道會途經這家客棧，想好了要對付三兒，所以才連這麼希罕的玩意都準備好了吧。

「可惜啊，這玩意不能近看，一看就穿幫。所以剛才紅玉在時，我都不敢抬頭。」

秋薑喃喃道：「紅玉？是之前……說要殺了我為五兒報仇的那個女人嗎？」

「嗯。」

「她是老幾？」

「她沒有排名。如意門內按照能力分為七寶，金門留在本營護衛安全，銀門外出執行普通任務。這兩派人數最多。真正的核心弟子在剩餘五寶，人數較少。琉璃負責暗哨接應；頗梨負責臥底暗殺；硨磲負責監視同門；赤珠執掌青樓歌坊；而瑪瑙……是作為未來的接班人培養的。」

秋薑的瞳孔在收縮。

「五寶中最頂尖的那個人才有排名。紅玉是硨磲門老大五兒的婢女，也是五兒的情人。而妳殺了五兒。」

「我殺了他？」秋薑努力回想，卻什麼都想不起來。

頤非看著她，目光閃爍不定，似在探究，又似只是欣賞。「妳可是個十足的人才啊。因為三年前的正月初一，妳狂性大發，突然殺了二兒、五兒和六兒。也就是說，如意七寶，一口氣被妳幹掉了三個。」

秋薑的心沉了下去——

三年前的正月初一，也就是她被風小雅送上山之前。

那時候，她本是風小雅的寵妾，卻突然被拋棄，送到山莊自生自滅。

那時候，她是如意門的七兒，卻殺了自己的三個同夥。

那時候……究竟發生了什麼？

那個謝柳，又是怎麼回事？

第五回　狼虎

頤非帶秋薑故意投宿這家客棧，不得不說，是存了私心的。

雖然按照薛采的說法，秋薑應該是失去記憶，並且她也確實表現得對過去一無所知，但生性多疑謹慎的頤非，怎會如此輕易信服？

因此，這一路上，他都在觀察、在試探。

但秋薑的反應很微妙。

她一進客棧，就挑釁大廚，可以說是不知底細地成心鬧事，也可以說是在跟同夥三兒傳達資訊。

頤非繼續等。

等到秋薑上樓、熄燈、睡著。

他潛伏在暗處，看見陸續有夥計模樣的人悄悄摸到秋薑房前，其中一人還試圖開了下門，手法十分老到，一眨眼就把鎖打開了，剛把門推開一線，就被另一個人攔住。

後來者警告道：「三哥未來，不得輕舉妄動。」

於是推門的人又將門合上，退了下去。

如此一直等到天色微白，埋伏在秋薑房外的夥計們忽然同時撤退，頤非知道，這意味著——三兒到了。

他悄無聲息地打量一個夥計，換了衣服，混入其中一起撤離。

廚房中，一年前曾有一面之緣的三兒果然已坐在灶邊。

他在吃一盆茱萸乾。

茱萸去了黑子，蔭得乾乾的，一看就知道很辣。

三兒舀了一勺送入口中，大口大口地咀嚼，再倒一杯白酒，仰脖一口喝乾，閉眼滿足地吁了口氣。

卻把頤非看得起了一身雞皮疙瘩。

他自己完全不能吃辣，因此看見如此嗜辣的人時，總有一種驚悚感。

三兒吃完，就開始咳嗽，廚三刀立刻遞上一杯茶。他聞了聞茶香，點點頭道：「出門在外這些天，每每吃飯，就少了三刀你的這壺小峴春。」

廚三刀連忙陪笑道：「是。下回三哥出門請一定要把小的一起帶上。」

「那怎麼行？」三兒橫他一眼。「這客棧哪少得了你。」

「是是，那我教一個徒弟出來跟著三哥，保管跟我泡得一模一樣。」

三兒一笑，沒再接話，而是將目光轉向頤非所在的眾夥計，淡淡道：「七主呢？」

「就在樓上。地字三號房。」

「沒驚動她吧？」

「小慢試圖開門進去，被我們攔了。」

三兒瞥了一眼剛才開門的那個夥計，夥計嚇得撲地跪倒。三兒淡淡道：「我給你改名小慢，就是要你做事情別那麼急躁，先停下來好好想清楚了。這愛出鋒頭、事事搶先、不顧後果的毛病，看來你是改不了了。」

小慢連忙磕頭。「三哥恕罪！三哥恕罪！小人一定改，下次再不犯了！」

三兒又舀了一勺子茱萸，就著白酒吃下，然後劇烈地咳嗽——頤非總算知道這傢伙為什麼年紀輕輕，聲音卻那麼蒼老，還咳嗽連連，一副癆病鬼的樣子了。敢情都是辣出來的。

所有人都不敢抬頭，屏息以待。

三兒慢條斯理地喝完茶後，才開口：「哪隻手推的門啊？」

小慢顫顫巍巍地抬起右手。

三兒「唔」了一聲：「自己斷了吧。」

此言一出，眾人大驚。廚三刀忙道：「三哥！」

三兒笑了笑。「怎麼，你有意見？」

廚三刀又是焦慮又是膽怯，表情十分複雜。「哪裡哪裡，怎敢對三哥有意見。只是……小慢的絕技就靠他的手，如果斷了……」

「一個絕世的盜賊，如果不聽話，就是一個禍害。而我不需要這樣的禍害。」三兒笑吟吟地望著小慢。「你說呢？」

小慢早已嚇得整個人都彎腰縮在地上，聞聲抬起頭，臉上全是眼淚。

三兒揚了揚眉。「還不動手？」

小慢顫抖地將手按在地上，一咬牙，左手如拳，「砰」的一拳砸下去。

眾人的心跟著那一聲重響抽了一下。

小慢的五官因痛苦而扭曲。

但三兒冷冷道：「不夠。」

小慢只好再次抬起左手，握緊，向下捶落。

頤非眼神忽動。

與此同時，那本該再次落到右手的左拳突然拐了個彎，朝坐在板凳上的三兒打過去。

「我跟你拚了——」小慢嘶聲撲上去。

三兒的板凳突然後滑三尺，小慢的那一拳落了個空。

其他人反應極快，連忙上前將他擒住，小慢拚命掙扎，甩開那些人，再次向三兒衝去，然而他只衝了一步，就停住了。

從頤非的方向看不到他的正面，因此不知道發生了什麼事情，卻可以看到三兒在笑，笑得很自信。

「你知不知道為什麼同屬琉璃門，我是頭，你是跟班？」三兒從板凳上站起來，悠悠走到全身僵直的小慢面前。

小慢「啪」地向後直挺挺倒下，腦袋正好衝著頤非，於是頤非看見，他的眉心正中央插了一根勺子——正是三兒用來舀茱萸的那根勺子。

「這就是原因。」三兒輕輕將勺子的把手拔出，血液這才噴薄出來。他就著小慢的衣服擦了擦勺子。

廚三刀雖也震驚，但更有眼力地立刻把板凳搬回桌邊。

三兒滿意地點點頭，重新坐下開始吃飯。

頤非眼睜睜看著他用那根沾過腦汁和鮮血的勺子再去舀茱萸，然後送入口中，一股酸水從肚子湧到了喉間，差點吐出來。

他自己就是個很變態的人，當年為了逼供也沒少拿活人的身體澆糖畫，但不得不承認，三兒之變態遠在他之上。

屋內鴉雀無聲，死一般沉寂。

三兒又開始咳嗽，一邊咳一邊道：「七主是自己一個嗎？」

廚三刀忙道：「還有個男人跟她一起來的，但兩人並不同住。那男人住在地字二號房。」

「什麼樣的男人？」

「這個，暫時不知……」

頤非心中一笑。他當年來此跟如意門的人接頭時，是蒙著面的，只有三兒一人見到他的真容。當年他是為了逃避頤殊的追捕，現在看來，小心駛得萬年船果是至理名言。

三兒沉吟道：「先把男人給我抓過來。」

一個夥計迷惑地問：「哎？不先抓七主嗎？」

「抓她？」三兒似笑非笑。「你以為她憑什麼排在老七的位置上？武功會比我差？」

「我們可以用迷煙。」

「那迷煙還是她煉製的。」

夥計們頓時不說話了。

三兒抖抖衣袍站起道：「七主喜歡燉湯，我去燜上一鍋。你們把男人抓到這裡來，我要親自問問他，七主到底想幹麼。」

頤非連忙跟著夥計們一起退出去。大夥走樓梯，他則直接爬牆翻窗回房，然後換了衣服靜靜等著。

於是，夥計們躡手躡腳地將房門推開一線，企圖進來抓人時，看見的就是蹺著二郎腿坐在門口椅子上的頤非。

夥計們嚇一跳，下意識拔刀。

頤非笑了起來。「我等你們很久了。請帶我去見三哥。」

夥計們怔住。

頤非被押回廚房時，三兒正在熬湯，他用青漆竹筒在一口巨大的鍋內攪拌著，廚房裡到處都是水氣，又熱又溼，一走進去，衣服就被沁透了。

三兒見人抓來了，手中沒停，一邊攪拌一邊道：「姓名，出身，來歷。」

「唔……姓三名兒，出身名門，排行老三。」

三兒的手停了下來。「我是在問你。」

「我說的就是我呀。」頤非穿過裊繞的水氣，走到他面前。

三兒本是一臉怒意，但在回頭看見他的臉時，變成了錯愕。「是你！」

頤非比手指做了個禁聲的手勢，三兒會意，當即命令道：「你們都退下去。」

眾夥計雖然覺得奇怪，但立刻轉身出去，將門合上。

三兒繼續攪拌著鍋內的湯汁，表情恢復了鎮定。

「原來是三殿下。」

「你三我也三，真有緣分啊，又見面了。」

「原來七主是跟三殿下在一起。」

「她接了我的委託，幫我做點兒事情。」頤非一邊打量灶臺上的瓶瓶罐罐，拿起其中幾只嗅了嗅，一邊漫不經心道：「但現在看來，好像出了點兒問題啊。」

「三殿下何出此言？」

「沒問題的話，為什麼你要派人半夜三更來抓我呢？」

三兒定定地看著他。

頤非也直直地回望著三兒。

兩人不知對視了多久，直到頤非提醒：「水開了。」

三兒這才回身，把蒸架放進鍋內，開始往架上擺放瓶瓶罐罐，一手四個，眨眼間擺好了四十九個，密密麻麻放了一鍋。

他將鍋蓋蓋上。

頤非注視著他的一番舉動，笑道：「這湯是給誰喝的？」

「不知道。」

「你煮的湯，卻不知道給誰喝？」

「那要看對方需不需要、該不該喝。」

頤非揚眉。「那你覺得我需要嗎？」

三兒睨了他一會兒，忽然笑了。

「三殿下是聰明人，咱們明人不說暗話。七主出了點兒問題，需要回如意門給夫人個交代。三殿下的事情如果不介意的話，交給別人來做。這樣井水不犯河水，省得您麻煩，我們也不用為難。」

頤非卻露出為難的樣子。「但我的委託十分困難，只有七兒可以完成，怎麼辦？」

三兒眼底閃過一絲嘲諷。「請相信，我們如意門的每個人都很優秀。」

「這點我完全相信。咱們上次的合作就很愉快。」

這句恭維顯然很有用，三兒點了點頭。「所以，有什麼事大可再交給我。」

「真的？」

「真的。」

「什麼委託都可以？」

「七主既然接，就說明肯定做得到。可以。」

頤非拍手道：「那太好了！其實我正覺得你們那個七姑娘不是很可心，脾氣差、難相處，還神神祕祕讓人無法信任。但如果是三哥就不同了，咱們可是老交情了，你做事最縝密牢靠。」

「那麼，三殿下究竟跟七主做的是什麼交易呢？」

「她啊……她答應幫我……」頤非忽然靠近三兒，將聲音壓得極低：「生兒子。」

三兒的笑容頓時僵住了。

頤非滿意地看著石化了的三兒，眼中笑意越發深濃，最後哈哈大笑出聲。

三兒沉下臉道：「三殿下，這玩笑一點兒都不好笑。」

「確實不怎麼好笑，但很有效。」頤非退後兩步，上下打量著他，嘖嘖道：「這身高、這體態……真是越看越滿意，越看越合我心意啊！」

三兒眼中閃過怒意。「三殿下難道要我幫你生兒子不成？」

頤非「噗哧」一笑，忽然伸手摸上他的臉。三兒大怒，想要掙扎，卻發現自己完全動不了，雙腳像是被什麼東西釘死在地上一般，再不能挪動半分。不僅如此，他的手也動不了了，但視覺還是有的，能夠清清楚楚地看見頤非在他臉上摸了又摸。

「你……你！你對我做了些什麼？」三兒突然想到鍋裡的湯，更想起頤非之前拿起其

中幾個罐子看了看，難道是在那時，他動了什麼手腳，在裡面下了藥？

頤非揚起脣角，笑得極盡猥瑣。「我對你做什麼，你不是正在感覺嗎？」

「三殿下！請自重！」

「啊呀呀，我還以為邪門歪道的你，在遭遇這種事情時反應會跟普通人不一樣，怎麼也這麼庸俗呢？」

「什、什、什麼？」

「你們如意門在執行任務的時候，不是為了達到目的，什麼都可以做嗎？區區猥褻，就受不了了？」

「你……」

「這樣怎麼當上組織老三的？名不副實啊。你們七主就乖多了，就算把她衣服脫光了扔大街上，也跟沒事人似的。」

三兒額頭冒出一頭汗，不知是被水氣蒸的，還是嚇的。

頤非摸完了臉，開始脫他的衣服，手法極盡邪惡，哪裡敏感往哪裡掐。三兒明明怒到極點，卻只能咬牙忍著，表情又是屈辱又是憤怒。

「你怎麼不叫外面那些人進來救你？」頤非湊到他耳邊，嗤嗤笑了起來。「喔，我知道了，你怕他們進來，看見你赤身裸體的樣子，對不對？雖然我這是第三次見你……」

「不是第二次嗎？」三兒一怔。

頤非沒有理會他的質疑，把他的衣服脫下來，然後開始脫他褲子，一邊脫一邊道：「雖然這是我第三次見你，但我發現了，你可是個非常要面子的人呢。你總是將特別殘忍、殘暴、邪惡的一面展現給別人看，想讓大家都怕你。當然大家確實也被你嚇住了，怕得要死。但我不是別人，我太了解你了。因為表現得越變態的人，內心越是個膽小鬼，害怕的東西最多。」

頤非說到這裡，解開三兒的褲帶，抬起頭，靜靜地看著他。

三兒整個人都在發抖，但又動不了，因此顯得十分可憐。他眼神慌亂，如果說之前是憤怒和屈辱，那麼到了此刻，則變成了徹徹底底的恐懼和戰慄。

「你到底想怎樣？」

「是你自己答應的，說接替七兒幫我的。」

「我、我是男人！」

「我知道啊。那更好。」頤非說完，手往下一拉，三兒的褲子就被脫下來，落到腳背上。

三兒雙眼一翻，整個人直直朝後倒下去。

頤非連忙一把攬住他，輕手輕腳地將他放到旁邊的柴堆上，然後對著他的裸體搖了搖頭，用一種很失望的表情低聲道：「原來此人是個天閹。難怪……」

頤非眼珠一轉，不知想到什麼，笑了起來，一邊笑，一邊把三兒的衣服穿到自己身上，然後把三兒的頭髮全部剃下來，黏到自己頭上，如此一來，他的頭髮就變成花白色。再用灶臺上的調味料往自己臉上東抹點兒、西塗點兒，最後他從懷中取出一個小盒子，小心翼翼地打開，從裡面取出兩片薄如蟬翼的綠色晶體，戴到眼睛裡……做完這一切後，他就著水缸裡的水照了照自己的臉，再回過身來時，赫然成了另一個「三兒」。

一個雖不十分相像，但只要低下頭就不會輕易穿幫的三兒；再加上廚房光線暗淡，水氣蒸騰，實在是很適合隱蔽和偽裝。

頤非滿意地點了點頭。

他將自己的衣服給三兒穿上，然後對被剃成光頭、昏迷不醒的三兒嘆了口氣。「別怪我，兄弟，像你這樣的早死早投胎，來生做個真正的男人吧。你要不服氣，儘管變鬼來找我。等你喲。」

說完這句話，頤非一掌拍在他臉上，三兒的整張臉頓時塌了下去，變成一張餅；與此同時，他整個人飛起來，不偏不倚地落進牆角的大水缸中。

廚房的門立刻開了，夥計們衝進來道：「怎麼了、怎麼了？」

「此人……咳咳……竟敢對我下手……咳咳咳……」頤非指了指上半身浸在水缸裡的三兒，話沒說完，夥計們已持刀衝上去。

頤非轉過身去，沒有看。

刀鋒砍進骨頭的聲音卻是聽得清清楚楚、明明白白。

他在心中暗暗嘆息：三兒用勺子殺小慢時，肯定不會想到自己竟然也會死，而且是死在自己手下的刀下。

一夥計停手，回身稟報道：「三哥，他好像死了。」

「按老法子，跟小慢一起處理了。」

「是。」

兩名夥計抬著三兒的屍體走出去。至於怎麼處理的，頤非毫不關心，他相信如意門必定有一套十分縝密的處理屍體的辦法，才能讓這家客棧這麼多年都沒有引起官府的懷疑。

鍋裡的湯再次沸騰了起來。

頤非掀開鍋蓋，看著那些沸騰的湯，喃喃道：「唔……湯好了，該讓七主下來品嘗了。」

「接下去的事情妳知道了。」馬背上的頤非複述到這裡，轉頭對秋薑微微一笑。

秋薑卻還沉浸在震撼之中，好半天才回過神來。「也就是說，你殺了真正的三兒，然後假扮成他，等我出現。」

「是他的手下把他殺死的呀。」頤非攤了攤手。「我最多是毀容而已。」

秋薑皺眉。

頤非的行為看來既解氣又過癮，而且對方並非善類，手上不知沾了多少條人命，頤非間接殺了他也沒什麼大不了的。但她就是覺得有點怪怪的，從內心深處湧起一種厭惡感。像是吃了一口生肥肉，嚥不下去，又吐不出來。

秋薑自認為不是個衛道之士，如果薛采和頤非他們說的是真的，她自己過去更不是什麼好人。但在已經丟失了部分記憶後的現在，再聽這種行為，就變得有些隔應，有些無法忍受。

「我這是怎麼了？」秋薑忍不住問自己，卻沒有答案。

為了排除那種不適感，她換了話題：「那麼紅玉呢？她又是什麼時候來的？」

「她是我把妳弄到密室後到的。如果我沒猜錯，應該是聽說妳在這家客棧出現，所以眼巴巴地趕過來尋仇。見我阻止，只好走了。」

「你沒有問二、五、六是怎麼被殺的嗎？我為什麼要殺他們？」

頤非看她的眼神就跟看白痴一樣。「如果妳當時處在我的情況下，頂著所謂三兒的身分，妳會問她這些話嗎？」

秋薑啞然。

確實，那樣的情況下，遮掩自己都來不及，哪還能去套對方的話。尤其是，對方還是個憤怒和怨恨的女人。女人相對來說，要比男人敏感得多。

秋薑心有餘悸地看著前方的道路，忍不住問：「她還會出現的吧？」

「嗯，所以妳要做好心理準備。雖然我不讓她殺妳，但如果她挑撥別的什麼人來殺妳的話……」

「別的什麼人？」

頤非的視線忽然定在前方，用一種哭笑不得的口吻道：「來了。」

伴隨著這句話，兩個人出現在道路前方。

頤非喃喃道：「來得還真快啊。我本以為怎麼也要三天後，各路追殺才會陸續到來。可見妳果是人才，他們得多恨妳，才能一聽說妳重出江湖後就馬上趕來啊……」

秋薑沒有理會他的揶揄，仔細打量那兩人。

兩人都身披黑色斗篷，帽簷壓得很低，腰別短刀，腳上的皮靴都磨破了邊，一看就是久走江湖的老手。

頤非突然高聲道：「我只是過路的，跟這個人不認識。你們尋仇只管找她。請便，請便。」

秋薑呆了一下，一扭頭，只見頤非已拉著馬離開一丈遠。

秋薑心中暗罵了一句「渾蛋」，硬起頭皮，朝那兩名刀客前進一步。

不走還好，她一走，那兩人反而退了一步。

秋薑一怔，試探性地策馬再前進一步，結果，那兩人又退了。這——是怎麼回事？

不是來尋仇的嗎？

就在她疑惑的一分神間，兩名刀客已紛紛拔刀跳起，撲了過來。秋薑立刻一個縱身跳到半空，正準備與之交手，結果，兩道黑影「刷刷」從她身側劃過，宛如流星般飛向她身後。

她的身後，是頤非。

頤非驚道：「不會吧？找我的？」眼看要逃已來不及，他索性一勒馬韁，整個人像魚一樣滑到馬肚下。

馬兒吃疼地向前狂奔。

兩名刀客反應十分迅速，立即轉身，追上馬匹。

頤非一邊手忙腳亂地應付追殺，一邊吼道：「喂，別站著看啊！救命啊——」

秋薑慢悠悠地抱胸旁觀。

兩名刀客一刀接一刀，毫不留情地朝頤非劈去，頤非雖然躲開了，卻劈中了他的馬，馬兒連中兩刀，原本雪白的肚子上立刻出現兩道血痕，格外怵目驚心。

秋薑面色微變，立刻出手。

她策馬上前，一把揪住其中一人的衣領將他扔開，再從馬肚下將頤非撈起，帶回自己的馬背上，接著一個旋身飛踢，踢掉另一個人的刀。

那人大驚，剛要彎腰拾刀，秋薑腳尖一點，短刀先他一步跳入她的手中；而她頭也沒回，反手一刀，堪堪架住了之前被丟開又爬起衝過來的另一人脖子。

秋薑一手反抵著一名刀客的脖子，一腳踩在另一名刀客的背上，冷冷道：「別動。否則，死。」

頤非騎在秋薑的馬背上，拚命鼓掌。「好，帥氣！打得不錯。」

秋薑白了他一眼，繼續盯著那兩名刀客。「你們是誰？為什麼殺他？」

刀客不回答。

「嚴刑拷問他們！這個妳拿手的！拷問他們，別客氣！」頤非喊道。

秋薑卻突然收腳，並把刀隨手往地上一丟，淡淡道：「我沒什麼可問的了。你們自己解決。」

不得不說，這一變故大為出人意料。不只頤非呆了，兩名刀客也呆了。

秋薑走到受傷的馬匹前，開始為馬止血和包紮傷口。「只要不殃及無辜，隨便你們怎麼打。」

「喂喂喂，難道妳是為了馬才出手救我的嗎？」頤非強烈不滿。

秋薑回眸一笑。「不。我救的是馬。不是你。」

兩名刀客突然提刀朝頤非砍去。

頤非眼珠一轉，抬腿往馬身邊躲。刀客的刀眼看就要落到馬身上，想起秋薑的警告，連忙又停下。

頤非一看，果然有效，當即更加不要臉，拚命拿馬當擋箭牌，一邊躲一邊挑釁。「砍我啊，砍我啊，別客氣，來啊。」

秋薑心中頓時升起了跟刀客們一樣的感受——太賤了！

眼看一場追殺演變成一場鬧劇，一聲長嘯遠遠傳了過來，兩名刀客立刻收刀轉身，跑出了五丈遠。

頤非鬆開抱著馬脖子的手，秋薑也好奇地轉頭。

只見道路前方，出現了一條線。

一條黑色的線。

那黑線跳動著、扭曲著，逐漸變大、變高……越來越近……赫然是人！

一排排跟這兩名刀客一樣穿著打扮的人！

秋薑只掃了一眼，就已看出，來了不下百人。

完了……她想，這把玩大了。

再看頤非，他呆呆地看著前方烏泱泱的人群，喃喃地道：「真要被你們如意門害死了……」

「什麼？」

頤非苦笑。「妳當他們追的是我？別忘了，我現在可是三兒。」

秋薑「啊」了一聲。

「明白了？」頤非問。

秋薑點點頭，回答了兩個字：「活該。」

在兩人如此簡短的對話中，刀客們已齊刷刷地一字列陣到了跟前。

每個人都是黑斗篷、牛皮靴子、腰別短刀，連高矮胖瘦看上去都差不多。

頤非揉了揉眼睛，開口：「阿七啊，拿點兒醒酒湯來吧。」

秋薑皺眉。「什麼？」

頤非說：「我肯定是喝醉了啊，眼前都有一百個重影了。」

「你沒有喝醉。」一名看起來像是頭領的刀客冷冷開口，然後一揮手，人群立刻湧過來，將兩人圍在中央。

頤非低聲問秋薑。「逃嗎？」

秋薑問領頭的刀客。「此事跟我有關？」

領頭刀客打量著她，還沒開口，之前跟秋薑交手的兩名刀客已衝到他面前匯報道：「老大，他們是一夥的！」

秋薑差點沒吐血。而頤非「噗哧」一聲笑了出來，然後仰著腦袋，學她之前的口吻說了兩個字。「活該。」

領頭刀客揮手。「兩個都拿下！」

頤非連忙舉起雙手。「別打！別打！我投降。」

眾人懷疑地盯著他。

頤非笑了笑。「送人上路也要給句說法啊。小弟我如何得罪了各位兄臺，為何要如此……嗯，這麼大陣勢，不知道的還以為是打仗了呢。」

「丁三三，廢話少說，速速受死吧！」

伴隨著一個清亮高亢的女音，前方刀客紛紛後退，讓出了一條小路。

一個金光閃閃的人影由遠而近，在陽光下極是刺眼。

秋薑忍不住閉了下眼睛，再睜開時，那人已經走近了，竟是一位姑娘，還是一位看起來長得相當不錯、穿了一身金色盔甲、背著一根比人還要高的金色長槍、打扮得跟個男人似的姑娘。

秋薑這邊還在震驚，頤非那邊已更吃驚地喊了出來：「雲閃閃！是你！」

金甲少女一聽，勃然大怒。

「我的名字豈是你叫得的！」說著，一槍，毒蛇般刺向頤非眼睛。

頤非立刻閃到秋薑身後。

少女槍頭不停，跟長了眼睛似地在半空轉彎，跟著刺到秋薑面前。

秋薑一看這架勢，不打是不行了，只好雙手一夾，夾住了槍頭。沒料到對方力大無窮，秋薑這麼一夾，暗道一句不好，連忙鬆手，雙腳直直在地面上劃出三丈才緩過勁來。她再看自己的手，被擦出了一道很深的口子，幾乎連肉都翻了出來。

頤非卻依舊緊貼著她，半步不離。

雲閃閃冷哼道：「就知道躲在女人背後的懦夫！受死吧！」說著振臂又是一槍，比之前更快、更猛。

秋薑吃了一回虧，這次絕不肯硬接，見身後不遠就是大樹，立刻假意避閃後退，眼看槍頭就要刺中她的心臟時，她整個人朝後飛起，在空中轉了個圈，踏在樹幹上。

幾乎同時，雲閃閃的槍頭也一下刺中樹幹，她剛要抽回，秋薑已輕輕一落，跳到槍身上，腳步不停，順著槍身直竄到雲閃閃面前，一把揪住她的衣領，將她用力擲在地上。

雲閃閃一連滾了好幾圈，直到那些刀客挺身上前，用身體當肉墊接住了她，這才停下。

秋薑反手將插在樹上的金槍拔下，槍柄上刻著四個字：金槍雲家。她「唔」了一聲：「妳是程國五大氏族雲家的丫頭？」

雲閃閃睜大眼睛看著她，突然甩開扶她之人的手，跳起大罵：「丫妳個頭啊！妳看不出小爺是個男人啊！男人！」

一旁的頤非已經笑得連腰都直不起來了。

秋薑無語。

此人容貌極為娟麗，皮膚更是又白又嫩、吹彈可破，聲音又亮，因此雖然穿著男人的盔甲，但秋薑只當是女扮男裝的姑娘，沒想到竟是個男人。聯想到五大氏族可是頤殊選中的王夫候選，難不成這位雲閃閃，也是候選者之一嗎？

而他跟丁三三，也就是三兒之間，又有什麼深仇大恨？為何如此興師動眾，還追到了璧國來？

一連串問題在腦中飛閃，秋薑只覺自己像是踩進了一條滿是沼澤的道路，前行的每一步，都充滿了危機和意外。

雲閃閃怒瞪著她。「臭娘兒們，快把槍還給我！」

頤非立刻道：「給他給他！」

秋薑本無意不給，結果頤非這麼一說，她反而不想還了，提著金槍小退了一步。

雲閃閃大怒。「來，來人，拿暗器，射死她！」

「你們敢動手，我就折斷它。」秋薑說著一掌拍在樹幹上，臂般粗的樹「啪」地折斷，倒了下去。

一片塵土飛揚。

所有刀客都被嚇得目瞪口呆。

秋薑笑笑，舉起那桿槍，作勢要折。

雲閃閃忙道：「停停停停停！有話好說！有話好說！」

「這就對了。你們只是要找他——」秋薑指了指頤非。「何苦揪著我不放？」

頤非一臉嚴肅道：「咱們是一夥的。」

「我跟他不是一夥的。」

「怎麼不是？咱倆從小兩小無猜，長大郎情妾意，約好了要一起私奔，現在不正私奔著嗎？」頤非露出傷心欲絕的表情，捂住了心口。「難道妳要拋棄我？」

秋薑總算知道了什麼叫做睜眼說瞎話。

據說她在失憶前是個偽裝高手，但她覺得，就算是失憶前的自己，也不及此刻的頤非之萬一。

而雲閃閃看看她又看看頤非，一臉茫然，顯然不知道該相信誰好了。最後他大喝一聲：「好啦好啦！把槍還給我！我放你們走！」

一名刀客急聲道：「少主，這……」

雲閃閃抬起一隻手，制止他往下說，盯著秋薑手中的金槍道：「那是我們雲家的傳家寶，我不能冒這個險。你們把槍還給我，然後走吧！我雲二少爺說話算話，絕不來追妳！」

秋薑手持金槍朝前走了幾步，刀客們果然紛紛避讓。

她就這樣一直走到馬旁，雲閃閃果然十分忌憚，半點兒都沒攔阻。

頤非步步緊隨，跟影子一樣飄在秋薑身後，秋薑只好帶著他，剛要翻身上馬，手中金槍槍頭突然冒出一股白煙。

秋薑暗叫一句「不好」，連忙用最大力氣把槍擲出去，卻已來不及了。

那白煙雖然一點兒味道都沒有，但效果極強，只吸了一小口，整個人立刻變得沉甸甸的，站立不住。

秋薑試圖掙扎一下，結果卻是雙腿一軟，倒了下去。

倒下去前，她好像聽見頤非嘆了口氣道：「都說過叫妳把槍給他的……」

秋薑暈了過去。

雲閃閃扠腰，仰天大笑。「哈哈哈哈，臭娘兒們，真以為小爺會因為一桿槍就放了你們嗎？也太小看小爺了……」

「少主。」一名刀客試圖插話。

雲閃閃絲毫沒有理會。「告訴妳，小爺生平有三好，槍狠錢多智謀高，就妳區區一個娘兒們……」

「少主。」這下子，連刀客首領都試圖插話了。

但雲閃閃還是沒有理會。「想跟小爺鬥，也不掂掂自己的分量……幹麼？元叔你幹麼扯我？」

被稱為元叔的首領一臉悲壯地將一樣東西雙手呈上，雲閃閃先是一愣，繼而跳了起來，大叫：「我的槍！我的槍——」

只見那桿插進樹沒有斷、被秋薑恐嚇著要折斷也沒有斷的金槍，赫然斷成了兩截——就在秋薑昏迷前的最後一擲下，斷了。

雲閃閃嘶聲哀號，聲音淒厲，直衝雲霄。

一旁的頤非掏了掏耳朵，嘆道：「唔……不愧是槍爛錢多人很傻的雲二公子。當年雲笛怎麼沒弄死你，留你繼續跟他爭家產不算，還禍害人間呢？」

雲閃閃，程國五大氏族雲家的二公子。

長兄雲笛，乃素旗營統領，在幫頤殊奪位時立下大功，故頤殊登基後便封他做了大將

軍，金印紫綬，位同三公，加上舉國重武輕文，因此，可算是現在程國女王之下第一人。

但他有個很大的缺陷，就是出身卑微，其母是青樓歌妓。相反的，比他小了足有十歲的雲閃閃卻是正妻所出，是雲家的嫡子長孫。因此雲笛從小奮發圖強，終憑一身本領出人頭地。但在外無論怎樣風光，到了家中，尤其是雲家這種重禮教勝於一切的世家，將來繼承產業的仍是雲閃閃。

以雲笛那陰險冷酷、睚眥必報的性子，大家都在猜測雲閃閃什麼時候會遭其毒手。可令人意外的是，這麼多年，雲閃閃一直好好的活著，不但如此，還越來越囂張跋扈；尤其這兩年，仗著他哥的權勢在外盡惹是生非。提起這位金槍雲家的雲閃閃，誰都知道是個槍爛錢多人巨傻的混世小魔王。

雲閃閃哀號完後，把仇恨的目光轉向地上的秋薑，陰陰道：「把這娘兒們帶走！至於他……」

頤非連忙討好地笑。

雲閃閃卻露出厭惡之色，冷冷道：「殺了！這傢伙敢放小爺鴿子，讓我白白在蘆灣等了那麼久，活得不耐煩了！」

眼看刀客們齊刷刷舉刀，頤非連忙喊：「等一下！小人有話說！」

「不聽！」雲閃閃手一揮，刀客們的刀紛紛落了下來。

頤非一邊閃避，一邊喊：「我已查出風小雅的病是什麼了！」

雲閃閃立刻做了個停的手勢，刀客們齊齊收刀。雲閃閃飛快走到頤非面前，擰著兩道比女孩還要秀麗的眉毛，道：「說！」

「你現在想聽嗎？可惜……我不想說了呢。」

「你敢耍小爺？」
眼看雲閃閃就要暴怒，頤非道：「你可知道那個被你弄暈的女人是誰嗎？」
雲閃閃順著他的目光回頭，看見了昏迷不醒的秋薑。「不是你的相好嗎？」
頤非笑了起來。「我倒是想要，可惜，消受不起。她是風小雅的第十一個老婆。而風小雅現在正到處派人追殺她。你可知是為什麼？」
雲閃閃很努力地想啊想，想了半天。「因為她發現了風小雅生的是什麼病，所以風小雅要殺人滅口？」
「聰明啊，二公子！沒錯！這就是小人為什麼沒有赴您的約，讓您在蘆灣白白等了……」他含蓄地放慢語速，雲閃閃果然主動接了話。
「十個月啊！渾蛋！」
頤非連忙道歉：「是是，十個月，小人罪該萬死……不過，我為您準備了更好的禮物，正要把她送去給您，您就先來了。」
刀客首領元叔在一旁輕聲提醒：「少主，不要相信此人，他根本沒打算帶這個女人來找您……」
雲閃閃大剌剌地一揮手，滿不在乎道：「算了，看在他還有點用的分上，就先饒他一命吧。」
「二公子英明！真是仁慈善良正直公道傑出睿智大度豪爽豁達的新一代世家楷模啊！」
「但是——」雲閃閃明明受用得不行，還是故意沉著臉道：「死罪可免，活罪難逃，我之前委託你辦的那件事，你還是得給我繼續辦了！」
頤非眼中閃過一絲疑惑，卻不敢表露出來，忙道：「是是，那是自然的。」

「把兩人都給我帶上！」雲閃閃轉身，豪氣干雲地吩咐：「咱們回程了！」

就這樣，頤非和秋薑才走出璧國帝都兩天，剛逃出狼窩，就又進了虎口。

只不過，這一次的老虎，在頤非看來，跟小貓沒什麼兩樣。

第六回　風雲

昏昏沉沉，悠悠晃晃。

秋薑在夢境裡，輾轉反側，拚命掙扎。

暗幕像是巨網一樣罩下來，壓著她，壓住她，壓得她喘不過氣來。

空中白雪翻飛，一點點、一片片，迅速綿延，最後變成一片蒼茫。

白色中，有一點黑影，分明是漸行漸遠，卻越來越清晰。

秋薑的手抖了一下。

那是……

風小雅。

風小雅穿一身黑色狐裘，走在前方，他的腳印落在雪地上，每一步之間的距離都是一樣的。

她知道一樣，因為她偷偷量過。她知道他會武功，更知道他從不信任別人。所以，她跟在他身後，刻意保持了三尺的距離。這樣的距離，會讓他覺得安全。

她是那麼小心翼翼，步步為營。

結果，他卻突然停步，回頭，朝她看過來。

她心頭一驚，難道自己犯了他的忌諱？

下一瞬，就見他伸長手臂，抓住她的手。她輕輕掙扎了一下，沒掙脫，反而被他拽得更緊，然後，身子不由自主地前行兩步，與他並肩站在一起。

風小雅的眼睛宛如寒星，卻閃爍著春風旭陽般的暖意，對她微微一笑，什麼都沒再說，就那麼牽著她的手，繼續前行。

於是雪地裡的腳印變成了平行的兩道。

雪紛飛，天地寒。而他的手，那麼、那麼溫暖。

秋薑想這不是真的，這絕對不是真的。

風小雅是那麼懶的人，從來不肯自己走路，他怎麼會獨自一人走在這個冰天雪地的地方呢？又怎麼可能會對她笑，笑得這麼溫柔？

有關她和風小雅相處的那些朝朝夕夕，她一點兒都想不起來。

一切都是源於聽說。

她聽說她是他的妾，她聽說他對她極其寵愛，可她絲毫不記得他們是否像其他夫妻一樣親密，他是否有幫她畫眉，而她是否有幫他理衣。

一句話像是穿破黑幕的霹靂，驟然砸了下來——

「沒有細節的記憶，就是假的！」

秋薑一下子醒了，猛地坐起來，睜開眼睛，聽前方「匡噹」一聲，有陶瓷碎裂的聲音。

她的視線有好一陣子的模糊，才慢慢恢復清明。

置身處是一個極其華麗的房間，她躺在一張十分寬敞的軟榻上，頂上是淺金色的帳

子，上面縫著一排金色流蘇，那流蘇無風自搖，一蕩一蕩。

扭頭四顧，雖然這屋子看起來跟普通屋子沒什麼兩樣，但沒有窗，整個屋子都在輕輕搖擺。

秋薑瞬間得到答案——船上！

一個小丫頭正蹲在地上撿碎片。想必之前那記碎裂聲，就是由此而來。

小丫頭撿完了地上的碎片，起身衝她微微一笑。「夫人醒啦！」

秋薑轉了轉眼睛。「這是哪裡？」

「船上。」

「什麼船？」

「我家少主的船。」

秋薑挑了下眉。「雲閃閃？」

「是。」小丫頭不過十三、四歲年紀，長得極為乖巧，收拾完碎片後，倒了杯水過來，遞給秋薑。「妳睡了好幾天啦，渴不渴？」

秋薑接過水，嗅了嗅，覺得應該沒什麼問題，便慢慢飲下。冰涼滑潤的清水流入喉嚨的同時，神志也跟著清明許多。

首先浮出她腦海的問題便是——「我的同……唔，那個丁三三呢？死了嗎？」

小丫頭掩脣偷笑。

「怎麼了？」

「他沒死。不過……跟死了也差不多了……」小丫頭說到這裡，又是「噗哧」一笑。

頤非確實很想死。

他可以弄出綠色的眼瞳、蠟黃的臉頰、花白的頭髮和佝僂的身姿來偽裝丁三三，卻獨獨偽裝不了一點——吃辣。

頤非嗜甜，一點兒都吃不了辣和苦。可眼前的三道菜又辣又苦，辛辣的味道一個勁往他鼻子裡鑽，他覺得自己快要崩潰了。

偏偏，雲閃閃還興高采烈地說道：「來來來！上次我弄了自認為已經很辣的菜請你，結果你二話不說吃完，耀武揚威地走了。我回去後痛定思痛，聽說燕國南山居的蜀葵末號稱唯方第一辣，是用蜀葵根研磨而成，直衝鼻喉，眼淚一下子就能流下來，因此當地山人稱之為『潑婦煞』。我好不容易弄到手，這三盤，分別是微辣、中辣和重辣，你嘗嘗！」

頤非一滴冷汗從額頭流了下來。「潑婦……煞……」

「小爺我可是吃下去了喔！總之，老規矩，你吃不了，比不過我，就得死。」

這是什麼規矩啊！頤非心中吶喊。

雲閃閃將盤子往他面前推了推，眼睛裡的用意相當明顯——要嘛吃、要嘛死。

頤非嘆了口氣道：「我死了誰去替你辦事？」

雲閃閃冷哼一聲：「你拖了我十個月，本就沒什麼戲了。有沒有你都一樣！」

頤非不禁好奇：雲閃閃委託丁三三辦的會是什麼事呢？

他臨時冒充，自是不知道丁三三過去的事情，但以他跟丁三三合作過一次的經驗來看，丁三三並不是一個不遵守承諾的人。那麼，是什麼樣的任務，讓他拖了十個月都沒能辦成？

而且如意門做事神祕，頤非只知道丁三三叫做三兒，雲閃閃卻知道他的全名，他們之間的交情看來並不一般。

但如果真是那麼好的交情，雲閃閃會認不出自己這個假冒的丁三三嗎？還是，他已經知道了，故作不知，想著法子來對付自己？

一連串的問題在頤非腦中迴旋，偏偏雲閃閃還一個勁地說：「快吃啊！等什麼呢？」頤非只好拿起一旁的勺子，舀了一勺微辣的蜀葵末送入口中。一股激流直衝口鼻，頤非整個人一震，下意識就想吐出來。視線前方，卻是雲閃閃圓溜溜、葡萄一般的大眼睛，眨也不眨地盯著他，問：「怎樣怎樣？好吃吧？」

頤非用了內力，以一種壯士斷腕的悲壯心情把那口蜀葵末嚥下去，眼睛裡冒起了一層淚光。淚光模糊了鏡片，讓他再也看不清晰。

「我就知道微辣對你來說還是太輕了，來來來，嘗下一個中辣吧！」

頤非手一抖，勺子「匡噹」掉到桌上。

雲閃閃皺起了兩道彎彎的柳眉。

眼看這位二公子又要發火，頤非連忙道：「我……直接……嘗……重……辣吧！」天知道他是何其艱難，才能吐出最後兩個字來。正所謂伸頭一刀，縮頭也一刀，既然今天這一檻擺明了非過不可，何必多受罪？

頤非決定直接吃最辣的！死也死得徹底些！

雲閃閃再看他時，眼神裡充滿了崇拜。「好樣的！不愧是三哥！來——」伴隨著這一聲「來」，另一把雕工精細、金光閃閃的勺子遞到頤非面前，像是一道催命的魔符，幽幽泛著地獄之光。

頤非用顫抖的手接過勺子，看著第三盤蜀葵末。

這盤蜀葵末是黑色的。

黑得像是雲閃閃的眼睛，黑得像是雲閃閃的心。

頤非在心中詛咒了他千萬遍，然後一咬牙、一狠心，閉上眼睛，開吃！

刀客和僕婢們圍觀著這千載難逢的畫面，並對此品頭論足、指指點點——

「哇，你看他臉上全是汗！」

「他眼睛也在流汗！」

「笨啦，眼睛流的當然是眼淚了，怎麼可能也是汗啊……」

「他是覺得太好吃了，所以感動的吧？」

「他的臉變成紫色的了！好神奇，第一次知道有人吃辣會吃得臉都紫了的！」

「還差一半，努力吃啊！」

一開始大家還在嘻嘻哈哈地笑著，到了後來，看到頤非都這樣了還在努力吃，都被莫名地感動了，不由自主地開始為他鼓掌喝彩。

「吃啊——吃啊——吃啊——」

當秋薑跟著小丫頭來到上一層船艙的花廳時，看見的就是這樣一幕。

頤非的頭髮、衣服全被汗浸透了，一張臉漲得紅中發紫，一邊吃一邊嘩啦啦地流眼淚。他一隻手拿勺，另一隻手抵在肚子上，像是因為太痛苦而在強迫自己忍受，又像是在鼓勵自己繼續努力。

盤子裡的蜀葵末還剩一半，頤非舀了一勺幾度送到嘴邊，卻怎麼也張不開口。

秋薑的目光閃了閃，突然走過去，壓住拿勺的那隻手。

頤非詫異抬頭。

秋薑沒看他，而是逕自拿走他手中的勺子，吃了一口，露出若有所思的表情，然後將盤子裡剩下的蜀葵末全吃了。

頤非和雲閃閃目瞪口呆地看著她。

秋薑吃完蜀葵末，把盤子刮得乾乾淨淨的，最後將勺子往空盤子上一扔，冷笑道：「這種淡出鳥的東西也好意思拿出來？」

四下一片譁然。

頤非跟著秋薑回到甲板下的船艙時，還在嗤嗤笑，一邊笑一邊睨著秋薑道：「妳太厲害了！妳真的是太厲害了！雲閃閃看著妳的眼神就跟看見了鬼一樣！」

秋薑一言不發，逕自推門，回到之前的房間。

頤非一看桌上有壺茶，連忙拿過來「咕嚕咕嚕」一口氣喝乾，然後吐著舌頭道：「辣死我了，辣死我了……忍得好辛苦。若非妳來救場，我估計在上面一命嗚呼了。」

秋薑還是不說話，走到床後的馬桶前，打開蓋子「哇」地吐了出來。

頤非怔住了。

秋薑一連吐了半炷香時間，才蓋回蓋子，抹著紅腫的嘴唇轉身。

頤非有些呆滯地看著她。「原來……妳也不能吃辣？」

秋薑淡淡道：「草木居的僕婢道我有三技，一是禪機，一是釀酒，還有一個，就是會做素齋。」

頤非的目光在閃動。「而一個精於素齋的人，口味必須清淡，否則會品嘗不出滋味的差別。」

秋薑點頭。

「那妳剛才還幫我吃那盤……」頤非說不下去了。

秋薑微微一笑，道：「你是我的同伴，我怎能見死不救？」

頤非沉默。

秋薑又補充道：「更何況，我知道你為什麼這麼做。」

「什麼？」

「之前我還覺得奇怪，為什麼你要假扮三兒。但看到雲閃閃後，我知道了。」秋薑很認真地望著頤非。「你是不是想見如意夫人？」

頤非低下頭，不知在想什麼，既沒承認，也沒否認。

「你故意帶我出現在三兒的客棧裡，因為你知道他們看見我後肯定會有所行動。當你探清三兒想要抓我，是敵非友後，就除掉他，然後頂替他的身分，順理成章地帶我回如意門。但你又怕我身分曝光，一路上會有很多阻礙，所以想借把大傘擋風遮雨。而這時雲閃閃恰好來找三兒的麻煩，你就利用他帶我們一起回程國。」秋薑說到這裡，伸手摸了摸房間的木板牆。「這艘船，如果我沒猜錯，就是去程國的。」

頤非拍了拍手。「果然冰雪聰明。」

秋薑盯著他。「但我有三點不明白。」

「妳可以問，但我未必答。」

「即使我剛才救了你？」

頤非咧嘴一笑。「所以下次救人前要看清楚對象，是不是那種會飲水思源、投桃報李的好人。」說完這句話後，他還坐在矮几上，蹺起了二郎腿，一副「我就是無賴，妳奈我何」的模樣。
本以為秋薑會生氣，但她的表情依舊平靜，平靜得像是剛才吃掉那半盤蜀葵末一樣。
頤非的心，忽然顫了一下。
他說不出這種滋味是什麼，就像……很小的時候，滴水成冰的冬天，母親偷偷從廚房偷了一個脆餅，捂在胸口上，等看見他了，把熱呼呼的餅從懷裡取出來，遞到他嘴邊。那時候母親只是個無權無勢、不受寵愛的妃子，他也只是皇子裡最荏弱矮小的一個，但他覺得自己比其他人都要幸福。
頤非的眼瞳幽深幽深，然後，又笑了，自嘲、自輕、自省地笑了。
就在這時，秋薑提問了。「第一點——」
頤非試圖阻止她。「我沒答應回答。」
「第一點。」秋薑不管他。「你為什麼要見如意夫人？如你所說，你是仗著如意門的幫忙才逃到璧國，你等於是他們的老主顧了，想要再次接觸並不困難。為什麼還要繞彎子，偽裝三兒帶著我過去，搞得這麼神祕複雜？」
頤非沒有回答。
於是秋薑問第二個：「第二，你明明知道風小雅和薛采不懷好意，另有圖謀。而此事本來與你無關，你羽翼未滿，實力尚薄，一切都沒有成熟，為什麼選擇在這麼敏感的時期回程國？你當然不是為了幫風小雅成為王夫。你真正的目的是什麼？」
頤非還是不回答。
秋薑吸了口氣，緩緩道：「第三，你是如何說服雲閃閃帶我們上船的？」
這個問題頤非終於回答了，但秋薑覺得他還不如不回答。

因為，他的答案是：「我告訴他，妳知道風小雅得的是什麼病。」

秋薑定定地看了頤非許久，才長長一嘆。

頤非卻衝她眨了眨眼睛。

秋薑也坐下了，盡量讓自己顯得很冷靜。「那麼你覺得我該如何編造一個病情，來搪塞雲閃閃？」

頤非揚眉。「妳不知道？」

「不知道。」

「也許妳是知道。只是……」頤非的笑容很微妙。「忘記了？」

秋薑騰地站起來，一把揪住他的衣領，將他拖到跟前，近在咫尺地盯著他那張看起來又賤又壞、讓人好想搧幾巴掌過去的臉，一字一字道：「如果，你再這樣試探我，甚至不惜讓你我都陷入危機，不用等雲閃閃動手，我就先殺了你！」

「妳不會。」頤非笑咪咪的，一點兒都不害怕。

秋薑瞇起了眼睛。

頤非慢慢地、一根根地掰開她的手指，悠悠道：「如果妳是真失憶，為了尋回曾經的一切，妳必須忍受跟我這樣的人合作，即使是被懷疑、被猜忌、被時不時地陷害，也要忍受。因為妳知道，在程國，我能做的事情，比大部分人要多得多。」

頤非抬起頭，眼睛亮晶晶，彷彿能直透人心地望著她。「而如果妳是假失憶，必定是為了圖謀什麼，圖謀的事情沒有達成，妳怎捨得殺了我這麼好的一顆棋？」

秋薑小退了一步。

頤非拉正衣領，站了起來。「咱們打開天窗說亮話，妳我都不是省油的燈。我不信任

妳，妳也不信任我。我本不想帶著妳，是妳非要找上我。所以，如果忍受不了我，大可一拍兩散。正如妳問的第一個問題，想見如意夫人，我還有其他方法，不是非妳不可。在妳想清楚自己到底要做什麼，要做到怎樣的地步後，再來找我。」

頤非轉身走到門邊，打開房門，停了一下，回頭一笑。「對了，忘了說，不管怎樣，還是很謝謝妳剛才幫我吃了那半盤潑婦煞。」

說完這句話後他就走了，並把門輕輕帶上。

秋薑望著緊閉的房門，縮在袖子裡的手在輕輕顫抖，她用左手壓住右手，才能控制住那種因憤怒、屈辱以及一些別的情緒帶來的顫抖。

如果……如果是一個好人的話，就不用受到這種對待了吧？就不會在面對這樣的質疑和羞辱時，無力反駁了吧？

到底是怎樣的過去，才能讓一個人的內心如此軟弱，不能光明正大地活，不能義正詞嚴地說，甚至不能……為自己辯解。

秋薑不停地顫抖，最後，她捂住臉，頹然坐到地上。

燈光寂寥。雨打車壁，劈里啪啦。風小雅在下棋。

棋盤乃是用一整塊上好的翡翠雕刻而成，加上羊脂白玉和純黑歐泊（註2）做成的棋

註2　蛋白石。

子，光是看著，便已是一種享受。

更何況拈棋人的手，指節修長、指腹溫潤，指甲修剪得乾乾淨淨，沒有絲毫老繭，連紋路看起來都是細膩清淺的，宛如一件上好的藝術品。

車身輕輕搖晃，車壁上的燈也跟著一蕩一蕩，落到棋盤上，流光溢彩，映得風小雅的眉眼，明明滅滅。

指尖棋子遲遲未落，而窗外風雨已急。

風小雅抬起頭，問了一句：「什麼時候了？」

「回公子，馬上就入夜了。」

「又一天過去了……」風小雅呢喃一句後，看著几上的棋局，局剛起步，黑白雙方都在緊鑼密鼓地布局，尚看不出輸贏之勢。但他眼中露出一絲倦意、一絲糾結、一絲難掩的失落，彷彿已提前看到結局。

雨點密集，宛如鼓聲。

夜燈暈開黃色光圈，照在几旁的薑花上，其中一朵已經枯萎了，懨懨地下垂著。風小雅伸出手，輕輕撫摸著那朵薑花，口中問：「他們到哪裡了？」

「已經上了雲閃閃的船。」

風小雅有些感慨。「真是一步好棋。」

「公子……」焦不棄口吻遲疑。

「什麼？」

「就這樣任由夫人跟那個人去程國……真的……不管嗎？萬一路上有個三長兩短……」

風小雅的眼底泛起許多漣漪，宛如搖曳的燈光落在棋盤上。這一刻他想了很多，又像

什麼都沒想，最後，說了一句：「已經跟我們沒關係了。」

車轅上的焦不棄和孟不離雙雙回頭，馬車的門簾被風吹得飄拂不定，在那偶爾的驚鴻一瞥裡，風小雅擁被倚躺在柔軟的車榻上，閉著雙目，似乎已經睡著了。

棋盤上，放著一朵枯萎的薑花。

秋薑的顫抖並沒有延續太久。

因為頤非走後沒一會兒，雲閃閃就來了。

雲閃閃一邊嚷著「誰允許你們私自回房的」，一邊很不客氣地推門而入，看見屋內只有秋薑一個人，愣了愣。「他呢？」

「走了。」

「去哪裡了？」

「不知道。」

雲閃閃扭頭吩咐身後跟著的一名刀客：「去看看丁三三在哪裡，押回貨艙不許他亂跑。對了，把他跟鴨子們關在一起好了。」

刀客應聲而去。

雲閃閃走進來，大剌剌地往秋薑面前一站。

秋薑下意識後退一小步。

此舉無疑讓雲閃閃感到很愉快，只聽他故意冷笑幾聲，惡狠狠地說道：「知道怕了吧？讓妳剛才亂出鋒頭！妳以為小爺救妳是為了讓妳跟我比賽吃辣？我留著妳的小命是為了套妳話！說，妳相公得的是什麼病？」

秋薑在心中暗嘆口氣——如此直接問話，還真是符合這位二公子的性格。

「快說，不然我對妳不客氣！」雲閃閃「嘎崩嘎崩」地掰著自己的指關節。

秋薑保持沉默。

雲閃閃等了一會兒，見她一點兒反應都沒有，心虛地看了看身後的刀客們，再回頭時，表情又凶狠了幾分。「不說？好，看起來妳不怎麼怕死。那麼，妳知不知道女人最重要的是什麼？是名節！妳如果再不乖乖回答，我就、我就……」

「就姦了妳！」一名刀客實在忍不住，插了一句。

雲閃閃一呆，反身就是一巴掌，怒斥：「胡說八道！小爺是這種禽獸嗎？」

「對、對不起！二公子我錯了！」刀客連忙捂著臉認錯。

雲閃閃這才甘休，轉回來對秋薑道：「妳再不說，我就、就……讓他姦了妳！」說著，手指指向那刀客。

該刀客一呆。

雲閃閃得意道：「嘿嘿嘿，現在知道怕了吧……」話還沒說完，他被秋薑一把扣住手腕，緊跟著，身體在空中轉了一圈，跌到床上。

眾刀客大驚。

秋薑已欺身上床壓住雲閃閃，冷冷道：「誰姦誰，還不一定吧？」

雲閃閃的一張小臉頓時嚇得煞白煞白，結結巴巴道：「妳、妳、妳、妳要做什麼？」

秋薑「嗤」地將他胸口的衣服撕開。

雲閃閃拚命掙扎，衝門口呆立著的刀客們吼道：「你們是死人啊！快進來救我啊！」

刀客們這才反應過來，剛要上前，秋薑手一揚，一件淺金色的外衣丟到他們腳邊。緊跟著，雲閃閃的聲音變成了哭腔：「別、別進來！都、都出去啊！」

秋薑微微一笑。「再說一遍，讓他們聽得清楚些。」

雲閃閃尖叫：「出去出去出去！沒有我的吩咐不許進來！給我滾啊渾蛋們——」

刀客們面面相覷了一會兒，躬身退了出去。

秋薑騎在雲閃閃身上，將帳幔順手扯下，粉紅色的紗簾罩住大床的同時，也遮擋了眾人的視線。

於是，想偷偷趴在門縫看一下到底是怎麼回事的刀客們只好放棄，站在門外彼此對望著，不知道該怎麼辦。

房內「乒乒乓乓」一陣亂響。

一名刀客憂心忡忡地對另一名刀客道：「二少爺不會出事吧？」

「唔……也許是在享樂？」

於是大家同時禁聲，不再說話。

房內噪音不斷。

秋薑丟了一個花瓶，又丟了一個枕頭，最後，還將床單撕開，丟出床帳。

被她壓著的雲閃閃小心翼翼道：「妳、妳到底要對我做什麼啊？」

「閉嘴。」

雲閃閃立刻閉上嘴巴，但過了一會兒，又忍不住開口：「那個……妳起碼讓我先穿上衣服再說啊……」

「穿了衣服你還會這麼乖嗎？」秋薑涼涼地看了一眼他赤裸的身體。

雲閃閃的皮膚比女人還白，身體尚未完全發育，小獸乖巧地蟄伏在腿間，毫無激動的反應。

如果不是有隱疾，大概就是別方面的原因。唔……莫非喜歡男色？秋薑想。

雲閃閃別過臉，流下了屈辱的淚水。但身上的這個女人顯然並不準備放過他，冷冷逼問。

「你探查風小雅的病症做什麼？」

雲閃閃本不準備回答，但秋薑加了一句：「不說，我就喊門外的人進來。」

他連忙回答：「為了淘汰風小雅，不讓他娶到女王。」

秋薑微微擰眉，雖是意料之中的答案，卻又冒出更多的疑惑。「為什麼？」

雲閃閃抿了抿嘴巴。「我哥想讓我中選。」

「就你？」秋薑的目光在他腿間轉了轉。

雲閃閃羞惱得整張臉都紅了，卻沒法反抗。秋薑似乎沒有太用力，卻讓他又痠又軟，提不起絲毫力氣來。於是他只能老老實實地答：「我哥說他自有辦法，只要我能中選就行。」

「有什麼辦法？」

「他沒有跟我說。」見秋薑露出懷疑之色，雲閃閃連忙辯解：「是真的！我哥做什麼都不會跟我明說的，總之他說什麼我照做就好了……」

「包括讓你戴綠帽？」如果她沒記錯，頤殊跟雲笛可是有一腿的。

雲閃閃眼圈一紅，不知想到了什麼，忽然別過腦袋不說話了，也不反抗，就那麼僵硬地躺著，一副任她屠宰的模樣。

秋薑盯著他，從他吹彈可破的肌膚，看到保養得當的雙手；從他微溼的眼角，看到緊抿的雙唇……簡直比女孩還嬌滴滴。

雲笛為什麼不自己競選，反而讓草包弟弟出馬？頤殊又怎麼可能看得上這種雛兒？除非……這一切的一切，不過是頤殊的圈套？

頤殊假裝自己中了薛采的計，公開招婿，其實是反過來布置了更大的陰謀等著薛采和風小雅，還有……頤非？

秋薑的腦子轉得飛快，被這一連串的可能性弄得有點驚慌。如果真的如她所想，那就太可怕了……

雲閃閃嘩啦啦地流著眼淚，顯得說不出的可憐。

秋薑想到他只有十六歲，而且什麼也不知道，只是棋子一顆，就心軟了。她放開雲閃閃，在床尾坐下。

雲閃閃雖然重獲自由，卻還是一動不動地躺著繼續哭。

秋薑淡淡道：「別哭了。」

「妳欺負我，嗚嗚嗚嗚……」

秋薑道：「是你欺負人在先的。」

「我……」雲閃閃一骨碌地坐起來，瞪著她。「那怎麼一樣？我哥可是雲笛！」

「我前夫是風小雅。」

雲閃閃瞬間沒了氣勢，尷尬地張了張嘴巴，最後嘟噥道：「有什麼用，他有幾十個老婆！」

「十一個。」秋薑糾正他。「而且都已經休掉了。」

她不說還好，雲閃閃一下子來了興趣，兩眼放光地朝她湊近。「都休掉了？什麼時候的事？他是不是真的那麼風流？他對妳們十一個老婆都好嗎？」

秋薑冷冷看著他。

雲閃閃終於意識到自己離她太近，便冷哼一聲，挪回到床頭坐著，問：「我什麼時候可以穿衣服？」

「等到蘆灣。」

「什麼？」雲閃閃大喊起來。

門外，刀客們還在鍥而不捨地偷聽——

「啊，好像聽到二公子在說話！」

「是完事了嗎？」

「這麼快？他是不是……不行啊？」這人的話立刻招來一片白眼。

另一名刀客則笑咪咪地摸著下巴，悠悠道：「二公子，也該長大了啊……」

「但那個女人不是風小雅的老婆嗎？他們這樣子傳出去沒問題嗎？」

「有什麼關係，傳出去就說是我們二公子睡了風小雅的老婆！多有面子啊！」

「對對對，好有面子！」大家紛紛點頭。

「但二公子不是要娶女王嗎？」一人插嘴。

又一片沉寂。

最後，一名刀客咳嗽一聲，沉聲道：「今天的事誰也不得對外洩漏！」

「是！」

「妳要扣著我一直到程國？」雲閃閃不敢置信。

秋薑卻很明確地點了點頭。「沒錯。」

「我不幹！」

「恕我直言，你沒有選擇。」

雲閃閃看了眼自己光溜溜的身子，咬牙道：「妳這樣對我會有報應的！總有一天妳也會被人脫光光威脅的！」

「我不怕脫光光。」

雲閃閃語塞，瞪著秋薑半天，小聲嘀咕道：「妳到底是不是女人啊……」

秋薑問：「你跟丁三三之前到底有什麼交易？」

「不說！」

「你們準備了怎樣的陷阱要對付風小雅和薛采？」

「不知道！」

「除了風小雅和薛采，還有其他四大氏族，你們想好對策了嗎？」

雲閃閃眼中猶豫之色一閃而過，被秋薑敏銳地捕捉到了。

秋薑瞇起眼睛緩緩道：「你們……五大氏族，是不是決定聯手，先一致對外？」

雲閃閃一震。

秋薑的心則沉了下去——果然，這是一場針對風小雅和薛采的陷阱。而設局的不僅僅是雲笛，還有其他四大氏族。

而此刻，頤非誤打誤撞地假扮成丁三三上了雲閃閃的船，雲閃閃又落到她手中，她所問出的這些，是真？是假？是無意揭開的祕密，還是另一場精心策劃過的陷阱？

秋薑忽然發現自己無法分辨。

她甚至不能分辨，眼前的這個雲閃閃，是不是真的就是傳說中的雲家二公子。也許跟頤非冒充丁三三一樣，雲閃閃也是別人假冒的？

秋薑的眼眸深沉了起來，她忽然伸手在雲閃閃額頭彈了一下，雲閃閃立刻暈了過去。然後秋薑開始搜他的身。

秋薑搜得很仔細，什麼地方也沒有放過。

雲閃閃身上沒有任何奇怪的地方，沒有胎記、沒有傷疤，更沒有老繭，肌膚如絲緞一般光滑，是一個絕對養尊處優的富家公子才能擁有的本錢。

明明本該是十分失望的結果，但秋薑的眼睛越來越亮，最後，當她脫掉雲閃閃的襪子，看到腳踝上的一條鍊子時，她拈起鍊子，意味深長地笑了起來。

秋薑掀簾下床，撿起地上的被子替雲閃閃蓋上，再放下簾子，走去開門。

「撲通」一聲，貼著門的一名刀客摔了進來。

眾人七手八腳地連忙把他拉起來，訕訕地看著秋薑。

秋薑嫣然一笑。「二公子睡了，吩咐任何人都不得打擾。」

刀客們面面相覷了一會兒，一人道：「我怎麼確定二公子是睡著了，而不是死了？」

「你不信就自己進去看吧。」秋薑讓出道來。

該刀客遲疑了一會兒，上前伸手將床帳拉開一線，見雲閃閃確實躺在裡面，表情平靜、呼吸均勻，看起來並無大礙後，便轉身回到門外。

秋薑笑吟吟地看著他。「如何？放心了嗎？」

刀客狠狠瞪了她一眼，朝眾人做了個手勢。「走！」

秋薑目送著眾人離開，身形也跟著一閃，消失在門內。

秋薑當然沒有離開。

一艘行駛在大海上的船，是最強的天然囚牢，沒有人敢擅自離開。對比人禍，天災絕對要可怕得多。

因此，秋薑在看了一眼外面一望無垠的大海後，打消了伺機離船的念頭，而是提了一盞燈，走到最下面的船艙。

船艙底部，一般都是用來堆貨的。

除此之外，還壓著一些巨石，用來鎮船。

因為沒有陽光，密不通風，空氣十分混濁。

秋薑沿著小木梯走下去，第一眼便看見了頤非。

跟一大群鴨子在一起的頤非。

鴨子嘎嘎嘎嘎，撲著翅膀，企圖驅逐這個侵占牠們地盤的人類。而頤非，手上銬著鐵鍊，蜷縮在角落裡，任由鴨子啄他的衣服、頭髮，就是不挪地。

他也確實沒法挪移，因為那鐵鍊很短，兩頭牢牢釘死在船壁上，如果不能用鑰匙打開鎖銬的話，只能撬牆壁；而牆壁一旦被撬掉，海水估計就湧進來了。

真是損人不利己的行為啊。

秋薑一邊感慨一邊走向頤非。

鴨子們衝她仰脖嘶叫。

她只冷冷看了一眼，鴨子突然全部禁聲，各自散了，還有的把腦袋埋進翅膀裡，不敢抬頭。

頤非明明蜷著腿像是睡了，卻忽然嘆了口氣道：「連鴨子都怕妳，妳的殺氣到底有多重。」

「那要看某人到底願不願意說真話。」

「什麼意思？」

「說真話的話，就能活。」秋薑走到他面前，盯著他，一字一字道：「不說真話，這裡

所有人，包括鴨子，都得死。」

頤非睜開眼睛，目光宛如寒月，清冷而清冽。

秋薑卻笑了，笑得清揚而清靈。

「是你的人吧。」

「什麼？」

秋薑將一條鍊子遞到頤非面前。

鍊子異常柔軟，顏色奇特，在燈的照映下流瀉著五色斑斕的弧光；而在銜接處，刻了一個圖案——

比翼鳥。

頤非的臉色變了。

與此同時，秋薑低柔的、無比悅耳的聲音悠悠響起：「崇吾之山，有鳥焉，其狀如鳧，而一翼一目，相得乃飛，名曰蠻蠻。蠻蠻，是程三皇子，您的，圖騰。」

頤非的視線從圖騰往上移，對上了秋薑的眼睛。

那是一雙清透得像是能洞穿世間萬物的眼睛，他幾乎能從這眼瞳中看到自己的臉。

頤非的睫毛顫了起來，垂下，揚起，又垂下。

「嘎嘎嘎嘎。」鴨子們在不知疲倦地叫喚。

而頤非的聲音，便絲絲縷縷、若有似無地在喧鬧中透了出來：「妳猜得沒錯，確實是我的人。」

「我依稀記得雲笛曾是你大哥麟素的心腹，後被頤殊收買，臨陣倒戈投靠了頤殊，現在是程國首屈一指的大將軍。」

「妳的記憶沒錯。」

「那麼他的弟弟雲閃閃怎麼會是你的人？」

頤非淡淡道：「一個能被收買一次的人，為什麼不能被收買第二次？」

秋薑微微錯愕。「雲笛又背叛了？」

「一個能背叛一次的人……」

秋薑應和著他說完下半句——「就能背叛第二次，對吧？」

頤非眨眨眼睛。「聰明。」

秋薑定定地看著他，細細地打量他，猜測這話到底有幾分真、幾分假。頤非的表情很坦然。也是，一個能在鴨子喧叫聲中睡覺的人，還有什麼事能不處之泰然的。

秋薑從頭上拔下一根髮簪，開始幫他解除鐐銬上的鎖。

頤非眼睛一亮。「妳還會這手？」

「我是細作不是嗎？細作都會這手。」

頤非笑咪咪地看著她，一雙眼睛水汪汪的，令他看起來又豔麗又多情。「我好像有點知道風小雅是怎麼被妳迷倒的了。」

秋薑的手僵了一下。「他沒有被我迷倒。」

「他娶了妳。」

「在我之前，他娶了十個。」

「嘖嘖嘖，一股子酸味呢……」

秋薑停下手，冷冷看著他。「你是不是不準備離開這裡了？」

「離開，當然離開。」頤非忽然張口，從她手腕上咬走了那條刻有圖騰的鍊子，然後

故意慢條斯理地當著秋薑的面，將鍊身往左手的枷鎖上一套，再用牙齒輕輕一拉。

「喀嚓」輕響，鐐銬的鎖被打開了。

秋薑大吃一驚。

頤非則嗤嗤笑了起來。「忘了告訴妳，雖然我不是細作，但也會開鎖；還有這鍊子不僅是鍊子，也是鑰匙。」說話間，另一只鐐銬的鎖也被打開了。頤非活動了一下雙手，悠悠起身。

秋薑瞪著他。

頤非揉了揉脖子，又踢了踢腿，最後一抖衣袖道：「自由囉，走。」

「去哪裡？」

「妳本來想救了我後去哪裡？」

「回房間。」

「那咱們就回房間。順便——」頤非眨眼。「見見雲二。我知道，他一定是落到妳手裡了，所以妳才得到了這鍊子。」

秋薑下意識伸手想拿回鍊子，頤非卻輕飄飄地飛了起來，蝴蝶一樣輕盈地落到樓梯上，然後，用賤得能氣死人的表情衝她甜甜一笑。「妳都知道這是我的鑾鑾了，還眼巴巴地搶，難道想跟我比翼雙飛？」

秋薑嘲諷道：「這鍊子之前戴在雲閃閃腳上，難道你原本打算跟他比翼雙飛？」

「這鍊子是我給雲笛的信物，約好了事成之後娶雲家的姑娘做皇后，誰知道怎麼會在那二貨腳上。」頤非一邊搖頭嘆息，一邊打開船艙的門走了出去。

秋薑只好跟上。

沿途遇到隨船侍奉的婢女們，看著她們目瞪口呆的表情，頤非招了招手。「大家好，我又被放出來了。」

一名婢女丟了手中的水瓶，尖叫一聲轉頭跑了。

頤非痛心疾首地看著地上碎裂的瓶子，和四下流淌的清水。「清水在海上比黃金還珍貴，就這麼浪費了，罪孽啊……」

他一邊搖頭晃腦，一邊往房間走。秋薑也不管他，隔了五步遠地跟著。

沒過多會兒，刀客們氣勢洶洶地從甲板上衝進來。「丁三三逃了？逃哪裡了？在哪裡、在哪裡？」

此時頤非已走到秋薑之前的房間門前，一腳踢開門邁進去，回頭露出半張臉，懶洋洋地應道：「在這裡——」

刀客們立刻揮刀向他衝去，頤非突然手臂一伸，把秋薑也拉進屋，然後「砰」的關上房門，厚實的門板跟第一個衝到跟前的刀客來了個親密接觸。

刀客立刻丟刀捂住自己的鼻梁。「痛痛痛痛痛……」再一放手，兩道血從鼻孔裡緩緩流下。

該刀客大怒，撿起地上的刀「喀」地砍進門內，入木三分，正要拔出再砍，頤非在房中道：「別進來。進來我就姦了你們二公子。」

刀客們集體僵硬。

頤非走到床邊，望著簾子內鼓囊囊的被子，一手掩脣嗤嗤賤笑了兩聲：「你們可想清楚了，就你們二公子這樣的，被打被罵被殺被剮都沒什麼，但如果被人那個啥了，還是被男人那個啥了，他會怎麼樣？」

刀客們集體顫抖，一片寂靜中，一個帶著幾分憤怒、幾分冷傲、幾分難以言說的聲音羞恥地響了起來——

「會怎樣？」

屋內的頤非怔了怔，看向秋薑。「我好像聽錯了？」

「你沒聽錯。是他。」

頤非變色，立刻扯掉床簾掀開被子一看，裡面鼓起來的是兩個枕頭，哪裡有雲閃閃的身影？

與此同時，一人「砰」的一腳踢在房門上，整扇門就那樣倒了下來，震得船身都跟著抖動。

雲閃閃憤怒到極致的面容赫然映入眼簾。「你要對我怎麼啥？說！什麼是那個啥！」

他身後，刀客們訓練有素地圍成兩圈，宛如一張密不透風的網，將廊道堵了個水泄不通。

這裡是甲板下的下等船艙，沒有窗，唯一的門被踢掉了。門外有個恨不得將他挫骨揚灰的雲閃閃，雲閃閃身後有二十多把亮閃閃的刀；而在他們腳底下，還有一大群能把人心都叫碎了的鴨子。

頤非眼珠一轉間，已審時度勢完畢，當即上前兩步，單膝跪下，把圖騰項鍊恭恭敬敬地舉過頭頂，呈遞到雲閃閃面前。

「小人從那臭娘兒們手中奪回了鑾鑾，特地來獻給二公子。」

他身後的秋薑翻了個白眼——

她就知道！

這傢伙，危急時刻果然又出賣了她！

雲閃閃怒沖沖地上前一步拿鍊子，誰料指尖剛碰到鍊身，腳下一滑，整個人前傾；而下一瞬，頤非已迅雷不及掩耳地將他一把架住，囚錮在自己身前。

刀客們大驚失色，剛要救人，頤非已將那條頭髮絲般粗細的鍊子繞在雲閃閃脖子上，作勢輕輕一拉，雲閃閃已殺豬般叫了起來。

「我聽你的！什麼都聽你的！」

「識時務。」頤非笑咪咪地瞟了他一眼。「先告訴我，是誰把你放了的啊？」

「我。」

清幽飛揚的語音，分明清晰入耳，卻一時間讓人分不出來自何方。

頤非的眼神亂了一下，就在那一亂間，只聽一陣重響，頭頂上方的天花板破了個大洞，數條拴著繩索的鐵鉤從上面擲下來，將頤非的袖子、腿、衣領、後腰勾住，然後跟釣魚似地一拉，頤非就被拉上去了。

秋薑一看不好，連忙飛身抓著跌在一旁、沒來得及有反應的雲閃閃一起，也從洞口跳出去。

洞外就是甲板，微腥的海風把她的頭髮吹得朝後筆直飛起。

與此同時，無數把槍戳過來將她圍在中間。

秋薑立刻鬆開雲閃閃——從某種角度來說，她比頤非還要識時務。

甲板上，黑壓壓的士兵。

跟刀客們截然不同，充滿肅殺之氣的士兵們。

這是久戰沙場、訓練有素的精兵才有的氣勢。

秋薑的心「咯登」了一下——不妙。

在她頭頂上方，頤非被鐵鉤吊在船帆上，見秋薑也被擒，不禁苦笑道：「妳跟著出來幹麼，瞎折騰。」

秋薑咬了下嘴唇，沒有回答。

前方的士兵忽然轉身，立正手中的長槍，齊聲道：「將軍！」

一位看似三十出頭、身穿鎧甲的英武男子，像是一桿最鋒利的槍，氣勢逼人地從船頭走過來。

雖然秋薑是第一次見這個人，但她立刻猜出此人的身分——雲笛。

此人就是程國當朝第一名將雲笛嗎？

沒想到，他也在船上！

秋薑剛這麼想，就發現自己錯了。因為在這艘大船對面，還有另一艘更大、更威武的戰船。

也就是說，在她提燈去船艙底層救頤非的時候，雲笛已登到這艘船上救了他弟弟，不僅如此，此刻還生擒了頤非。

他……要抓的，是丁三三，還是頤非？

如果是丁三三，為什麼？如果是頤非……頤非跟他不是一夥的嗎？

秋薑正在思索，雲笛已大步筆直走到她面前，盯著她，表情古怪。

「妳怎麼在這裡？」

秋薑一頭霧水，但她最擅長的就是不動聲色。腦袋裡雖是一團紊亂，表情卻波瀾不驚，她靜靜地回視雲笛，並不答話。

雲閃閃嬌呼一聲，衝到雲笛身邊。「哥，就是這女人欺負我！你要給我報仇啊！」

「我沒有。」秋薑道。

雲閃閃大怒。「什麼？妳不承認？妳脫我衣服羞辱我！」

「我是女人。」

「什、什、什麼？」

「我想獻身給你，才脫你衣服。我這叫自薦枕席，不叫羞辱。」

「妳！妳！妳……」雲閃閃氣得鼻子都歪了，一跺腳，轉向雲笛。「哥，你可一定要給我作主啊！」

雲笛沒理他，逕自盯著秋薑，將她上上下下打量一番，道：「跟我進船艙。」說著一揮手，指著秋薑的長槍立刻收走，讓出一條路來。

秋薑只好硬著頭皮跟雲笛走。

頭頂上方，頤非忽然開口叫：「等等，我怎麼辦？」

雲笛壓根沒理他，只有雲閃閃一聽這話，眼睛一亮，抬起頭朝他獰笑。「你？就讓小爺我來跟你玩玩吧！」

頤非哀號。

哀號聲很快被關在門外。

一層船艙前半部分，乃是個巨大的花廳，布置極為華美，左右各有八扇窗，全部大開著。風呼拉拉地往裡灌，海風很冷，秋薑不禁打了個寒顫。

雲笛看了她一眼，走過去把窗戶關上。

秋薑留意他的舉動，心中全是疑問。

雲笛關完最後一扇窗，卻不回身，背對著她，忽然開口：「我以為妳在燕國。」

秋薑眉睫微顫。

「閃閃飛鴿傳書來說抓了份大禮給我，我以為他是指丁三三，沒想到是妳……」雲笛的手在窗櫺上握緊，又鬆開，又握緊，聲音越發低沉：「妳為什麼要回來？妳……妳若不回來，我雖然思念，但心是平靜的。妳一回來……我……我的心就亂了。」

秋薑呆住了。

如果此人不是那麼嚴肅，如果此人不是身穿鎧甲，如果此人說得再柔情蜜意一些，如果此地不是船艙而是花前月下……那麼，這樣的對話足以成為情人重逢的感人場景。

可惜，被表白的對象，是失憶了的秋薑。

她只覺得異常尷尬，還有點憐憫，又有點自厭——她之前到底是個什麼人，跟風小雅糾纏不清不算，還跟這位程國名將有一腿？

雲笛突然一拍窗板，像是終於做了什麼決定似的，轉過身來；與此同時，腰間的寶劍「哧」的一聲脫鞘而出，明晃晃地指向秋薑的眉心。

「我對妳說過，也對自己說過——不要再回來。只要妳再踏上程國半步，我就殺了妳！」明晃晃的劍刃，格外清晰地倒映在雲笛眼中，令原本就嚴肅的他看起來越發凌厲，冷靜而冷酷。

劍尖，距離秋薑的眉心，只有一分。

而這一分，秋薑知道，自己逃不過去。

眼前的這個男人，不是空有架子的花瓶，他的每一分功勛都由廝殺而來，他殺的人比許多人一輩子見過的人還要多。他的交手經驗之豐富，遠在她之上。
作為細作，她擅長的是暗殺、是謀略，而不是明刀明槍的決戰。
因此，秋薑索性將眼睛閉上。
置之死地而後生。
她不信，一個看她冷就立刻去關窗的人，能真的動手殺她。
果然，劍尖抵住她的眉心，卻沒再往裡刺入，而是停住了。
劍刃冰涼，讓她的肌膚起了一陣戰慄。
但她很快冷靜，因為刃上的輕微顫動，沒有停。
秋薑知道——雲笛的心，是真的亂了。
因為心亂，所以手抖；因為手抖，所以劍顫。
這一劍，他不會刺進來了。
她安全了。
秋薑緩緩睜開眼睛。
映入眼簾的，是雲笛依舊不苟言笑、凝重到陰沉的臉龐。
他盯著她，目光裡並沒有迷戀、不忍和痛苦，有的，只是深深的絕望。最後，他終於將劍轉手一擲，劍「砰」的刺進窗板，釘在上面。
「妳……為什麼要回來？留在妳的燕國不就好了嗎？留在風小雅身邊不就好了嗎？妳殺了那麼多如意門的弟子，妳以為夫人會放過妳？妳知不知道就算我不殺妳，還有無數人等著手刃妳報仇？妳只要一踏上程國的疆土，就必死無疑！」雲笛說著轉過身，又去面壁了。

秋薑無言以對。

「妳跟風小雅……到底發生了什麼？」

秋薑沉默。

雲笛終於忍不住回頭，盯著她。「到現在妳還不肯說實話？」

「實話……」秋薑忽然笑了，笑得雲淡風輕。「什麼是實話，什麼又是虛話？我說的，你就信嗎？」

雲笛斬釘截鐵道：「只要妳說，我就信！」

「那麼……」秋薑慢吞吞道：「如果我告訴你，我是為了你回來的。你信嗎？」

雲笛整個人重重一震。

秋薑直視著他，索性靠近。「因為思念你，所以我還是回來了。我拋棄了一切，只想回來找你，哪怕你要殺我，哪怕你要我死，我也要回來。」

她每靠近一步，雲笛就後退一步。這一回，輪到她對他步步緊逼。

秋薑繼續道：「我一直在想——你為什麼要背叛頤殊，為什麼跟頤非暗通款曲，為什麼要在這種莫名其妙的時候，出現在這個莫名其妙的地方，然後對我說這些莫名其妙的話……」

「妳……」雲笛開口想說話，卻被秋薑打斷。

「直到你剛才對我出劍，我才想清楚——原來，你是為了我來的。」說完最後一個字時，秋薑已經逼到雲笛面前，近在幾乎能碰觸到他鼻尖的地方，然後，慢慢貼上去，靠在他懷中。

這個男人的身體立刻僵硬了。

秋薑伸出手，在他胸口畫圈，剛畫一半，手被雲笛抓住。

雲笛的表情十分古怪，像是在強忍著什麼，抓她的手也在輕輕地抖，最後還是忍不住，將她一把推開。

秋薑跌倒在地。

明明是十分尷尬的場景，秋薑卻笑了，捂著臉笑了起來。

「雲大將軍，你的演技真差呀！」

雲笛怔住。

秋薑笑得上氣不接下氣。「是誰教你的那句，什麼『妳不來，我雖然思念，但心是平靜的；而妳一來，我的心就亂了』……真是難為你了。能把那麼情意綿綿的話說得跟背書一樣，估計也挺難的吧。」

雲笛緊皺眉頭，沉聲道：「我不知道妳在說什麼。」

「不，你懂的。不只你懂，外面的那個人也懂的，請他進來吧。別再演了，這種肉麻苦情的戲碼不適合你，更不適合我。」秋薑說著，從地上爬起來，走過去打開門。

外面，雲閃閃正在用長槍戳頤非，頤非的衣服已被戳得千瘡百孔，全是洞，他拚命閃躲，底下的人看得哈哈大笑。

秋薑也靜靜地看了一會兒，才轉向雲笛。「你還不叫停？你的盟友就要被你弟弟玩死了。」

雲笛瞇了瞇眼睛，終於開口：「住手！把丁三三放下來！」

雲閃閃一聽，不滿道：「不要啦，人家還沒玩夠！」

雲笛只冷冷看了他一眼，他就立刻低下頭，乖乖去解繩索了。繩索一解開，被吊著的

頤非降了下來，只見他空中一個翻身，自行解脫身上的鉤子，穩穩停在甲板上。

雲閃閃握著空蕩蕩的繩頭，呆了一呆。「你、你、你居然不是真吊？」

頤非扭了扭脖子，再揉了揉手臂。「誰說不是真吊？吊得我手腳都麻了。」一邊說著，一邊大步走進船艙。

雲閃閃一頭霧水，睜大眼睛看看他又看看秋薑，最後看向雲笛。「哥，這到底是怎麼回事啊？」

「沒什麼。你不需要知道。」雲笛等頤非一進門，就「砰」的關上門。

依稀聽到雲閃閃在外抱怨，但那抱怨聲很快沒了，估計是被誰勸住了。而船艙內，只有頤非、秋薑和雲笛三個人。

雲笛依舊嚴肅。

秋薑表情冷然。

只有頤非，笑咪咪的，被虐待半天還一副心情好好的樣子，嘖嘖道：「我就說你不行。果然，連一盞茶的時間都沒撐到，就被識破了。」

雲笛冷哼一聲。

秋薑道：「你知道他不行，還讓他來試？」

「他不自己試一下，怎麼會死心呢？」頤非往榻上一倒，看著自己滿身傷口，無奈地嘆了口氣。「其實妳比我好多了，妳只是被談情說愛了一番，我卻是當了人肉槍靶啊。」

秋薑清涼如水的目光轉向雲笛。「你們真是親家？」

「嗯，未來的大舅子呢。」頤非替他回答。

秋薑沉下臉。「我沒問你。」

頤非吐了吐舌頭，從懷中取出一個藥瓶子來。「算了，我先療傷，你們繼續。」

然後他開始老老實實地替自己上藥。

秋薑再問雲笛：「你為什麼要試探我？」

雲笛沉默了很長一段時間，才終於抬頭，做出了反應。「我不能讓妳這麼危險的人物回程國。尤其是，跟著他一起回來。」

「所以你要確定我是真的失憶，而不是偽裝成失憶的樣子故意跟著他，其實另有所圖？」秋薑無法理解。「我不明白。如果我沒有失憶，就知道你是假的，你根本騙不了我……」

「他是真的。」頤非突然又插話。

秋薑一怔。「什麼？」

「他……」頤非點點雲笛。「真的認識妳。而且——」

「也真的說過，只要妳再踏上程國一步，就殺了妳。」雲笛說這話時的表情一如既往的嚴肅和認真。

但這一次，秋薑的心，真真切切地亂了。

她不由得後退幾步，坐到榻上，腦海裡思緒翻滾，一時間，完全無法反應。

頤非認真地替自己上著藥，而雲笛不再說話，花廳裡很安靜。

安靜得彷彿能夠把一切喚醒，又彷彿能把一切埋葬。

秋薑不由自主地抓著自己的胳膊，艱難出聲：「我之所以知道你在演戲，是因為三點。第一，那些鉤住頤非的繩索，雖然看起來很粗很結實，但以我對他的了解，是不難掙脫的，他卻乖乖讓你們吊起來，這肯定有問題；第二，你演得實在太差，你根本連我的碰

觸都難以忍受，怎麼可能如你所說的喜歡我；第三……你在套我的話，別人縱然察覺不出，但作為一個久經訓練的人，這些問話技巧怎麼可能察覺不到？其實你真正想問我的是——為什麼離開風小雅，對嗎？」

雲笛的目光閃動了兩下。

秋薑苦笑。「何必呢……一個、兩個，都拿過去來試探我、為難我。真的……何必呢？」

「我說過，我不能讓妳這麼危險的人物回程國……」

「尤其是，跟我一起回來。」頤非再一次接了雲笛的話，但這一次，他的表情異常認真了起來。

他注視著秋薑，用一種前所未有的凝重表情道：「因為，船隻一旦抵達蘆灣，就沒有回頭路可以走了。所以，在這之前，我，以及我們所有人，都要確保不會有意外發生。而妳，無疑是最大的一個意外。」

「因為妳是薛采指定的人，是風小雅背後推動的人，也是……」雲笛上前兩步，一字一字道：「女王的人。」

一陣風來，吹開了被劍刺中的那扇窗戶。

窗戶吱吱呀呀地搖晃，窗板上的劍柄顫啊顫。

恍若懸在秋薑腦中的記憶，在這一刻，搖搖欲墜。

「妳叫秋薑，是藍亭山下一個叫做『歸來兮』的酒鋪老闆的女兒，因為身體不好，自小在山上養病。」

假的。

「公子上山參佛時，看見酒鋪意外著火，妳父母雙雙殞難。公子見妳孤苦，便納妳為妾，帶回草木居。」

假的。

「妳父本是程國鳳縣人，因在程國活不下去就去了璧國，在璧國帝都賣酒時認識了妳娘。兩人成親後生下了妳，為了給妳看病輾轉到了燕國。所以，妳的戶籍在程。但妳父孤兒出身，家中已無親眷。而妳娘馮茵有一位姊姊叫馮蓮，還在帝都，是妳在世上唯一的親人……」

統統都是假的，假的，假的！

突然一陣狂風颳來，窗戶狠狠一撞，插在上面的劍終於承受不住力道掉了下來。搖搖欲墜的記憶，在這一瞬，全面崩塌。

秋薑終於想起了如意門，想起了她本來的名字。

她當然不叫秋薑，也不叫七兒，「七兒」的所謂人生是從一場大雪開始的——

天寒地凍，風雪呼嘯。她被關在一個大大的屋子裡，身邊有很多人，都是孩子，年紀最大的看起來不到十六歲，她是裡面最年幼的。身邊的孩子們大都在哭，還有爭吵和打架的。屋子裡亂哄哄的，而且冰冷冰冷，沒有火爐，更沒有衣物。屋外是一大片雪地，雪地盡頭，是高高的圍牆，像是一個巨大的罩子，罩著這棟孤零零的屋子。

她等啊等，不知過了多久，終於有個大人走進來，對他們說馬上開始一場考驗，只有通過試驗的孩子才有機會去聖境。於是，他們被丟棄在屋子裡，七天七夜，沒有食物、沒有救援。

七天之後，那個大人終於回來了。屋子裡的孩子們因為各種原因，死的死、病的病、傷的傷、殘的殘。

她是唯一一個完好無損的孩子。

她被單獨挑選出來，帶到一個叫做品先生的男人面前。

品先生盯著她很久很久，問她在去極樂世界之前，有沒有什麼想說的。

她回答：「有。我是誰？」

品先生回答她：「妳是誰不重要。從今天起，妳想叫什麼名字就叫什麼名字。」

他說這話的時候，身旁的等高花瓶裡薑花正豔，芳香沁人心脾，宛如一隻停在翡翠簪頭的蝴蝶，清麗靈動。

也許是因為她注視的時間久了些，品先生看了那瓶花一眼，折下一朵遞給她。「喜歡？是妳的了。」

她驚詫，而品先生的下一句話是：「今後妳喜歡什麼，都可以得到。因為——在聖境裡，無所不有。而妳必將，無所不能。」

品先生沒有說謊，但他也沒說實話。

她確實去了一個叫做聖境的地方，後來也確實無所不能，但那是不斷以瀕臨死亡為代價換來的。

她從九歲長到十二歲，開始外出執行任務。

每一次任務完成後，她在聖境內的地位都會高一些。

她成了如意夫人最喜歡的弟子。她在聖境內被尊稱為七主，是如意七寶中的瑪瑙。

到了十九歲時，所有人都在說如意夫人會把衣缽傳給她。她也在積極等待那一天來臨。

就在那時，如意夫人給了她一個籌謀多年的任務——《四國譜》落到了風小雅手上，伺機接近他，竊取此物。燕國的大長公主鈺菁，會給予幫助。

《四國譜》，是流傳在唯方大陸的一個傳說。

傳說璧國的姬家之所以迅速崛起，百年不倒，就是因為他們有一本《四國譜》。裡面記載了世家的祕密，任何一個說出來都足以震驚天下。而姬家，就是用這些祕密要脅各大世家，操縱他們為自己辦事。

如此重要的東西既然落到風小雅手上，必須趕在姬家有所舉動前，搶到手中。

夫人給她安排了新的身分——酒壚老闆的獨生女兒，在填寫姓名時，她忽然想起品先生遞給她的那朵花，於是提筆寫下了「秋薑」二字。

如意夫人看著這個名字，揚眉一笑。「秋天的薑花？詞簡意美，不錯。」

新身分就那樣被一步步完善——

「秋薑，性靈貌美，擅釀酒，通佛經。」

「父程國人，母璧國人，七歲隨父母移居燕都郊外藍亭山下，經營酒鋪為生。因其父釀得一手好酒，無數權貴慕名遠來，踏青品酒，自成風景。秋薑因為病弱，被送往山上庵堂養病，鮮少出現在人前。」

如意夫人把寫到這裡就停了的名錄冊遞給她，嫣然道：「接下去該怎麼填寫，妳自己看著辦吧。」

她看著上面結體寬博、氣勢恢宏的字跡，想了想，提起毛筆接著寫了一句話——

「菩提明鏡，惹了塵埃。」

第二卷

前世・蛇魅

願妳此後夢中，
沒有苦難，唯有歡喜。
願妳千錘萬鍊，百折不屈，
仍能回到人間。

「豆腐。」

素白的手垂入木製盆的清水中洗淨，用絲絹拭淨了，挪到一板半尺見方的豆腐前。

「又稱膏菽。言好味，滑如膏。取黃豆用石磨磨成粉，熬成漿，以紗布濾淨，再反覆熬製，加石膏粉兌之，放入板盒，以石壓之。一個時辰後開盒，即成膏。」

玉手拿起竹刀，「嚓」的一切，切下巴掌大小的一方，放入木盤。

「說來簡單，但想做得好，每一步都要做到極致。好比這塊，為何好？」修長的手指一翻，指尖多了一枚針，舉到一尺高的地方鬆開，銀針墜落，穩穩地插入豆腐中。

「晶白細嫩，遇針不碎。」

竹刀如風，每一下、每一頓，都極具韻味。不一會兒，便將豆腐雕成一朵白玉蓮花。

雙手未停，翻攪著另一只小碗，將一朵真正的荷花搗碎，澆入蜂蜜，混成粉色後，將汁澆在豆腐蓮花花瓣的尖尖上。如此一來，豆腐蓮花上也泛呈出逼真的漸粉色。

再取來幾片荷葉，剪入盤中。

將剩餘的荷花蜂蜜燒熱，加入綠豆粉，捏了一隻蜻蜓出來。

最後，把糖泥蜻蜓小心翼翼地放到豆腐荷花上。

一盤「蜻蜓落荷」便栩栩如生地呈展在木盤中。

手的主人再次洗淨了手，用絲絹擦乾，將木盤托起，走向一旁的軟榻。榻上閉目盤膝坐著一個眉髮皆白、身形枯瘦的老和尚，還有一位年約四旬、風姿猶存的道姑。

道姑用滿是欣慰的眼神看著那盤佳餚，躬身對老和尚道：「小徒拙技，獻醜了。恭請無牙大師品評。」

老和尚這才睜開眼睛——

看見做菜的女子對他盈盈一笑。

清雅絕倫的白玉豆腐蓮花，在她的笑靨下也黯然失色。

無牙靜靜地看了她一會兒，伸手拿起筷子夾了一口豆腐放入口中。

中年道姑忍不住問：「敢問大師，可行？」

無牙慢慢地嚥下那口豆腐，再抬眼看做菜的女子時，便多了許多情緒。「這盤豆腐，得形、色、香、味，卻不得魂。」

女子臉上的笑容消失了。

「這樣的素齋，招待尋常人無妨，想獻給鶴公，卻是不夠。」無牙大師說著輕輕咳嗽了起來，攏了攏身上的袈裟，嘆聲道：「罷了，還是老衲自己來吧。」

女子直勾勾地盯著他，語音有些不甘。「請問大師，何為魂？」

「素齋之魂，是『淨』。心不淨之人，做不好心食。」

「大師由何看出我心不淨？」

無牙的眼神充滿悲憫，看著她，就像是看著一件打碎了的絕世瓷器，片刻後，一笑，垂下眼皮，不再說話。

女子卻似大悖，沉默了好一會兒後，將整盤豆腐「啪」的回扣在托盤上，竟是生生毀去了。

中年道姑驚道：「秋薑，不得無禮！」

秋薑盯著無牙，她笑起來時眉眼靈動，光華奪目。一旦不笑，其貌不揚，更有股死氣沉沉之氣，宛如一具雕工拙劣的木偶。

「我再去練。」她木然地說，然後轉身離去。

下一刻，秋薑走出廚房，山風吹過來，吹起她的月白僧衣和長髮，宛若流風迴雪。

門外被綁著的小和尚，看見她卻如看見鬼魅，嘶聲道：「妳、妳把我師父怎麼了？妳這妖女，快放了我師父！我師父是得道高僧，妳如此不敬神佛，是會遭報應的！」

秋薑衝他一笑，用手中的竹刀敲了敲他的光頭。「想救你師父？就得聽我的。」

小和尚含淚悲憤。「小僧誓死不從！」

「那我切了老和尚的手，讓所謂的天下第一素齋就此消失吧。」秋薑作勢要扭身回屋。

小和尚連忙喚住她：「妳到底想做什麼？」

「很簡單，一件事——六月初一的心食齋，由我來做。」

小和尚先是一愣，繼而想到一事，惶恐地睜大眼睛。「妳、妳……妳想對鶴公做些什麼！」

秋薑明眸流轉，一身僧袍，硬是被她穿出了章臺平康、花團錦簇的風姿，看在小和尚眼中，便是活生生的摩登伽女，唸著先梵天咒準備去迷惑阿難。

「阿彌陀佛，造孽啊！」

六月初一，風和日麗。

每年的這一天，風小雅都會前往藍亭山緣木寺參佛。

這位名動燕國的鶴公，大概是天生重疾，看破生死，因此一方面放蕩風流，娶了十個老婆，極盡享樂之事；另一方面卻又推崇修身養性，結交了不少高僧雅士。

藍亭山上有兩座廟宇，一寺一庵，都名緣木，分別招待男客、女客。地處京郊，達官貴人、富商文士總去踏青，久而久之，自成風景。

山下有一間酒鋪，名叫「歸來兮」。

店主是一對夫婦，姓秋。

有路人問：「你們明知山上是寺廟，過往行人大多是去燒香的，見菩薩時要誠心誠意，怎麼可能停下來喝酒呢？」

秋氏夫婦笑笑，答：「正是因為此地方圓十里無酒無肉，故而賣酒。賣茶的已太多了。」

別說，還真是如此。一開始大家都不去，慢慢的，酒爐的生意就好起來了，到得最後，把鄰邊所有的茶鋪也擠走了。

原來大家拜了菩薩下山後，都覺得可以放鬆了，便紛紛到酒鋪喝幾盅；也有山上的香客饞酒，偷偷下山買；更有那百無禁忌的，該喝的喝、該拜的拜。

秋氏夫婦道：「來燒香拜佛的，都是對菩薩有所求的。往往這樣的人，才容易貪杯。」

再加上他們家的酒確實釀得不錯，一晃十年，已成金字招牌。許多人就算不拜菩薩，也會刻意駕車去品嘗。

秋氏夫婦有個女兒，據說從小體弱多病，寄養在庵中。秋薑偶爾下山，被人看見，也只被說是面黃肌瘦、其貌不揚。

而這一年，華貞三年的六月初一寅時，風小雅的馬車經過秋氏夫婦的酒鋪時，聽前方一陣騷動呼喊聲，便掀簾看了一眼。

他一向懶惰，能不自己動手就絕不動，這一次，卻是鬼使神差地掀了車簾——

初夏的晨光還很矇矓，但那熊熊大火燃燒正旺，幾將整個天空都映紅了。

風小雅皺了皺眉，問趕車的車夫。「怎麼回事？」

車夫共有兩人，全都身穿灰衣，其貌不揚，一個名叫孟不離，一個名叫焦不棄。

焦不棄下車詢問一番，回來稟報道：「秋家酒鋪不知怎的著火了。大家正在救火。」

風小雅「唔」了一聲，身體方面的原因，他一向鮮少沾酒，儘管對這家酒鋪早有耳聞，但始終不曾踏進一步。如今見它失火，也未在意，他吩咐：「繼續上山。」

孟不離和焦不棄駕馭馬車離開，走出很遠還能聽見後面屋宇倒塌的聲音。

焦不棄道：「那酒鋪裡不知藏了多少烈酒，才會燒得這麼慘烈，看來沒個把時辰是熄不掉的。」

孟不離頻頻扭頭回望，十分感興趣地點了點頭，「嗯」了一聲。

「不知道老闆和老闆娘逃出來沒？希望燒物不燒人啊！」

「嗯。」

「不過燒了物也可惜，他們家的酒真是挺不錯的，這一燒一砸，估計全沒了……」

「嗯。」

「沒準就是菩薩對他們的懲罰。在山下開什麼店不好，非要酒啊肉的，不知禍害了多少修行之人呢……」

孟不離連忙緊張地衝他搖頭。「妄議、菩薩、不敬。」

焦不棄哈哈一笑。「是是，吃人嘴軟，吃了菩薩的飯，便不該再妄言菩薩的事了。」

車內的風小雅忽然咳嗽一聲。二人彼此對望一眼，笑著加快速度。

其實他們沒有說錯，風小雅此行的目的，根本不是什麼修禪談佛，他每年的六月初一會去緣木寺的原因是——吃素齋。

緣木寺有一位高僧名叫無牙，人雖無牙，卻有一手好廚藝，做的素齋可以說是一絕。但其人喜愛雲遊，每年只有幾天回燕國，又只有初一的時候才肯下廚做菜。所以風小雅才會在這一天專程坐車去藍亭山。

外人不知，以為他也是去燒香的，還道這位丞相家的公子一心向佛。

馬車抵達緣木寺前，一個面目清秀的小和尚提著燈籠已在等候，見他到了，連忙引入後院，邊走邊道：「鶴公一路辛苦了，這邊出了點兒事情……」

「怎麼了？」

小和尚支支吾吾。「我師父……病、病了，起不了床。」

「什麼病？」

小和尚搖頭。「不知道……他說休息幾天就會好。但鶴公不用擔心，您的這頓齋飯是早就許下的，不能讓您白跑一趟，所以，請了其他人來做……」

話音未落，風小雅已道：「停。掉頭，下山。」

小和尚大驚。「鶴公怎麼了？」

風小雅淡漠得略顯傲慢的聲音從馬車裡傳出來：「我只為無牙大師的素齋而來，其他人，不配讓我如此舟車勞頓趕來吃。」

小和尚很是尷尬，想攔，卻又不敢攔。

孟不離和焦不棄向來是風小雅吩咐什麼立刻照做，當即掉轉車輪往回走。

剛走幾步，空中傳來一縷奇香。

那香味散散淡淡，卻又能真真切切地聞到。

焦不棄不由自主地停下驅車的手，吸吸鼻子道：「好香！」

身後，他們本來要去的廂房起了一陣響聲，一雙素手伸出來，將四扇紗窗一一打開。

袖白如雪，手瑩如玉。

孟不離和焦不棄彼此使了個眼色——女人！很好，這下子公子估計不走了。

伴隨著窗子的開啟，香味漸濃，沁入心脾，令人食慾大動。不同於尋常食物的香氣油膩醬稠，這香味是冷的，帶著些許甜柔，還有點奶味。

風小雅在車中也聞到了這味道，果然好奇。「停車。」

孟不離和焦不棄又將車掉回去，來到廂房前。

這時，廂房的門「吱呀」一聲開了，一個穿著月白僧衣的女子出現在門內。她雖然穿了僧侶的衣服，卻留了一頭烏黑長髮，肌膚素白，眉目清淺，周身如照月華。

就像是從經文旁香爐的煙霧中走出來一般。

風小雅透過車窗看見她，手中把玩著的一串佛珠就那麼鬆落到膝上。

僧衣女子躬身行了一禮，用跟煙霧一樣飄渺柔弱的聲音道：「素齋已備好，請公子入

座。」

小和尚連忙道：「鶴公，這位就是小僧臨時找來為您做素齋的秋薑姑娘。她的廚藝也很不錯，您且試一下吧。您要這麼走了，師父知道了會怪小僧的。」

風小雅的目光像是黏在秋薑身上，再也聽不到其他聲音。

他久久地盯著她，一言不發，一動不動。

小和尚等了又等，還是沒見回應，有些尷尬。

而秋薑也似等得不安，疑惑地抬起眼睛，望向車窗中的風小雅。

唔……此人就是鼎鼎大名的鶴公啊。

燕國第一寵臣，確實是個特別的人。

最特別的是他的眼神。

他靜靜地看著她，眼神專注而陰鬱，帶著某種古怪卻又誘人的倦意，像塊將碎未碎的冷玉，讓她很想……快點敲碎！

秋薑眸光微轉，垂下眼睫，遮住了心中的欲念。

而孟不離和焦不棄雙雙下馬，將車壁上的扣環打開，把一側車壁放了下來，支成臨時的几案。

焦不棄吩咐秋薑：「那就上菜吧。把菜都端到這裡來。」

「這裡？」秋薑有些好奇地打量這輛別具一格的馬車。

小和尚卻是見慣了的，聞言忙進屋把齋菜端出來。

以往，無牙都是做夠一百零八道齋菜的，寓意佛經中的一百零八種苦惱，吃了就等於是把那一百零八種苦惱全部嚥了、化了、捨了、忘了。

這一次，秋薑卻只做了六道菜。

六道一眼望去，看不出是什麼的菜。

第一道，是一碗羹湯，淺碧色的湯汁上，漂著一片葦葉，除此之外再無其他。

風小雅看著這碗湯，像是看見了十分有趣的東西，難得眼神微熱。「一葦渡江？」

秋薑躬身回答：「鶴公好眼力。這碗湯的名字就叫一葦渡江，源於當年梁武帝派人追趕達摩祖師，祖師走到江邊，見有人追，便折了一根蘆葦投入江中，化作扁舟飄然離去。」

孟不離舀了一小碗捧與風小雅。

風小雅嘗了一口，皺眉放下勺子問：「黃連熬製的湯？」

秋薑點頭。「是。」

孟不離一怔，連忙取了另一個勺子舀起一口品嘗，剛喝下去，就「噗」的吐了出來，五官全都皺在一起。

焦不棄當即拔劍，怒斥：「大膽！竟敢做這種東西給我家公子吃！」

秋薑既不害怕也不生氣，只是淡淡道：「風公子，您為何要吃素齋？」

風小雅還沒回答，焦不棄已道：「我家公子一向吃素！」

「那就更奇怪了。普通人吃素大多兩個原因——一為換換口味，大魚大肉吃膩了，換點兒清粥小菜清清腸胃；二為表心誠，來拜菩薩滿嘴油光不好。風公子既然一向吃素，為何還要刻意來此呢？」

焦不棄怒道：「妳懂什麼！無牙大師的素齋乃天下一絕，極品美味——」

秋薑打斷他的話。「那大可請無牙大師上府烹製，為何要跋山涉水不辭辛苦地上山？」

說著瞥了一眼那輛巨大的特製馬車。「山路狹小泥濘，人爬上來都很費力，更何況車。」

焦不棄道：「自然是為了表示我家公子對無牙大師的尊重……」

「修行之人，本就該屏棄貪嗔痴慢疑五戒，連酒肉都要割捨，還去追求口腹之慾，豈非自相矛盾？」

「這……」

「無牙大師既是高僧，更不應，也不會沉溺於此。所以——」秋薑抬起頭，用一雙煙霧中明珠一般的眼瞳凝望著風小雅。「風公子，您，為什麼要來吃素齋呢？」

風小雅的表情莫測高深，看著她，悠悠道：「妳覺得呢，我為什麼來？」

他如此輕描淡寫地把包袱拋還給秋薑，秋薑不由得一笑，答：「小女斗膽，猜測公子是刻意為了品嘗那一百零八種苦惱而來，也就是說，菜是其次，菜裡蘊含的意義，才重要。」

這話分明意味不明，但風小雅的目光一下子犀利了起來，宛如利刃，在她身上游走，彷彿隨時都會劈落。

但秋薑還是一點兒都不害怕，她明明看起來柔柔弱弱、怯生生的，一雙眼睛卻異常堅定，還帶了點兒瑩瑩閃爍的笑意，讓人實在不能對這樣一個小鹿般的姑娘發脾氣。

風小雅也不能。

所以他很快收起目光中的鋒芒，重新恢復成平靜無瀾的模樣，對孟不離道：「不離，把第二道菜端上來。」

第二道，是一個大大的托盤，盤子的左邊是一株半尺高的樹，仔細看的話會發現乃是用蘿蔔雕刻而成，枝椏上還垂掛了幾十片半透明的葉子，形態極為逼真。右邊則是一個白

玉丹心壺，熱氣正源源不斷地從壺嘴裡冒出來，之前聞到的淡淡甜香便是從壺中傳出。

孟不離和焦不棄不禁對秋薑收起了些許輕慢之心。不得不承認，她做的菜味道如何不論，雕工卻是一流的。

秋薑道：「請允許我為公子布菜。」

風小雅點了點頭。

於是秋薑走到車前，把托盤放到几案上，介紹道：「阿修羅道中，有一棵如意果樹，三十三天的有情可以享用，阿修羅們卻不能。於是，他們想方設法弄死了如意樹。」

風小雅接了下去。「但只要天界眾生灑下一種甘露，如意樹就會復活。」

秋薑點頭一笑，提起右邊的白玉丹心壺，倒在蘿蔔樹上。

乳白色的瓊漿，緩緩從壺嘴裡流淌出來，帶著撲鼻的甜香，澆淋在樹上。於是，樹上那些透明的葉子「哧」的蒸發了，消失不見，與此同時蘿蔔熟了，變得更加晶瑩剔透，美不勝收。

秋薑放下壺，望向風小雅。

風小雅提筷，折斷一根樹枝放入口中，細細咀嚼，原本微擰的眉頭，慢慢舒展開來，表情也跟著柔和了幾分。「花蜜？」

秋薑點頭。「是取蔗糖和十二種花蜜調製後，將雕好的蘿蔔浸泡其中足足十二時辰，取出風乾，掛上冰片。吃的時候，用熱蜜一澆，冰就化了。如此熱中有寒，乳中有脆，再加上你剛喝過苦湯，更覺甘甜。這一道菜，是樂。」

孟不離看得垂涎不已。他陪在風小雅身邊多年，也算是見多識廣了，但這樣的菜餚，當真是從沒見過。

風小雅道：「先苦後樂，接下去是什麼？」

「是捨。」

風小雅目光微閃，緩緩道：「苦、樂……捨……六根三受。」

「是。苦、樂、捨、好、惡、平。此六根也。我做菜慢，做不了如無牙大師那樣的一百零八道菜，所以，只能簡化。」

「苦樂捨合計十八種，好惡平合計三十六種，再加過去、現在和未來三世，一共就是一百零八種煩惱……原來如此。」風小雅呢喃了一句後，忽然抬眼望著秋薑。「但妳只做了六道菜，沒有過去、現在和未來。」

秋薑眸光盈盈如水地回望著他，兩人目光相對，連天地都彷彿靜止。

在那樣靜止的天地間，秋薑輕輕開口，說了一句：「三世我也做了。而你……會懂的。」

風小雅眼中起了一陣漣漪。

過了好一會兒，他才別過眼睛道：「我先嘗下面四道。」

第三道菜的盤子裡先是鋪了一層珍珠，珍珠上鋪了一層櫻桃，櫻桃上又鋪了一層荊棘。

「天中大繫縛，無過於女色；果中最絕色，無過於櫻桃。」秋薑將這盤菜端上几案。「這道菜的名字，叫色。」

風小雅將荊棘撥開，夾了一顆櫻桃放入口中，眉頭立刻皺起。一旁的孟不離連忙遞上手帕，他便將剛吃下的那顆櫻桃吐在手帕裡，那股酸澀之味，卻縈繞舌尖遲遲不散。

於是孟不離又捧上一杯茶讓他漱口。

風小雅漱完口，才望向秋薑道：「女色，澀也。故要我捨？」
秋薑凝眸道：「世人皆知公子有十位嬌妻，但娶了這麼多，就真能盡享齊人之福嗎？」
「大膽！」焦不棄再次不滿。「我家公子的事，哪輪得到妳指手畫腳！」
「是，秋薑逾越了。」秋薑見好就收，並不就此深談，捧起了第四道菜。
第四道總算像是一道真正的素齋了，翠綠的茼蒿，被水燙過，猶帶水珠，看上去極為鮮脆可口。
風小雅夾了一筷放入口中，卻覺味道與普通茼蒿不同，不但又脆又嫩，還有點絲絲涼滑的口感，嚥入喉中，則蘊成了雅香，回味無窮。
「冰鎮過的？」
「是。」秋薑點頭。「先焓水瀝乾，放入碗中鎮於冰上，其間取少量梨汁輕輕噴七次，再取出來，就變成了這個味道。」
第五道是炒柿子，雖然顏色誘人、香味撲鼻，但聯想到之前的苦和捨，這道寓意為「惡」的菜，著實讓人下不了手。
風小雅看著那盤炒柿子，忽然問：「這真的能吃？」
秋薑掩脣一笑。「公子不敢？」
「柿子甜熟爛軟，妳又用火將它炒熟了，味道必定會很怪。」
「怪不怪，公子為什麼不嘗嘗再說？」秋薑笑得既神祕，又挑釁。「我保證，這道菜，你會很喜歡。」
於是風小雅提起了筷子，夾了一塊放入口中，然後整個人一怔。
第一口咬下去，明明還是柿子，但再一咬，就嘗到了核桃的碎末。其後每咬一口，味

道都有變化，等到一整塊吃完，只覺綿軟香濃，妙不可言。

「這道菜叫十惡，選上好的火晶柿子，腹中掏空，塞入核桃、花生、桂花、豆沙、玫瑰等十種配料，調入蜜柚砂糖，再煎熟。故而一口一個滋味，變化無數。」秋蕾笑吟吟地看著他。「我說過，公子一定會喜歡的。」

「妳倒是了解我。」

「了解客人的口味喜好，是一個廚子成功的要訣。您是無牙大師的貴客，我怎敢怠慢？但是……」

「還有但是？」

「但是公子太過嗜甜了，終歸不好。所以這最後一道菜，是助消化用的。」秋蕾說罷，將最後一道菜送到風小雅面前。

最後一道既然要符合「平」的意思，自然是做得四平八穩，看起來像是普通的蔬菜泡飯，只不過裡面菜品之多，一眼看去，足有二十餘種。味道清清淡淡，入胃後更是溫溫潤潤，感覺異常舒服。

如此，這六道菜，風小雅算是全部嘗過了，他尤其喜愛最後的泡飯，將整盅都吃光了。

孟不離和焦不棄跟隨他多年，還是第一次見他有如此食慾，又是驚奇又是歡喜。再看秋蕾時，他們目光裡多了幾分認同。

風小雅放下筷子，看著秋蕾。「妳想要什麼賞賜？」

秋蕾目光閃動。「什麼賞賜都可以嗎？」

「只要是我認為當得起這頓素齋的，都可。」

「好，聽聞鶴公音律天下無雙，號稱玉京三寶之一，多少人趨之若鶩。今日恰逢機緣，小女也想一飽耳福。」

此言一出，孟不離和焦不棄交換了一個意味深長的眼神。

這麼多年來，用各種姿態、各種契機出現在公子面前的女人多如過江之鯽，那些女人的心思，其實也不難懂，都是有所圖和有所求。這個秋薑也不避嫌，看起來是個不好對付的主。

只不過，在公子許了她這樣的承諾後，居然不要金要銀或者直接開口要嫁給他的，她還是頭一個。

她要聽公子彈奏？

還真是別出心裁。

風小雅的眉頭微微皺了起來，看起來不太想答應。

秋薑忽然旋身飛起，在房門上輕輕一踢，一匹白練「刷」的從門內飛了出來。而她身形不停，將白練一直拉到三丈外的梧桐樹上，將一端繫在上面。如此一來，從房門，到梧桐樹，赫然掛起一條長三丈、寬三尺的白練。

秋薑轉身，對風小雅嫣然一笑，然後跳上白練，開始跳舞。

寬大的僧衣飛揚，她的腳步輕盈如落花，點到哪裡，哪裡的白練就起了一陣波瀾，像是被風撩動的湖水，層層擴散。

她的頭髮是那麼黑，衣服又是那麼白，除了脣上一點嫣紅之外，再無別的顏色。而就是那麼一點嫣紅，變成了勾魂的咒、攝魄的毒，讓人無法轉開目光，也捨不得就此轉開目光。

一旁的小和尚不敢再看，連忙垂眼，心中直唸阿彌陀佛：「完了完了，摩登伽女的先梵天咒要開始了……」

正如他擔憂的那樣，風小雅動了。

風小雅從椅座下方，拔出了一管洞簫，應著秋薑的舞開始吹奏。

簫聲一開始是清脆的，點點輕盈、點點靈動，宛如一隻翩翩蝴蝶在春光中肆意飛翔，跟著幾個轉滑，變得激昂起來。蝴蝶遇到了思念的花，圍著花枝旋轉；再然後，是一段旖旎風光，款款情愫、切切思緒，一波一波地往上推……

突然間，一陣風來折斷花枝，花朵轟然墜落，跌入山溪。蝴蝶驚急想要撲救，卻眼睜睜看著花朵被溪水沖走。

一連串的高音密集如雨，白練上的秋薑旋轉得飛快，恍若蝴蝶在拚命追逐花朵一般。其後，簫聲逐漸低迷，將斷未斷，幾番掙扎，卻終究無力。

伴隨著最後一個長長的拖音，秋薑柔若無骨地伏在白練之上，久久沒有抬頭。

一時間，萬籟俱靜。

隨從和小和尚都震撼無聲。

小和尚不必多說，隨從們則是震撼於秋薑竟然能跟風小雅的曲調！兩人合作的這一曲，當真可以說是天衣無縫，彷彿之前練習過無數次一樣。

孟不離和焦不棄還在沉醉，忽聽風小雅道：「走。」

二人愣了一下。什麼？公子說的是什麼，走？就這麼走了？

回頭，見風小雅已將洞簫插回了座榻下方，閉上眼睛一副與己無關的模樣。於是他們知道，沒聽錯，公子真的要走。

孟不離和焦不棄當即把碗碟挪走，將車壁重新扣回去，然後掉轉馬頭離開。

秋薑從白練上起身，望著他們一言不發。

眼看馬車就要駛出寺門，一夥鄉民突然從外疾奔進來，口中喊著：「秋薑、秋薑，快回去！快回去——」

秋薑從白練上跳下來，問：「陳伯伯、陸大嬸，怎麼了？」

「啊呀，我的好孩子，妳可千萬得挺住啊，可憐的……」被稱為陸大嬸的村婦一把抱住她大哭。

陳伯伯則沉聲道：「妳家……不慎著火，妳爹跟妳娘……都不幸去了……」

秋薑拔腿就跑。

坐在車轅上的孟不離和焦不棄，只覺一陣風掠過身邊，再定睛看時，秋薑已衝出寺門。她的長髮和僧衣在風中筆直飛起，而她的雙足……是赤裸的。

再回頭一看，白練下，不知何時掉了兩隻鞋。鞋也是僧侶專用的男鞋，明顯偏大，故而一激動間就脫落了。秋薑剛才是穿著這麼大的鞋子——跳舞的？

孟不離和焦不棄再次對視一眼，眼神複雜。

車中，風小雅隔著簾子望著秋薑，臉上並沒有什麼表情，只是又吩咐了一句：「走。」

馬車悠悠晃下山，遠遠看見秋家酒鋪的火已經撲滅了，但還在冒煙，被燒毀的斷壁殘垣淹沒了原先的繁華。人群還沒散去，月白僧衣的秋薑便是那格外醒目的一點，在灰暗的背景中突兀綻放。

焦不棄嘆道：「原來她是秋老闆的女兒……她跟爹娘可真不像……可憐，這下子父母雙亡了……」

孟不離又「嗯」了一聲。

走得近了，便見秋薑跪在兩具焦黑的屍體前，雪白的赤足上全是鮮血。她沒有哭，只是低著頭，用一種異常平靜的表情撕下衣袖蓋在屍體的臉上。

馬車緩緩馳過酒鋪。

秋薑站了起來，向眾人一一鞠躬，村民們紛紛回禮。

那畫面異常安靜，彷彿整個天地，都在為之默哀。

馬車離開了酒鋪。

秋薑謝完眾人，將屍體抱到一旁村民拉來的推車上，然後推著車子朝相反的方向走去。

無論是馬車上的風小雅，還是推屍上山的秋薑，彼此都沒再回頭，沒再看對方一眼……

燈下，秋薑跪坐在棋盤前，凝望著上面的棋局，指尖拈著一枚黑棋，久久沉吟。

房間的一角，依舊綁著無牙和他的弟子。

小和尚眼淚汪汪。「小僧已經按照妳說的做了，為何出爾反爾，還不放了我師父？」

秋薑嘆了口氣，目光仍膠著在棋中。「奇怪……」想了想，扭頭問小和尚：「我的素齋做得不好？」

小和尚一愣。

「我的舞跳得不好？」

小和尚又一愣。

「我的身世不夠悽慘？」說到這裡，秋薑起身悠悠踱了幾個來回。「風小雅的十位夫人，有三個共同的特點。」

小和尚忍不住問：「什麼特點？」

「一，都有一技之長。大夫人龔小慧擅經商，人稱女白圭；三夫人商青雀擅一切享樂之事；四夫人王伏雅擅養花草；五夫人羅纓擅棋；六夫人段錦擅繡；七夫人沈胭脂擅文；八夫人張靈擅醫；九夫人裴惜玉擅武。只有二夫人李宛宛比較神祕，暫不得知所長。」

小和尚細想一下，確實如此。

「二，都不是眾人眼中的好姑娘。龔小慧比他大八歲；李宛宛棄他而去；商青雀是寡婦又加跛足；王伏雅是個侏儒；羅纓是別人家的逃妾；段錦眇目；沈胭脂是妓女；張靈也是寡婦；而裴惜玉更離譜，曾是女囚……」

小和尚睨了她一眼。「妳也符合了。」

「三，在嫁給風小雅前，她們都過得很悽慘。龔小慧身負巨債；李宛宛是乞丐；商青雀是玉京名秀中的笑柄；王伏雅被達官巨賈連同花草一起送來送去；羅纓被丈夫毒打；段錦被奸商盤剝；沈胭脂最高一天接過五十名恩客；張靈被惡霸騷擾；裴惜玉被情郎背叛……嘖嘖嘖，真是集天下悲慘於一室啊。」

「而妳如今父母雙雙死於火宅，也很悲慘。」

秋薑點頭。「對啊。所以，我先在他面前展示了高超的廚藝和對佛理的精通，然後又展示了音律、舞蹈上的造詣，最後，營造出身世悽慘的樣子……卻還是沒成功。為什麼？」

小和尚無語。

一旁垂眉斂目的無牙至此微微睜開眼睛，剛要說話，就被秋薑一隻手按在臉上堵了回去。

「你不要說話，我不耐煩聽你囉嗦。」秋薑說著彈了記響指，門外立刻進來兩個黑衣人。「六月初一既已過，老和尚又該遠遊了，這一次走了，就不用再回來了。」

小和尚一聽，立刻急了。「這怎麼行？我們緣木寺……」話未說完，被黑衣人用布團塞住嘴巴，連同無牙一起拖走。

無牙望著秋薑，眼中滿是慈悲，忍不住還是說了一句：「以若所為，求若所欲，猶緣木而求魚也。阿彌陀佛，回頭是岸。」

秋薑嘲笑道：「大師久在方外，處處通達，恐已忘記了紅塵中有很多人，是沒有回頭路的。」

「有心自有歸路。」

說話間，黑衣人將無牙拖出門檻，房門再次合上，屋內便一下子安靜下來。

秋薑臉上那種似笑非笑的嘲弄表情也一點點消失了，垂頭看著自己赤裸的雙足，上面滿是傷痕。她的眼眸沉沉，難辨悲喜。

「有心自有歸路……」秋薑將腳踩在地上，傷痕裂口中立刻滲出血絲來，而她恍若不覺，就那麼一步一步地走過冰冷的青石地板，迎向風吹來的方向。

最後，化作一笑——

「我卻是無心之人啊，老和尚。」

兩具被燒得面目全非的屍體，被埋進土裡。

秋薑將鏟子放下，抹了把額頭的汗，看著面前小小的墳包，牌子上寫著「藍亭秋氏夫婦之墓」。

風吹得林葉沙沙響，午後的陽光炙熱地落下來，把罈子裡的酒澆入土中，酒很快揮發了。

她就那麼跪在墳邊，一罈接一罈地倒著。

盛夏蒸騰，酒香熏得人暈暈乎乎。

她在心中默默數數，數到三千二百九十六時，終於堅持不住，視線一晃，暈了過去。

等再醒來時，人已在一張硬木板床上。

房間裡點著冰麝熏香，偶爾有悠揚的鐘鼓聲遠遠傳來，如置神仙境地。

秋薑慢慢起身，看見自己的腳被紗布包了起來，不知道上的是什麼藥，絲絲冰涼，說不出的舒服。

她趿了拖鞋下地，推開房門。門外，是一個僻靜的小院，院子中央有一棵巨大的梧桐，梧桐樹下擺著一張矮几，几上放著一把古琴。

除此之外，再無別物。

院門緊閉，圍牆高聳，映入秋薑眼中，起了一陣波瀾。

記憶深處某個傷疤毫無防備地爆裂，遍體生寒起來。

秋薑四下走了一圈，最後回到古琴前，這才發現琴下壓著一張紙，上面寫著一個字——彈。

這是什麼意思？

對方要她彈琴？

秋薑想了想，在琴前坐下，調試了幾下弦後，隨意彈了一曲《菩提淨心曲》。

一曲完畢，「吱呀」一聲，院門由外開了，兩個身穿銀甲的妙齡少女走進來對她躬身行禮，道：「姑娘請跟我們來。」

秋薑起身，跟著她們往外走。

院子外面是茂密的竹林，在小暑天分外陰涼，行走其中，但覺清風拂面，淡香盈盈，說不出的愜意。

走過鋪著光潔鵝卵石的小徑後，前方赫然出現一角紅樓。樓後有一小瀑布，大約三十丈高，嘩啦啦地落下來，匯成一灣溪流，繞著紅樓蜿蜒遊走，叮叮咚咚，頗具情趣。溪流上浮著些許碧綠荷葉，銀甲少女們帶著秋薑踩著荷葉往前。秋薑本有些疑惑，但踩上去後發現那些荷葉是假的，不知何物所雕，栩栩如生，取代了原本應有的橋梁，顯得別致有趣。

穿過溪流後，有十二級白玉石階，上面就是紅樓。樓高兩層，占地寬廣，碧瓦朱簷，丹楹刻桷，好不精美。

門前有一石桌，桌上擺著一盤棋，棋已下了一半，看起來黑子將勝。

棋盤下也壓著一張紙，上面寫著：「解」。

秋薑也不多廢話，仔細沉吟了一會兒後，拈起白子走了一步。

只聽「喀喀」一聲，紅樓的大門開了。

銀甲少女們做了個「請」的手勢。

秋薑獨自一人走進樓內，銀甲少女們便將房門關上了。

門一合上，光線驟暗，秋薑瞇了瞇眼睛，再睜開時，裡面漆黑一片，什麼都看不見。

她試探性地往前走兩步，地上突然竄起七簇火光，七盞油燈同時點亮，在地上排成了北斗七星的陣勢。

明亮的火光，映得秋薑臉色蒼白。

她的手在身側握緊，深吸口氣，朝前走了一步。

「嗖嗖」兩聲，一排飛箭突從兩壁射出，幸虧她反應極快，立刻退回門邊。箭支齊齊射中了她原先所走的地方。

是機關嗎？秋薑暗暗皺眉，抬頭打量四壁，在搖曳的燈光裡，看起來像是一張大張的嘴巴，等著將她一口吞噬。

既然如此……那就……

秋薑一掌擊出，七盞油燈同時破滅，趁著黑漆漆什麼都看不見，她飛了起來，幾個翻騰，踩著七盞油燈跳到對面的樓梯上。

一陣掌聲響了起來，似是從樓上傳來的。

秋薑想也沒想，衝了上去。

明亮的光，一下子罩了過來，秋薑抬手擋住眼睛。不得不說，有時候光線運用好了，也是殺人的利器。若有人趁此機會偷襲，她肯定躲避不及。

但幸好，沒有人偷襲。

秋薑心中鬆了口氣，但等她適應亮光，將手挪開，看到面前的景象時，一顆心頓時沉到谷底——

房間內綁著兩個人。

左邊是個四十出頭的矮胖男人，大腹便便、頭髮半禿，看起來老實巴交；右邊是個徐娘半老的美貌婦人，一雙水汪汪的杏花眼，不笑時也有三分風情。

這兩人看見她，全都露出驚恐之色，拚命搖頭，示意她趕緊離開。

秋薑的雙腳像是被釘子釘死在樓梯口一般，不能動彈分毫。

因為……

這兩個人不是別人，正是秋家酒鋪的老闆和老闆娘——她名義上的父母——本該燒死被下葬了的兩個人。

一時間，全身血液都朝頭頂湧上來。

秋薑深吸口氣，慢慢抬步朝二人走過去。

沒有人出現阻止。

她很順利地走到秋氏夫婦面前，將他們的穴位解開。「爹……娘……您們……怎麼會在這裡？」

秋氏夫婦有苦難言，之前明明趕著用眼神催她走，這會兒得了自由卻又全都不說話了，只是面色灰敗，又是尷尬又是害怕。

秋薑伸手將他們一一扶起，並把他們衣服上的灰塵拍掉——做著女兒應做的事情，最後抬起頭，環視四周。

二樓也是空無一物，看上去這個精美雅舍被空置了許久，然而，她不信沒有其他人。對方布置了這麼多環節，還抓了秋氏夫婦，為的不就是看謊言揭穿的一瞬嗎？如此精采的場面，怎麼可能捨得不看？所以，肯定藏在什麼地方。

可是，放目望去，屋中一片空曠，並沒有可以藏身的地方。

秋薑目光微閃，踱起了步子。

從東到西，一遍；從南到北，一遍。每一步都是一樣的距離。

她突然狠狠地往西邊的牆壁撞過去。

眼看牆壁要被她撞個大洞，「喀嚓」一聲，整堵牆突然移走，秋薑撞了個空，一頭栽進去。

栽倒在一雙鞋邊。

鞋子是純黑色的，方口素面，樸素無華。但落在識貨者眼中，就知道是用玉洗坊的貢錦所製，單這麼一雙鞋，便需常人小半年的開銷。

秋薑暗嘆口氣：這麼好的鞋，卻穿在一個不走路之人的腳上，真是暴殄天物啊。

這個不走路的人自然就是風小雅。

秋薑抬起頭，看見風小雅坐在滑竿上，靜靜地望著她。

他那兩個如影隨形的隨從——孟不離和焦不棄沒在他身邊。

是什麼讓他如此有恃無恐？

秋薑沒有起身，保持著伏在地上抬頭的姿勢，怯生生地問：「為什麼救我？為什麼帶

我來這裡？又為什麼抓了我的父母？」

風小雅笑了。

他眉目陰鬱，但此刻笑容一起，眼神變得格外溫柔和靈動。

「妳的父母不是燒死了嗎？怎會出現在這裡？」

「他們是假死。」

「喔？為什麼？」

「有個厲害的仇敵來尋仇，所以先一步佯死避世而已。」

「既然如此，妳為什麼不跟著一起假死？不怕對方找不到妳爹娘，對妳下手？」

「總要有人出來收拾殘局。那個仇敵還是有點原則的，不會對晚輩出手。」

風小雅「唔」了一聲，笑意越發深邃了起來。「好口才。這個說詞確實說得過去。可惜妳爹娘沒妳這麼機靈的反應……」

秋薑不由得轉頭看向秋氏夫婦，果然，二人都羞愧地低下頭。

風小雅悠悠道：「不過也怪不得他們。因為他們趕到下一個據點時，遇到的接頭人，被我調包了。」

也就是說，風小雅提前一步派人到了下一個據點，假扮成接頭人，套了秋氏夫婦的話？

可是……怎麼可能？

他怎會提前知道這個計畫？又是如何在這麼短時間內就把一切都查清楚了？

除非……

秋薑駭然地看向窗外的天空——天色大亮，旭日懸中，分明是初夏再標準不過的晌午，但也許，是另外一天？

「發現了？」風小雅看出她的想法，點頭道：「沒錯，妳已暈了三天。今天，是六月初五。」

秋薑咬著下唇，不說話了。

她之前，之所以在墳地暈倒，是因為發現有人在暗中監視，所以裝暈而已。沒想到對方竟真的讓她昏迷了，不僅如此，還一睡睡三天。

三天時間，足以讓很多真相浮出水面。

如果說一開始說謊是為了圓場，那到這一步還說謊就是笑話了。

秋薑當機立斷，從地上爬起來，拍拍身上的塵土。由於風小雅是坐在滑竿裡的，她一站起來就比他高了一頭，因此，變成了他仰視她。

兩人彼此對望，秋薑什麼也沒說，拍完灰塵後轉身回到秋氏夫婦面前。

秋氏夫婦哆哆嗦嗦，無比愧疚地看著她，喃喃道：「對、對不起……」

秋薑沒等他們說完，開口：「背叛組織者，死。」說著一掌朝秋老闆頭頂拍下。

掌到中途，被人攔下。

秋薑扭頭一看，竟是風小雅。

風小雅居然從滑竿裡飛了過來，並出手將她攔下。

秋薑挑眉。「喲，原來你還是會自己走路的。」

風小雅反手握住她的手腕，平靜的臉上有著難以言說的深沉。「不要再殺人了。」

「哈？」秋薑冷笑。「還有一顆菩薩心腸。」

風小雅並沒有理會她的嘲諷，只是又說了一遍：「不要再殺人了。秋薑。」

「我不叫秋薑。」秋薑沉下臉。

她確實不叫秋薑。

她沒有名字，只有一個代號——七兒，隸屬於一個叫做如意門的組織。

如意門按照佛教的如意七寶將門內弟子分類：一金二銀三琉璃四頗梨五硨磲六赤珠七瑪瑙。七門中最優秀的人，可以得到七寶的頭銜，擁有排行。

而她，便是第七寶——瑪瑙。

自她十五歲時受封此號，四年來，瑪瑙再沒換過人。

三個月前，有密報說《四國譜》落到風小雅手中，組織一連派了三批弟子查探真偽，卻都折在風小雅手上。於是，這一次，由她親自出馬。

秋氏酒鋪是如意門安插在玉京的據點之一，秋氏夫婦是門內弟子，負責監視玉京動態，用送酒的方式通傳情報。每當他們需要親自離開去處理一些任務時，就會以「上山探望女兒」為藉口關閉酒鋪。

因此，她選擇了「秋薑」的身分——一個體弱多病、帶髮修行、會釀酒的小姑娘；再加一項善舞的長技和一段悽慘身世，以素齋為切入點，製造跟風小雅的見面。

但現在看來，在她布局試圖誘惑風小雅的同時，也一腳踩進了風小雅所布的陷阱中。

秋薑定定地看著眼前之人，想著他到底是什麼時候發現的，又是如何發現的。還有為什麼，他看自己的眼神會如此奇怪，就像是看著一個久違之人。

風小雅用那種古怪的眼神，一字一字對她道：「只要妳願意，妳就還可以是。」

秋薑皺眉。「什麼意思？」

風小雅的手從她的手腕移到五指，輕輕握住。

手指被握住的同時，秋薑的心也跟著抖了一下。風小雅的手很涼、很軟，在微熱的季節裡被這樣一雙手握住，是很舒服的一件事，卻讓她莫名不安。

秋薑試著掙扎了一下，沒掙脫掉。

於是她立刻明白——風小雅雖然是天下第一大懶人，但他，確確實實，是有武功的。

「不要再殺人，不要再回去。如果答應……」風小雅就那樣不輕不重地握著她的手，眼睛宛如浸在冰雪中的暖玉。「我就娶妳。」

秋薑愣了半晌後，脣角輕揚。「好啊。」

這可真是……越來越有意思了。

七月初一。

大紅花轎抬過長街，無數百姓湧過來看熱鬧。

「鶴公又娶新夫人了？這是第十一個了吧？」

「這回是逃妾是女囚還是寡婦？」

「聽說是個孤女，還是個帶髮修行的尼姑。」

「哇……」眾人嘖嘖。

秋薑坐在轎中，流蘇蓋頭蒙住頭，一身錦衣胭脂紅，左手上戴著一串顏色暗淡的佛珠。

她輕輕撫摸著佛珠。

這不是普通的珠子，一共十八顆，每顆裡都藏著不同的東西。有毒藥、有迷煙、有針，還有一種可以拉得很長的絲。它是用一種叫做「鑌」的特殊材質打造而成，比銀細軟，比水輕，卻比鐵還堅韌。

今晚，會不會用到它，就要看風小雅的造化了。

一旦拿到《四國譜》，就殺了風小雅。

秋薑將戴著佛珠的手按到胸前，沒有大戰前夕的興奮和激動，有的，只是深入骨髓的平靜。

風小雅拋出了一個十分奢侈的誘餌：跟著他，得到他的庇護，徹底與如意門決裂。換成別的人，可能會就此倒戈。可惜偏偏對象是她。

她可是要接掌如意門的人。

對她來說，成為如意夫人，比任何事情都重要，她已為此等了太多太多年。

風小雅雖是寵臣，卻無功名，是白衣之身，因此娶妾也是十分簡單，不用設宴，不用行禮，轎子抬到院中，人扶進廂房，廂房裡布置了紅帳紅燭，便算是洞房了。

秋薑沒有自帶的僕婢，全程陪伴她的是兩個銀甲少女，行動間步伐輕快，武功不俗。

秋薑坐在榻上，那倆少女就站在前方死死地盯著她，與其說是陪伴，不如說是監視。

換了旁人，必定不自在，秋薑卻自行揭了蓋頭，拿起矮几上的瓜果零嘴吃了起來。

兩個銀甲少女對視一眼，一人道：「請姑娘把蓋頭戴上。」

「熱。」秋薑一邊啃梨，一邊悠悠道：「還有，叫我夫人。」

少女明顯一噎，不悅道：「禮不可廢，請夫人忍著熱，蓋上蓋頭。」

秋薑瞥了她一眼，那一眼，讓少女心中一「咯登」，莫名預感到某種危機，她下意識將手按在腰間劍鞘上。

秋薑微微一笑。「禮不可廢啊……那麼請問洞房之內佩劍著甲，是風府獨有的禮節嗎？」

銀甲少女又是一噎，漲紅了臉，想要反駁，被另一少女拉住，兩人同時退出房去。

秋薑何等耳聰目明，聽見二人在門外嘀咕——

「裳裳，妳別上她當，真吵起來，等會兒公子面前告妳狀。」

「公子才不會偏心偏信！」

「妳跟個妾計較什麼？公子的性子妳又不是不知道，就這幾天新鮮，過幾天就把她忘了。還有，風箏是風箏，姬妾是姬妾，妳既已選擇了要一輩子服侍公子，就別再想些有的沒的……」

「我沒有！」叫裳裳的少女急得直跺腳。「我才沒有非分之想，純粹是覺得她、她失禮！」

「好啦好啦，妳忍一忍。很快的，很快這位也要上雲蒙山去的……」兩人漸行漸遠，竟是真的走了。

秋薑若有所思地放下梨，迅速在腦海中過了一遍草木居內的格局。雖然精美，但確實不大，不像是能住下十個妻妾的樣子。也就是說，那些妾目前不在此地，而在什麼雲蒙山上嗎？

那這些風箏又住在哪裡？大燕不許豢養私兵，身穿銀甲的風箏們卻是例外，為什麼？如意門的情報裡沒有這些訊息，是覺得不重要所以沒寫，還是查不出來？

風小雅為什麼會有《四國譜》？

還有鈺菁公主，來玉京這些天，還沒來得及去拜見這位燕國位高權重的大長公主。她是燕王彰華的姑姑，這些年卻始終跟如意門有密切往來，圖的又是什麼？

門人都說如意夫人寵愛七主，都說七主肯定是下一任門主人選，然而，只有秋薑自己清楚，夫人並沒有完全信任她，很多核心機密都沒有告訴她。

只有真正成為如意夫人，才能徹底掌握如意門的命脈。

因此，此次任務至關重要。

秋薑起身走到窗前，窗外紅燈綿延，夜已深沉，然而新郎久久不至，令她生出些許不滿，忍不住將手上的佛珠摸了又摸。

大概戌時一刻，才聽到遠處有腳步聲。她隔著窗子一看，孟不離和焦不棄抬著滑竿過來了。

秋薑立刻回到榻上坐好，將蓋頭重新蓋上。

房門輕輕打開，滑竿落地，再然後，孟不離和焦不棄抬起滑竿離開。雖然沒有聽見第三個腳步聲，但秋薑知道——風小雅進來了。

視線中出現了一雙鞋，鞋底厚實，鞋身方正，跟他的人一樣，外表緊繃、內裡柔軟。行走無聲，說明此人的輕功極為精湛——奇怪，他是怎麼練的？

秋薑一邊思索著不相關的問題，一邊等待著。

風小雅卻遲遲沒有動作。他只是站在她面前，似在看她。

秋薑笑了起來。「你要讓我等多久？」

風小雅這才如夢初醒般動了，沒有拿挑桿，而是直接伸手慢慢地、一點點地掀起蓋頭。

秋薑抬眼，見他背光而立，面容因暗淡而有些模糊，唯獨一雙眼睛，如水晶燈罩中的燭火，跳躍著、燃燒著，熠熠生輝。

這眼神真複雜，複雜到連她都無法解讀。

但不管如何，風小雅明顯對她很感興趣。只要他對她感興趣，就好辦。

秋薑衝他微微一笑，嬌俏地喊：「夫君。」

風小雅的手抖了一下，蓋頭再次落下，遮住她的眼簾。

秋薑想，搞什麼啊。她忙不迭自行掀開，卻見風小雅已背過身去，在對面的坐榻上坐下。

他的坐姿向來是很端正的，這一刻，卻微弓了脊骨，像是在忍受什麼痛苦。

秋薑連忙湊過去問：「夫君，你怎麼了？」

風小雅側目，畫皮骷髏，近在咫尺，一呼一吸，盡是折磨。再將目光轉向胳膊——秋薑的手扶著他的胳膊，她偽裝關切，卻令他痛不欲生。

他的眼中依稀有了淚光。

看得秋薑一愣。不會吧？這是要哭？他哭什麼？

風小雅輕輕推開她，挺直脊柱，重新坐正。

秋薑看著自己的手。這是被嫌棄了？

風小雅恢復了平靜和冷漠，完全不像是個要洞房的新郎。「坐好，我有話要對妳說。」

秋薑依言坐下。

風小雅從袖中取出一個小包，放到她面前。

秋薑挑了挑眉。「這是什麼？」

「薑花的種子。」

秋薑的睫毛顫了一下。

「院中花圃已清，妳明日起便可種植此花——」

「等等！」秋薑打斷他的話。「你是不是有什麼誤解？你都知道我的名字是假的……」

「妳喜歡薑花嗎？」

秋薑愣了愣，咬了下唇。「就算喜歡，也沒想過要自己種……」

「那就想一想。」風小雅將小包往她面前又推了推。「花開之日，如妳所願。」

秋薑瞇起了眼睛。「你知我願是什麼？」

「無論什麼，都可以。」

秋薑感覺很不好，十分不好。因為在她跟風小雅的這場角逐中，風小雅一直在拋餌，吊著她不得不跟著他的節奏走。她很想逆反地說一句「不」，手卻伸出去，最終接過了小包。

「我不會種花。」她道。

「我教妳。」

秋薑無語。

「時候不早，妳休息吧。」風小雅說罷起身要走。

秋薑驚訝。「你不留下？」洞房花燭夜，新郎官竟要走？

風小雅凝視著她，再次露出那種複雜的、古怪的眼神，過了好一會兒才看了她的佛珠一眼。

秋薑心中一「咯登」。雖然風小雅什麼也沒說，但她知道——他知道佛珠的祕密。

風小雅開門走了。

秋薑望著他的背影，直到看不見了，才「啐」了一聲：「欲擒故縱……嗎？」步步攻心，果是情場高手。可惜偏偏遇到她。

「我可是個無心之人啊……」秋薑撫摸著佛珠，輕輕道。

秋薑睡了一個好覺。

她已許久未曾做過好夢了。

常年精神戒備緊繃的人，夢境大多都是混亂的，現實中不會表露出來的焦慮煩惱，都在夢裡發洩。

可這天晚上不同，不知為何，她夢見了潺潺清澈的溪水，碧草如茵的草地，迎風招展的鮮花，還有蝴蝶。

她夢見自己跟著蝴蝶飛，無憂無慮，暢快淋漓。

等她醒來時，耳中歡快曲調未歇——不是夢的延續，而是真真切切地從窗外傳來的。

秋薑起身來到窗邊，就看見了風小雅。

風小雅坐在花圃旁的滑竿裡，手持洞簫，吹的正是初見時那曲《蝶戀花》，只不過調子輕靈婉轉，比上次愉快得多。

初秋的陽光照在他冷白如瓷的臉上，也一改懨懨之態，看起來心情很是不錯。

秋薑跳窗而出，幾個起落掠到他面前，笑著招呼道：「早啊。」

風小雅放下洞簫，點了點頭。「嗯……開始吧。」

「開始什麼？」秋薑問了之後，立刻反應過來。不會吧？他一大早等在這裡，難道是

為了——

「風和日麗，正好播種。」風小雅一本正經道。

秋薑的笑容頓時僵在臉上。

風小雅竟是來真的，真要她親手栽種薑花！

不僅如此，他還全程監督她幹活。她在花圃裡揮汗如雨時，孟不離替他撐傘，焦不棄替他搧風，他則慢悠悠地喝著茶，時不時地開口指點她。

秋薑心中生氣，面上不顯，老老實實地幹了起來。她是極聰慧之人，又一向很能吃苦，雖是第一次種花，卻一點就透。

風小雅見她如此快就從生疏到熟練，眼神越發深沉。

秋薑心想此人果然是個悶騷，臉上不顯，其實一肚子壞水，盡想著怎麼整她。但她任務在身，不得不低頭，只能按著他的節奏來。

他要她種花，她就種。她雖給自己起名薑，但這十年裡除了在品先生那裡見過一次薑花外，再沒見過。此花據說源於天竺，在唯方是個希罕物。如今有了這等機會，種幾株看看也好。

此後的日子裡，秋薑老老實實地留在草木居裡種薑花。

有一日，風小雅帶了一人過來。那是個非常俊美的年輕男子，白衣一塵不染，左眼上有一道劍痕，令人過目難忘。

秋薑看到這個劍痕，立刻想了起來——聽聞大燕有所「求魯館」，是燕王所設，會集天下巧匠，製作各種機關工具。他們的領頭人，是個叫公輸蛙的美男子，自稱魯班後人，發明了一種袖弩，叫做「袖裡乾坤」。半年前，如意夫人想得到這種弩，就派四兒去偷。

四兒不但沒有偷到，還被對方發現，此人雖不會武功，卻極其難纏，屋子裡全是陷阱，眼看四兒就要折在那個布滿機關暗器的屋子裡時，他的劍無意中劃過公輸蛙的臉。

公輸蛙當即大驚失色，哇哇尖叫著衝出去找鏡子了，四兒這才僥倖得以脫身。

經過此事，四兒結論：「此人弱點在臉。」

如意夫人自不甘就這麼放棄，卻又擔心折了四兒那麼難得的棋子，便準備換個人再去偷偷看。到現在也沒進展，可見一直失敗。

而這次風小雅請公輸蛙來，是來幫她種花的。

薑花喜愛溫暖，玉京寒冷，很難存活，因此請公輸蛙想想辦法。

公輸蛙圍著花圃轉了半個時辰，冷笑道：「浪費！」

風小雅問：「何意？」

「這薑花一不能吃，二又費力，有這心思不如種田，還能換口飯吃。」公輸蛙滿臉不屑。

秋薑想，這還是個務實派，當即笑道：「算了啦，夫君，不要為難這位大人。若能種，玉京早有花匠老農種出來賣了。」

公輸蛙一聽，眼睛上的劍痕立刻扭曲了。「妳竟把我跟花匠老農那等蠻牛相比？」說罷，怒氣沖沖地甩袖走了。

秋薑想，他大概沒把袖裡乾坤隨身帶，否則哪敢這麼隨意甩袖。

再看風小雅，一臉無奈地看著她。秋薑攤了攤手道：「我不是故意的。我也想種好花，畢竟花開之日如我所願嘛。」

風小雅無語地搖搖頭，也走了。

結果三天後，公輸蛙又回來了，不僅回來了，還帶了一堆弟子和牛車來，叮叮咚咚圍著花圃砌了半天，用竹子搭建一個圓拱形的小棚屋，棚屋頂部貼著紙，底下花圃則被挖成一條條小溝，溝上用繩和竹子搭成一個個小架子。

公輸蛙做示範道：「這叫花堂。往溝中灌入熱水，再添加牛溲等物。妳，平日裡就在這裡拿著扇子搧熱水，利用熱水薰蒸花棚，如此一來，溫度提升，可令花卉提前開放。」

秋薑頓時有一種搬起石頭砸自己腳的感覺。她好不容易翻完土、播完種，現階段只要偶爾澆水除蟲即可，這花堂一搞，又平添了許多活。

秋薑立刻抗議：「我不幹！」

「由不得妳。」公輸蛙冷冷道：「妳不是說老農花匠都解決不了嗎？我要讓妳知道我能解決。」

「那你索性一步到位把花催給我看？」

「誰的花誰催。反正辦法我給妳想出來了，東西也搞好了。」公輸蛙說罷要走。秋薑一把拉住他的衣袖，哀求道：「不行不行，這花圃說大不大，說小不小，好歹也有一百株薑花，光靠我一人可怎麼行啊……」

公輸蛙冷哼一聲，頭顱高高地昂了起來。

秋薑哭得更傷心了。「大人，是奴錯了，怨不得奴見識淺薄，實在是沒想過還能這般種花，難怪聽聞求魯館乃大燕的鎮國之寶……」

公輸蛙愣了愣，倒有幾分不好意思起來，唇角卻不由自主地翹起。「妳知道就好。那個……不想搧風也可以。旁邊架一鍋爐，裝個自轉風車，讓風車將熱水源源不斷……」正興奮地說著，袖中突然發出一聲銳響。

「嗖——」

卻是袖裡乾坤的機關被觸動，袖箭飛射出來，將秋薑射了個正著。

秋薑心口中箭，一下子倒了下去。

公輸蛙面色大變，不敢置信地看看她又看看自己的衣袖，頓時明白過來。「妳在偷我的袖裡乾坤？」

秋薑剛才一邊恭維一邊將手伸入他的衣袖摸索，她動作極輕，他又說得興起，壓根沒有發現。若非秋薑不慎觸動機關，射發了袖箭，此刻怕是已經神不知、鬼不覺地將袖裡乾坤偷走了。

公輸蛙大怒，當即衝過去抬腳要踢。「小賊！竟敢偷到我身上！」

眼前黑影一閃，這一腳，卻踢在飛身過來的風小雅背上。

「讓開，我踹死她！」

風小雅檢查秋薑的傷勢，也顧不得回話，將她抱起來就走。

公輸蛙追上去，喋喋不休。「這女人是賊啊！她偷我東西啊！你要提防，她嫁給你沒準也是要偷你東西！」

不得不說，他從某種角度而言，真相了。

秋薑心口中箭，受了重傷，聽聞此語居然還咧嘴笑了笑。「你踹啊！踹不著……」

公輸蛙氣得哇哇叫，幾次伸手想奪人。

風小雅終於忍不住說了一句：「閉嘴！」然後抱著秋薑衝進屋子，將他鎖在外面。

風小雅把秋薑放到榻上，熟門熟路地找出藥箱，正要為她療傷，秋薑笑道：「你還會醫術啊？」

風小雅不答，取出剪子剪開她的衣服。
「羞煞人了，竟然看奴的胸。」
風小雅閉了下眼，深吸口氣，再睜開來時，繼續「喀嚓喀嚓」將心口那片衣服剪掉，露出中箭的部位。
秋薑繼續笑道：「全部脫了嘛，這樣多不方便啊！」
風小雅先是點了周邊的穴道，然後兩指拈住露在外面的箭頭，用力一拔，秋薑頓時面色一白，什麼聲音都發不出來了。
風小雅看了看箭身，此箭很短，不到兩寸長，呈梭形，沒有放血槽。他明顯鬆了口氣，將小箭放在一旁，開始上藥包紮。
而公輸蛙還在門外拍門，「砰砰砰」中伴隨著他的罵聲，倒是挺熱鬧。
秋薑又是咧嘴一笑。「他這玩意不行啊，都射不死人。交到我手上，淬上見血封喉的毒藥，保管一射一個準……咳咳咳……」
風小雅額頭有青筋跳了幾下，但他還是沒說什麼，包紮完後，替她蓋上了被子。「睡吧。」
「那花怎麼辦？」
「我先讓裳裳她們試試。」
「那隻蛤蟆怎麼辦？」
風小雅瞥了她一眼，眼眸幽幽。「我去打發。」說罷將暗箭拿起來，帶出去了。
過不多久，公輸蛙的罵聲果然遠去了。也不知風小雅是怎麼打發的。
秋薑躺在榻上，對著天花板默默地出了一會兒神後，翻身下地，找出紙筆，將剛才那

支箭的樣子畫了下來，再加了兩行字。

「此袖裡乾坤，重不過二斤二，長五寸，配有暗箭三枚。每枚長一寸六，重約七錢，十分小巧，便於攜帶，速度極快，防不勝防。若有圖紙，配以南沿謝家的冶煉術，必能量產。」

寫罷，她將紙張吹乾，折起來，掀開某塊挖空的地板，把紙塞了進去。

做完這一切後，視線發黑，她只好爬回榻上躺著喘了半天。

「這可真是……用命在換情報啊……」秋薑閉上眼睛，自嘲地笑了笑。笑過之後，眉頭微微地皺了起來，再然後，身子也蜷縮了起來。

不疼。

我不疼。

我一點都不疼。

袖裡乾坤極快，難以躲避，但公輸蛙設計此物時沒有加入惡意，並不致命。因此秋薑養了大概一個月就痊癒了，繼續百無聊賴地種她的花。

大概是怕她再任性妄為，自那後，風小雅一直就近陪著。

她種花時他看著，她休息時他離去。

但他真的是個很悶的男人，如果她不主動找話題，他就一直沉默。

秋薑有次實在受不了，抱怨：「我幹活你看著，長此以往，我心裡很不平衡啊。」

風小雅想了想，當即取了一張琴來。

自那後，她幹活，他在一旁彈琴，倒也生出些許「分工協作」的情分來。

可始終沒圓房。

秋薑一開始還以為他是故作姿態，後來發現風小雅是真的沒有碰她的打算，不由得又是震驚又是不解，還有那麼點兒小懷疑——此人竟不喜歡她，莫非真是燕王男寵？

再聯想風箏們口中除了正妻龔小慧，其他姬妾全都進門沒幾天就被送去雲蒙山之說，心中越發狐疑。

秋薑開始留意風小雅的一舉一動。她帶了猜測之心去看，便覺處處都是痕跡了。

首先，風小雅對風箏們也頗為冷淡。

風箏共有三十三人，全部住在別處，風小雅只有正式外出，比如入宮時才帶著她們。更多時候，他只帶孟不離和焦不棄同行。

其次，風箏們不許進他的院子，負責日常起居的沒有婢女，全是男僕——與之相反的是他爹風樂天，全是婢女，不用男僕。

還有，他的馬車可以直入宮門，不必下車。聽說彰華的蝶屋，他也可以自由出入。

最後，他看似深不可測，是個陰沉之人，但時常眉眼帶愁、雙目含淚——有一種難言的脆弱之美。

秋薑生平所見男子眾多，沒有一個這樣的，心中不禁唾棄：都說燕國男兒多陽剛，第一美男子卻是這麼一副病懨懨、弱兮兮的樣子，真是世風日下！

她越想越覺不甘心，越不甘心就越想喝酒，於某夜摸黑爬進廚房找酒，最後只找到半瓶用來做菜的黃酒。

黃酒就黃酒吧。秋薑將酒瓶揣入懷中又溜回了屋，躺在榻上對著月光呷了一大口，舒服得眼睛都瞇了起來，只覺這幾個月的疲憊和勞累全都煙消雲散。

再敬月光第二杯時，就看見了風小雅。

她手一僵，下意識要把酒瓶往身後藏，轉念一想，又覺沒什麼，索性直勾勾地回視對方，繼續對著瓶口喝了一大口。

風小雅站在窗外，遮住了半個月亮，看她喝酒，顯得很驚訝，但什麼也沒說，轉身離開了。

秋薑喃喃道：「爹娘都是釀酒的，身為秋薑，嗜點兒酒也沒什麼吧？幹麼一副見鬼了的樣子？」

這小半年來，雖嫁給了風小雅，成了他的十一夫人，但其實什麼進展都沒有，白天種花發呆，晚上發呆睡覺。草木居一共就三個院子，公爹風樂天一個，風小雅一個，她一個。風樂天的院子有重兵把守，她從外溜達而過，沒找到機會；風小雅的院子靜悄悄，她從外溜達而過，不敢進；她的院子六間房，連地板都撬起來翻過了，什麼都沒有。

就這樣，一天天純粹地浪費時間。

事實上，當「秋薑是如意門細作」的身分暴露後，她就喪失了這次任務的主動權。好比一盤棋局，中路已失，只能往邊角想辦法。

秋薑鬱卒地將半瓶酒喝光，然後躺下睡了。

第二天醒來時，秋薑睜開眼睛，看見前方的長案上擺著十個瓶子。

瓶身極為精緻，白底黑花，素雅清新。拔掉蓋子，甜香撲鼻而至。秋薑挑了挑眉——

酒？

風小雅昨夜看她喝酒，所以一大早就送來十瓶酒？

秋薑喝了一口，味道清甜泛酸，是種果酒。她沉吟了一下，又喝了一口，這一次沒急著嚥，而是慢慢地在舌尖轉了一圈，盡享其味後才嚥下。

「婆娑酒。」一個聲音從門口傳來。

秋薑回頭，果不其然地看見了風小雅。

她搖了搖酒瓶。「這就是鼎鼎大名的玉京三寶之一的婆娑酒？」

「不喜歡？」

「大燕向來推崇陽剛之美，但玉京三寶，一個捏之即死的蝴蝶，一個甜不拉幾的酒，一個……」秋薑瞥了他一眼，把娘裡娘氣改了口：「纏纏綿綿的樂。」

風小雅並不生氣，抬步走了進來。「物以稀為貴。」

這倒是，越缺什麼，越希罕什麼。風小雅這相貌得虧生在燕國，要在璧國，肯定奪不了魁。

秋薑又喝了一大口婆娑酒，點評道：「此酒綿軟甘甜，用來哄小姑娘不錯。」

風小雅似一怔。

秋薑立刻想到風小雅送這酒給她，豈非也等同於「哄小姑娘」……不禁咳嗽起來。

風小雅忽問：「妳何時起喝酒的？」

秋薑想了想，回答：「一直就會。這次為了扮演酒鋪老闆的女兒，更惡補了一番天下美酒。」之前對酒不過爾爾，這次卻似開了悟，覺得酒可真是個好東西。

風小雅目光閃動。「除了酒，還惡補了什麼？」

秋薑嘻嘻一笑。「那就多了。比如，把無牙抓來，逼他教我做菜論道。但那老和尚吝嗇得很，到底沒交底。我只能另闢蹊徑，故意做些味道奇怪的菜應付你。」她那些菜，只是好看，完全不好吃，但披了人生七味的噱頭，倒也似模似樣。

只是當時覺得風小雅被自己唬住了，現在再看，分明是自己被他給唬了。

風小雅想起當日情形，也勾唇輕笑了一下。

他笑起來倒真是好看。秋薑忍不住想。很多女人大概會為了博他一笑做任何事。嘖嘖，妖孽。

「還有呢？」

「還有……」秋薑轉了轉眼珠，湊上前，踮腳附到他耳邊：「房中術，要試試嗎？」

風小雅怔住了。縱然依舊面無表情，但耳朵不受控制地紅了。

秋薑心想，不會吧？為何是如此毛頭小子般青澀的反應？她心中起疑，當即靠得更近，嘴唇幾乎貼在他的耳朵上。「如意門中奇技淫巧眾多，但以此術最強。聽聞你的七夫人沈胭脂曾是廣袖樓的花魁，但我保證，我比她更棒……」

風小雅聽了這話，眼神卻越發悲涼。

秋薑心想這個眼神倒是跟當初無牙老和尚看她時一模一樣，著實令人生氣。惡意叢生，她索性伸手將他抱住，感到對方的軀體明顯一僵。

「夫君……想要我嗎？」

風小雅垂頭看她，秋薑仰著頭，露出修長白皙的脖子，美好的弧線一直延伸入衣襟。她是個非常獨特的美人，可以面目模糊、泯然於眾，也可以風情萬種、誘人沉淪。更何況，他本就對她……

風小雅的喉結動了動。

秋薑心想有戲！剛要再進一步，風小雅忽然動了。

也不知他怎麼動的，突然間脫離了她的懷抱，停在門邊。

就像是一隻受了驚嚇後掠三丈的鳥。

啐，這病鳥果然不讓碰！

風小雅冷冷地看著她。「七兒。」他第一次如此叫她。

秋薑的心沉了下去——看來，他不僅知道她是如意門弟子，還知道她的瑪瑙身分。按理說，這次任務是頂級機密，知情者不會超過三人。類似秋氏夫婦那樣的底層螻蟻，只知「上頭派了個人來」，不會知道「上頭把七主派過來了」。所以，風小雅絕不可能是從秋氏夫婦那裡獲知的訊息。

那麼，是誰出賣了她？

風小雅繼續道：「妳知不知道，為什麼會來到我身邊？」

秋薑不回答。

「如意夫人是不是跟妳說，《四國譜》在我這裡，叫妳來查核真相？」

秋薑心中一悸——果然是局！

「在妳之前，如意門已派過三個人來調查我，妳是第四人。」

她知道。因為前面三個全部失敗了，才會輪到她出馬。

「那麼，妳覺得他們為什麼會失敗？」

秋薑抬起眼睛，直視著風小雅。「因為《四國譜》根本不在你手上。這是你故意對外放出的假消息。」

「沒錯。我的目的只有一個——妳。」

秋薑的瞳孔在收縮。

「我想見妳，但我不知道妳在哪裡。與其滿世界找妳，不如等妳來找我。《四國譜》之說，別人不信，如意夫人卻是信的。因為她知道一些事，一些可以證明《四國譜》是存在的事。」

「你為什麼要見我？」

風小雅深深地看著她。「我一直想見妳。」

秋薑的睫毛顫了顫。這是一句很耐人尋味的話。從他口中說出，像情話，也像警告。

「七年前，程國南沿謝繽找到了流落在外的私生女謝柳，帶回族中。謝柳乖巧伶俐，最後超過他的嫡子嫡女，成為他心中的繼承人。謝繽將足鑌的配方交給了謝柳。又半年後，謝柳出嫁，夫婿李沉未等船到便已病故，謝柳只好折返回家，途中溺水身亡，屍身浮腫，面目難辨。」風小雅的目光落到她的佛珠上。「這是妳在如意門接的第一個外出任務。乾淨俐落，全身而退。」

秋薑情不自禁地摸了摸那串佛珠。

「自那後，妳又接了三個任務，一個比一個難，但都成功完成，令如意夫人對妳刮目相看。門人皆知今後得其衣缽者，必定是妳。」

「這跟你有何關係？」

「有。」風小雅重新走回到她面前，在近在咫尺的距離裡注視著她。「我想救妳。」

秋薑「啊哈」一聲笑了出來。

「如意門惡貫滿盈，終將滅亡。在那之前，我要把妳拉出來。」

秋薑道：「你是參禪參傻了嗎？還是想要出家了？」

風小雅並不介意她的調侃，一本正經道：「只要妳留在此地，如意門與妳再無關係。」

「你想說，你之所以娶我，只是善心發作，想把我拯救出火坑，並不是——」秋薑眨了眨眼睛，壓著舌尖說出了後三個字。「想、睡、我？」

風小雅面色微變，僵了片刻才道：「是。」

「為什麼？難道你的十位夫人，都是這樣來的？」

「是。」

秋薑的目光閃了閃，道：「商青雀，前太傅商廉的嫡女，名滿京都。嫁給龐閣老的二子，婚後不久丈夫意外去世，襁褓中的兒子也不幸夭折。夫家被燕王流放後，她回到娘家閉門不出。結果某個冬日在屋前摔跛了左腳。」

「她的戀人是馬夫之子，出身卑微，商太傅執意不肯，祕密將那戀人遣往邊疆送馬，在路上偷偷殺害，再逼她嫁入龐家。而她當時已有身孕。丈夫後來發現自己被戴了綠帽，要殺兒子。她以命相搏，將丈夫殺了，可惜沒能救回兒子。龐家失勢後，商太傅命她回家，將她再嫁。她無奈之下自斷一足，絕了商太傅的心……」風小雅聲音淡然，眼眸卻似別有深意。「她來求我救她離家，我便娶了。」

「那麼沈胭脂？」

「她厭倦了倚欄賣笑的生涯，想找個好人嫁了，但她心儀的書生考中恩科後反而唾棄她的過去，娶了富賈的千金。」

「所以她十分高調地嫁給你，為的就是氣負心人？」

「富賈岳父見到宰相兒媳尚要阿諛討好，女婿又當如何？」

秋薑心想這倒有趣……風小雅風流好色的表象下，真相竟是如此妙趣橫生。

「為你育有一女的羅纓呢？」

「那個女兒是她前夫的。前夫嗜酒成性，酒後頻頻施暴，她無法忍受，得知自己有身孕後，為母則強，毅然決定逃離。逃了兩天暈倒路邊，被我救起。」

「於是你娶了她？」

「一個除了下棋什麼都不會的女人，想要獨自撫育孩子，很艱難。」

秋薑明眸流轉，又道：「那擅長醫術的張靈總有謀生技能吧？」

「右驍衛大將軍看上了她，她來求我救她。將軍說要他放棄，除非朋友妻不可戲。」

「李宛宛呢？」如意門的情報裡，李宛宛是唯一一個空白之人。

風小雅沉默了一會兒，抬眉。「妳問了那麼多，其實都是在為這句做鋪墊吧？」

秋薑被識破心事，索性攤開直說：「沒錯。我想知道，你那神祕得不得了、據說因為失寵而出家了的二夫人，究竟是何方神聖？」

「妳常住此間，會見到她的。」

秋薑沉吟著，悠悠道：「所以，你想告訴我，你的姬妾都是幌子，你一個也沒碰過？」

風小雅回視著她，神色凝重。「是。」

秋薑笑了起來，一邊嗤嗤笑，一邊湊得更近。「怎麼辦，你這個樣子，我反而……更想睡你了。」

風小雅眼中再次流露出那種古怪的、說不出悲傷的神情。

「你睡了我，我就死心塌地地跟著你。怎麼樣？」秋薑提議。

風小雅伸出手。

秋薑靜靜地等著，脣角笑意越深。

風小雅的手遲遲停停，似用盡了全部的力氣，才最終落在她的頭上。「好。薑花開時，如妳所願。」

秋薑看向花圃裡只冒出個頭的嫩芽，那豈非還要半年？說到底，是對方的緩兵之計吧？

她有些不滿，當即一把將他的手甩開，然後挑釁地應了一聲：「一言為定。」

心中卻想：老娘才不奉陪！

秋薑當晚就逃走了。她是為了任務而來，既然這是個陷阱，那還留在這裡做什麼？

風小雅算錯了一點：秋薑對他根本不感興趣。

換作別的女子，遇見這種難得一見的美男子，也許會興起征服之心，玩一場風花雪月的曖昧，打破他的禁慾外殼，看他沾染情愫的樣子。

但對秋薑來說，她的目的始終很明確：任務第一，其他統統都是多餘的東西。

尤其是情感。

若非如此，她也活不到今天。因此，她逃得十分果斷，毫無負擔。

第二天，當裳裳驚慌來報說十一夫人不見了時，坐在榻旁喝藥的風小雅動作頓停，沉默許久後，才將藥碗緩緩放下。

別久成悲，伊人卻是不懂。

伊人不懂，輕易話離別。

「追。」他只說了一個字。

秋薑瞇起眼睛，看著前方的山莊——

圍牆極高，原木大門沒有上漆，匾額上寫著「陶鶴山莊」四個大字，筆鋒飛舞風流，正是出自當朝宰相風樂天之手。

薄薄積雪未化，被山風一吹，更覺面如刀刮。

秋薑忍不住搓手，暗道一句好冷，不愧是棄婦的「冷」宮。

風小雅的姬妾們全都娶來沒幾天就被送上雲蒙山，那麼，雲蒙山到底是個什麼樣的地方？那些姬妾現在還住在裡面嗎？還是改頭換面另求新生去了？

不管如何，她一時半會兒逃不出玉京，如果要藏匿在某處的話，陶鶴山莊是個很好的選擇。

畢竟，最危險的地方，就是最安全的地方。

因此，她尋到了雲蒙山，沒想到山峰入口，竟在皇家獵場萬毓林內，有天子侍衛把守，常人難進。

秋薑費了好些力氣才引開那些人，趁機上山。到山莊前轉悠了一會兒，見無人看守，便越牆而入。

牆內院子很大，只種一種樹——松樹。除此外，一片荒蕪，景致蕭索，與草木居紅樓瀑布的精緻園林相去甚遠。

秋薑耐心地等了許久，終於見個老頭提著籃子遠遠經過。

老頭矮矮胖胖，時不時咳嗽，如此冷的天氣裡還一邊走一邊掏出帕子擦汗，步履沉重，看樣子不會武功。秋薑便跟了上去。

只見他來到東北角的小屋前，推開房門，裡面是個廚房。

胖老頭打開籃子，從裡面取出一把茴香、幾個雞蛋、一袋黍米，開始生火做飯。

秋薑看了一會兒，沒看出什麼異常，便又離開了。

山莊很大，分了八處院落。秋薑一個個查探過去，屋子都是空的，那些姬妾果然不在此地。

最後她又繞回廚房，鍋裡已散發出濃郁的雞蛋炒茴香的香味。

胖老頭拿了張矮几出來，擺在門口簷下，又拿了兩個墊子出來。

秋薑看到這裡，心生警覺，剛想退，胖老頭開口：「遠來是客，用頓飯再走吧。」

秋薑不動，屏住呼吸。

胖老頭將雞蛋炒茴香盛到盤中，又舀了兩碗飯，拿了兩副筷子，在几上擺好，然後坐下來，用汗巾繼續擦頭。

秋薑看到這裡，目光微閃，從藏身的陰影處走出去。

胖老頭朝她一笑。他有一張非常和善的圓臉，笑起來形如彌勒。秋薑因此猜出了他的身分。

她在此人對面坐下。

胖老頭伸手做了個「請」的姿勢，逕自吃了起來。

秋薑見他吃得極香，覺得既來之則安之，便也下筷了。

菜一入口，舌尖生豔。

秋薑很震驚。沒想到這麼簡單的一道菜，竟能被做得如此好吃！

「想知道竅門嗎？」胖老頭含笑問她。

「願聞其詳。」

「加酒。」胖老頭從身後摸出一壺酒，搖了搖。「兩滴，即可滿盤生香。」

秋薑盯著那壺酒。

胖老頭便又笑了。「來點兒？」

「我去取杯。」秋薑衝進廚房裡翻出兩個酒杯。在喝酒一事上，她素來積極。

胖老頭給她滿上。兩人舉杯對飲。

酒一入喉，眼睛更亮，秋薑讚道：「這才是酒啊！要的就是這股子火燒火燎的勁。」

「沒錯！乾！」胖老頭一口飲盡，然後又咳嗽了起來，一邊咳嗽一邊解釋：「我這嗓子老毛病，一喝酒就咳。」

秋薑剛要說話，他又道：「妳若勸我戒酒，我便不請妳喝酒了。」

秋薑笑了起來。「勸人戒酒好比勸人休妻，我才不做這麼殺風景之事。」

胖老頭聽得十分高興，當即再次舉杯。「說得好！敬妳！」

秋薑仰脖一口乾了，再吃一筷子菜，只覺人生愜意，莫過於此。

「兒媳啊，聽說我兒一直在找妳啊。」胖老頭一邊咳嗽一邊像是不經意地說道。

秋薑眸光微閃，笑了起來。「是啊，公爹。」

這位長得一張笑面，形如彌勒的人，不是別人，正是大燕第一名臣——風樂天——風小雅的爹。

「想回去嗎？」

「不怎麼想。」

風樂天替她滿上酒。「可以多嘴問句為什麼嗎？」

「他不與我同房。」

風樂天頓時劇烈地咳嗽了起來，只不過這一次，是被酒嗆著了。

秋薑笑吟吟地看著他。

風樂天好不容易把氣順過去，嘆了口氣。「確實是我兒的錯。他那身子……唉。」

「他得的是什麼病？」

「中毒。」

秋薑一怔——她其實是隨口一問，本不指望風樂天會告訴她。

畢竟關於風小雅到底得的是什麼病，以及為什麼病成那樣了還能練出一身武功，如意門探查多年都沒能搞明白。

沒想到風樂天竟一口回答了，更沒想到，竟是中毒！

「不說是什麼融骨之症嗎？」

「也算吧。他娘懷著他時，被人下毒，他娘拚死把他生下，自己走了。他出生時毒素已入骨髓，逼不出來。而且隨著年紀增長，骨頭越來越軟，最後會全身癱瘓。」

秋薑盯著他。「那……又是如何治好的呢？」

風樂天替自己滿上酒，呷著酒緩緩道：「我找了六位高手，往他體內同時注入六股內力，控制了正經十二脈，助其行走……」

秋薑驚呆了。

風樂天眨了眨眼。「瘋狂吧？」

「聞所未聞！」

「是啊，當初大夥都覺得我異想天開，不可能實現，小雅自己也覺得不可能。只有一個人相信我能做到。」

「誰？」

「一個小孩。姓江，名江。叫江江。」

秋薑的眉頭蹙了一下，在心中默唸了一遍這個名字——江江。為何覺得似曾聽聞？

「是小雅兒時的未婚妻。」

「兒時？」誰都知道風小雅後來娶的妻子是龔小慧，不是江江。

「對。她失蹤了。十年前的十二月十二日，幸川，走丟了。」風樂天看著她，目光卻像是透過她，看著另一個人。

這一瞬，他的眼中也露出了風小雅那種哀傷的、憐惜的、難掩絕望的神情。

秋薑看到這個眼神，心跳突然驟快，一個荒誕至極的想法跳入腦中，因為太過荒誕，整個人都在不由自主地顫抖。

不、不、不！

不可能！

十二月十二日，在燕國的玉京是個特別的日子。

城郊的幸川結了冰，百姓們在河邊聚集，雕冰、趕集、放孔明燈，祈求來年風調雨順，萬事皆安。

這個習俗是從十年前開始的。

十年前，宰相風樂天的獨生愛子風小雅身患絕症，生命垂危，消息傳出後，百姓紛紛來到此地為風小雅祈福。

那一夜，幸川河上足足會聚了千人之多。

第二天，風小雅的病竟奇蹟地好轉了。

因這機緣，人們覺得是祈禱起了作用，一傳十、十傳百，久而久之，大家都在十二月十二日去幸川放孔明燈。

其間真有部分人心願達成的，為傳奇更增光彩。

可對風小雅來說，十二月十二日，卻是一個惡夢。

那天晚上，他的未婚妻江江，也跟家人去了幸川，被人群沖散，不知所終。

風樂天早有退隱之心，因此為兒子擇的親家也很普通，祖父是致仕歸隱的太醫，父親在京城開了家藥堂，有個女兒叫江江，比風小雅小一歲。

江江很是聰慧，七歲起就幫家裡的鋪子抓藥。因為風小雅天生頑疾，常年用藥，藥堂忙不過來時，便讓女兒送藥。

一來二去，就認識了。

風樂天十分喜愛這個活潑開朗的小姑娘，一次玩笑道：「若我兒病癒，娶妳為妻可好？」

江江回答：「好呀。」

江父聽說後，連忙上門求罪，聲稱齊大非偶，不敢高攀。江江生氣地追過來，道：「為人若不守信，與畜生何異？我既已答應，就非風公子不嫁了！」

風樂天本是玩笑，但被江氏父女這麼一鬧，反變成了真的。風樂天對江父道：「若我兒病癒，便娶江江為妻。若我兒福薄先走一步，我認江江為女，待她及笄之日，親備嫁妝送她出閣。」

江江聞言回頭，朝坐在一旁默不作聲的風小雅燦爛一笑，露出缺了門牙的牙齒，顯得很是滑稽。

那個畫面，卻久久烙在風小雅的腦海中。

十年了，他其實已不太記得江江的模樣了，只記得那個缺了兩顆門牙的笑容。

江江失蹤後，風樂天下令嚴查，最終抓到一個人販子，稱見過這麼個孩子，被押上青花船去了程國。

風樂天派了許多人祕密去程國尋找江江，擔心一旦身分曝光，被人利用拿捏，又或是逼得太緊，對方索性將她滅口。

就這樣，一年年過去了。

根據種種蛛絲馬跡，最後斷定——江江沒有死。不但沒死，還成了如意夫人最喜愛的弟子，當上了如意七寶中的七兒。

在如意門潛伏多年的探子回稟時顯得有些猶豫，遲疑再三才道：「她可能跟你們找的那個人，已經完全不一樣了。」

十年，足夠讓一個孩子變得面目全非。

更何況，如意門是地獄般的存在。能在那樣的環境裡出類拔萃的人，只可能是一種人——壞人中的壞人。

風小雅看著前方堆積如山的檔案，裡面寫著七兒這些年做過的事情，雖只查到了一部分，卻已足夠怵目驚心。

他沉默了許久，才一個字一個字道：「即使如此，我也要尋她回來。」

伊人入魔，本是他過。

既是他過，當由他斷。

秋薑一口酒噎在喉嚨，像被刀子割一樣疼。

過了好半天，她才勉強將酒嚥下，用沙啞的聲音道：「你們覺得我就是江江？」

「不是覺得。而是……妳就是。」

秋薑皺眉。「證據？」

風樂天笑了笑。「唔……算算時間也差不多了……」

「什麼？」秋薑剛問完，就感到自己的身體有些異樣，臉上像是有蟲子爬，癢癢的。

她忍不住伸手輕撓了一下，然後發現手上也長出密密麻麻的小紅點。這是什麼！

「江江失蹤時不過九歲，面貌與妳有些像。但世上相像的人很多，幸好，有一樣東西是偽裝不來的，那就是——江江不能吃茴香。對她來說，茴香是風發之物，食之風邪。」

秋薑看著手上的紅點，感覺整個人都不好了。

風樂天注視著她，眼神和藹又悲涼。「我們……找了妳十年。」

秋薑低頭沉默不語。

「我知道妳一時間很難接受，沒關係，妳可以在此地慢慢想。」風樂天起身，走了幾步，回頭朝她一笑。「對了，廚房下有地窖，裡面藏了二十罈這種酒，想喝自取。」

說完他真的離開了。

秋薑獨自一人坐了許久，她似乎什麼也沒想，又似乎想了許多許多。

等她終於站起來時，夕陽已沉，暗幕一點點地薰染了天空。

她來到主院的主屋，找到火石將蠟燭點亮。這裡的生活用品一應俱全，正如風樂天所言，確實可以住在這裡慢慢想。

但是，主屋的書案上放著一堆冊子，最上面那本的封皮上寫著「玉京復春堂江氏」七個字，擺明了誘她去看。

秋薑在案旁坐下，就著蠟燭拿起手冊打開，裡面記錄的正是江江的生平。

江江，祖父江玎，跟璧國太醫院提點江淮系出同宗，世代學醫，但他天賦有限，醫術平平，在燕國並無建樹，年紀到了就退了，跟獨子江運在玉京開了一家復春堂藥鋪。江運有個女兒，其妻早逝，江運又忙，對她疏於管教。

手冊裡記錄了一些藥鋪夥計對江江的評語，大多是一個「野」字。

「小姐膽子很大，不讓做的事情非做不可，不讓碰的藥非去碰，有一次好奇誤食了八

仙花，腹疼如絞，滿地打滾！病好後仍不改性，還是各種嘗試，並理直氣壯道：『神農嘗百草，眾口交譽，為何我嘗百草，卻受責罰？』」

「小姐很是聰慧。有一年我老家梨子大賣，鄉農們紛紛購買梨種，她勸我父不要跟風，應改種柳樹。果然第二年梨子豐收，而我父賣柳枝供鄉農編筐盛梨，收入頗豐。掌櫃知道後問小姐為何勸人種柳，她道：『父親以往採買藥材，但凡某藥豐產，其價必降。物以稀為貴。大家都種梨子，來年梨子氾濫，籮筐必不夠用。』掌櫃覺得她有經商之才，十分讚賞，更加放任。小姐自此更加膽大妄為……」

「小姐對來鋪裡賒藥的人各種冷嘲熱諷，天寒地凍，商戶們商量布衣施粥，她總不肯。眾人都笑她摳。但我父病重時，她偷了一株山參送到我家。我父靠山參吊命最終挺過那劫。掌櫃發現少了山參，大怒徹查，別的夥計揭發說是我偷的，小姐見瞞不住了便跳出來承認是她拿的。掌櫃當著眾人的面抽了她十藤鞭……小姐的恩情我沒齒難忘，我可憐的小姐……」

「小姐去丞相府送藥，回來說要嫁給風公子，我們都以為她在說笑話，沒想到後來丞相大人竟然真的上門提親了！掌櫃十分不開心，因為風家的那個公子病懨懨的，隨時都會嚥氣的樣子。問小姐為何要嫁他，小姐說風公子的病好特別、好有趣，她想陪在身旁記錄下來，如果能治好，她就是獨樹一幟的神醫了！對了，小姐一直想當大夫，理由是『看病人拚命求自己，很受用』……」

厚厚書冊，從不同人的口中拼湊出那個名叫江江的小姑娘。

膽大的行動派，頭腦聰明，性格看似跳脫，實則堅毅，還有點小壞。

捫心自問，倒真是跟自己挺像。

秋蕾翻看著江江的生平，也看到了這十年風氏父子是如何找她的，用一句「傾舉家之財，耗半生之力」也不為過。若非後來娶了個能幹會賺錢的龔小慧，光靠風樂天的俸祿，早入不敷出了。

線索很是零碎，拼拼湊湊，無不將矛頭指向七兒。七兒就是江江的可能性很大。

最最重要的是……

秋蕾抬起手臂，紅色的斑點來得快，去得也快，不過一會兒工夫，便又褪了個乾乾淨淨。

遇茴香會風邪——江江一個不為人知的特點。

而她，也如此。

秋蕾深吸口氣，將書冊合上，起身舉著蠟燭走向廂房。她方才搜索時來去匆忙，沒有細看，如今走進寢室，才發現主屋的布置跟別院不同。

一張白虎皮軟綿綿地趴在矮几旁，几上放著寫了一半的大字，筆跡稚嫩，但十分工整。周圍是與牆等高的藥櫃，每個抽屜上都寫著藥材的名字，但裡面是空的。靠北的角落裡擺了張錦榻，小巧精緻，枕頭、被褥上繡著針腳馬虎的小花。

秋蕾忽然了然——這是江江兒時的房間。

為了喚醒她的記憶，還真是用心良苦。

秋蕾嘆了口氣，索性吹熄蠟燭，在榻上睡下。

藥櫃雖是空的，但殘留著各種藥材的味道，秋蕾聞著淡淡的藥香，翻來覆去地睡不著。

最後她索性起身，去了廚房的酒窖，裡面果然有二十罈酒。

秋薑拎了兩罈回到主屋，跳上屋頂，就著月光開喝。

酒性極烈，入喉如燒。她心口也似燒著一團火，又憋又痛又禁錮著發不出來。

秋薑喃喃：「真是痴兒啊……」

她想了想，還是決定先睡一覺，明早起來再想。這麼多年，遇到事情時，如果不那麼急，她都讓自己先睡一覺，醒來再思考解決之法。久而久之，成了習慣。

怪夜色太深，人心亦沉淪。

又怪凡世多難，命不由人。

秋薑正要飛下屋頂時，忽見遠遠的山莊大門處有了一點兒微光。

她心頭一驚，立刻伏在屋頂沒有動。夜色中，黑衣的她與屋脊渾然一體，恍若隱形。

那點兒微光朝主屋走來，藉著月色仔細辨認，是風小雅！

孟不離和焦不棄不在，走在風小雅身邊的人，是風樂天。

秋薑暗嘆口氣，越愁什麼越來什麼，看樣子是沒法等到明天再想解決之法了。

她以為風小雅是來找她攤牌的，誰知，他走到主屋院外時，卻停步了。

月光淡淡地照在他臉上，為他原本就蒼白的容色又覆上一層哀愁。

秋薑以往看他，覺得他太過陰鬱，現在知道了原因，想到這樣一具行走的肉身中，竟有六道內力互相對衝抗衡，就覺得著實可憐又可敬。

秋薑伏在屋脊上看他。

他則一直盯著主屋的門。

風樂天在旁拍了拍他的肩膀。「進去吧。」

風小雅卻仍不動。

「最難的話，我都幫你說了。現在，該輪到你跟她談一談了。」

風小雅目光閃爍，最終抬步前行，剛走到簷下，突然抬頭——

秋薑暗道一句「不妙」，風小雅的武功深不可測，必定是發現她了！當即從另一側屋脊滑落，想也沒想就要跑。

身後風聲襲來，風小雅果然追了上來。

「秋薑！」他叫道。

秋薑回手扔去酒罈，風小雅閃身避開，酒罈落地，「匡噹」砸了個粉碎。

秋薑趁他這一瞬的耽擱，加快腳步，飛身來到圍牆前，腳尖一點，就要越牆，身後風小雅又叫了一聲。

「秋薑！」

聲音急促，最後一個「薑」字破了音。

秋薑抓住牆頭，手臂借力往外跳落時，扭頭看了一眼，正好跟風小雅的目光撞了個對著——

電光石火，萬語千言。

秋薑心底深處似有一根弦，被他的目光狠狠一撥，發出了一記悲鳴，震得兩耳嗡嗡作響。而在這時，風小雅素來筆挺的身軀搖晃兩下，突然倒了下去——

像是一件空衣服，鼓著風，軟綿綿地落地。

秋薑心中一緊，本是按在牆頭借力的雙手，改為抓住牆頭，最後，跳回院內。

她緩緩朝風小雅走去。

風小雅伏在地上，身體抖個不停，似是痛苦到了極點。

是陷阱嗎？為了拖住她，所以故意示弱嗎？

秋薑心頭閃過狐疑，但最終強壓下所有不堪的設想，蹲下身，抱起了他的頭。

風小雅定定地看著她，冷汗如雨般滑過他蒼白文弱的臉龐。

他用冰冷的手抓住她的胳膊，牙齒打顫，吐字模糊。

但秋薑還是聽懂了。

他說的是：「江江。」

二字如山，沉甸甸地朝她壓落。

秋薑感覺自己的耳朵再次嗡嗡嘯叫起來，而她避無可避，退不敢退，陷入深深的困境。

風小雅暈了過去。

秋薑把他背起來，一步步地朝主屋走去。

他又輕又瘦，像具骨架般壓著她，卻讓她的每一步都邁得十分困難。

我應該不管他，繼續逃的。他暈倒了，所有人都會著急，忙著救他，就顧不上追我。

這本是最好的逃離機會。

可是……

她心中有點猶豫、有點生氣，還破天荒地有點難受。這種情緒對她來說十分少見。這麼多年的訓練，她以為她的意志已經足夠堅硬。

卻偏偏遇見這麼一個人。

孽緣。

秋薑把風小雅背回主屋時，風樂天正等在那裡，見此情形，面色頓變。「他怎麼了？」

「我不知道。」秋蕫把風小雅放在榻上，他已陷入昏迷，卻依舊緊抓著她的一隻胳膊，不肯鬆開。

風樂天為他搭脈。

「怎麼樣？」

「內力反噬！」風樂天的神色變得很難看。

秋蕫還在琢磨為什麼會內力反噬時，風樂天對她道：「這次情況不妙，他已昏迷，自己無法梳理，需要妳幫忙。我說，妳做。」

秋蕫點點頭，按照風樂天教的，輸入自己內力，一點點地幫助風小雅梳理他體內紊亂不堪的內力。整個過程非常複雜，若非風樂天在旁指點，還真是做不來。

最後，終於平息下來的風小雅安詳地睡著了。

秋蕫抹了把額頭的汗，從榻上下去時，只覺整個人疲憊不堪。

一盒藥膏遞到她面前。

秋蕫扭頭，風樂天指了指她的胳膊。秋蕫掀起衣袖，這才發現自己的胳膊被風小雅抓出指印。他太用力了，以至於那一塊都有點青了。

秋蕫接過藥膏，道了一聲謝。

風樂天注視著熟睡中的兒子，目光裡滿是擔憂。

秋蕫忍不住問：「他這是？」

「反噬。那六道內力雖能令他繼續行動，可心緒不寧，內力不穩時就會反噬其身，更增痛楚。他本該剃度出家，戒驕戒躁，但是……」

秋蕫垂下眼睛。但是，他為了找她，仍在紅塵中煎熬。

「就算妳不是江江，留下來，趁機跟如意門了斷，不好嗎？」風樂天朝她看過來。他有一雙特別溫柔的眼睛，被這雙眼睛注視著，讓人很容易放下戒備，生不出任何逆反之意。

「真能了斷嗎？」秋薑輕輕一語，卻令風樂天沉默了。

「如意門成立已有一百二十年，組織比你們想像的更加龐大。甚至在燕國的世家皇族內，亦有夫人的耳目。我們的門規只有兩條：一，勝者為王；二，不得背叛組織。觸犯第二條的，沒一個有好下場。」秋薑直視著風樂天的眼睛，淡淡道：「我知道您是燕國的宰相，但是，我不認為您能保得住我。」

更別提一個自身都難保的風小雅。

風樂天的脣動了動，想說什麼，但最終沒有說。

秋薑向他行了一禮，轉身離開。

風樂天沒有阻止。

秋薑就那樣一步步地走出主屋，走出陶鶴山莊。

月色逐漸淡去，天邊露出微薄的光。

秋薑走進萬毓林，本要出林，半途卻沿著溪流一拐，上了另一座小山。

山腰處有幾間竹屋，屋前圍著柵欄，一個少年晨起砍柴，如此寒冬竟裸著結實細瘦的上身，砍柴的動作乾脆俐落，帶著說不出的美感。

秋薑跳上柵欄，盤腿坐著看他砍柴。

少年半點兒驚慌的樣子都沒有，甚至看都沒看她一眼，繼續手裡的動作。

不知為何，看著看著，秋薑的心，也跟著平靜了許多。她忽然開口：「我餓了。」昨天一整天就吃了幾口茴香炒雞蛋，虧得酒喝的多，肚子火燒火燎沒顧得上餓。這會兒酒勁過了，便覺得渾身難受。

砍柴的少年終於瞥了她一眼，放下斧頭進屋去了，屋裡傳出「噹噹噹」的切菜聲。

雞窩裡的公雞開始打鳴，太陽出來了，照著眼前的一切，回憶昨日，恍如隔世。

過不多時，少年端著半隻切好的燒雞和一碗蓴菜豆腐湯出來。秋薑立刻跳下柵欄，蹲在砍柴用的木墩上，像餓死鬼般吃了起來。

少年將砍好的柴火捆在一起，擺得整整齊齊。

秋薑一邊大口吃肉喝湯，一邊口齒不清地說道：「四兒啊，我好想你啊！」

少年並不理她，捆完了柴，便將雞鴨放出來，餵食牠們。

秋薑看到一群雞鴨圍著他嘎嘎叫，撲騰著翅膀要食，不禁「噗哧」一笑。「你可真是接了個好差使，這幾年都很逍遙快活吧？」

少年仍不說話，餵完雞鴨後開始掃地擦窗打掃屋子。

秋薑一邊啃雞腿一邊問：「老皇帝又出去了？我說，你這樣不行啊，讓你監視老皇帝，你卻安安分分地守在這裡當雜役。老皇帝去哪裡雲遊，見了誰、做了什麼，你都不管。五兒跟夫人告了你一狀，說你怠忽職守，消極怠工。所以夫人讓我來燕國時，順便看看你。」

少年擦窗的動作終於停了一下，但也只是一下，冷冷道：「那就讓五兒來接替我。」

秋薑嫣然道：「你明知他不會做飯，幹不了這活兒。」

少年擦完窗戶時，秋薑也吃完了飯，摸著肚子大剌剌地往地上一躺。「你做飯的水準

高了很多嘛，都快趕上無牙老和尚了。」

「你殺了無牙，我就是當世第一。」

秋薑又笑了。「我不殺賤民和方外之人。」

「那皇后呢？」

秋薑揚了揚眉毛。

少年注視著她，一本正經道：「謝家十九女已入京近半年，行為出格、舉止乖僻，世家皆不喜，想要換皇后。」

秋薑兩眼彎彎，睫毛撲閃撲閃。「如此有趣的人物？」

「鈺菁公主等妳多日，久候不至，便送訊到了我這裡。」少年說著手指一揚，一顆珠子飛入秋薑手中，捏破後裡面有張捲得很小的字條，上面寫著：奏春計畫開始。

秋薑的瞳孔收縮了起來，片刻後，問：「你對這個計畫知道多少？」

「老規矩，妳懂的。」

秋薑確實懂。也就是說，四兒接到的任務只是監視老燕王摹尹，其他的一概不知。他跟她一樣，只知道如意夫人跟燕國的大長公主鈺菁擬定了一個叫做「奏春」的計畫。但內容是什麼，誰負責執行這個計畫，尚不得知。

此番，鈺菁公主送來字條，告訴她計畫開始，莫非認為她是為了此計畫而來？又或者，是見她跟四兒都在玉京，所以一併叫上？

秋薑沉吟許久後，將字條扔入廚房的灶火中，淡淡道：「看來，不得不去見見燕國的這位大長公主了……」

四兒忽道：「薈蔚。」

「什麼？」
「鈺菁之女。她的軟肋。」
秋薑含笑看著他，忽起身在他頭上摸了一把。「謝了，哥哥。」
四兒打開她的手，嚴肅的臉上終於崩裂出幾絲怒意。「我比妳小！」
「哈哈哈哈……」秋薑已飄然遠去。淡淡的光照著她纖細靈活的身軀，似一隻不知何為愁物的鶴。
四兒望著她的背影，半晌，才喃喃說了一句：「這般沒心沒肺，倒也真適合當下一任如意夫人。只是……」
只是之後，聲音戛然而止。

秋薑回到玉京，卻沒直接進大長公主府，而是先去了知止居——未來皇后的住處。
謝十九娘名叫謝長晏，今年才十三歲，是前太子妃謝繁漪的堂妹，燕王將她提前召入京中，打算悉心調教，等待及笄後大婚。
可謝長晏完全不像她姊姊，到京後惹出一堆事來：先是得罪了薈蔚郡主，然後公然諷刺東美公子的婆娑酒，攪黃了鬥草大會後，弄死了獻給燕王的蝴蝶，不肯出席燕王壽宴，最後還弄塌了求魯館。
她的表現粗俗，任性妄為。
令原本就惶惶自危的世家們更添不安，細究其種種作為背後的燕王真實意圖，就不寒而慄。

因此，他們抱團起來，想要換皇后。起碼，換個會為世家利益考慮的皇后。

燕王當然不會同意。

所以，說穿了目前就是燕王和世家的角逐。謝長晏被換，世家贏；謝長晏不被換，則是燕王贏。

真是山雨欲來，風雲際會的時刻啊……

秋薑頗有些嘲弄地勾了勾脣角，潛入知止居。

這座座落在天璣巷尾的前太子府，跟草木居差不多大，都是三進的院子，有一個很漂亮的天然湖，湖邊柳樹已禿，枝幹上積著累累白雪。

秋薑這才意識到，時間過得竟如此快。她來玉京已半年，從盛夏到寒冬。萬物全都藏在了白雪之下，忍受著煎熬，等待著復甦。

就像她一樣。

秋薑注視著夜色中微微泛光的屋子，停下遐思，深吸口氣，飛掠了過去。

謝長晏不在。

從門衛的聊天中得知，風小雅在半盞茶前趕著馬車來把她接走了。

秋薑聽得一怔——風小雅明明被內力反噬，一根手指都動不了了，這麼快就好了？還能趕車？

被雪覆蓋的道路上殘留著清晰的車痕，秋薑心有疑惑，索性追蹤而去。

她倒要看看，風小雅到底在搞什麼鬼。

沒準，正如《四國譜》是假的，所謂的江江，也是假的！不過是誘她繼續入局的說

詞。

秋薑眼眸漸沉，跑得更快。

車痕一路延續，越走越偏，半途又下起了雪花，地面越發泥濘溼滑。秋薑心想，她果然一點兒都不喜歡燕國，又冷又乾，相比之下，還是璧國好，氣候宜人、四季如春。

如此追了大概一炷香工夫後，來到一條河前。

長河已凍結，月色下宛如一條從天上掛下來的銀帶，無比璀璨地鋪呈到腳邊。

百丈遠外的河岸旁，停著一輛馬車——黑色的馬車——正是風小雅的馬車。

秋薑心頭竄起一股怒火，捏緊手心，動作卻更加謹慎，悄無聲息地藉著風聲靠近馬車。孟不離和焦不棄都不在，車內傳出了女孩的聲音——

「我的腳好看嗎？」

秋薑一震，一時間腦海閃過了無數個念頭。

緊跟著，響起了一個男人的輕笑聲。

她那被高高揪起的心，因著這記輕笑，突又落回原處——不是風小雅。

馬車裡的男人，不是風小雅。

秋薑想看看車裡的人是誰，但怕離得太近又無遮擋而被發覺，索性後退，飛奔回岸，重新找了個位置藏好。

就在這時，腳下踩到一物，藉著月色仔細一看，是一只孔明燈，不知被誰遺棄在岸上，並未破損。

秋薑的手一抖，突然反應過來——幸川！

這裡就是幸川！

十二月十二日，放燈求福，可得安健的幸川！
十年前，江江的失蹤之地！
再看孔明燈上的字條，上面果然已寫了心願：求讓阿弟的病快快好。
字跡歪扭，似出自孩童之手。
如此粗心，將燈帶來卻又忘了放，遺落在枯草中。
可秋薑看著這行字，眼底泛起了些許溫柔：這個人的弟弟也有病啊……再回頭看一眼馬車，心中有了主意。
她掏出火石，把燈點燃，隨手放了。
孔明燈在飛舞的雪花中裊裊升起，放眼看去，一馬平川的荒原上，這是唯一的一點兒火光。
馬車那邊的人果然看見了，一人探出頭，朝這邊望來。
秋薑躲在石頭後，如此一來，對方看不見她，她卻能將他看得很清楚。那是個二十出頭的年輕男子，有一雙異常深黑的眼睛，看上去比四兒還嚴肅。聯想起他剛才在馬車裡的笑聲，跟臉實在掛不上鉤。
電光石火間，她醍醐灌頂般反應了過來——燕王！
此人，恐怕是燕王彰華。
只有他能隨便使用風小雅的馬車。
也只有他能私自將大燕未來的皇后謝長晏帶出知止居。
秋薑轉身就跑。
那人反應極快，立刻解開拉車的一匹馬追過來。

秋薑想，未見到鈺菁公主之前，還是不要橫生事端，該避免跟燕王有所交集。

燕王的武功還可以，追蹤的經驗卻很匱乏，秋薑沒費什麼力氣就將他甩脫了，繞道的路上，卻意外再次看見了風小雅的馬車。

秋薑飛身上了某處屋頂，注視著馬車匆匆而來，想著剛才那道嬌俏活潑的女聲。

「我的腳好看嗎？」

謝長晏……嗎？

她的脣勾了起來，輕笑一聲道：「姊姊給妳個見面禮。」

某酒家門前立著旗杆，她隨手抽下掛旗的繩索，在手上繞順了，趕在馬車抵達一處必經的路口前，將繩索橫攔在路上，然後在心底默數。「十、九、八……」

數到「三」的時候，馬車果然朝這邊馳來。

「三、二……一。」幾乎是一字音剛落，馬車就一頭撞上繩索，從冰滑的地面上橫飛出去，眼看就要撞到路旁一側民居的圍牆，黑暗中前後左右突然飛出四道黑影，撲向馬車。

秋薑瞇了瞇眼睛。「跟著暗衛啊……」也是，大燕未來的皇后，怎麼可能孤身一人出行。

罷了，目的達成，先行告退。

秋薑轉身一跳，飛快地隱沒在夜色之中。

第十一回 我詐

對世家們不喜的準皇后出手，是秋薑送給鈺菁公主的見面禮，為了表達「咱們是一夥的」，以及「妳看，我完全有能力幹掉她」。

鈺菁公主果然對此很在意，見面就問：「妳為何要動謝長晏？」

她是個美麗的女人，五官美豔，皮膚光潔，據說她的保養祕訣就是採陰補陽。駙馬死後，她與多名年輕武將私通，縱情聲色的同時，還很好地維繫了同世家們的密切關係。

從這方面看，倒是跟程國的三公主頤殊挺像。

這樣的女人，都有一個共同的特點——野心。

或者說得更直白點——欲望。

欲望極盛之人，光男色不足以滿足，必定還有更大的圖謀。

頤殊的圖謀她知道，想當程國的女帝。那麼鈺菁公主呢？奏春、奏春，把「奏」變成「春」，豈非正是「偷天換日」的意思？

也就是說，光換皇后不夠，還要換皇帝？

雖然此番如意夫人並沒有告訴她「奏春」的具體內容，只讓她入京後協助鈺菁公主，但秋薑在草木居小半年，多少也聽了些京中八卦。比如說——鈺菁公主跟燕王不和。世家

們也對燕王這兩年的行事作為頗有微詞。再比如說——鈺菁公主的女兒薈蔚郡主，喜歡風小雅。

因此，秋薑斷定，世家們之所以敢把主意動到換皇后上，跟這位鈺菁公主肯定脫不了關係。她故意弄個絆馬繩，嚇謝長晏是其次，主要是為了試探鈺菁公主。

而鈺菁公主，果然上當，主動提起了謝長晏。

秋薑往火盆裡加了勺水，懶洋洋道：「聽說是大燕未來的皇后，便忍不住看看。」

「妳既要看，為何不做徹底，讓她死了？」

秋薑正色道：「現在殺她，不過殺一稚齡幼女；他日再動，就是殺大燕的皇后。我不殺賤民。」

鈺菁公主冷笑起來。「只怕他日妳根本沒有機會。」

秋薑目光閃動，想誘使她說出更多線索，便恭維道：「您在，怎麼會沒機會？」

鈺菁公主不知想到了什麼，轉移了話題。「陛下那邊的戒備越發森嚴了。」

「這豈不是公主您要的？陛下以為是世家所為，世家則是傷鳥驚弓，兩邊鬥個你死我活，屆時，漁翁得利者，是您。」秋薑繼續試探。

鈺菁公主的目光轉為陰冷。「我不要利，我只要他死！」

有意思，此人是彰華的姑姑，亦是皇族，卻不幫自己的親姪子，反而夥同世家外人想要弄死彰華。燕王啊燕王，你的處境也不比程王銘弓好多少啊。

想到這裡，秋薑笑了。「放心吧殿下。如意門既接了您的任務，就必定讓您——如意。」最後兩個字，說得無比曖昧。

鈺菁公主盯著她，面色深沉。「但風樂天不死，陛下不會輸。」

很好，他們還打算對付公爹。秋蘦往銅盆中慢悠悠地又加了一勺水，淡淡道：「那老狐狸比他兒子還奸，他兒子是毫無破綻，他是渾身破綻，都不知從何入手……」說到這裡，眉心微蹙，她突然動了。

秋蘦飛過去一腳踢開門，把在門外偷聽的人抓進來，扔在火盆旁。

那人嚶嚀一聲倒在地上，手中折冊飛散，凌亂不堪地掛了一身。

只見她十六、七歲年紀，左眼下方有一顆痣，像滴將落未落的眼淚，因此抬眸看人時，顯得楚楚可憐，更有股說不出的媚態。

秋蘦心中嘖嘖，這媚態可不是天生的，是訓練出來的。此人是誰？鈺菁公主養的媚奴嗎？

「壁腳好聽嗎？」她問。

少女立刻跪直了看向一旁的鈺菁公主。「殿下，我沒有！我沒有偷聽！求您相信我，我真的沒有！」

「那妳在門外做什麼？」

「我、我……叔叔的忌日將至，我列了一份清單，本想讓殿下看看合不合適，走到門前，見屋內沒有點燈，便遲疑了一下下，就一下下，真的什麼都沒聽見啊！」少女上前抓住鈺菁公主的下襬，哭了起來。「我沒有偷聽，我說的都是真的！」

秋蘦有點意外，原來不是奴婢，而是已逝駙馬的姪女。她此來機密，本不能讓第三人知曉，如今被此女撞破她同鈺菁公主見面，照理說，是應該殺了滅口的。但看鈺菁公主的神色，恐怕捨不得此女死……

秋蘦便笑了一笑。「我不殺賤民。殿下自己看著辦。走了。」

她說罷轉身就走，耳中聽到那少女哭求不止，鈺菁公主心軟地嘆了口氣，道：「起來吧……」

唔，看來這位鈺菁公主的軟肋，不是薈蔚，而是……那位已死的駙馬呢。

為了那位駙馬，鈺菁公主不惜與如意門謀皮，置國家、族人、百姓於不顧。真是可憐之人必有可恨之處。

秋薑掠出公主府時，看見一地積雪，不知為何，突然有些怔忡。

白雪皚皚，如錦如緞，入夜後的公主府無人出入，因此毛茸茸的雪毯十分完整，沒有一絲痕跡。

一時間，滿目蒼茫，竟是看不出哪裡是路。

「入雪原後，人在行走時要往前方投擲一樣鮮豔物件，作為目標，才能不被無窮盡的白色迷惑，丟失方向。」

腦海中，一個聲音乍然響起，震得她心中一抖。

「妳要做的，是一件非常艱難、孤獨、不為世人理解，而且希望渺茫的事。妳會遇到很多誘惑、困境，生死一線。而妳只能獨自面對，沒有人可以提供幫助。」

「如果妳的心有一絲軟弱，就會迷失。」

那聲音慢慢遠去，眼前的雪下得更大了，像誘惑，又像告誡。

秋薑取下佛珠，丟在路上，然後步履堅定地朝佛珠走過去。

必須完成任務。

必須成為下一任如意夫人。

於她而言，從一開始，就只有征途，沒有歸程。

秋薑回到了四兒的住處，四兒卻不在。

她不以為意，倒頭睡在四兒的榻上。此地很是安全，下方有重兵看守，又沒什麼人知道老燕王摹尹隱居於此，她也是借了四兒的光才知道這個神仙住所。

不得不說，如意夫人的這顆棋子安插得極好，唯一的缺點就是四兒性格執拗，不善言辭。但若非如此，摹尹當年也不會在那麼多隨從中獨獨選他。

這一覺睡下，再醒來已是第二天。

屋外傳來節奏均勻的砍柴聲，一起一落，十分好聽。

四兒有點小癔症，比如蔥一定要切成一寸才吃，柴一定要砍成均勻的八塊，手一定要乾乾淨淨……能在如意門中活到現在還成了七寶之一，著實不容易。

秋薑一邊伸著懶腰一邊推門出去。「你回來啦！」

四兒在揮斧頭的間隙裡伸出一根手指，指了指門。

秋薑側頭一看，這才發現門上插著一枝毛筆，她抽出毛筆，將筆管打開，從裡面抽出一張字條，上面寫著：殺風樂天。

秋薑瞇了瞇眼睛。

這是如意夫人的筆，意指「親筆」，毛是雞毫，意指很「急」，也就是說，這個任務要趕緊辦。

昨晚她見鈺菁公主時，鈺菁公主就提過「風樂天不死，燕王不倒」，今日收到如意夫人的指令，看來，她們果然等不及了。聽聞燕國的奏春計畫已醞釀了很多年，為何偏偏今年開始行動？是什麼讓他們覺得時機成熟了？因為她來了玉京，還是因為……謝長晏也來了玉京？

秋薑將字條和筆一起扔入爐灶燒掉，轉身就走。

四兒欲言又止，最終沒有出聲。

他繼續將剩下的木頭砍完，然後走進廚房，掀開鍋蓋，裡面整整齊齊地擺放著兩人份的飯食。

四兒盯著飯食看了許久，最後默默地將兩份都吃掉了。

風樂天已不在陶鶴山莊。

不只他，風小雅和他的隨從也不見了。

陶鶴山莊空無一人，除了地窖裡少了兩罈酒，沒有留下任何有人來過的痕跡。秋薑很想再喝兩罈酒，但又擔心酒氣洩漏行蹤，只能作罷。

「等我有機會了再來喝你們！」她對一地窖的酒罈十分遺憾地說道。

等她回到草木居時，風氏父子依舊不在，聽下人們的意思，竟是失蹤了。

難道風小雅反噬得太嚴重，所以他爹送他就醫去了？

秋薑一邊沉吟一邊潛入風小雅的院子。難得小狐狸和老狐狸都不在，此時不查更待何時？

她閃進了風小雅的書房。

書房極大，但被雜物堆得滿滿的。各種琴、瑟、簫、笙，琳琅滿目地擺在架上，乍看之下還以為是進了樂器行，最離譜的是還看到了箜篌和編鐘。

看來世人皆道風小雅極精音律，各種樂器信手拈來不是虛言，就不知他拖著那樣一具身體是如何學樂的。

牆角還有半人多高的矮櫃，上面密密麻麻地塞著書冊。秋薑隨手翻了幾本，全是曲譜。

秋薑轉了一圈，得出一個結論：風小雅不怎麼讀書，書房裡除了曲譜，一本別的書都沒有。

書房有一扇小門，推開後，裡面是風小雅的臥室。

床頭拴著一串銅鈴鐺，想必是身體不適時用來召喚隨從的。

床榻旁是一組矮櫃，裡面瓶瓶罐罐全是藥。

除此之外，她還看到了一盆薑花。

這盆薑花就放在枕頭旁，雖是寒冬，但因為屋內生著地龍十分溫暖，開放正豔，花朵純白無瑕。枕頭旁還放著一把銅製藥杵，比一般藥杵要小許多，杵杆一端刻著一個「江」字。

秋薑心神微悸——這恐怕是江江兒時用過之物。

杵身光亮，顯然有人常常把玩。

想到這麼多年，風小雅手握此物追思江江的畫面，饒是她自認無心，也不由得有些痴了。

就在這時，她聽到腳步聲，立刻放下藥杵躍起，跳上橫梁，伏在上面。

片刻後，門被輕輕推開，進來一人，卻是孟不離，肩膀上還蹲了隻黃色的狸貓。

秋薑屏住呼吸。

孟不離沒有發現她，而是逕自走到櫃中取了一件風氅出來，他肩上的貓，在他彎身的一瞬跳到他背上，孟不離笑著轉身抱住牠——

秋薑暗道一聲不妙，將身子又縮了縮。

但孟不離並沒有抬頭，抱住貓後，拿著風氅出去了。

秋薑當機立斷，立刻翻身落地。這風氅自然是給風小雅的，跟著孟不離，就能知道風小雅去哪裡了。

她追了出去。

孟不離獨自一人來到馬廄，牽了一匹馬走。秋薑不敢靠得太近，但又不能被馬落得太遠，追得十分辛苦，心中第一百次咒罵起燕國的冬天。

幸好孟不離的目的地並不遠，半盞茶工夫就到了。他停在知止居外，卻不進去，而是將馬拴在樹下，自己翻身躍過了圍牆。

難道風小雅藏在知止居？秋薑心中越發疑惑，當即也翻牆潛了進去。

知止居內一團混亂。

僕婢們正進進出出地收拾東西，偶爾幾句私語飄入她耳中——

「謝姑娘怎麼敢這樣做啊？也不怕殺頭！」

「可陛下沒殺她頭，還應允了謝夫人的退婚請求……」

什麼什麼！秋薑大吃一驚。

「退了也好，我本就覺得她不夠資格當咱們大燕的皇后，舉止粗魯，成日裡嘻嘻哈哈的，沒個大家閨秀的樣。」

「別說了，人都要走了，留點兒口德吧。」

「我是實事求是呀。妳覺得她像皇后的樣子嗎？還有謝夫人，摳摳搜搜的，也是一股子小家子氣……」

秋薑沒再聽下去，摸索著去了謝長晏的屋子。

閨房窗戶半開，裡面有兩個人。一個是三十出頭的婦人，衣著樸素，鬢髮微白，臉上還有兩道較深的法令紋，面相顯得有些淒苦；另一個則是跟婦人差不多高的少女。

秋薑在樹杈間蹲了下來，心想：這就是謝長晏啊，倒是跟想像中的很不一樣。之前聽她在馬車中說話，還以為是個嬌俏軟萌的小姑娘，沒想到，長得如此稜角分明、眉目深長，不甜美也不可愛，帶著些許銳氣。真不知芝蘭謝氏是怎麼養出這麼個異類，居然敢退燕王的婚約？

她可沒忘記謝長晏對燕王說的那一句「我的腳好看嗎」，一聽就是在撒嬌。而燕王回應她的笑聲，也很溫柔親暱。

前幾天還在膩歪的兩個人，今天就毀婚，為什麼？

謝長晏一邊收拾東西一邊對婦人道：「娘，那些都不必帶，咱們抓緊。趁這會兒天黑，悄悄走，免得被人圍觀。」

婦人看著一屋子的箱子，頗為不捨地嘆了口氣。「也罷，都是身外之物。可以走了。」

謝長晏燦爛一笑，拎起兩個最大的包袱出了門。

牆角有黑影一閃，秋薑認出來，那是孟不離。

孟不離為何也如此鬼鬼祟祟的？

幸好，幸好她一路十分小心，離得也遠，應該沒被孟不離發現。

秋薑摸索著跟了上去。

知止居的院子裡備好了馬車，謝長晏把包袱扔上車，再扶婦人上車，另有兩名婢女也跟上車去。此外所有僕人，全部列隊站在門旁恭送。

謝長晏朝他們揮了揮手。「這段日子勞煩各位費心了，有緣再見！」說罷跳上車轅，接過車夫的馬鞭，親自揮了一鞭。「駕——」

馬車碾碎冰雪，馳出了燕王曾經的府邸。

燈籠搖曳，在白雪上晃出一地星星點點的碎光。

旁觀著這一幕的秋薑忍不住想，她可能親眼看見了一場傳奇——

若不是謝長晏，換了任何一個別的女子，都不敢也不可能退皇帝的婚。

而若不是彰華，換了其他皇帝，也不會允許這種事情發生。

偏偏是這樣的姑娘遇到了這樣的皇帝。

這一幕終將記入史冊，石破天驚。

那麼，究其背後的真正原因：是燕王輸了，世家贏了嗎？

秋薑的眸色轉為深沉。

而這時，孟不離也牽回了自己的馬，看樣子要離開。秋薑決定暫時放下謝長晏，還是先找到風樂天要緊。

她沒想到的是，孟不離並不是放棄跟蹤謝長晏，而是先謝長晏一步幫她安排客棧去了。

秋薑在溼滑酷冷的雪地裡追了二十里，追到渭陵渡口，看到孟不離在最大的客棧門外停下時，一口血差點沒吐出來。

孟不離向客棧老闆展示了一下刻有鶴圖騰的令牌，老闆面色頓變，彎腰道：「最好的房間一直留著呢，小人這就領您去。」

孟不離卻搖搖頭，從懷中掏出一幅人像畫，向他展示了一下。「等會兒，她來住。」

客棧老闆記下畫上人的模樣，道：「是，一定安排周全。」

孟不離點點頭，在大廳裡找了個角落坐下，要了杯茶，把帽子一壓遮住臉龐。

他這是在等謝長晏吧？

客棧老闆吩咐一名夥計道：「貴客馬上就到，去把地龍燒起來。」

夥計連忙應了，秋薑趁機跟上夥計。從後門出去是個院子，積雪已掃淨了，露出溼漉漉的青石路，蜿蜒著通向隔壁的院子。那是個一進的小院，共有四間房，西廂門前種著一株罕見的梅樹。

夥計把地龍燒了起來，秋薑則趁機把四個房間轉了一遍，沒有發現什麼異常。

夥計幹完活就走了，而謝長晏還沒來。

秋薑在西廂榻上坐下，捶著痠軟的腿，忍不住自嘲道：「這半年光顧著種花，吃飯保命的本事卻退步了，這可不行啊……」

思緒則情不自禁地飄到風小雅身上。

他跟他爹到底去哪裡了？是真的因病離開了，還是聽說如意門要對他們動手，故意躲起來了？

風樂天看似一張笑面，卻能坐鎮大燕朝堂二十年，絕非簡單人物。以他的權勢、人脈，沒準知道世家跟鈺菁公主之間有勾結，接到風聲也不奇怪。

那麼，他的失蹤絕非簡單的「躲藏」，應該是在布局反擊。自己若莽撞出手，恐會中計。

還有謝長晏的退婚，是世家博奕的後果，還是燕王的布局？

秋薑沉吟，決定留下來接觸一下謝長晏，不管怎麼說，謝長晏只是個十三歲的小姑娘，應該比風氏父子好對付多了。

她等啊等，等了足足一個時辰，才聽到腳步聲朝這邊過來，湊到窗邊看了一眼，來的果然是謝長晏她們。

她一個縱身，飛到橫梁上藏好。

謝長晏先將行李拎進東廂，又跟母親說了會兒話後才走進西廂來。

秋薑聽到她在門外笑著說：「知道啦，知道啦，那娘您先休息，我也睡一覺……」但人一進來，關上門後，臉上的笑容就沒了。

不僅不笑了，還低著腦袋，顯得情緒十分低落。

謝長晏走到窗邊，對著窗外的梅樹發呆。陽光從窗外照進來，替她鍍了一層金邊。

秋薑從上方打量著她，覺得她像是一匹還未被馴服的小馬，眼睛裡帶著濃烈的愛和恨，雖在發呆，也能看出些許不羈來。

「這是……要凍死了嗎？」謝長晏忽然喃喃一句，將身子探出窗外，折了一截梅樹的枝幹下來，拿在手裡翻來覆去地看。

秋薑想了想，索性跳下去問：「妳怎麼知道？」說罷，將梅枝從她手上奪了過來。

謝長晏迅速轉身，驚道：「妳是？」

「妳先答我，如何看出要死了？」

謝長晏雖滿頭霧水，仍乖乖答：「大燕梅子昂貴，源於梅樹難種，尤其是北境冬寒，無法成活……梅樹怕冷……」

秋薑還是第一次聽到這說法。「梅樹怕冷？不是說映雪擬寒開嗎？」

謝長晏一笑。「梅樹較別的花卉耐寒，但畢竟不是松柏。這麼一場雪下來，這樹凍得

不行。再加上雪前久旱，水澆得不夠多，如今底下的樹根怕是已枯了。」

秋薑想，這小姑娘，對植物倒懂得挺多，應該跟自己換一換。她替謝長晏去知止居讀書，謝長晏替她去草木居種花才對。

這時謝長晏又問：「妳……是誰？」

秋薑狡黠地朝她眨眨眼睛，然後比了個絆馬索將馬車絆飛的動作。

謝長晏十分聰慧，立刻猜到了幸川那晚的馬車事故，目光情不自禁地朝一旁的矮几挪了過去。

秋薑連忙遏制她那不切實際的小算盤。「喂喂喂，妄動的話，恐怕不安全喲。」

「妳想做什麼？」謝長晏頓時漲紅了臉，果然還是個小姑娘。「我、我已不是皇后了！」

「我知道。我不殺賤民。所以妳現在很安全。」秋薑看著梅枝，目光閃了閃。「妳還知道什麼有趣的事，再說點兒給我聽唄。」

孟不離幫她租了客棧，必定會親眼確定謝長晏無恙後才會離開。所以，此刻應該還沒走。

而孟不離之前既然刻意回草木居拿了風小雅的風氅，必定會跟風小雅碰頭。

正所謂她找不到風小雅，但可以讓風小雅來找她。

秋薑決定主動現身，好讓孟不離看見她，去跟風小雅通風報信，順便跟這位差點要當大燕皇后的小姑娘聊一聊。

前大燕準皇后雖然年紀幼小，才十三歲，但還真不是個尋常姑娘，慌亂不過一瞬，很快鎮定了下來，問：「妳想聽什麼？」

「妳來猜我是誰。妳若猜到了，我就給妳個小獎勵。如何？」

「若猜不到呢？」

「那就……殺了妳娘？」

謝長晏大驚。「我娘已不是誥命了！」

她臉上寫滿了「妳剛剛還說不殺賤民，怎麼這會兒就說話不算話了呢」的著急和譴責，看得秋薑好是愉悅。

真好啊……這麼年輕的年紀，這麼未經人事的天真……看來謝家和燕王，都把她保護得挺好呢。

秋薑有些嫉妒，便忍不住想讓她更著急。「這樣啊，那就抓了妳娘？」

「妳！」謝長晏明明氣惱到了極點，但不知想到什麼，靠著矮几坐下，然後直勾勾地盯著她看。

謝長晏的眼睛極好看，形如月牙，瞳仁又大又亮，顯得整個人特別有精神，尤其是這麼盯著人看時，有股子不屈的彆勁。

讓人特別想馴服她。

秋薑忍不住想，自己當年是不是也是這個樣子呢？這樣的姑娘，難怪當不了皇后啊……她伸出手，摸了摸謝長晏的臉。「小姑娘，誰教妳這樣看人的？看得人心癢癢的……」

謝長晏立刻將她的手打開。

秋薑哈哈一笑。

謝長晏道：「妳的僧袍是舊的，穿了有半年，雖然漿洗得很乾淨，但右袖重新縫補

過。」
秋薑一怔，連忙抬袖，真的看到了縫補的痕跡。她逃離草木居時換回了原來的裝束，穿著僧袍走的，這幾日四處奔波，沒顧得上更換，有破損在所難免。可奇怪就奇怪在，那些地方居然都補好了！
什麼時候？誰補的？四兒嗎？
謝長晏又道：「補袖子的線是好線，手工卻差得很。」
秋薑想，那就不是四兒了。四兒有癔症，必定是補得極好才會動手。不是四兒的話，又會是誰呢？
總不會是風小雅吧？
「如此寒冬，妳穿的這般少，剛才摸我臉的手，卻很溫暖，說明妳不畏寒——妳會武功。妳手腕上的佛珠，是用程國的足鑌打製。足鑌提煉複雜，極為昂貴，鑄兵器時僅用於鋒刃那一處，妳卻以之做珠。」
秋薑有些意外——小姑娘竟然認得鑌？隱洲謝家真那麼博學？
謝長晏一邊觀察一邊繼續道：「我猜，那應該是妳的武器。妳那夜若用此珠擊馬，而非絆馬索，我此刻已不在人世了。」
秋薑哈哈一笑。「誰說我要殺妳了？」
「知道。因為我是賤民嘛。」
秋薑想：小傻瓜，恰恰相反啊，正因為妳身分特殊，才不能死啊……
「妳的鞋底雖然滿是泥垢，但都乾了，說明妳進此屋起碼有半個時辰了——在我之前。半個時辰前，差不多是孟不離替我訂房的時候……妳是跟蹤他來這裡的？」

秋薑悠悠道：「還有嗎？」

「妳跟蹤孟不離，不是為了找我吧？如果打一開始目標就是我，直接跟蹤不會武功的我，比跟蹤孟不離要容易得多。妳認識孟不離，又這副模樣……我想，我知道妳是誰了。」

「喔，我是誰？且說好，猜錯了的話，妳娘可就……」

未等她說完，謝長晏便叫出了她的名字：「秋薑。」

秋薑一怔，她都這麼出名了嗎？竟連前準皇后都知道這個名字，明明是個臨時用的假身分……

謝長晏表情嚴肅，微微蹙眉道：「我已非皇后，對妳而言已經沒有價值，可妳還耗在這裡，跟我拖延時間……妳在逃？而且也被困渡口了，對不對？」

雖猜得不完全對，但小姑娘已經盡力了。秋薑笑了起來。「小姑娘，這麼聰明可是會不長命的呀。」

謝長晏目光灼灼地瞪著她。

秋薑咯咯一笑，又伸手過去摸她的臉。「都說了別這樣看人，看得人受不了……」

謝長晏再次將她的手打開。

秋薑收手，吹了吹被打的地方。「妳怎麼跟那病鳥一樣，都不讓人碰啊……」

謝長晏正色道：「我猜對了。獎勵呢？」

秋薑眸光流轉。「獎勵就是……這個。」說著把梅枝還給謝長晏。

謝長晏果然露出哭笑不得之色，看得秋薑大悅，正要再戲弄一番時，忽聽到一絲異動。她立刻扔了梅枝，飛上橫梁，撬了塊瓦片，露出個洞來，人卻不走，重新跳回柱後，躲在捲起的簾子裡。

她動作極快，因此對不會武功的謝長晏來說，等於平空消失，梅枝掉落的瞬間，秋薑就不見了。

謝長晏十分震驚，四下搜尋一番，也沒看到秋薑的身影。

這時院外傳來馬車聲，謝長晏回頭，就看見肩膀上蹲著小黃狸的孟不離將一輛全身漆黑的馬車停在院門前。

再然後，焦不棄跳下車，跟孟不離一起用滑竿抬著風小雅走進來。

謝長晏十分好奇地打量著風小雅。風小雅則抬頭，看到了屋頂上那個被撬走瓦片的小洞，他的唇角輕勾一下，然後看向謝長晏道：「我來找秋薑。打擾了。」

簾子後的秋薑挑了挑眉，果然如自己所料，她不去找他，他也會來找她。

謝長晏有些拘謹地道：「不、不打擾。」

「若再見她，請代為轉達一句話。」風小雅語音微頓，過了一會兒，才繼續道：「她要的譜我有，若想聽，正月初一子時老地方見。」

秋薑皺眉。

譜？《四國譜》？不是假的嗎？怎麼又當作誘餌拋出來了？還有老地方又是哪裡？草木居還是陶鶴山莊？

最最可惡的是，就算是假的，知道是個陷阱，還是得按著他的節奏走。

秋薑情不自禁地咬住下唇。

風小雅將一物遞給謝長晏道：「見面禮。陛下與我同承家父所學，隸屬同門。而妳婚約雖廢，師名仍在。算起來，也是我的師妹。若有所求，可將此翎隨信寄回。」

秋薑的眼睛瞇了起來——這是什麼意思？是覺得這位前準皇后退了婚，從某種角度上說成了棄婦，所以又蠢蠢欲動地想要挽救她那「可憐」的命運了嗎？

風小雅沒再說什麼，孟不離和焦不棄抬著他走了。

謝長晏送到院門口才折返，進屋後看著風小雅送她的鶴翎。秋薑從簾後走出，將鶴翎奪了過來。

謝長晏顯得很無奈。「妳為何又回來？」

秋薑打量著她。唔，雖然還小，但五官都很有特點，將來長開了必定是個美人，沒準真會成為風小雅的十二夫人。

不知為何，心底生出些許不滿、些許嫉妒、些許克制不住的惡意。

謝長晏……妳的離開，是帝王對妳的無情，還是對妳的保護呢？讓我好好地看一看吧。

離正月初一還有幾天，姊姊先陪妳玩一玩。

百祥客棧外，馬車軋過積雪，緩緩前行。

焦不棄將一杯茶遞到風小雅面前，道：「適才公子與謝姑娘說話時，夫人就躲在簾後。」

風小雅抬手接茶，睜開的眼睛裡滿是疲憊之色。「我知道。」

焦不棄不解道：「為何不直接抓人？」

「她要逃就逃吧。」風小雅呷了一口茶，胸有成竹道：「反正正月初一，她必會回來。」

最重要的是，只有說出明確的時間，才能令她放下防備，有所懈怠。

而他，要的就是她的懈怠。
只有懈怠之時，才有機會剝開偽裝的外殼，看到裡面的心。
只有抓住心，才是真正地抓住她。
「那風……唔，師兄說的話，妳也聽到了，我就無須轉達了。」謝長晏道。
瞧瞧，這麼快就改口叫師兄了！
「病鳥從不做多餘之事，也絕不是什麼重情重義之人，但他將這麼重要的鶴翎給了妳一根……說明妳對他來說今後還有大用……難道，退婚是假的？」秋薑試探道。
謝長晏顯得一頭霧水。
裝！妳繼續給我裝！
秋薑湊到她面前，笑嘻嘻道：「妳偷偷告訴我，妳跟陛下的婚約，其實還作數的吧？」
謝長晏伸手奪回了鶴翎，冷冷道：「我不知道妳在說什麼。」
「行行行，我知道，做樣子給蛇精公主那幫人看的嘛。」
謝長晏沉聲道：「我真的不知道妳在說什麼。君無戲言。而且婚約大事，怎可朝令夕改？」
還裝，小騙子！
「可我看妳眼中滿是不捨啊。」
謝長晏一愣。
「我就說嘛，天底下怎麼會有不想當皇后的女人呢？」
謝長晏沉默了一會兒，終於忍不住道：「妳到底要做什麼？為何還不離開？風師兄約妳正月初一見，妳不去準備？」

「準備什麼？我才不去。」

謝長晏很驚訝。

「至於我為何還不離開……」秋薑說著，湊上前摟了她的腰，姊倆好地將腦袋搭在她的肩膀上。「因為，我要跟妳一起出海呀。」

這句話說完，她明顯感到謝長晏的身體僵硬了。

秋薑說到做到，當晚就去廚房借廚具。

廚子不肯，被她捆了起來。

秋薑當著他的面做了一碗粥，一邊做一邊道：「茯神粥，取新米浸泡半個時辰後，三七兌水，米三水七，再加一成牛乳。煮沸後熄火，燜半個時辰，掀蓋後加以大棗、麥冬添色。訣竅有三：一，米最好是仙桃新米；二，水最好是活眼山泉；三，牛乳需提前燒沸濾末。如此一碗，才盡善盡美。」

秋薑說著將粥盛入盅中，端給廚子看。廚子眼睛都直了，怔怔地看著她，不知該說什麼好。

秋薑笑著拍了拍他的臉。「我借你廚房用，是看得起你。這可是無牙大師的獨家食譜。」

廚子顫聲道：「既是獨、獨家，妳、妳為何告訴我？」

「那老和尚敝帚自珍，小氣巴拉，什麼都藏著掖著不外傳，簡直罪大惡極，不配當佛門弟子！我這是幫他傳道積善，讓世人都能吃到這麼好吃的素齋。阿彌陀佛。」

秋薑說著端著粥出去了。

廚子用一種看瘋子的眼神看著她，突覺身上一鬆，卻是捆他的繩索不知何時斷開了。他連忙爬起來，想去報官，跑到門口卻又遲疑，最終回到灶旁，撿了根炭條趕緊把那食譜記下來。

秋薑捧著托盤走進鄭氏的房間，行了一個大禮，自我介紹道：「伯母您好。小女子秋兒，與長晏一見如故，正好我也要出海，便約了攜手同行。叨擾之處，還請見諒。」

鄭氏正在跟謝長晏對坐著分線，聞言有些訝異地看了女兒一眼，隨即放下線，回了一禮。「姑娘客氣，同行是緣，請坐。」

此人雖面相淒苦，但氣度高華，一舉一動都優雅到了極點，不愧是芝蘭謝氏出來的。但謝長晏明顯沒有學好禮儀，同是坐姿，她偏盤著腿顯得疏懶隨意，毛毛躁躁。

秋薑笑了笑，將蓋子掀開，露出裡面的茯神粥。

「小女子擅做素齋，伯母旅途勞頓，怕是休息不好，喝一碗茯神粥，有助安眠。」

謝長晏的表情頓時緊張，想要阻止，但鄭氏已盛了一碗，小嘗一口，讚道：「姑娘好手藝！」

「伯母喜歡，我可鬆了口氣呢。」

謝長晏又急又氣又不能發作，只好起身道：「我吃飽了，妳跟我來。」說著，抓住她的手臂，將她強行拉出房間。

這小丫頭雖不會武功，卻有蠻力，秋薑被拉得生疼，笑道：「啊喲喲，這是做什麼呀？」

「妳要躲要藏要同行都由著妳，只是不許騷擾我娘！」

「妳管討好叫騷擾？」

「誰知道妳那粥裡加了什麼？」
秋薑面色一沉，道：「妳可以質疑我的人品，但不能質疑我的手藝。一粒米需七擔水，對待食物，怎敢不敬？」
謝長晏聞言一愣。
秋薑有心炫耀，故意甜滋滋道：「更何況，若非這項手藝，怎勾搭得到鶴公？」
我啊，可是妳的好師兄的十一夫人呢，小傢伙。
謝長晏果然露出些許好奇來。
秋薑繼續誘惑她：「妳娘是有口福的人。妳不跟著嘗嘗？」
眼看謝長晏有所動搖，正要答應，一個聲音突然冒了出來。
「她說謊，妳別信。」
秋薑扭頭，居然看見了公輸蛙。說起來這還是中箭後第一次跟公輸蛙再見，秋薑打招呼道：「喲，蛤蟆也來啦。」
公輸蛙十分戒備，一把將謝長晏拖到自己身後。「此女心如毒蠍、口蜜腹劍，不知禍害了多少人，妳若輕信，死無全屍！」
秋薑挑了挑眉。「喂喂喂，蛤蟆，如此當人面說壞話，不怕我生氣嗎？」
公輸蛙抬起一臂，袖中有個黑漆漆的筒口，對準了秋薑。
吃過虧的秋薑神色頓變，身子後退一步。
公輸蛙冷冷道：「速離此地，不許再來。事不過三，看在鶴公面上，這是第三次。」
等等，怎麼就第三次了？難道他把四兒偷的那次也算她頭上了嗎？不過，風小雅的十一夫人這個身分，有時候還真是挺好用。

秋薑撇了撇嘴道：「不想我還能託他的福苟活。」

公輸蛙的手臂繃了繃，秋薑立刻橫飄出數丈遠，逃到了院門口。此物厲害，她心口上還留著疤痕，可不想再多添一道。

「也罷，好死不如賴活著，那我先走了。小姑娘，下次再見。」

公輸蛙目光一凜，秋薑已咯咯笑著翻過院牆，氣他道：「蛤蟆，看好你的袖裡乾坤，可別大意弄丟了喔……」此等利器，加她親測，夫人不會甘休的。到時候，如意門跟求魯館必有一戰。嘖嘖，想想就激動。

秋薑走出客棧，忍不住扭頭看了眼院子那頭的梅樹。玉京時局已亂，如此寒冬，不生把火的話，不只這棵梅樹，萬物都會被凍死。

第十二回　切膚

秋薑生起了火，火很旺，燒得柴火劈里啪啦響。

秋薑就著火暖手，想了想，扭頭道：「有酒嗎？」

百祥客棧的廚子又是畏懼又是無奈，還有點小期待地縮在角落裡看著她，聞言哆哆嗦嗦地起身，從櫃子裡摸出壺酒遞過去。

秋薑接了酒笑道：「謝啦。」說罷拔開壺蓋灌了一大口，點評道：「難喝。」

廚子委屈。「就圖個暖和，月錢都帶回老家供養家人了，哪有餘錢買好酒？」

秋薑挑了挑眉。「都有什麼家人啊？」

「上有八十老母，下有——」

「停！」秋薑打斷他的話。「少來這套。」

廚子愁眉苦臉道：「姑娘，妳要這樣把我關在家裡多久？客棧這段日子正忙，我不上工，會被掌櫃開了的。」

「正好。」秋薑睨他一眼。「就憑我教你的那道粥，可去玉京達官顯貴前賣個高價。」

廚子苦笑起來。「姑娘說得輕巧，光一道菜哪夠？那些貴人的舌頭都刁得很，一天恨不得換一百個花樣。」

「你倒是挺清楚。」

「要不，姑娘再教幾道？」廚子的表情轉為諂媚。

秋薑踢了他一腳。「借你破屋住幾天，就想偷師，想得美！」

廚子被踢得翻了個滾，又縮回牆角裡。「不是妳說要把無牙大師的絕技傳遍天下嗎？」

「我倒是想。可他沒教啊！」秋薑嘆了口氣。那老和尚不但跟風小雅交好，跟另一個人也關係匪淺，她不看僧面看佛面，也不好意思太折騰他。

就在這時，屋外聲動。秋薑目光一閃，手在佛珠上輕輕一按，一股白煙立刻朝廚子噴去。

廚子兩眼一直，一聲未吭地暈了過去。

秋薑拍了拍手，看著門口道：「外面冷，快進來吧。」

門開後，走進來的人，是四兒。

他打量著這個破舊狹小、還有一股子揮之不去的油煙味的小土房，皺了皺眉。「為何住這裡？」

秋薑指了指唯一的一扇窗。「開窗就能監視謝長晏。」

「妳為何找她麻煩？夫人又來催了。」四兒說著將一枝新的雞毛筆遞給她。

秋薑打開筆管，裡面寫著：速殺風樂天。

加了個「速」字，看得出來確實很急。

秋薑不屑道：「她說殺就殺？啐。」隨手將字條扔進灶裡燒了。

四兒嫌棄地看了眼油膩膩的氈子，沒肯落坐，而是站著道：「按舊例，兩次不應，下次來的就不是筆，而是五兒了。」

「就要他來。讓他親眼看看，大燕的宰相是那麼好殺的人嗎？」

「可妳是他兒媳。總該有機會。」

秋薑冷哼道：「你還是老燕王的貼身隨從呢，怎麼這麼多年都不見你動手？」

四兒一本正經道：「我的任務只是監視。」

兩人大眼瞪小眼地互相對視半天，四兒別過臉。「筆已帶到，我回去了。」

「等等！」秋薑叫住他，然後擠出一個跟之前廚子求她時一模一樣的諂媚笑容。「四兒哥哥，幫我砍點兒柴再走唄？」

四兒的眼角抽了抽。

廚子醒過來時，秋薑已不見了。灶裡爐火未熄，屋子暖和得不得了。

他一個打挺跳起來往門外衝。

女魔頭不在，趕緊出去報官！

然而腳下踩到一物，差點摔倒，他定睛一看，竟是木柴，切面光滑至極。再看過去，倒抽一口冷氣——

只見門後面堆著小山一般的木柴，每一根都跟他手上的一樣長短。

廚子愣了半天。

要不……還是……不報官了吧？這可是上百根柴火，足夠他度過整個冬天了！只要女魔頭不再回來，此事就此作罷……吧？

女魔頭蹲在某艘船的桅杆上，一邊喝酒，一邊看熱鬧。

因為渡口結了冰，停滿了無法離開的船隻。偏偏有個叫胡智仁的商人急著發貨出海，

許以重金召集了上百名縴夫拉船。

而謝長晏不知何故也在其中，拉著繩索滿頭大汗地往前拖。

秋薑喝完酒，拿起一旁的套繩，甩一甩，扔到冰上的某個箱子裡，那裡還有一些殘餘的酒壺和皮褲，正是胡智仁之前分給縴夫們的。

套繩精準地套中其中一個酒壺，拉回來，接著喝。

秋薑想，燕國也是有優點的，比如這麼冷的天喝酒，酒就顯得更好喝了。

這時，那個叫胡智仁的商人不知跟小廝說了什麼，小廝朝謝長晏跑過去，跟謝長晏說了幾句話，謝長晏正搖頭時，船的另一邊響起一陣驚呼聲。

秋薑蹲得高，看得清楚，是冰層突然碎裂，掉了幾個人進去。縴夫們連忙丟下繩子救人。謝長晏也不甘寂寞地跑過去看熱鬧。

秋薑遠遠地注視著她，若有所思。

那邊縴夫們陸陸續續地拉了幾個人上來，卻少了一個叫小孫六的人。謝長晏二話不說把頭髮一盤，脫了外罩的狐裘，繫著繩子跳進冰窟。

秋薑下意識站了起來，萬萬沒想到那丫頭說跳就跳，毫不猶豫。

不能讓她死！

此人死了，後面的所有計畫就完蛋了！

秋薑立刻翻身跳下桅杆，見甲板上晒著幾件水靠，當即拿了一件換上，然後奔到冰窟窿旁，推開人群。「讓開！」

「撲通」一下，她也跳了下去。

冰水極冷，秋薑想，幸好她喝了酒。

也不知謝長晏扛不扛得住，那種嬌生慣養、細皮嫩肉的小姑娘，這一跳肯定落病！

她很快找到謝長晏，謝長晏正抓著小孫六拚命往上游——水性倒是出乎意料地好，不愧是海邊長大的。

秋薑朝她游過去，抓住她的腰帶，將二人拉出水面。

謝長晏被救上去後，看見救自己的人是她，愣住了。

秋薑抹了把臉，朝她一笑。「挺見義勇為啊，小姑娘。」

一旁的小廝連忙將狐裘披回到謝長晏身上。「妳沒事吧？嚇、嚇死我了！」

謝長晏如夢初醒，連忙扭頭去看一旁的小孫六——只見他臉色慘白，半死不活，按了半天胸口也沒反應。

一人搖頭嘆道：「不行了，不行了，時間太久了……」

謝長晏頓時眼眶一紅，似要哭出來。她嘴脣蒼白，渾身戰慄，頭髮還在一個勁地往下滴水，樣子極其狼狽。

秋薑看在眼中，莫名的，心軟了一下。

她救謝長晏，是因為謝長晏身分特殊，於她有利。謝長晏救這個什麼小孫六的，卻是純粹出於善念。

有善念的人，就像是美麗的花一樣，總是看著十分賞心悅目。

秋薑推了謝長晏一把，道：「醜死了，喪臉。看姊姊的。」說著上前坐到小孫六身邊，從懷裡摸出一袋銀針，將幾個主要穴道扎通，藉助內力將水逼出此人胸腹。

小孫六咳嗽起來，翻了個身開始嘔吐。

旁觀的眾人大喜。「活了！神了神了！活了！」

「他雖活了，但也廢了，趕緊抬走。」秋薑收起銀針，看向謝長晏——小丫頭如此幫忙，估計也想提前出海，罷了，送佛送到西，當即環視眾人道：「已經耽擱了半炷香，時間緊迫，其他人回歸原位，聽我號令，務必在天黑之前，順利出海。」

「是！」應者如雲。

謝長晏仍在呆滯中，怔怔地仰頭望著她。

秋薑看著她溼漉漉的衣服，提醒：「妳也別閒著，回去換身衣服再來。」

謝長晏「喔」了一聲，乖乖走了。

秋薑揚脣一笑，對胡智仁的小廝道：「喂，取個鼓來！」

當謝長晏換完衣服再回來時，秋薑正在甲板上敲鼓，率領縴夫們齊步前進。

「一二嗨！一二嗨！」

不知是第幾任琉璃曾對此有過研究，認為有節奏的口號能夠控制呼吸，從而讓整個隊伍更有效率地持久運動。所以練兵、急訓都偏愛此法。

果然，原本散沙般的臨時縴夫們，被這口號一帶，步伐穩定了許多，速度也快了許多。

謝長晏急匆匆地追上來，問：「我做點兒什麼啊？」

秋薑從腰間解下腰帶一捲，把她捲上船來。

謝長晏剛站穩，手裡已被塞了一根鼓槌。

秋薑往船舷上一坐，揉捏自己的肩膀道：「來得正好，我敲累了，妳替我來。」

謝長晏乖乖地敲起鼓，但她似乎毫無樂感，敲的鼓點時快時慢，不一會兒，眾人的口號聲也變得時快時慢，腳步跟著亂了。

秋薑一看不妙，連忙喊停，示意眾人停下，然後神情複雜地看著謝長晏道：「若非妳也急著出海，我真以為妳是故意來砸場的。」

謝長晏顯得很尷尬。

秋薑只好拿回鼓槌。「行了行了，妳也就配幹幹體力活了，拉船去。」

謝長晏跳下船，正要繼續幫忙拉船，遠遠的渡口方向奔來一隊士兵，領頭之人赫然是孟不離。

秋薑的眼睛瞇了瞇，心中迅速做出判斷：雖然孟不離是風小雅的隨從，但風小雅並不能調動天子私兵，所以這隊私兵應是燕王派來的。那麼目的不在她，而在謝長晏。

秋薑的心穩了，決定按兵不動，暫不急著逃。

果然，孟不離來到船前，示意士兵們加入縴夫的行列幫忙拉船，並未對船頭的她多看一眼。

謝長晏則直勾勾地看著孟不離，看得孟不離不得不開口：「上命，送妳，一程。」

秋薑眸光流轉，心想，燕王跟小丫頭果然藕斷絲連。

謝長晏的表情有點難過，但沒說什麼，繼續幫忙拉船。

在秋薑的率領下，再加上士兵們的幫忙，一個時辰後，船隻終於進入了泛著冰屑的海域。

眾人歡呼起來。

胡智仁在岸旁向孟不離致謝，孟不離擺手道：「留間船艙，給……」回頭想指謝長晏，不料謝長晏不知何時偷偷離開了。

眼看孟不離大驚失色，秋薑趴在欄杆上衝他笑了一笑。「小姑娘走了，大姑娘還在

呀。那間船艙留給我唄。」

孟不離瞪了她一眼，一言不發地轉身尋人去了。

秋薑想，這人果然不急著抓自己，風小雅是算準了她正月初一肯定會赴約嗎？

這時胡智仁上前行禮道：「這位姑娘，想要哪個房間？」

秋薑打量著他，聽說如意夫人在首富胡九仙家早已布下了棋子，莫非就是此人？她當即笑了一笑，將鼓槌遞到他手中。「留給別人吧。」說罷腳尖輕點，飛身下船，迅速離開。

胡智仁出現在這裡，是巧合嗎？

所謂的奏春計畫，以她推測，目的是為了換掉燕王。已做的步驟是換掉了未來的皇后，未做的步驟是要殺風樂天。除此之外的其他事情，夫人全未對她明說。

這不符合如意門的行事作風。

一個任務，必定會有一個從頭跟到尾的執行者，還有一個潛在暗處的監視者。比如當年南沿謝家的雀巢計畫，她是執行者，負責假扮謝柳；五兒是監視者，負責向夫人匯報進程。

可奏春計畫裡，夫人讓她跟鈺菁公主碰頭，又讓她去殺風樂天，卻沒有對她解說計畫的所有步驟，這很詭異。如果另有執行者，為何這兩件事不派那人去做，卻交給她？是因為對她起疑，所以試探？

還有燕王彰華，他既允了謝長晏的退婚請求，為何又派士兵送她出海？做得如此藕斷絲連，是情難自控，還是在迷惑世家？

燕王跟鈺菁公主之間，到底為何不和？燕王可是鈺菁公主唯一的姪子，且老燕王還活著，鈺菁哪來的能力換皇帝？

秋薑心頭劃過無數個念頭，越想越覺得其中說不通的地方實在太多。
而順著別人的節奏走，從來不是她的行事作風。
這件事上，她決定，主動出擊。

秋薑回到渡口時，天已黑了，她可不想在滴水成冰的寒夜裡再奔波二十里回玉京，便準備去廚子家窩一晚，明天再走。
廚子再次看見她，十分無語，卻主動下榻，去角落裡睡了。
秋薑衝他甜甜一笑道：「謝啦。」
「那個……」廚子指了指某個櫃子。「裡面有酒。」
秋薑微訝，伸手一摸，果然摸到了一壺酒，頓時笑得眼睛都瞇了起來。「夠意思，好兄弟。」
喝了一口，比之前的酒好了許多。難道是刻意買來等著她的？
秋薑回眸看向廚子，廚子卻將腦袋縮入被中，一動不動了。
「你有孩子嗎？」她一邊喝酒一邊問道。
廚子沉默了半天，聲音從被子裡飄出來。「有。」
「幾個？」
「兩個……喔不，三個。一個丟了。」
秋薑的目光閃了閃。「丟了？」
「嗯，男娃，上山撿柴，沒了。有人說被野狼叼走了，有人說被人販子拐走了……」
「找了嗎？」

「沒時間也沒那個精力。我得出來幹活，老人家腿腳不好，走不出屋；兩個孩子又小，離不開娘。」

「那就丟了？」

「不然呢，還能咋辦？」廚子將頭從被子裡伸了出來，一臉疲憊地看著她。「這都是命啊。」

秋薑想了想，將酒壺遞過去。

廚子遲疑了一會兒，鼓起勇氣接了，另找了個杯子給自己倒了一杯，再把壺還給秋薑。

秋薑笑了。「你倒是個講究人。」

「我看得出來，姑娘是個有身分的人。」

「喔？」

「百祥客棧來過很多達官顯貴，給我印象最深刻的是吏部尚書李放南李大人。他進門時總是先邁右腳，他說男右女左，側身而行勿踩門檻，是一種古禮。李家子孫都是這麼做的。姑娘也是。」

秋薑一愣，下意識地看向自己的腳。

「雖不知姑娘為何流落至此，也不知姑娘現在以何為生，但是……」廚子喝了酒，壯了膽子。「以姑娘的本事，若能用於正途，必會造福世人。就像我，白得了一道食譜和一堆柴。」

秋薑勾了勾脣。「你是病鳥派來的說客嗎？」

「什麼？」

「沒什麼。你太吵了，該睡覺了。」秋薑一按佛珠，白煙再次噴出，將廚子迷倒。

然後她一口氣喝完壺中的酒，將油膩膩的破毯子蓋在身上，閉上眼睛睡著了。

天塌下來，也要先好好睡一覺。

當做到「天塌下來，也能先好好睡一覺」時，就會發現，已經沒什麼難事了。

心大得不行的秋薑美美睡了一覺，起來發現廚子竟在灶裡留了幾個烤芋艿，還熱著，想必是刻意留給她的早餐。

她便一邊剝著芋艿一邊溜達出門，看看能不能搭輛便車去玉京。結果還沒走到車行，就看見了謝長晏。

謝長晏站在車行門前，深吸口氣，臉上帶著一種遠超年齡的決絕，昂首挺胸地走進去。

秋薑頓時好奇，偷摸進去看她想做什麼。一聽壁腳才知道，謝長晏正在跟車行老闆推薦一種特別的馬車，想以此換取錢財。

咦？

堂堂大燕的前準皇后，居然缺錢，落魄到來車行乞討？

最重要的是，老闆根本不吃這套，讓夥計將她趕了出去。

「滾滾滾！再來胡說八道，就報官抓妳！」

謝長晏被扔在地上，灰頭土臉，一臉挫敗。

秋薑忍不住「噗哧」一笑。

謝長晏聽到聲音轉過頭，就見她坐在馬廄的柵欄上，好整以暇地跟著眾人一起看熱鬧。

謝長晏默默地站起來，拍了拍衣服上的塵土。
秋薑嘆道：「明明可以靠臉賺錢，非要靠腦子。」
謝長晏白了她一眼，轉身就走。
秋薑慢悠悠地跟著她，繼續道：「腦子雖然不錯，眼光卻是不好呢。」
「怎的不好？」謝長晏顯得很不服氣。
秋薑挑眉。「這是請教於人的態度嗎？」
謝長晏想了想，居然畢恭畢敬地向她行了一禮。「還請夫人賜教。」
「夫人」這個詞莫名取悅了秋薑，秋薑笑道：「但凡扒手行竊，首選老人和懷抱孩子的婦人，其次選臉上寫著心事、眼神恍惚之人，再選呼朋喚友的富家子弟。因為這三類人最易下手。」
見謝長晏一頭霧水，秋薑又道：「同理，騙子行騙，首選貪婪之人，其次畏縮之輩，最末才選愚昧之徒。為何？」
「容易？」
孺子可教！
「所以，妳要糊弄人送妳馬車，就得選好對象。」
「我不是糊弄，我是真心獻策啊。」
「良策也要有慧眼識得才行啊。妳畫的那個餅太大，尋常商人第一從沒想過，第二看到了也不敢吃。再看妳選的這家車行，在此鎮經營三十年還是這麼點兒門面，說明什麼？」
謝長晏很認真地思索一番，答：「不思進取，墨守成規。」

「是啊，所以妳向他獻策，等於將美人送給了瞎子。」秋薑笑吟吟地看著她。「甘羅智辯，若遇到的不是秦始皇；馮諼彈鋏，若遇到的不是孟嘗君，又有何用呢？」

謝長晏整個人一震，若有所悟。

秋薑問：「所以，現在妳知道該做什麼了？」

「知道。我去找姓胡的那個商人。」

這下子輪到秋薑詫異。她怎麼會想到胡智仁呢？

「為何？」

「他於凍河之時第一個想出蹚冰出海，是個有主見、有魄力，更有執行力之人。我去向他獻策，必能成功。」

秋薑不置可否地一笑。

謝長晏想到就做，當即去找胡智仁了。

陽光下，她的長髮一蕩一蕩，高挑的身軀裡滿是活力。

秋薑望著她的背影，眸光逐漸深沉。「胡智仁這條魚，就要靠妳這只餌幫我釣釣看了……小丫頭。」

奏春計畫肯定有執行者和監視者。

此等重大事件，夫人不會派普通弟子出面，所以，會來的只會是核心弟子。

而此刻在玉京附近現身的如意門核心弟子，只有她和四兒。

不是她也不是四兒，會是誰？

如意七寶中，她目前見過一兒、二兒、四兒和五兒。

三兒、六兒是誰，尚不得知。

胡智仁會不會就是其中之一？

如果是，他出現在此地就不是巧合。

秋薑一邊想著，一邊暗中跟著謝長晏，只見她真的去拜會了胡智仁。

胡智仁客客氣氣地在花廳接見了她，耐耐心心地聽她介紹了她構想的那種古怪馬車，並毫不猶豫地取了十兩金，表示願意資助她造車。

謝長晏鬆一大口氣，高興地拿了金子告辭。

胡智仁微笑著親自將她送到門口。他身旁的小廝滿臉狐疑道：「公子，她說的是真的？這種馬車真能賺錢？」

「你可知此女是誰？」

伏在屋頂的秋薑聽到這裡，心想胡智仁果然認出了謝長晏。

胡智仁對小廝道：「聽聞隱洲謝氏十九娘被選為帝妻，卻以難堪重責為由推了這門婚事。如果我沒猜錯，就是這位謝姑娘。」

小廝很震驚。

「從皇帝身畔來的人的消息，怎能不聽？你派人跟著她，若她有什麼難處，暗中解決了。」

小廝道：「公子想施恩於她。」

「經商人家，怎能不知奇貨可居之術。去吧。」胡智仁打發了小廝。

一切到此為止都很正常，但之後，他端起茶杯輕輕吹一口氣，悠悠道：「屋頂天寒地凍的，七主何不下來喝杯熱茶？」

秋薑一聽，這是發現自己了啊，索性從窗戶跳進去，在他對面坐下。「昨日相見還不相識，今日就肯與我相認了？」

胡智仁親自為她沏茶。「在下愚鈍，未能第一時間認出七主，回來後琢磨再三，越想越不對勁，傳訊問過四兒，這才確定，果真是你。」

秋薑瞇起眼睛。「那麼我該如何稱呼你？三兒，還是六兒？」

「七主抬舉，在下只是赤珠門一普通弟子，尚不是門主。」

秋薑想起去年曾聽聞六兒執行任務時不慎受傷，如今看，他的傷怕是不會好了。所以，夫人想換掉六兒，升此人接替赤珠之名。

而要成為七寶，光武功超越門主是不夠的，還要對組織有巨大貢獻。她當年能成為瑪瑙，靠的就是得到了南沿謝家的足鑌配方。此人的貢獻……也許就是奏春計畫。

秋薑迅速想通了此中玄機，再看胡智仁時，目光已不同。

她反手將茶潑了，哥倆好地摟上對方的肩，笑道：「哎，我看你天庭飽滿、地閣方圓，生得一臉福相，赤珠之號必是你的。今後你是六兒、我是七兒，咱們就是好兄妹。好哥哥，咱不喝茶，喝點兒酒行嗎？」

胡智仁忍俊不禁，忙讓小廝取了酒來。秋薑喝了一口，眼睛大亮。「二十年的汾酒，美啊！」

「之前不曾聽聞七主嗜酒，沒想到竟是行家。」

「之前呢，是任務之中不敢碰酒。這次的任務好，必須擅酒，趁機大飽口福。」秋薑故意主動提及自己的任務，以看看對方到底知道多少。

胡智仁道：「風丞相確實嗜好美酒。」

秋薑放下酒杯，嘆了口氣。

「七主怎麼了？」胡智仁幫她將酒滿上。

「夫人讓我速殺風樂天，可我試了好幾次，根本半點兒機會都沒有。」

「風丞相號稱大燕當官的人裡武功最好的，會武功的人裡官職最高的。確實不好對付。」

秋薑一怔——風樂天會武功？不可能！她那次在陶鶴山莊與他見面，他分明腳步沉重，不會武功！

「但妳身為兒媳，難道也沒有下毒的機會？」

「父子兩人都狡猾得很……只能等年夜飯時看看有沒有機會了。」秋薑說著盯著杯中的汾酒，似想起了什麼地問：「你這邊呢？奏春開始了？」

胡智仁含蓄地點頭一笑。「目前一切順利。就等風樂天死。」

秋薑心中一沉——殺風樂天，果然是奏春計畫的一部分。風樂天是燕王最倚重的臣子，他死了，燕王就等於被斷了一條手臂。

眼看胡智仁並不打算深談此事，她轉移了話題。「你覺得謝長晏如何？」

「異想天開，大膽活潑。」

秋薑想，倒是跟自己的結論一樣。

胡智仁又補充道：「她身上有一種被寵愛的特質。大概是先被她母親寵溺著長大，後又被燕王捧在手心裡呵護的緣故，讓人很想慣著她、依著她。」

秋薑敏銳地愣了一下——胡智仁的眼睛裡閃著光，那是男人對女人感興趣時才有的，危險的、充滿某種不可說意圖的表情。

但胡智仁很快收斂了那種眼神——事實上，若非秋薑，尋常人也察覺不出他的這點兒異樣。他恢復成溫文爾雅的模樣。「七主是跟著她來到我這裡的吧？七主對她也有興趣？」

「本以為是大燕皇后，自是有興趣。現在不過一個小姑娘，就不覺有趣了。我主要還是來見你的。」秋薑笑著舉杯道：「我獨在大燕，沒有人手。唯一的聯絡人四兒，懶得要死，住得又偏。想來想去，還是你比較方便……」

胡智仁笑道：「如有差遣，儘管直言。」

「爽快。那敬你一杯，未來的六哥。」

「我也祝七主一切順利，早返聖境。」

兩人對視一笑，一切盡在不言中。

秋薑喝完酒，又從胡智仁那裡要了馬車和車夫，舒舒服服地躺著回京了。

馬車極穩，錦榻的被褥都用木樨花香薰染過，柔軟得像是雲層。

然而秋薑躺在榻上，半點兒享受之色都沒有，反而眉頭深鎖，心事重重。

胡智仁說話滴水不漏，她旁敲側擊半天，也沒能從他口中套出什麼有用訊息。目前只知道：一，他確實是赤珠門弟子，還沒取代原來的六兒。二，他和她都是如意夫人派到燕國來執行任務的，但彼此獨立，互不干擾。三，奏春計畫裡針對風樂天的一項，是夫人單獨拎出來給她的，沒安排別人。四，胡智仁應該只是奏春計畫的監視者，而不是執行者。

為什麼？

秋薑深思一番後，覺得是因為他身分不夠。

胡智仁再有錢，也不過是一低賤商人，這個身分興風作浪可以，但想撼動大燕政局，換掉皇帝，不可能！

所以，必定還有另外的執行者。會是誰？是已經出現了，但被自己忽視掉了，還是至今仍沒出現？

而所有的疑惑，歸根結柢一個原因——如意夫人並沒有真的將她當作未來的繼承人。

她還在考驗自己。

秋薑忍不住伸手捶打眉心。這個汾酒喝著綿軟，後勁卻足。她酒量極好，千杯不醉，還是第一次這麼頭疼……當即吩咐車夫。「找個藥鋪停下，買份醒酒湯來。」

頭髮花白、身軀佝僂的車夫應了一聲。過了片刻後，將車停下了。

秋薑靠在車榻上繼續捶頭，順便掀簾朝外看了一眼，這一眼，看得她心中一抖。

復春堂！

車前的藥鋪，竟叫復春堂！

她抿緊唇角，親自下車，走進藥鋪。

藥鋪很大，內設診室，有大夫坐診。車夫正在跟夥計買醒酒藥，轉頭看見她進來了，不由得一怔。

秋薑跟他比了個手勢，示意他不用理會自己，然後繼續負手而行，走走看看。

難怪風小雅會來此買藥，這大概是除了皇宮外，玉京藥材最多最齊的地方了。共有夥計八人，包藥的紙張十分雅致，右下角印著一個「王」字。

秋薑的眉毛挑了挑，忍不住招來一名夥計問：「此地換主人了嗎？」

夥計茫然了一會兒才明白過來。「姑娘是說原來的掌櫃江運嗎？他早不幹啦。把鋪子盤給了王家。」

「為什麼？」

「聽說家裡出了變故，誰知道呢……」

這時另一名夥計插話道：「我知道、我知道，是他女兒丟了，他就把鋪子賣了，到處找女兒去了。」

前一個夥計好奇道：「那找到沒有？」

「那就不知了，已經很久沒有消息了，連他是死是活都不知道呢……姑娘，妳問這個做什麼？」夥計問道，卻見秋薑臉色蒼白、神色恍惚，便跟前一個夥計對視了一眼，雙雙轉身繼續幹活去了。

秋薑凝視著前方與牆等高的藥櫃，一行行草藥的名字從她眼前劃過，彷彿看見那個叫江江的小姑娘在櫃前爬上爬下地翻找，而她的父親便在一旁笑著指點她……

可偏偏，不是記憶，只是幻覺。

秋薑垂下眼睛，什麼也沒說地回車上躺著去了。過了一會兒，車夫捧來醒酒湯，她一邊喝湯一邊若有所思地問他：「為何刻意停在復春堂？」

車夫沉默片刻後，答：「鶴公說，帶您來故居走走。」

「你是風小雅的人？」

「是。」

「胡智仁知道嗎？」

「不知。」

「胡智仁有額外交代你什麼嗎？」

「他只讓我伺候好您，順便看看您去哪裡。」

秋薑打量這個看起來年過六旬、忠厚木訥的車夫，忍不住笑了。「雙面細作，難為你

了。」

車夫再次沉默。

秋薑凝視著他，忽問：「你是被脅迫的嗎？」

「什麼？」

「為何聽命於風小雅？」

車夫目光閃爍，秋薑提醒他：「你要知道我這樣的人，你說的是不是真話，一眼就能看出來。」

車夫猶豫了許久，用左手輕輕撫摸自己的右手虎口。秋薑注意到，他的右手虎口處有一塊皮沒有了，應是若干年前被刀切走了，如今已成舊疤。他撫摸著那道疤痕，輕輕道：「我的大兒子阿力三十年前丟了。」

秋薑呼吸微停。

「我還有三個兒子要養，走不開，沒法去找他。這三十年來，時常夢中看見阿力哭。如今，兒子都成家了、大了，我也可以鬆口氣了，便加入了『切膚』。」

「切膚？」她看了眼那個疤痕——切膚之痛的意思嗎？

「都是丟了孩子的人，做什麼的都有，加入後，彼此交換情報，留意路人，盼著能有一天把孩子找回來。鶴公，也是我們的一員。」車夫說到這裡，用一種說不出的複雜眼神看著她。「他沒有脅迫我，我們都是自願的。」

秋薑沉默。

車夫放下車簾，回到車轅上趕車去了。

秋薑注視著手裡的醒酒湯，片刻後，長長一嘆。

腦袋還是昏沉沉的，車身一晃一晃，眼皮沉如千斤，她被晃蕩著，手指忽然一鬆，藥碗掉到鋪著錦氈的地板上，沒有發出任何聲響。

無邊的黑暗劈頭蓋臉地朝她籠罩下來，秋薑閉上眼睛。

等她再醒來時，人還在馬車裡。

馬車是靜止的，不知停在何處。

過了一會兒，車門打開了，車夫拿著繩索走進來，見她醒了，吃了一驚，沒想到她竟醒得這麼快，連忙上前用繩索把她緊緊捆住。

秋薑看著他，卻是笑了起來。「鶴公讓你捆我？」

「不是。」

「那你這是做什麼？」

車夫臉上閃過掙扎和猶豫，最終紅著眼睛抬頭。「我聽胡智仁叫妳七主，妳是如意門中有身分的人。」

「對，然後？」

「想必那個叫什麼如意夫人的，願意用阿力換妳。」

秋薑明白了，這是想用自己當人質換他丟失多年的兒子呢，不由得嘆道：「第一，你如何知道阿力還活著？第二，你憑什麼覺得夫人會願意換？第三，你用我換你兒子，那『切膚』裡其他人的孩子就不管了？」

車夫的嘴唇不停顫抖，最後大吼起來：「我顧不得其他人！我只要我兒子！妳是那女魔頭的得意弟子，阿力只是個微不足道的，她肯定會換的！」

秋薑注視著他手上的傷疤，幽幽一嘆。「切膚之痛啊……」

「妳閉嘴！總之，妳快寫信給那個女魔頭，我把阿力的相貌特徵報給妳……」他的話還沒說完，看見秋薑身上的繩索一節一節像是變戲法地斷了。

車夫驚愕地睜大眼睛。

再然後，得了自由的秋薑伸手攏了把頭髮，朝他笑了一下。

車夫如遭重擊。「妳、妳……妳沒被迷、迷倒！」

「如意七寶若這麼容易就被迷藥放倒，可活不到現在。」她之所以假裝昏迷，不過是想看看對方到底想幹什麼。現在確定了，不是風小雅的授意，而是此人擅自的行為，便懶得繼續作戲了。

車夫大叫一聲，朝她撲過來，秋薑伸出一個手指在他額頭輕輕一點，他便倒下了。

極為不甘地倒在車榻上。

兩隻眼睛睜得大大的，滿是不甘地瞪著她。

秋薑伸出手，摸向他虎口上的傷疤。

車夫頓時篩子般抖了起來。「妳殺了我吧！殺了我吧！反正我也不想活了！我早就不想活了！」

「所謂不切膚不知其痛。你丟了兒子，所以著急、悔恨、內疚，三十年了仍想求一個結果。可到頭來，也只看到了自己的痛苦。」秋薑喃喃：「同理，江江丟了，風樂天跟風小雅才那般著急，耗費心力地找她。」

風小雅設局找她，找到她後，提出的要求是：「留在我身邊，我保妳平安。」

他想救她。

他只救她。

其他人，他看不見，也不管。

可如意門中，除了個別是被親爹親娘賣了的，絕大部分是人販子私掠的。如意七寶哪個不曾是傷痕累累、命運多蹇的孩童？

所以，雖然風小雅為江江所做的一切，經常會令她悲傷，卻並不感動。

如意門已存在一百二十年，達官貴族皆對它聽而任之，毫不作為，為什麼？

孟不離、焦不棄，是如意門所出；老燕王的小易牙，是如意門所出；璧國右相姜仲的暗衛，是如意門所出；還有程王的隨從、頤殊公主的婢女、頤非皇子的死士，皆是如意門一手訓練出來的……

秋薑想到這裡，嘲弄地笑了起來。

「皇親貴胄，俱獲其利，怎捨其死？所以看不見老父尋子，背駝手抖；看不見母親哭兒，眼睛泣血；看不見荏弱孩童，被麻木地押作一排，挨個抽打，連哭泣反抗都不會……到頭來，所謂的切膚，也不過是，找回自己的孩子就好。」

車夫被這番話震撼到，後悔、內疚、徬徨全都融在一起，眼淚一下子流了下來。

「你看不見，我不怪你，因為你只是個……賤民。」

但那些人看不見，那些身居上位者看不見，就是罪，是毒瘤的根源所在！是讓如意門屹立不倒的真正的罪魁禍首！

「我不殺賤民。」秋薑又輕聲說了一遍這句話後，逕自下車。

車外是一條僻靜小路，白雪之上立著一個黑衣人。

秋薑的呼吸瞬間停止。

兩人相隔不過一丈，寒風吹著雪花飄到二人面前，將說不清、道不明的情緒染上眉睫，既真實，又虛幻。

世界彷彿靜止，又彷彿亂成了一片。

在如此蒼茫一片的世界裡，風小雅輕輕開口：「原來，妳是這麼想的。」

馬車車夫的失控，不過是一場試探。

風小雅，先讓車夫帶她去復春堂，擾亂她的心；然後，讓車夫暴露身分，觀察她的反應；最後，用車夫的冒犯，試探她的底線。

而秋薑，在此過程中，首次表現出她的憐憫、寬容，和涼薄表象下的深思。

她並沒有真的被如意門變成怪物。

在她內心深處，始終遵循著「不亂殺人」的底線，同情著失去孩子的人群，更對所有被拐入門的弟子懷有感情。

風小雅想起他之前收到的關於七兒的情報，那是個狡猾、冷血、無情的殺人工具，為了達到目的不擇手段。

他所見到的秋薑，一開始也確實表現得如此。可是，他一直在凝望她，凝望到，終於看見了一些別的東西。

她會放棄逃跑的機會，回頭來救他。

她會在謝長晏陷入困境時，頗為多事地指點她。

她會給廚子留一條生路，沒有殺人滅口。

她也沒計較車夫意圖綁架她去換兒子的行為，只是哀嘆所有人的切膚之痛，都是自私之痛……

她是一隻偽裝得極好的刺蝟，尖銳的豎刺之下，一顆心，柔軟細膩。

風小雅定定地望著她，像是第一次才看清她，又像是很早很早前，就已熟知她。

「這就是妳……一直不肯對我坦言的原因嗎？」

即使我和父親都表現出了十足的誠意，說要救妳，想讓妳擺脫如意門，妳仍不肯。

因為，妳想要的，原來不只是自己的自由，還有那麼、那麼多。

秋薑張了張嘴巴，卻發現自己什麼都說不出來。

一時失察，沒有發現風小雅就在車外，中了他的計，以為車夫真的是個愚蠢無知的老父，一心只想救自己的兒子，所以，不小心說出了真實的想法。

她十分不習慣這種感覺。

這麼多年，她始終把心思藏得很好，連如意夫人也不曾察覺。

卻在風小雅「尋找江江」的這個局中，因為心軟、失望、憤怒和種種不該有的起伏情緒，露了端倪。

太狡猾了……

故意說出正月初一等我的話，好讓我放鬆警惕，以為你真的暫時放棄了對我的監視，在某個所謂的老地方等著我自投羅網。

但其實，你一直一直跟著我，步步為營地算計我，誘我說出真心。

真是、真是……太狡猾了。

秋薑的手，在身側握緊又鬆開。

風小雅忽然上前幾步，握住她的手。

秋薑第一反應就是想掙脫，但風小雅握得很緊，她竟沒能脫手，只好被他拉住，繼續前行。

秋薑心頭震撼。此人這是要去哪裡？還有，為什麼走著去？他能自己行走那麼久？鵝毛般的大雪紛紛揚揚，漫天遍地。風小雅穿著黑色狐裘，走在前方，他的腳印落在雪地上，每一步之間的距離都是一樣的。

她再次掙扎，反而被他拽得更緊。緊跟著，身子不由自主地快走了半步，與他並肩走在一起。

風小雅什麼都沒再說，就那麼牽著她的手，繼續前行。

雪地裡的腳印變成了平行的兩道。

秋薑低頭注視著這兩道平行的腳印，心中五味雜陳，像是個沸開的鐵鍋，不停地冒著氣泡，最後只能嘆一句：罷了。

被發現就被發現吧。

這股子火，憋在她心頭已太久太久，久到無法發洩，久到無人可說，久到很多時候連她自己都不太記得了。

秋薑情不自禁地用另一隻自由的手，摸了摸佛珠。

兩人走了大概一里地後，來到一個小村落。

如此大雪，村落裡竟有集市，家家戶戶門前都支著棚頂，鋪著草蓆，蓆上擺滿了琳琅滿目的商品。

「這裡……是哪裡？」

「幸川的下游，歸巢村。」

集市裡有很多人，卻沒有熱鬧的感覺。大多數人的神色是麻木的、疲憊的，偶爾精光綻放，露出些許期待，但很快就被淹沒了。

秋薑走在人群中，忽然發現他們都有一個共同的特點——都少了一塊皮膚。

有的是手，有的是脖子，有的是腿……都像是那個車夫一樣，留著疤。

她立刻明白過來。「切膚？」

這裡是「切膚」組織的大本營？

風小雅點了點頭。

秋薑再看那些人，原來他們根本不是在趕集，而是在交換資訊。

「每月廿一，失孩者至此登記，記錄孩童特徵，下個月過來詢問。他們彼此留意，彼此幫助，這些年來，共找回了三十六個孩子。」風小雅注視著形形色色的人群，輕輕道：「妳說得對，官府不作為，光靠切膚之痛的當事人，力量實在太渺小了。」

秋薑想起車夫那句「鶴公也是我們的人」，不由得好奇地打量風小雅——他也割掉了一塊皮嗎？哪個部位？

「我父並不是不想作為，而是……力不從心。」風小雅眼瞳深深，蘊滿悲傷。「十年前，為了救我，他把所有的內力都給了我。」

秋薑一驚——難怪胡智仁說風樂天會武功，可她看到的是個不會武功的胖老頭。

「人身除了正經十二脈外，還有奇經八脈。他找了六位高手，為我注力控制了十二脈，但剩下的八脈，實在找不到第七個人，只能自己上。」

所以，他現在體內是七股力在互相制衡？

「六位高手每人只需分一半內力給我。但我父是全部，不如此不足以控制八脈。失去內力後他迅速衰弱，體虛畏熱，大冬天仍汗如雨下，腦子也大不如前。但他知道自己不能倒下，所以一直強撐著。陶鶴山莊是他給自己修建的退隱之所，但十年了，仍沒機會辭官。因為，陛下離不開他。」風小雅說到這裡，回頭看著她。「而我，更是廢人一個，每天睡下後，都不知道明天還能不能醒過來。」

秋薑沉默了。

「這樣的我們，確實，也做不了什麼……」風小雅沉默半晌，聲音突然一轉：「但幸運的是……有人在幫我們。」

秋薑下意識抬頭看向前方——錯落有致的村屋、乾淨整潔的街道、井然有序的人流……這一切絕非偶然，也非自發，而是有人在暗中組織的！

是誰？

秋薑腦海中迅速閃過很多線索，得出結論。「你的……夫人們？」

離開草木居，消失在大眾眼前的夫人們。傳說中被送上雲蒙山，卻不在陶鶴山莊裡的夫人們。具有獨特本領、經歷過人生劫難，從而獲得新生的夫人們……

「這就是『切膚』的緣起。」

他們是一群有切膚之痛的人，聚集在一起，一點一點，聚沙成塔，用綿薄之力，對抗著如意門。

他們絕大多數人都不會武功，甚至沒有體面的身分，幹著下九流的活計，更有像之前那個車夫一樣，腰彎背駝，行將就木。

他們組成了眼前的一切——

大雪紛飛，風寒地凍，萬物蟄伏的世界裡，卻有這樣一處集市。掃開雪，撐著傘，人們會集起來，用從身體裡呵出的氣，來溫暖那少得可憐的希望火苗。

最終找回了三十六人。

分明是杯水車薪、螳臂當車、螢火之光，卻因為有那三十六個孩子的存在，擁有了莫大的意義。

秋薑望著眼前的一切，半晌後，才扭頭回視著風小雅。「你的計畫是什麼？」

「以《四國譜》為餌誘妳來到我身邊，娶妳為妾，然後以不喜為由將妳送上雲蒙山，過得幾日讓妳因意外而死，讓秋薑徹底從這個世界上消失。」

秋薑的睫毛顫了幾下，卻沒表達出任何情緒。「然後呢？」

「然後，妳重歸於江江的身分，同妳父團聚，想行醫也好，想務農也罷，在大燕之內，總能為妳留個安身之所。」

「那你呢？夫人沒有得到《四國譜》，又折損了七兒，不會甘休。如意門會如附骨之疽地纏著你。」

「我自有辦法。」

「你唯一的辦法就是死。把我安頓好後，當如意夫人再找上你時，你兩眼一閉、兩腿一蹬，乾脆俐落地走掉，她就徹底沒了辦法。」

風小雅的目光閃了閃，意外地沉默了。

秋薑心中好氣又好笑，此人竟是真的這麼打算的！忍不住譏諷道：「以你之命換我新生，我好感動呀。」

風小雅直視著她，低聲道：「在那之前，我確實……不敢死。」

秋薑一僵，笑聲立止。

風小雅眼神平靜得宛如深夜中的大海，卻令她不由自主地起了一陣戰慄。

「為了找回妳，接受洗髓之術，忍受蝕骨之痛，強撐無力之身地……活到現在。死於我而言，才是解脫。」——這是風小雅未曾說出的話。

而她，已徹底明白。

秋薑定定地看著他，嘴脣動了又動，最後輕輕道：「你不後悔嗎？」

「我只後悔一件事……」風小雅眼中流露出無盡的悲傷。「十年前的十二月十一日，沒能乾乾脆脆地走。」

如果那天走掉，就不會有第二天的事情。

百姓們不用去幸川放燈，江江不會走丟，父親不必耗盡內力救他。那樣父親就能更好地輔佐燕王，有精力推行新法嚴懲略賣，打壓如意門……

一切都是他之孽。

是他貪生，不肯死，最終拖累了這麼多、這麼多人。

風小雅的視線模糊了起來，他有些立不住了。身體疼痛得像是被千萬根針扎個不停，又像是被放在火上炙烤，燙熱難忍。脊柱很想歪曲，四肢很想蜷起，想要向無形之力臣服……

就在這時，一雙手伸過來，摸上他的臉。

溫暖的、纖長的、美麗的手。

風小雅一個激靈，脊背重新挺直了。

他有些怔忡地盯著近在咫尺的秋薑。

秋薑就那麼捧著他的臉，一個字、一個字道：「好，那就按你計畫做吧。正月初一，我因對公爹不敬，被送上雲蒙山，染病而亡。」

風小雅剛要說話，秋薑又道：「而在那之後，我不會回去當江江。我要來這裡，幫助這些人，把三十六，變成三十七、三十八……甚至更多。」

兩人對視，從彼此眼中看到了自己的身影。

風小雅突然一把抱住她。

緊緊地抱住。

擁抱和碰觸都令他更加疼痛。可他覺得，這種無休無止的疼痛第一次擁有了意義。

江江回來了。

她在他面前。

她在他懷中。

再沒有比這，更好的結局。

「你們這麼多年來，一直在調查如意門，查到了什麼？」

兩個時辰後，秋薑跟風小雅回到了草木居。

經過這麼一番折騰，風小雅明明已經十分疲倦，卻捨不得跟她分開，因此命焦不棄取來美酒。

秋薑果然看到酒就留下了，一邊溫酒，一邊與他說話。

風小雅平躺在榻上，回答：「如意門是百年前一個自稱如意夫人的女子所建。她用雷霆手段，降服了程境內的流民草寇，令他們歸順。再然後，規定章程，以略販人口、訓練死士歌姬為生。因為向各大世家輸出極為可靠的死士、美人，從而獲得了他們的支持。久而久之，就成了現在神祕強大的如意門。」

「那麼，第一代如意夫人是誰，查到了嗎？」

風小雅搖了搖頭。「年分太長，已無可考。」

「那麼，這一代如意夫人是誰，查到了嗎？」

風小雅露出些許尷尬之色，仍是搖了搖頭。

「我來告訴你。我接下來說的每個字都很重要，你要聽好……」秋薑拿起酒壺呷了一口，看著溫黃的爐火，思緒有些飛揚。「一，如意夫人，只是個代號。每一任如意門的掌權者，都叫這個名字。二，如意夫人是女人。因此，如意七寶也多以女性居多。」

風小雅意外地揚了揚眉。「據我探查到的，如今的如意七寶，除了妳，其他皆是男子。」

「對。因為女的都被我殺了。」秋薑說這話時神色淡然，彷彿只是在說天氣很好。

卻聽得風小雅心頭劇烈一跳。

他的手下意識握緊，再慢慢地鬆開——這不是她的錯，她在如意門中，要生存，只能如此。

「這半年，你拚命觀察我、考驗我、試探我，想證明我還是個人，還心存善念……」秋薑雖是對他說話，但平視前方，目光穿過牆壁彷彿在看著遙遠的什麼人。「但別忘了，如意七寶，各個擅長偽裝。也許我所表現出的，甚至我現在所說的，都是假的，故意展現給你看的。」

風小雅沉默片刻，方道：「我自己會判斷。」

秋薑無所謂地笑了笑，繼續道：「因為如意七寶目前只有我是女的，所以大家覺得我會是下一任如意夫人。但是，如意七寶是隨時可以換的。也就是說，在七寶之外，夫人還看中了幾個弟子，裡面必有女子。我『死』之後，那個女子，就會被提拔為新的七兒。」

風小雅的眉頭皺了起來，喃喃道：「百足之蟲……」

「鈺菁公主跟夫人素有往來，她們醞釀了一個叫做『奏春』的計畫，如果我沒猜錯，是針對燕王的。但執行者不是我，也不是我所知道的任何一人。你要提醒燕王，務必小心。」

風小雅終於躺不住了，他坐了起來，直勾勾地盯著她。「為何對我交代這些？」像是……遺言。

秋薑一口將壺內的酒「咕咚咕咚」全乾了，然後把壺一扔，搖搖擺擺地起身走到他面前，將他一推。

風小雅始料未及，被推回榻上，再次躺平。

秋薑橫跨上去，坐在他腰上。

「妳……」風小雅的耳朵騰地紅了。

秋薑伸手開始解他的衣帶。

風小雅試圖掙扎，被她按住，一時間，震驚到了極點，也慌亂到了極點，然而紊亂中還有那麼一絲莫名的歡喜、忐忑的期待。

「妳、妳不必如此……」風小雅放棄抵抗，低聲恍如嘆息。「我……」

他的外袍被脫掉了。

風小雅忍不住閉上眼睛。

然而，秋薑並沒有下一步動作。

風小雅等了一會兒，見她始終不動，便睜開了眼睛。然後他發現，她在看他的心口——心臟上方，有一塊皮膚被割掉了，癒結成銅錢大小的疤痕。

他的心陡然一緊，身體卻放鬆了。

秋薑盯著那個疤看了許久後，捂了把臉，頹然倒向一邊，躺在他的身旁。

風小雅心亂如麻。有很多很多話想問，卻又不知如何問起。

妳這些年……到底是怎麼度過的？

妳還記得……小時候的事嗎？

妳是不是……捨不得我死？

妳是不是、是不是……覺得……我……還不錯？

風小雅的眼瞳由淺轉濃，忽又變成了悲涼。身體裡七股內力各種亂竄，他的手腳都提不起絲毫力量，如此廢物的自己，就算有個不錯的皮囊、溫良的性情，又怎樣？

風小雅用了很大的力氣才將頭側過一點，看向秋薑。秋薑卻已閉著眼睛睡著了，溫熱的、含著酒氣的呼吸噴在他臉上，癢而真實。

許久之後，他伸手拉過被子，將她和他一起罩住。

「睡吧。」

願妳此後夢中，沒有苦難，唯有歡喜。

願妳千錘萬鍊，百折不屈，仍能回到人間。

臘月廿九時，玉京過年的氣氛已經很濃了。

家家戶戶掛起了紅燈籠，貼上了紅窗紙，寫起了春聯。

而這一天，秋薑走進堂屋時，發現薑花竟然冒出了花苞，再有幾日便能開放了。她蹲下身，撫摸著幼小的花苞，喃喃道：「老蛤蟆竟真有兩下子啊……」

她當即要找風小雅來看，結果風小雅不在住處，僕婢回答說一大早進宮去了。

秋薑只好折返，途經風樂天的院子，發現他在院子裡擺了長案，正在寫春聯，一旁還有個紅衣美人為他侍墨。

風樂天看見她，笑著招了招手。「十一啊，過來看看這三副對聯，哪副最好？」

秋薑負手走進院中。隨著距離的拉近，紅衣美人的面容也清楚了起來。此人長眉大嘴、額頭寬大、顴骨高聳，五官有著女人罕見的硬朗，看得出是個做事極有魄力之人，再聯想到她對風樂天的恭敬和親暱，當即笑著向二人依次行禮。「公爹，大夫人。」

這位紅衣盛裝的美人，想必就是風小雅的正妻，有女白圭之稱的龔小慧。

龔小慧沒有笑，帶著幾分探究和倨傲，將秋薑細細打量一番，點了下頭便當作回應。

秋薑沒有介意她的反應，走到風樂天身旁看向那三副寫好的春聯，指著中間一副道：「我最喜歡這一副。」

對聯寫的是：「擁篲折節無嫌猜，輸肝剖膽效英才。」

風樂天哈哈一笑，將這副春聯捲起，遞給一旁的隨從。「去貼我院門上。」

隨從應聲而去。

風樂天又將另一副「山水有靈驚知己，性情所得未忘言」遞給龔小慧。「這副給妳。」

龔小慧連忙跪謝道：「多謝公爹。」

風樂天再看向秋薑。「這最後一副給妳？」

最後一副寫的是「春露不染色，秋霜不改條」，確實挺配她的名字。可惜……秋薑想：可惜我並不叫秋薑。

但她沒說什麼，溫順地接過了對聯。「多謝公爹。」

這時隨從端來清水，龔小慧親自絞了帕子，一邊為風樂天淨手，一邊道：「父親，我從青海侍珠人手中買得一顆極品紫珠，磨粉後服用，可延年益壽。」

風樂天不以為意地哈哈一笑。「珍珠這種東西還是妳們小姑娘吃吧。給我這糟老頭，純屬浪費。」

龔小慧放下帕子拍了拍手，兩個銀甲少女便推著一輛獨輪車走進來，車上赫然擺了十二罈酒。

風樂天和秋薑的眼睛同時亮了起來，然後注意到彼此垂涎的表情，相視一笑。

「怎麼辦呢？」龔小慧嘆了口氣。「已加到酒裡了。父親不要，那我就……」

「等等！」風樂天連忙按住車軸。「都送來了就不要浪費！來來來，十一，咱倆對半分！」

「是，公爹！」秋薑脆生生地應了一聲，提議道：「不如叫廚房切塊鹿肉來，咱們圍著火爐喝酒炙肉？」

「嘖嘖嘖……」風樂天給了她一個「妳最懂我」的眼神，親自搬著酒罈進屋去了。

秋薑正要跟進去，龔小慧有意無意地攔在她前方，低聲道：「父親身子不好，悠著點兒。」

「是。」

「還有……」龔小慧面色凝重地盯著她，似要說什麼，一名銀甲少女走進院來。

「夫人，帳房先生們都到了。」

龔小慧只好轉身離去。

秋薑想，原來是年底要對帳，這位大夫人才回來的啊。而這些銀甲少女，表面上是風小雅的侍女，其實是龔小慧的。按理說，她跟風小雅有名無實，為何對自己充滿敵意？唔……難道是多年夫妻假戲真做，出了感情，還是……她知道自己是如意門弟子，所以心生厭惡？

秋薑一邊想，一邊抱著酒罈走進屋裡，隨從端著切好的鹿肉和火爐進來，風樂天則擺好了矮几、軟榻，邀她對坐。

秋薑夾起幾片鹿肉放在鐵架上，隨意聊天道：「公爹今日休沐？」

風樂天淡淡一笑。「我已向陛下辭官啦。」

秋薑一怔——這麼快？但一想他的退隱之所陶鶴山莊已建好多年，又覺得不快了。

只是這個時候辭官……燕王會頭疼吧？

燕王去年雖成功打壓龐、岳兩大世家，開科舉選拔人才，但畢竟時間太短，羽翼尚未豐足。而其他世家，因為目睹龐、岳之亡，人人自危，反而聯起手來意圖阻撓新政。這個時候宰相換人……不是吉兆啊。

再看風樂天，見他不停擦汗，呼吸急促，聲雜而氣濁，確是有病之軀；但眼神溫和、笑容滿面，又感覺不到虛弱之相。如果說，風小雅的病態是繃直外放的，那麼他父親的病態則是克制內斂的。

不愧是父子。

秋薑想到這裡，親自為風樂天將酒斟滿。「是身子的緣故嗎？可請名醫看過？」

「我才不看。他們會勸我戒酒忌肉，那樣活著還有什麼意思？」風樂天說著夾起一片烤得外焦裡嫩的鹿肉，放入口中咀嚼，滿足地吁了口氣。

秋薑心想，此人如此嗜酒好吃，難怪胖成這樣。

風樂天又感慨道：「活著本身，是一件很沒意思的事，再不找點兒開心的事，怎麼熬一輩子？」

「公爹身為大燕之相，一人之下、萬人之上，竟也如此想？」

「一人之下、萬人之上啊……」風樂天眸光微沉，輕輕一笑。「我十五志於學，三十九歲封相，算是風雲人物了吧？可我父殞於天災，我妻死於人禍，我唯一的兒子，更像是一個無底洞，投多少心血下去，都不見希望……再看我自己，看似位極人臣、風光無限，但將來史書寫我，必不會讚我，為什麼？」

秋薑心頭觸動，有些難掩的驚悸。

「二十年前滅戎之戰，雖擴大了燕的版圖，但死了三十萬將士；為了打仗強徵糧草兵役，又餓死了兩百萬百姓，至今邊疆六州仍是荒蕪一片，千里無人煙。掌權三十載，養出了龐、岳兩條毒蛇，雖借新帝雷霆之勢將其覆滅，但如今國庫空虛、人心不穩，一場風暴即將來臨，而我已無力再戰。更有略人之惡，在燕境內氾濫成災。」

「可久居高堂，花團錦簇迷惑了我的老眼，靡靡之音塞住了我的耳朵，若不是江江丟

失，還不知要被蒙蔽到何時……百年後史書寫我，最多誇我一個無私，卻無智、無德、無大才。」

風樂天說到此處，劇烈地咳嗽了起來。

秋薑上前為他拍背，他擺了擺手，繼續道：「虧我壯年時自比管仲、姜尚，到老了才知連許昌都不如，都不如啊……」風樂天咳嗽得越發急了，說到後來，「噗」的吐了一口血出來。

血沫如梅花般濺落於地，風樂天和秋薑都盯著那口血，好久沒說話。

如此又過了很長一段時間，風樂天才抬起頭，對秋薑緩緩道：「是我們這些長輩太沒用了，沒能給你們創造一個盛世，反而留了個大爛攤子，要你們背負……」

秋薑一震，顫抖地抬起睫毛。

「妳是個好孩子。」風樂天伸出手，輕輕地拍了拍她的手背，用一種說不出的慈愛眼神注視著她，然後輕輕說了一句話。

聽到那句話後的秋薑，眼眶一下子紅了起來，一時間，手都在抖，帶著不敢置信，帶著極度惶恐。她的耳朵嗡嗡作響……

秋薑猛地睜開眼睛，發現自己竟不知何時睡著了。

是夢？

她一愣，鬆了口氣。對啊，風樂天怎麼可能對她說那麼古怪的話，原來是夢……

秋薑找了木屐穿上，走到窗邊，外面天已經黑了，不知誰家在放煙火，劈里啪啦，煞是好看。

秋薑看著那些五顏六色的煙火，竟看得痴了。

一件外袍輕輕地罩在她身上。她回頭，看見了風小雅。

風小雅的衣服還殘留著外界帶來的寒意，秋薑伸手去摸他的手，果然也是冰涼冰涼的。「回來了？」

「妳在等我？」

「嗯。跟我來。」秋薑牽著他的手，提了盞燈，小跑著進了堂屋，薑花的花苞果然又多了一些。「今早看見，便想邀你共賞。」

風小雅注視著燭光裡的花苞，一時間，眼中明明滅滅，難分悲喜，半晌後，才紅著耳朵輕輕道：「所以……妳是想讓我履約？」

秋薑一愣，這才想起當初她曾說過「你睡了我，我就死心塌地地跟著你」，而風小雅給的回答是：「花開之時，如妳所願。」

如今，她這麼急巴巴地拖著他來看花……

風小雅的視線從花苞移回到她臉上，然後又迅速挪走。

秋薑想：完，他真的誤會了！怎麼解釋才好？

還沒等她想好，風小雅突然伸手將她橫抱起來。秋薑下意識發出一聲驚呼，摟住他的脖子。「你！」

風小雅抱著她走出堂屋，朝廂房走去。

秋薑忙道：「不是，我不是那個意思！那個，我純粹就是找你一起賞花，也不是，我喝醉了，對，我今天跟公爹喝了很多酒，頭暈暈乎乎的，有什麼事明天再……」

「安靜。」

秋薑一下子安靜了。

此刻心緒，宛如水面上的浮萍，隨波蕩漾，碰撞得悄寂無聲。

風小雅踢開臥室的門，寒風吹起兩人的頭髮和衣袍，錯亂地交織在一起。室內只留了一盞燈，昏黃曖昧。

從秋薑的視角看過去，看到他弧形清瘦的脖子和凸起的喉結，下巴處微微冒出一層淺青色的鬍碴——這讓她第一次真切地認識到，風小雅是個男人。

不管他看上去多麼病態蒼白、陰鬱柔美，他都是個男人。

意識到這一點後，秋薑下意識想逃，卻被他放在榻上，按住了雙手。

風小雅俯下身，眼眸被燈光暈染得一片氤氳，像深淵。明知危險，卻又讓人躍躍欲試。

事已至此，秋薑索性放棄反抗，靜靜地躺著，等待著。

風小雅的手按在她的手腕上，輕輕抬起，再緩緩落下。秋薑頓覺一股熱流衝擊著手腕，然後向手臂上方蔓延。

風小雅的手跟著那股熱流來到她的雙肩，一按，她的雙肩一痠，兩條手臂頓時失去了控制力。

秋薑意識到有些不對勁，剛要問，風小雅揮出衣袖，唯一的燈被風撲滅，整個房間陷入黑暗。

風小雅的手往下，點了她的腳踝，再上移到腿根。她的雙腿頓時也失去了控制力。

唯有那股熱流，一直湧到胸口來，像柔軟的絲繭將心臟層層包裹。

風小雅附在她耳旁，終於輕輕開口：「化蛹術。」

秋薑挑眉。什麼意思？

「用內力封住周身穴位，護住心脈，令妳沉睡，看上去就像死了一樣。內力不及我之人，就算查探，也察覺不出。可維持二十四個時辰。二十四個時辰後，以同等內力刺激，即可恢復。」

秋薑明白過來——這是風小雅給她安排的「假死之術」！

風小雅在她手腕、肩膀、腳踝、腿根上迅速點了四下，熱流立散，四肢慢慢地恢復知覺。

秋薑連忙坐起。「此等祕法你如何得知？」

「今日入宮，請教了陛下。」

燕王還會這個？

風小雅解釋：「皇家多隱祕。」

這倒是……秋薑活動著手腕，問：「若二十四個時辰後沒來得及刺激，會如何？」

「那就真死了。」

秋薑想了想，又問：「若內力比你高，就能查出來？」

風小雅笑了一下。雖然屋內很黑，但秋薑視力極好，還是看到了這個笑容，一個帶著些許自傲、些許苦澀的笑容。

此人天賦異稟，又有奇遇，體內雜了七股內力，雖然亂七八糟，時不時反噬，但較真起來，確實當世不會有第二人內力比他高了。

所以這法子只有他用才有效。

秋薑卻還是想問：「我可以這般脫身。那你呢？」

風小雅一怔。

秋薑直勾勾地盯著他。「你怎麼脫身？」去哪裡再找第二個高手對他施展此術？孟不離、焦不棄？他們不行，連她都不如；而她的武功，在如意門裡只算中上。風樂天武功已廢，燕國境內，還有可靠的絕世高手讓他也能假死脫身嗎？

風小雅沉默了。

「你也得活著。」秋薑伸出手，抱住了他的脖子，感覺到他的身體明顯一僵。「你既欠了我十年，不還我十年，怎麼行？」

風小雅的眼中露出悲哀之色，然而夜幕深沉，令痛苦和悲傷都顯得微不足道。

「你說你是為了找回我，才堅持活到今天的。那麼，你就不想跟我廝守白頭嗎？為了痛苦都能活著，為了幸福，更能活著的，對不對？」秋薑將臉貼在他懷中，感覺他的心跳時快時慢，紊亂一片。

如此過了好久，那心跳才慢慢恢復正常。風小雅握住她的一隻手，低聲道：「好。」

「如何好？」

「活下去。我試試。」

「怎麼試？」

「昔日為我護脈的六位前輩，已經仙逝了四人，還有二人活著。他們雖都只剩下一半功力，但兩人聯手應能為我施展化蛹術。」

「能找到？」

「他們就在玉京。」

「太好了！」秋薑抱緊風小雅，眼眶微溼地說了一句：「這真是……太好了……」

同一時間的渭陵渡口，更夫哆嗦著沿路打更，實在太冷，從懷裡摸出壺酒喝了幾口，這才感覺身體暖了一些；但他捨不得多喝，連忙又將酒壺塞回懷中。等交了班先去趟屠夫家，年底了該切點兒肉了，再給女兒買朵珠花。妻子早死，他也不太懂女孩子家的事，沒留意到一眨眼，女兒就已出落得亭亭玉立了……

就在這時，更夫眼角餘光看見了異樣。

更夫側頭，只見已經凍結成冰的渡口在月夜下猶如銀帶，而銀帶與天幕交接處，有四個小點在飛快移動。

他心想，這麼冷的夜裡還有鳥在飛啊？走了幾步後突又警覺，再次回頭看時，那四個小點已大了許多，也近了許多。竟是四個人！

四個頭戴斗笠、身披長氅的人。

更夫這下子吃驚不小——渡口前方連著海，也就是說，這四人是從海上來的？因為結冰，船進不來，所以跑著來？

在他的迷惑震驚中，四人越來越近，幾百丈的距離竟是幾個眨眼間就拉近了。

四人也都看到了更夫。

其中一人「啊呀」了一聲：「他看見我們了。」

下一個眨眼，更夫只覺視線中的一切全都變成了鮮紅色，包括銀帶般的冰河、天邊的弦月，還有四人的斗笠、長氅……

他倒了下去。

腦海裡的最後一個念頭是：還沒給女兒買珠花……

一人持刀，長長的刀刃處滑落一顆血珠，正是從更夫身上帶來的。血珠滴落後，刀刃

再次恢復一塵不染。

先前說話之人又「啊呀」了一聲：「你把他殺了？藏屍很麻煩的，這裡可是燕國！」

另一人也指責持刀之人。「就算要殺人也別用刀，隨便往冰層下一扔，當作喝醉酒失足淹死豈非更好？」

最後一人上前一步，一邊咳嗽一邊盯著更夫看了一會兒，從懷裡掏出一個瓷瓶，把裡面的粉末倒在更夫臉上的刀口上。「找個有老鼠的地方棄屍。明早太陽出來時，就會被老鼠啃得面目全非，查不出來了。」

持刀人一言不發收刀入鞘，上前背起更夫，去找有老鼠的地方了。

喜歡說「啊呀」的人嘆了口氣，又「啊呀」了一聲：「真不想跟他同行啊，一點兒常識沒有，就會殺人。」

「行了，五兒。走。」咳嗽之人收起瓷瓶，繼續前行。

三人宛如三道流星，很快遁入夜色之中。

第十四回　緣斷

大年三十，比之昨日更加熱鬧，一大早便有接連不斷的鞭炮聲，更有銀甲少女跳上屋簷掃雪，嘻嘻哈哈。

秋薑坐在鏡前梳妝。

她一向眉目寡淡，衣著簡樸，此刻換上一身朱紅色的新衣，整個人便立刻不一樣了。

秋薑看著鏡子裡的自己，彷彿看見小小的白衣女童端坐鏡前，眼神明亮，充滿好奇；然後，白衣變成綠衣，八、九歲的女童也變成了十二、三歲的模樣，神色怯怯、懦弱溫順；再然後，綠衣變成僧袍，長成了十八、九歲，嘻皮笑臉、沒心沒肺的樣子……

最後，回歸朱紅，盤了髮，塗了胭脂，有了煙火的氣息。

秋薑伸出手指，按在鏡子裡的臉上，喃喃道：「『春露不染色，秋霜不改條』嗎……不過是一顆鬼血化成的瑪瑙罷了……」

說罷反手，將鏡子蓋倒。

積雪被掃淨後，銀甲少女們便離開了。草木居的僕人本就不多，有的放回家過年去了，僅剩下無家可歸的寥寥幾人。

這幾人裡，便有焦不棄。

秋薑看到他，便想起已多日未見孟不離，難道是跟著謝長晏走了？奇怪，燕王要保護謝長晏，為何不指派自己的侍衛，反而從風小雅這裡調人？還有謝長晏，沒了準皇后的身分，就只是個普普通通的清流之女，為何要派孟不離去保護她？

不管如何，走了也好。此刻草木居的人越少，對她來說越好。

秋薑走進堂屋，薑花將綻欲綻，還是沒有開。她便往溝渠裡又添了許多熱水，蒸騰的水氣令視線一片迷濛。

秋薑立在門旁注視著朦朦朧朧的薑花們，直到焦不棄前來請她。「夫人，晚宴準備好了。公子請妳過去。」

秋薑「嗯」了一聲，將水勺放下，起身走人，走出幾步，卻又回頭，再看一眼那些花，還是沒有開。

她不再遲疑，跟著焦不棄走出院子，來到風樂天所住的院子。此刻花廳廳門半開，裡面傳出悠揚的琴聲。秋薑一聽就知道是風小雅彈的。

琴聲舒緩流暢，說明他的心情非常放鬆和愉悅，還帶了點兒小雀躍和小期待，讓聽琴之人也情不自禁地跟著開心起來。

秋薑擠出微笑，掀簾走進去。

花廳裡張燈結綵，人人都有座位。主位的風樂天挽著袖子，正在用小火爐煮湯，邊煮邊招呼秋薑：「十一啊，來來來，坐我身邊，咱們好對飲。」

坐在風小雅身邊的龔小慧立刻道：「只能喝三杯。」

風樂天露出為難之色，龔小慧皺眉剛要說什麼，風樂天忙打斷她的話：「行行行，就喝三杯！三杯！」

秋薑走過去跪坐在他身旁。

龔小慧這才收回視線，從袖中取出一管洞簫，和著風小雅的曲調吹了起來。

風小雅在專心彈琴，沒有分心，旋律越發輕快歡愉。

除了他，廳中還有焦不棄和兩名秋薑看著面生的老僕，一共七個人。

風樂天招呼道：「都趁熱嘗嘗，今天的菜可都是我做的。」

一名老僕道：「相爺的廚藝，當世第一！」

另一名老僕踹了他一腳，不屑道：「馬屁。」

「有種你別吃啊！」

「我偏不！」眼看兩人吵鬧起來，吹簫的龔小慧不得不停下來喝止。「你們兩個，再吵就給我出去！」

兩名老僕齊齊瑟縮了一下，立刻閉上嘴巴不說話了。

看來這兩個是龔小慧帶回來的僕人，難怪之前沒見過。秋薑心中正漫不經心地想著，聽風樂天問她道：「十一啊，喝湯嗎？」

「好呀。」

風樂天從盅中舀出一碗漂著菜葉的熱湯遞給秋薑，秋薑聞到一股熟悉的香味，再一喝，頓時睜大了眼睛。

風樂天朝她眨眼，兩人交換了個心有靈犀的眼神。

風樂天又往裡面撒了幾根蔥。「這湯啊，可是燉了許久，得趁熱喝。」

「是，公爹。」秋薑捧著碗想，把酒當水煮骨頭，然後往裡面加一堆菜葉，此事也就風樂天幹得出來。

不過他的廚藝確實很好，加了這麼多亂七八糟的東西，這酒居然還挺好喝。

窗外天色漸暗，廳中的燈光搖曳，襯得坐在東側彈琴的風小雅，切磋如玉。

一個滑調後，他忽然抬眸，朝秋薑看了過來，神色莊重，卻又光華灼灼，不掩情意。

秋薑的心陡然一悸，手中的湯碗眼看要灑，風樂天伸手過來替她端穩。

視線中，風樂天朝她微微一笑。「沒事的。」

秋薑的視線卻模糊了起來，宛如火爐上的沸湯，拚命想要往外溢。就在這時，風小雅的琴突然停了。

「誰？」

話音剛落，廳中的蠟燭齊齊熄滅，包括火爐也「哧啦」一聲，被水撲滅。

世界驟暗的同時，幾道風聲從外躍入。

風小雅伸手將龔小慧拉到身後，反手撥琴，朝某處一擊。那處立即發出一聲悶哼。

龔小慧趁機從懷中取出火石，「哧」地擦亮。火光亮起的瞬間，風小雅看到廳內多了四個人。

一道風聲撲至，火石微光立滅，龔小慧不知被何物擊中，發出一聲驚呼。

「躲！」風小雅說了一聲後將琴朝風聲來源處擲去，與此同時，從琴中抽出一把軟劍，與對方鬥在一起。

暗室再無餘光，漆黑一片的花廳裡不時響起粗重的呼吸聲和凌亂的打鬥聲。

風小雅感到對方用的是刀，速度極快，便用了個拖字，以軟劍拖住對方的刀。那人果然慢慢地不耐煩起來，招式越發狠戾。

風小雅終於找到漏洞，一劍捲住刀刃，一振，對方的刀頓時脫了手，甩到地上發出清脆的「匡噹」聲。

風小雅正要乘勝追擊，某個角落裡突然響起秋薑的一記悶哼，風小雅立刻扭身朝那邊衝去，一路不知踢翻多少雜物，可等他趕到那裡，一張大網從天而降，將他捆了個嚴嚴實實。

再然後，一雙手點亮蠟燭，再將蠟燭插到某盞燈臺上。

整個花廳恢復了微薄的亮光。

只見廳中一地狼藉，焦不棄、龔小慧和兩名老僕都倒在地上，昏迷不醒。點蠟燭的是個四旬左右的白胖男子，面有病容，有兩個很大的眼袋。他身旁站著一個二十多歲、形如竹竿的年輕男子，抓著自己的一隻手，虎口不停有血滴下來，正是一開始就被風小雅的琴弦所傷。

除此外，還有個長得像是小姑娘一樣乖巧漂亮的少年，表情卻充滿戾氣，狠狠地瞪了風小雅一眼後，走過去將地上的刀撿起來，而那把刀已捲了刃。

一人在橫梁上嘖嘖嘆道：「刀刀啊，你的這把刀可真脆啊。」

風小雅抬頭看向說話之人，是個臉蛋圓圓、眼睛細長的年輕人，一笑就瞇成了兩道直線，顯得十分和善。「鶴公的武功，果然名不虛傳。」

風小雅沒有理他，目光繼續搜羅著，卻不見秋薑，也不見父親。他們去哪裡了？進內室了？

「最終還是得靠我呀，呵呵。」圓臉蛋的年輕人笑著抓著巨網的頂端跳下來，不知按了什麼，網收得更緊，風小雅使了個千斤墜牢牢將雙足釘在地上，才沒被他拖倒。

圓臉的年輕人拖不動他，也不強求，將巨網頂端的鉤子往柱子上一掛，走到持刀少年面前，見他還在心疼，便道：「別心疼了，辦好了差事，讓七主用足鑌重打一把給你，保管不捲刃。」

風小雅面色頓變。「是秋薑召集你們來此的？」

圓臉的年輕人笑著梳理自己的頭髮。「不然呢？大年三十闔家團圓的日子，誰願意千里奔波在外啊……」

風小雅頓時不說話了，像是受了極大的打擊。

圓臉的年輕人瞅著他蒼白的臉，惡意地笑了起來。「你不必如此難受，你也不是第一個栽在七主身上的蠢貨，之前那幾個叫什麼來著？李沉？袁……」

咳嗽的男子忽道：「辦正事。」

「好吧好吧……」圓臉的年輕人收了笑，環視四下道：「七主哪裡去了？」

這時地上的焦不棄呻吟幾聲，掙扎起來。

圓臉的年輕人挑了挑眉。「喲，吸了南柯一夢，還能這麼快甦醒，不愧是咱們銀門出來的弟子。」

風小雅看向廳堂中之前被熄滅的蠟燭——這些蠟燭被動了手腳。加了迷煙？誰做的？秋薑？

圓臉的年輕人又笑著回眸睨了風小雅一眼。「據說你百毒不侵，看來是真的。南柯一夢對你一點兒效果也沒有嘛。」

風小雅緊抿脣角，臉色更見蒼白。

焦不棄看清眼前的情形，拔刀就要起身，被圓臉的年輕人一腳踩回地上。

風小雅沉聲道：「放開他。」

圓臉的年輕人笑了。「是。」說著，腳下越發用力，幾可聽見骨骼碎裂的聲響。

風小雅垂下眼睛，突然連人帶網一起衝向此人，卻在距離他一尺處硬生生停下——網鉤的長度不夠了。

圓臉的年輕人笑得越發愉悅，腳卻更用力了幾分，一副你能奈我何的模樣。

就在這時，躺在一旁昏迷不醒的兩名老僕雙雙跳起，出手如電，一人抓住圓臉年輕人的一條胳膊，只聽「喀喀」幾聲，胳膊立斷。

圓臉的年輕人還來不及驚呼，地上的焦不棄抱住他的腳，又是「喀嚓」一聲，他的左腳也斷了。

咳嗽之人反應極快，一揮袖飛出數點白光，朝老僕打去。而刀刀更是一個飛躍衝到風小雅面前，想要劫持他。

風小雅人在網中，本無可避，但身子陡然一折，像球一樣朝上捲起，避了過去。與此同時，焦不棄已抽身過來，一刀砍向少年後背。

一切發生得極快。唯一的蠟燭被風掃過，滅了，花廳再次陷入黑暗。

片刻後，火石敲打的聲音輕輕響起，緊跟著，火苗竄起，而這一次的點燈之人，是風小雅。

屋內形勢逆轉。

圓臉的年輕人被焦不棄踩在腳下，四肢斷了三肢，痛苦得直抽氣；一開始就虎口受傷的男子更是暈厥在地；刀刀被一名老僕反手扣住；只剩下咳嗽的男子，獨自一人靠著柱子站立，咳嗽得越發急促。

風小雅用蠟燭將每盞燈重新點亮。

圓臉的年輕人看到這一幕，露出不敢置信的神情。「怎麼可能？南柯一夢竟然無效！」

咳嗽男子苦笑道：「七主出賣了我們……她根本沒在蠟燭裡放迷藥。」

圓臉年輕人的震驚頓時變成了憤怒，剛要說話，一人淡淡道：「她放了。」

那人整整衣服，風姿綽約地走到風小雅身旁，正是龔小慧。

「在宴會之前，我又重新檢查了一次吃食、火燭，發現蠟燭被人換過，就又重新換了回來。」龔小慧說到這裡，看了一眼風小雅道：「我跟夫君不同，夫君信任秋薑，我可不信任她。所以，今晚的家宴，我刻意請了季、孟二老過來，就是為了防止這一幕。」

兩名老僕聞言一笑，其中一人道：「不，我是為了風丞相的飯菜來的。」

圓臉的年輕人頓時暴怒地大喊：「七兒！妳出來！妳在哪裡？妳把我們叫來送死，自己卻逃了？」

「吵死了。」伴隨著這句話，秋薑挽起內室的簾子，出現在光影中。

風小雅盯著她，神色極盡複雜。

圓臉的年輕人罵道：「妳跟阿仁說妳什麼都布置好了，叫我們過來幫妳纏住風小雅就行，結果……」

秋薑將一樣東西扔出來，那東西骨碌碌轉了幾個圈，停在年輕人腳邊，濺了他一腳的血。

定睛一看，竟是人頭！

臉蛋圓圓胖胖，還帶著笑，看上去無比和藹可親，卻因為只有一個頭，而更顯恐怖。

龔小慧第一個尖叫了起來：「父親！」

她衝過去，一把抱起頭顱，溫熱的感覺從指間蔓延，激靈得她如遭電擊。

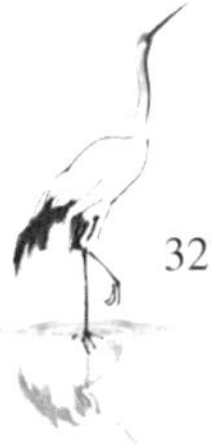

所有人都被這一幕驚呆了——包括如意門弟子。

之前，秋薑找到胡智仁，讓他帶消息給如意夫人。

「計畫於除夕夜殺風樂天，但我需要幫手。起碼再派三個人過來，越快越好。」

於是，如意夫人便派了二兒、五兒、六兒過來。其中，二兒負責帶隊，五兒負責監督，六兒則是順帶來燕國看病的。但出發時，又多了一個叫刀刀的少年。如意夫人沒說理由，三人也沒多問。

四人同行，六兒資格最老，能鎮得住局面，久而久之，就變成由他主導。一路緊趕慢趕，總算在除夕之日抵達玉京，稍事休息便潛入了草木居。

草木居果然遣散僕婢，無人看守。

四人埋伏在花廳之外，等待暗號。

秋薑給胡智仁的計畫是——

「除夕是最好的日子，因為大家都要回家過年，就算不回家的，心思也在家裡，看守不會太嚴。而我身為姬妾，年夜飯是唯一可以光明正大跟公爹共處的時候。我會提前在蠟燭裡放入南柯一夢，將眾人弄暈，你們見機行事。」

如此一刻鐘後，廳內燈光果然滅了。四人認準了方位衝進去，雖然風小雅未受迷藥影響，但依舊被擒。

只是沒想到，龔小慧竟提前察覺蠟燭的異樣，並帶了兩位一流高手來，導致形勢逆轉。

然而此刻，秋薑再次出現，還扔出了風樂天的人頭——形勢再次逆轉了！

圓臉的年輕人看向風小雅，風小雅的眼中滿是血絲，整個人一動不動。

秋薑卻是微笑著的，輕鬆愉悅的五官在暗淡的光影裡，看上去頗是詭異。

「任務完成了。」說著，她伸出三根手指，慢悠悠地數道：「三、二……」

龔小慧意識到某種危險，忙道：「跑！」

但秋薑已數到了「一」。伴隨著這個字的尾音，龔小慧和焦不棄兩人同時倒了下去，兩名老僕掙扎幾下，最終還是沒能逃脫突如其來的暈眩感，「啪啪」倒地。

秋薑指著風樂天的人頭道：「南柯一夢在這裡呢。」

如此一來，廳中還清醒著的，便只剩下風小雅和提前服用解藥的如意門弟子。

圓臉的年輕人趴在地上，抱怨：「七主，妳下次能不能早點兒？看我都傷成這樣了……」

刀刀走上前幫他接骨。

咳嗽的男子拿起人頭仔細辨識，確定是風樂天後，抖出一條手帕將人頭仔仔細細地包起來。

秋薑則走到風小雅面前，看著一動不動、一言不發的他，微微一笑道：「沒什麼想問我的？」

風小雅並不說話，只是原本繃直的身體在一個勁地發抖，隨時都會繃碎一般。

秋薑伸出手撫摸他的臉龐，笑道：「你問啊，你不問，我好沒有成就感啊……」

圓臉的年輕人「噗哧」一笑。「他現在肯定想扒妳的皮，喝妳的血，吃妳的肉，啃妳的骨！」

「他捨不得。」秋薑嫣然，動作越發輕柔。「對不對，夫君？」

風小雅的脣顫抖著，終於啞著聲音開口了：「我父……真是妳殺的？」

「我說他是自殺的，你會好受些嗎？」

風小雅眼中浮起了淚光。

秋薑貼近他耳旁，如情人囈語般說道：「我往他煮的酒裡加了南柯一夢，然後撲滅蠟燭，趁機抓著他進了內廳。就在你們交戰之時，我用這個……」說著，一按佛珠上的某顆珠子，從裡面拉出一根極細的絲線。「繞在他的脖子上，像翻花繩一樣輕輕一拉，他的腦袋就掉下來了……」

風小雅的眼淚終於承受不了重量，滑出眼眶。

圓臉的年輕人哈哈大笑起來。「此人號稱大燕第一美男子，哭起來果然比女人還好看！哎唷！刀刀你輕點兒！」

刀刀幫他接好骨頭，扭身撿起自己的刀，眼中突然閃過一道寒光，拿著捲刃的刀就朝風小雅砍過去。

秋薑面色頓變，一腳將刀踢飛。咳嗽男子趕緊上前拖住刀刀，厲聲道：「你瘋了？幹什麼？」

「士可殺，不可辱！」

圓臉的年輕人氣笑了。「我就說不要帶他來！看看，風小雅毀了他的刀，他反而幫起他來！」

刀刀冷冷道：「他弄捲我的刀，憑的是真本事。」

「你的意思是我們就不是憑真本事了？」圓臉的年輕人故意挑唆地睨了秋薑一眼。

刀刀冷哼一聲，被咳嗽的男子強行拖到一旁。

咳嗽的男子看著暈死過去的那個高瘦同伴，嘆氣道：「任務既已完成，快些收工吧，

免得消息傳出去，就離不開了。」

秋薑笑道：「你們急什麼？這會兒城門未開，你們也出不去。」說著伸到風小雅懷中摸出一塊令牌，手指輕輕撫過令牌上的花紋，確認無誤後將它丟給咳嗽的男子。「六兒！」

咳嗽男子六兒伸手接住令牌。

圓臉的年輕人，也就是五兒，在地上笑道：「還是七主想得周到。」

秋薑問風小雅。「你還有什麼想問的？」

風小雅閉上眼睛，不願再看到她。

六兒看向地上的兩名老僕，道：「季連山，孟降龍……這兩老怪居然還活著！」

五兒道：「他們的武功大不如前了。若是從前，我們必死無疑。」

秋薑道：「因為他們把一半內力拿來給夫君續命了呀。對不對？」

風小雅閉著眼睛沒有反應。

秋薑嗤嗤笑道：「昔日為你護脈的六位高手，就剩下這兩個了。你讓龔小慧把他們請來，是為了給你施展化蛹術的，對不對？」

「什麼化蛹術？」五兒好奇。

「就是用內力封住一個人的經脈，造成假死之相。他一心想救我出如意門，想讓我假死脫身呢。」

「太感人了！」五兒嘖嘖道：「鶴郎果然是痴情人。」

「可惜啊……」秋薑撫摸著風小雅的臉，一個字、一個字說得異常輕柔：「我一點兒都不喜歡你。」

風小雅終於睜開眼睛。

他的眼瞳無比清楚地倒映出秋薑的臉——美麗的、妖嬈的、笑得冷酷無情的一張臉。

他低聲說了一句話，但聲音實在太低了，以至於秋薑沒聽清楚。

「你說什麼？」秋薑附耳過去，靠得近了一些。

「別……」風小雅重複道：「別怕。」

秋薑一愣，緊跟著一股巨力席捲而至，將她整個人都震了出去。秋薑於半空中拉住一根柱子想要借力，但柱子「喀嚓」一聲斷成兩截。

房屋頓時坍塌。

眾人反應極快地扭身就逃，然而頭上橫梁重重砸下，擋住去路。與此同時，風小雅身上的網繩一一繃裂，他抬步往秋薑走過去。

刀刀向他撲過去，只覺眉心被什麼東西劃過，整個人頓時撲地，再也站不起來。

五兒見情況不好，立刻將六兒一推，轉身想跑，眼前黑影一閃，卻是孟降龍攔在了前方。他的瞳孔開始收縮，倒映出一個巨大的手掌。

他拚命想要掙扎，可剛接好的腿一陣劇痛不受控制，最終被那一掌擊中天靈穴，頓時沒了呼吸。

六兒被五兒推到孟降龍身前，瞬間灑出漫天花雨般的暗器，然而身後突然出現一把刀，從後將他扎了個對穿——正是刀刀掉在地上的那把捲刃刀。

六兒扭過頭，看見的是龔小慧，她的紅衣上全是血，他的血。

而這時，風小雅已走到秋薑面前。

秋薑五臟六腑全被剛才那一擊擊碎，張了張嘴，吐出一攤血塊。

風小雅直到此刻，才問出了她剛才想聽的那句話。

「為什麼？」

秋薑一邊喘氣一邊回答：「什麼？」

「妳在我父的人頭上，確實下了迷藥，但藥效極短。為什麼？」

秋薑抹了把嘴邊的血，笑了起來。「不如此，怎麼給你們機會殺了他們幾個？」

此刻，二兒、五兒和六兒都已死了。只有刀刀還活著，他趴在地上動不了，意識卻是清醒的，聽到兩人的對話，眼睛一下子瞪圓了。

風小雅盯著秋薑，又問了一句：「為什麼？」

「我帶著你父的人頭和《四國譜》回去，可以抵消折損三寶的過失。而如意七寶少了三個，需要提拔新人繼任，就可以安排我的人。然後我會成為新一任的如意夫人。」

「妳這麼自信，如意夫人一定會傳位於妳？」

「若有別的人選，她想一個，我殺一個，殺得她只能傳給我。」暗淡的燭光裡，秋薑的臉忽明忽暗，配以她沒有表情的表情，像破敗廟宇中老朽的邪神雕像。

風小雅伸出手，捏了捏她的手腕。秋薑頓覺那隻手不能動了。他又捏了捏她的肩膀，那條胳膊也不能動了——整個過程，跟昨夜他對她做過的一模一樣。

她頓時意識到什麼，露出了慌亂之色。「你要做什麼！」

風小雅沒有回答，揮動衣袖拂中她的腿，秋薑頓時連腿也不能動了。

化蛹術！

他竟還要對她用化蛹術？他想做什麼？二十四個時辰後，他會救她，還是就此放任她沉睡著死去？

秋薑開始掙扎，氣得眼睛都紅了，形容鬼魅。「放開我！風小雅！你有種馬上殺了我，我不要睡！不要睡！不要……」濃濃的睏乏感席捲而來，她的瞳孔開始渙散。

風小雅的手指最後停在她的心臟處，凝視著她的眼睛，再次問：「我父……真是妳殺的？」

秋薑的意識變得很模糊，卻依舊笑了一下。「無心、無心……我，是無心之人啊……」

風小雅的手指落下去，她的呼吸停止了。

「阿修羅道中，有一棵如意果樹，三十三天的有情可以享用，阿修羅們卻不能。於是，他們想方設法弄死了如意樹。」

「但只要天界眾生灑下一種甘露，如意樹就會復活。」

「苦樂捨合計十八種，好惡平合計三十六種，再加過去、現在和未來三世，一共就是一百零八種煩惱……但妳只做了六道菜，沒有過去、現在和未來。」

「三世我也做了。而你……會懂的。」

一滴眼淚滑出風小雅的眼睛，滴在秋薑的臉上。

與此同時，百丈遠外的堂屋裡，薑花一朵一朵地綻放了。

華貞四年正月初一凌晨，玉京的夜被大雪覆蓋，寒冬酷冷，春天未來，山河表裡，萬物沉寂。

那一把翻天覆地的火，終究是沒能燒起來。

第三卷

今生・蛇煉

天將降大任於斯人也。

總有人在痛苦中掙扎，不甘心就此沉下去，

想要做點什麼，改變世界。

更何況，

這是……她的原罪。

突然一陣狂風颳來，窗戶狠狠一撞，插在上面的劍終於承受不住力道掉了下來。搖搖欲墜的記憶，在這一瞬，全面崩塌。

秋薑終於什麼都想了起來。

她朝前走了幾步，將劍慢慢拾起，明晃晃的劍刃映著她的臉，是她，又不是她。

她的手開始發抖，體內似還殘存著昔日的感受，肺腑破碎、四肢虛軟，各種意識拚命碰撞，刺激得她再也壓抑不住，嘶聲尖叫，直入雲霄。

叫聲震得船艙內的小物件們跳了起來，頤非和雲笛頓時戒備後退。

秋薑「噗」的噴出一大口血，然後直挺挺地向後倒下，正好倒在頤非腳邊。

雲笛驚魂未定道：「她想起了什麼？怎麼反應這麼激烈？」

頤非盯著慘白如紙的秋薑，以及地上那一大攤帶著黑色血塊的瘀血，目光閃動，低聲道：「像是揭開了某種封印，放出了什麼怪物呢……」

然後，他走過去，將這隻虛弱的怪物抱起來，帶她回房。

秋薑整整昏迷了兩天，第三天早晨才醒過來。

其間頤非去看過，見她在夢中戰慄，眼淚源源不斷地從眼角滑落，將頭髮和枕頭都打溼了。

「秋薑？」他試探地叫了一聲。秋薑並無異動，對這個稱呼沒有反應。

他又叫：「七兒？」還是沒有。

於是他便把風小雅、薛采、如意夫人、頤殊、風樂天等能想到的名字都叫了一遍，秋薑只是哭。

最終，頤非放棄了，搖頭嘆了口氣。「不愧是瑪瑙，這樣了都不會洩底……但若不是為了風樂天和風小雅，又是為了什麼呢？」

他知道秋薑在崩潰。

因為他也經歷過。

雲笛在一旁有些擔憂地問：「要請大夫嗎？」

「大海茫茫，能請得到？」

雲笛頭疼。「只能返航。」

頤非又盯著秋薑看了一會兒，淡淡道：「不用了。她會醒的，等她醒了就好了。」

有人的崩潰天崩地裂，有人不動聲色，還有的人，如秋薑和他一般只敢在夢中哭泣。

如此第三天，他再來時，秋薑果然好了。

她梳好了頭、洗乾淨了臉，正跪坐在几旁吃飯。

頤非遠遠地看著她，覺得她整個人發生了極大的變化。

在白澤府初見時，她是個循規蹈矩的婢女，沉默寡言、謹小慎微，像是一杯寡味無色的水；後來，風小雅的十一夫人身分暴露後，她搖身一變，變得自信果決、高深莫測，像是水凍結成了冰，藏了許多無法參透的祕密，偶爾能看到裂紋，顯露出情緒；可此刻又是一變，冰重新融化成冰水，再看不出任何雜質，卻隱透著拒人千里的寒意。

頤非朝她走過去。「醒啦？挺警覺啊，知道自己再睡下去，就會被丟下船餵魚了。」

秋薑淡淡道：「你不會。」

「喔？」

「我恢復了記憶，對你們而言，更有用。」秋薑說著繼續吃飯。

她吃的很多，頤非知道，現在的她急於恢復體力。

「妳真的什麼都想起來了？」

秋薑低低地「嗯」了一聲。

「那麼，妳真是頤殊的人？」不知為何，頤非忽然有點緊張，感覺自己的心跳得有點快。

秋薑把所有食物全都吃完後，才放下筷子，回視著他，正色道：「應該說，頤殊，是我們的人。」

頤非聽出了區別，他的表情一下子嚴肅起來。「頤殊跟你們有合作？」

「如意門並不希望發生戰爭，可令尊一意孤行，非要攻打宜國，我們只能對他下毒，讓他中風。」

頤非的瞳孔開始收縮。他以為父親中風是大哥和頤殊聯手下的毒，沒想到竟是出自如意門。

「我們想要一個更聽話的傀儡，便選了頤殊。如果不是我失憶了被困雲蒙山，三王會程時，我應在場。」

頤非的目光閃了閃，忽然笑了。「也就是說，一年前我們就該認識了。」

秋薑毫不留情地打斷他的曖昧。「是。你本應死在那晚的。」

頤非頓時閉上嘴巴。

「我不知道為什麼如意門會幫你逃走……」秋薑沉吟道：「在我失憶的近四年裡，門內肯定發生不小的變故。」

這四年裡，頤殊雖然按計畫當了程國的女王，卻也脫離了原先的步驟，恐怕，如意門對她的控制已大不如前。

而燕國的鈺菁公主死了，說明如意夫人的奏春計畫徹底失敗。燕王有了戒備和警覺，甚至很可能反撲。

至於璧國……秋薑的心臟驟然一痛，她不得不垂下眼睛，以掩蓋這一瞬的失態。

姬嬰竟然死了。姬嬰死了，昭尹也病倒了，如今朝堂為姜沉魚和薛采把持，所有的計畫，所有的安排……全部灰飛煙滅。

四年。

四年裡，發生了這麼多事。而她，全部錯過。

我在殺風樂天前就已布好了退路，為何沒有按照計畫執行？

如意三寶死於玉京，如意夫人怎麼可能善罷甘休，不派人追查？

就算我被風小雅所傷，失去記憶，為何不來喚醒我？

是哪一步出了差錯，導致我在雲蒙山耽擱了三年？

又是誰故意誤導我，說我在這世上唯一的親人在璧國白澤府，讓我為了此事又耽擱了一年？

是風小雅嗎？還是他跟薛采共同的局？引誘失憶的我跟著頤非一起回程國，也是他們的一步棋嗎？

還是，眼前的頤非，也是布局之人？

秋薑用一種冷靜卻又詭異的眼神盯著頤非，盯得他起了一陣雞皮疙瘩，他連忙整個人後飛了一尺。「妳再這樣色瞇瞇地看著我，咱們可就沒法繼續往下談了。」

「我要回如意門。」秋薑沉聲道：「我要知道到底發生了什麼事。」

「小七啊，三哥本就是要帶妳回去的啊。」

「不能這樣回去。」

頤非揚眉。

「我不知道你跟薛采他們達成了什麼交易，原來的我，想要尋找記憶，所以跟著你們走。現在……」

頤非悠悠道：「現在，妳已經不需要尋找記憶了，自然也就不用跟我們同行了。」

「你想殺我嗎？」秋薑的眼神一下子尖銳了起來，像是一把劍，明晃晃地刺過來。

頤非沒有退縮，頂住了那逼人的鋒芒。

兩人對視了很長一段時間。

頤非輕輕開口：「不是友，即是敵。」

「但你真的知道誰是友，誰是敵嗎？」

頤非沉默。室內再次陷入沉寂。

如此又過了好一會兒，換秋薑開口：「薛采是璧國人。風小雅是燕國人。而我和你，都是程國人。」

頤非的眉頭跳了跳，這句話，似是戳到內心深處的某個地方。

「如意門再為非作歹，頤殊再荒淫無道，都是程國自己的事，豈容外人插手？燕和璧趁火打劫，你身為程國的前三皇子，皇族血脈，難道要幫外人瓜分自己的國土，魚肉自己的子民？」

頤非緊抿著嘴脣，一言不發。

「如意門之前可以選頤殊，現在就可以選你。只要我回到如意門，查明一切，拿回令牌，成為新一任如意夫人。程國的事情……」秋薑說著，上前幾步，握住他的手。「由我們程國人自己解決。」

頤非的眼神起了一連串變化，似海面上突然倒映出一輪彎月，泛起光的漣漪，緊跟著，那漣漪變成了笑。

「真是……讓人沒法拒絕的理由啊。」

「你同意？」

「為什麼不？正如妳所說，如意門跟程國才是命運共同體。」頤非反握起秋薑的手，放到脣邊慢悠悠地吻了一下，似刻意調戲，又似情不自禁。「咱倆……也是。」

秋薑皺眉。

頤非便朝她眨了眨眼睛，笑得親暱又噁心。

這時外面傳來雲閃閃的叫聲，秋薑趁機抽回手，兩人分別坐好。

雲閃閃拿著一封請柬衝進來。「天啊！你們猜我收到了什麼？」

紅色的請柬，左上角繪著一個「玖」的花體字。

頤非眼睛一亮。「胡九仙？」

秋薑立刻反應過來。「快活宴？」

雲閃閃奇道：「妳也知道？」

「每年七月初一至七月十五，四國首富胡九仙都會在宜國的海域裡舉辦快活宴，邀請二十四位貴客參加。算算日子，差不多了。」

「妳只說錯了一點！以往的快活宴，確實是在宜國舉辦的，但今年，挪到程國來啦！看——」雲閃閃說著上前推開窗戶，只見遠處有一艘黑色大船，桅杆上懸掛著跟請柬上一樣的「玖」字旗。

雲閃閃的船已是十分豪華，但在那艘船面前，就像是螞蟻站在大象面前一般。

頤非嘖嘖道：「這大概是當今世上最大的一艘船了。」

「玖仙號，船長三十二丈，寬十六丈，分四層，甲板上三層，甲板下一層，可容八百人，載重四萬石。」秋薑精準地背出了腦海中的資料。

雲閃閃跟頤非都直勾勾地看著她。

半晌後，頤非勾了勾唇。「不愧是千知鳥啊。」

秋薑沒有理會他的調侃，盯著百丈遠外的「玖仙號」，皺起了眉頭。「看來胡九仙是要去程國選夫，順帶路上把今年的快活宴給辦了。」

「他要被選中的話，這一次就是最後的狂歡了。」

「快活宴有多快活？」雲閃閃眼中充滿好奇。「為什麼大家都趨之若鶩？」

「美酒、美人、賭局，還有奇珍異寶，有緣者得。」

「奇珍異寶？什麼樣的？」

頤非看向秋薑，秋薑想了想，答：「五年前的三樣是長生劍、珍瓏棋譜和夜光靈芝。」

「這幾年的呢？」

秋薑抿脣。「這幾年的我不知道。」

頤非一挑眉毛，似要嗤笑，被她冷眼一掃，不笑了，改為拍手道：「想知道今年的是什麼，上去看看不就行了？」

雲閃閃看著請柬，嘿嘿一笑。「沒想到小爺我也能收到請柬，看來是看在同為王夫候選人的分上。」

「那你可知其他二十三位客人是誰？」

「我去打聽打聽！」雲閃閃說著又興奮地跑出去了。

頤非盯著秋薑道：「我本打算搭乘雲家的船直接去蘆灣……」

「現在改變主意了？」

頤非注視著遠處的玖仙號，緩緩道：「胡九仙的客人裡必定還有其他幾位王夫候選者，正是一網打盡的好機會。要知道，在海上做點兒什麼，可比在陸地上容易得多。」

「最後還可以把一切都推到胡九仙頭上。」

頤非回眸朝她一笑。「跟心有靈犀的人說話就是舒服。」

秋薑沉默了一會兒，點頭道：「行。」她也想知道，胡智仁那條線現在是什麼情況。

秋薑手持一把鋒利的匕首，朝頤非劃了過去。

頤非沒有躲。於是那一刀就落到他的眉骨上，一截眉毛應刀而落。

秋薑刀快如電，無比精準地遊走在頤非臉上，頤非享受地閉上眼睛。

一時間，屋內只剩下「沙沙沙沙」的細微摩擦音。

最後，當秋薑停下刀，把一塊熱毛巾覆在頤非臉上，再掀開時，頤非的樣子又變得不一樣了。

如果說，他之前只是有六分像丁三三的話，此刻，則變成了九成像。

秋薑把鏡子遞給頤非，頤非一邊照著鏡子一邊嘖嘖有聲：「這就是傳說中的易容術嗎？」

「只是易妝術而已。」秋薑把刀收起來，一邊洗手一邊淡淡道：「丁三三性格孤僻，對下屬又十分嚴苛，外頭的人不了解他，你很容易蒙混過關。可是，一旦回到聖境，那裡都是跟他一起長大的同伴，你那三腳貓的水準很容易穿幫。」

「我現在有了妳呀。」頤非滿不在乎。

「所以你從今天開始要習慣這種裝扮，習慣自己臉上十二個時辰都擦著藥，習慣低頭，習慣跛腳，習慣時不時咳嗽，以及……」秋薑不懷好意地勾了勾唇。「習慣吃辣。」

頤非整個人明顯一抖。

他很認真地想了半天。「我可不可以找個說詞來逃避這一點，比如我受傷了，暫時不能吃辣什麼的？」

「不可以。」

「為什麼？」

「你知不知道丁三三為什麼總是咳嗽？」

「肺病？」

秋薑搖了搖頭。「喉炎。」

「那他還吃辣！」

「他說，只有不停吃辣才能證明他還活著。」秋薑說這話時，眼神裡有很深邃的東西。「如意門的每個人都會用不同的方式來發洩。有的是找一群妓女狂歡，有的是拚命洗澡，有的是故意去抓一隻小老虎，養大點兒再放生回山林，有的……就是吃辣。不停地吃，不停地咳，不停地痛苦。」

頤非盯著她。「那麼妳呢？妳怎麼發洩？」

秋薑沉默。

頤非的目光在閃爍。「我不相信妳是例外。」

「有些事情想知道的話，要自己去找。」秋薑淡淡道：「有些人習慣表現，有些人習慣隱藏。」

「妳是後者。」

「起碼我不會當別人的面吃糖人。」

這下子輪到頤非臉色微變。他聽懂了秋薑的意思。

沒錯，其實每個人都有怪癖，他的怪癖就是吃糖人，源於不可言說的童年。那麼秋薑呢？秋薑的怪癖，或者說，她的陰影是什麼？

一時間，心中的好奇溢得滿滿的。

但他也清楚，秋薑不會說的。

他和她的關係，遠沒到可以完全分享彼此祕密的地步。她若不說，他就只能自己去找。

秋薑見他不再追問，便將水盆端出去潑了。在此過程中，頤非一直注視著她。這個女人如果光看背影，泯然於眾，穿衣打扮都很沒特點，轉過身來看著正臉也不過覺得「還算清秀」，但為什麼第一次到薛采府中看見她時，他就有一種很奇怪的感覺，然後就莫名留意到她？而了解得越多，心中那種奇怪的感覺就更濃。

就好像此刻他明明注視著她，她也沒有走得很遠，只是在做一件再普通不過的事情，卻讓人感覺跟她的距離十分遙遠，她像是記憶中的一幅畫，眼睛一眨，就會消失不見。

難道，這是一個細作所必要的特質？

還是，這是秋薑特有的，所以，如意夫人才格外鍾愛她？

這時，雲閃閃又雀躍地回來了。「打聽到啦！給，客人名單！」

頤非頓時收斂心神，接過名單看了起來。

秋薑潑完水回來時，見頤非衝她古怪一笑。「看來妳也得易一下妝了。」

「什麼？」

頤非將名單輕彈，飛到秋薑手上，秋薑第一個看見的名字，就是——風小雅。

海面上下起了小雨。

海水湛藍，而小雨瑩白。

雨珠宛如一個多情的少女，奮不顧身地撲入心儀之人的懷抱，然後被無情地吞噬了。

風小雅坐在甲板上，望著下雨的海面，眼瞳深深，像是什麼都沒想，又像是想了很多很多。

焦不棄走出船艙，將一件黑色的風氅披到他身上，低聲道：「外頭冷，進艙吧，公

子。」

風小雅道：「今天幾號？」

「七月初一。」

風小雅的眸光閃了閃。「又是一年七月初一啊……」四年前的今天，他娶了秋薑。曾以為那是再續前緣的開始，最終卻成了孽債。

偶爾幾滴雨珠被海風吹得落在風小雅臉上，他整個人都縮在黑氅之中，只露出憂鬱的眼睛和蒼白的鼻子，然後，輕輕說了一句。「泛彼柏舟，亦泛其流，我心匪石，不可轉也。」

「誰傷了鶴公的心，為何有此感悟？」伴隨著一個高亢尖細的語音，船艙的擋風簾被掀開，一個人走出來。

此人約莫四十出頭年紀，穿一身青色長袍，美髯白臉，一副精明幹練的模樣。

風小雅回眸，表情轉為微笑。「葛先生可好些了？」

「咳，別提了！我這暈船的毛病估計是一輩子都改不好了，你說那胡九仙也真是的，在哪裡舉辦快活宴不好，非挑船上！害我每次都上吐下瀉，不得安生啊……」葛先生一邊抱怨，一邊裹緊外袍走過來，眺望著前方的海面道：「唔，這雨看來還得下一陣子……能見度這麼低，別錯過他們的船才好。」

「放心吧。我有天下最好的掌舵手。」

葛先生無比豔羨地看了焦不棄一眼，感慨道：「每回別人問我為何羨慕鶴公，我都回答原因有三。一是相貌，二是爹，第三，就是『不離不棄』這對僕人。」

風小雅莞爾。「所以你就哭著認我父親當乾爹嗎？」

「我是想認，但他不肯啊！」葛先生捶胸嘆息。「話說回來，好久沒見令尊了，他老人家又去哪裡逍遙了啊？」

風小雅眼底閃過一絲不可捉摸的異色，淡淡道：「他老人家已經過世了。」

葛先生一愣。「什麼？風丞相去世了？什麼時候的事？為何不曾聽聞？」

風小雅凝望著空中的雨珠，緩緩道：「家父曾言，生老病死人間百態，不要大肆張揚，省得仇者快、親者傷。就當是一場雨，來過，看過，化了，潤了萬物便好。」

「好一個來過，看過，化了，潤了萬物。他老人家的氣度，果然非我等庸俗凡人所能企及……」葛先生黯然。

風小雅換話題道：「雖然一、二是沒戲了，但第三你還是可以努力努力的。」

葛先生頓時有精神了，眼巴巴地望著焦不棄。「不棄兄弟，你開個價吧。要怎樣你們兄弟才肯來我這裡？風賢弟說了，賣身契早在四年前就還給你們了。」

焦不棄沉默半天才悶聲回答：「既已自由，就不再賣了。」

「不賣不賣，咱租還不行嗎？你們為我工作，我支付你們薪酬。如何？」

焦不棄看了眼風小雅，聲音更低，口吻卻更加誠懇：「公子在一日，不離不棄就不離不棄。」

葛先生肅然起敬，拱手行了一個大禮。「是我唐突了。今後再不提此事。」

焦不棄感激道：「多謝先生。」

葛先生搖頭嘆氣。「怎麼訓練出的這兩個可心人兒，真是羨煞旁人啊……」

風小雅笑笑。「放心。有機會的。」

「你就別安慰我了。你一日不掛，他們絕不離棄，你又比我年輕許多，我哪還有機

會？」

「放心，有機會的。」風小雅又說了一遍，依舊是雲淡風輕的面容，卻聽得人心頭一緊。

葛先生似乎意識到什麼，道：「你，沒事吧？這次見你，好像與上次不一樣了……對了，你的那位小夫人呢，怎麼沒陪你一起？」

風小雅目光微閃。「休了……」

「啊？為了程王？」葛先生驚訝。

風小雅點了點頭。

葛先生呵呵笑了起來。「也是，女人哪有江山來得過癮。更何況，程王相貌更在你那位秋夫人之上。休了也好，休了也好。」

說話間，一船夫匆匆從艙內跑出來，稟報道：「公子，看見胡老爺的船了。」

風小雅和葛先生都精神一振，凝目遠眺，果然，在他們的左前方，依稀有一個黑點。

葛先生高呼道：「快鳴笛！放黑焰！」

船夫吹響號角，與此同時，三枚黑色的焰火直竄上天，在空中炸開，紅光閃爍。

三下之後，左前方的黑點上方果然也竄起三道銀線，在四周陰霾的雨天裡，看起來格外醒目。

葛先生喜上眉頭。「太好了！就是他們！加足馬力開過去——」

風小雅所在的船隻立刻鼓足風帆朝黑點馳去，伴隨著距離的逐漸縮短，那黑點也越來越清楚、越來越大，最後，一艘極為雄偉龐大的黑色大船便呈現在眼前。

船高三層，長三十餘丈，全用榫接結合鐵釘釘聯，共有五桅，桅杆上掛著以竹子編製而成的黑色船帆，上面畫了一個華麗的「玖」字。

看到這面船帆，風小雅便知道他們確實是到了。

到了一年一度的快活宴現場。

而此時的秋薑和頤非，已經扮作兩位僕人，跟著趾高氣揚的雲閃閃上了「玖仙號」。

「快活宴舉辦至今，已十年了。今年是第十年……」葛先生說到這裡，曖昧地朝風小雅笑了笑。「為了不讓它成為最後一屆，還要鶴公多多努力，讓胡九仙落選王夫才是。」

風小雅淡淡道：「精明的商人不會把身家性命全部押在一處。」

「鶴公的意思是，胡九仙只是走個過場，不會娶程王？」

風小雅看著手裡的賓客名單，目光落在其中三個上。「除非，他另有圖謀……」

葛先生也看到了那三個名字，沉吟道：「確實，以往貴客都是與胡家有生意往來的，今年卻多了同是王夫候選者的你們四個，著實讓人琢磨不透啊……」

「長琴馬覆……小周郎周笑蓮……金槍雲閃閃……」風小雅低唸了一遍這三個名字，抬眸看向葛先生。「先生對他們了解多少？」

葛先生聞言一笑。

雲閃閃登船後，被胡家的管家引到「立冬」房間內。

頤非和秋薑第一時間開始搜查房間，確定沒有暗格密道和監視後，坐下開始商議具體事宜。

他們同樣看到了馬覆和周笑蓮的名字。

但這次，解說的人，變成了雲閃閃。

「長琴本是大皇子麟素的圖騰，他死後，女王把這個封號賜給了馬覆。除了因為馬覆的琴彈得極好之外，更因為他武功很高，是程國百姓公認繼二皇子涵祁之後，武功最高的年輕人——當然，比起我哥還是差了那麼一點點的。」

頤非笑嘻嘻地看著秋薑。「妳有補充的嗎？」

秋薑想了想，道：「馬覆沒有上過戰場，如果真的交手，確實不及雲笛。」

雲閃閃聞言大悅，讚道：「有眼光！」

風小雅沉吟道：「太子長琴，始作樂風。歡則天晴地朗，悲則日暈月暗。」

「對。」葛先生頗為感慨。「我有幸見識過馬覆的武功，他用的武器就是琴，不愧長琴之名。這大概就是所謂的歹竹出好筍，他爹馬康，可是全國的笑柄啊。」

「就是那個騎象上朝的馬康嗎？」

「沒錯，就是他。當年程三皇子頤非，因為氣惱馬康只送汗血寶馬給二哥涵祁，故意使壞，說了句『大人就當配大騎。此間以馬大人最為年長，而百騎之中，又以象最為巨大，馬大人今後就騎象上朝吧』。自那之後，馬康只能騎象上朝，撐了幾日實在受不了，辭官歸隱了。」

風小雅若有所思：「涵祁與馬覆交過手嗎？」

「沒有。馬覆和涵祁生前私交不錯，經常切磋武藝，而且一直沒贏過涵祁。故而他的名氣，是這一年才起來的。」

「未必是贏不了，也許是故意輸。」

「如此說來，此人倒是心機深沉之輩，需要提防。」葛先生停了一下，說第二人：「至於小周郎……」

風小雅接了下去：「百年周家，兵器之王。」

「程國民間流傳著這樣一句話——用的十把菜刀裡，周家獨占其六。菜刀都如此，更何況其他。與之相比，所謂的謝繽之流不過是月邊螢火，不足為道……」

頤非聽到這裡，似笑非笑地睨了秋薑一眼，秋薑沒有任何表情。

「如今不打仗，兵器買賣不好做，好多店家都倒閉了，只剩周家還在支撐。人說瘦死的駱駝比馬大，更何況其母是和安公主，可惜死了，不然周家的勢力會更大的。這個周笑蓮，長得還不錯，故而外號小周郎。」雲閃閃皺了皺鼻子。「不過他性格怪得很，悶嘴葫蘆一個，問十句話才答一句，經常不知道在想什麼，而且痴迷修真。」

「修真？」

「嗯，天天煉丹想升天。」

風小雅露出感興趣的表情。「有意思……」

「所以胡老爺這次居然也把他請來了，讓我很是意外啊。有他在，估計會殺風景的吧。」

「那麼，雲閃閃呢？」

「雲二公子是個紈褲，仰仗兄長之勢，狐假虎威，倒是沒什麼心眼，也沒聽說有什麼惡跡。」

「先生認為為何八位候選者，胡九仙只選我們四個？」

葛先生沉吟片刻，回答：「小人拙見，薛相他是請不到的……」說到這裡他露出一個曖昧的笑容。「雖然薛相可以說是他的半個女婿。」

風小雅揚眉。「你指胡倩娘那件事嗎？」

「是啊，薛采封相，文士不服，薛采擺下擂臺，仿效鼎烹說湯之舉挑戰眾人，第七天，來了個書生要與他比彈琴，卻被他弄斷了琴弦。」

「於是那女扮男裝的書生就吵著要嫁給他……」提及此事，連風小雅也不由得啼笑皆非。

「那書生就是胡老爺的獨生女兒，芳名倩娘，今年十六歲。因為母親早逝，胡老爺對她嬌寵得沒了邊。雖然挺漂亮的，但性格真是不敢恭維。」

風小雅道：「那就糟了。薛采最不喜歡任性妄為的人。第一他羨慕，第二他嫉妒，第三他絕不會承認這兩點。」

「薛相才多大呢，哪有那個心思。不過以胡家的權勢，倒也配得起，可惜比薛相大了足足七歲，等薛相大了，胡小姐也人老珠黃了。」

眼看話題就要深入，風小雅及時打住。「此事先不細說。」

「好。剩下的兩個候選人中，王予恆與人比武受了傷，在家養著，下月能不能去得了歸元宮都是問題；至於楊爍……不夠資格。」

「為什麼？」

「五大士族，現在最厲害的當然是我們雲家，但是楊家總吹噓他們歷史悠久，出過三任大將，有個屁用！後繼無力，還不是沒落了？這代的當家叫楊回，一心想在文章上出人頭地，可惜天賦不高，蹉跎了大半輩子都無所建樹……」雲閃閃說到這裡，突然表情一肅。「但我們要小心他的兒子楊爍。」

「喔？」

「馬覆最多不過城府深一點兒，人虛偽一點兒。楊爍卻是噁心的小人啊！」

秋薑挑了挑眉，又「喔」了一聲。

看著雲閃閃義憤填膺的樣子，頤非輕笑了起來，悠悠道：「楊爍可是個妙人啊……」

「照理說有那麼個老古板的爹，兒子也應該一板一眼、正正派派，但楊爍不是，他十一歲就跟楊回鬧翻了，離家出走長達十年，在外漂泊，交遊廣闊，上到達官貴人，下到販夫走卒，都有他的朋友。」

「也許他性格豪邁，喜歡交朋友？」

葛先生搖頭。「但他結交過的朋友，事後沒一個說他好話的，全在罵他。」

風小雅目光微動。「罵他什麼？」

「罵他欺詐，騙朋友的錢去賭，賭輸了還玩失蹤；罵他無恥，朋友的老婆和女兒也染指；罵他坑蒙拐騙，總之這十年來就沒做過什麼好事。」

「他都這樣了，還能交到那麼多朋友？」

「沒辦法，他雖然是個壞痞，卻有萬里挑一的真本事。」

「是什麼？」

葛先生指了指自己的眼睛。「首先，他有一雙好眼。」然後又指了指自己的手。「其次，他有一雙好手。」

風小雅眼睛一亮。

葛先生道：「好眼，是指看到東西，第一時間就能判斷出它的來歷，估算出大概的價格；而好手，就是能將東西仿造出來，其所做的贗品，可以以假亂真。」

風小雅悠然道：「這樣的人當然會受歡迎，因為很多見不得光的事情都需要他幫忙。」

「是的。但會請這種人辦事的人，本身都有點問題，所以被他陰了，吃了啞巴虧，也沒辦法。」

風小雅皺了皺眉。「淫人妻女還是太過了……」

「要不怎麼說他沒資格上胡老爺的船呢。」葛先生詭異地笑了起來。「女王之所以選他，估計是想氣死楊回，否則萬萬輪不到這樣一個人成為程國的王夫。」

「至於風小雅，就不用我多說了。你們想好對策了嗎？」雲閃閃拍拍手，結束了解說。

頤非挑眉看向秋薑。「妳可有主意了？」

「伺機活擒周笑蓮和馬覆，再沉船脫離，交給雲笛做人質。」

「那麼風小雅呢？」

秋薑回答得很快：「殺了。」

「妳捨得？」

「活擒難度太大。」秋薑冷冷道：「老子都殺了，何況兒子？」

頤非拊掌稱讚：「不愧是殺伐果斷、冷血無情的七主。」

「很好，那就這麼決定了！」雲閃閃拍案。「行動！」

淅淅瀝瀝的小雨中，風小雅的船跟玖仙號越來越近……

黑船放下踏板，孟不離和焦不棄用滑竿抬著風小雅走過去，葛先生緊跟其後。

一個相貌俊美、二十出頭的英武男子前來迎接，笑吟吟道：「風公子，葛先生，辛苦辛苦。快請進——」

一池碧水首先映入眼簾。

只見甲板正中央刻意挖出一個三丈見方的洞，用防水木板封死後引入清潔水源，硬生生地變出一個池塘。池水十分清澈，底下的鵝卵石歷歷可見。更有幾位絕色美人不怕雨，穿著紅衣在水中悠閒地游來游去。那水應是熱水，蒸騰的水霧如煙如雲，紅色絲帶漂來拂去，當真是猶如夢境。

大海之上，清水如金，異常珍貴。

此船卻將這麼多水拿來游泳。僅此一景，已不負「快活」之名。

風小雅心中讚嘆，但表面不動聲色地繼續前行。

過了池塘後，高闊的船艙便呈現在前方。右側有樓梯直通二樓，底層未開，想來是宴客專用。

孟不離和焦不棄正要抬風小雅上樓，梯旁「喀喀喀」落下一個一人多高的大鐵籠。說是鐵籠也不確切，鏤空花紋十分秀美，裡面還鋪著柔軟的波斯地毯，更像是一間華麗小屋。

英武男子解釋：「聽聞風公子行動不便，故而特地準備此梯，請進。」

五人連同滑竿一起進去，還不嫌擁擠，男子將扣門合上，又一陣「喀喀」輕響，整個籠子便緩緩升了上去，直達二樓。

風小雅看了看這個鐵籠，讚道：「此物不錯。」

男子殷勤道：「公子如果喜歡，宴會結束、離船之際可一併帶走。」

「那倒不用。不過是鬼匠韓窗的機關術，雖然罕見，倒不難做。」風小雅淡淡道。

男子見他一語道破此鐵籠的機關來歷，眼神立刻多了幾分敬意。「也是。風公子向來博聞強記，小艾班門弄斧了。」

「你叫小艾？」

葛先生介紹道：「他是胡府管家，艾小小。」

艾小小愁眉苦臉道：「真名實在寒磣，讓公子見笑了，稱呼我小艾即可。」

風小雅笑道：「你是小艾我是小雅，咱們連起來倒也有趣。」

葛先生哈哈大笑起來。「艾雅，哎呀，果然有趣！」

一番話讓大家都笑了起來。尤其是艾小小，道：「風公子真是幽默風趣，有機會請一定讓我敬您幾杯。我知道風公子不喝酒，喜歡茶，所以準備了幾款茶中珍品，就等公子淺嘗。」

葛先生拍了拍他的肩膀。「看到了吧，這就是胡老爺的管家，把客人的喜好都摸透了！難怪年紀輕輕就成了天下首富家的管家啊！」

「葛先生折煞小人了。」艾小小謙虛地將他們帶到艙門前。

二樓一共有二十四扇門。雕梁畫棟不說，每扇門上都刻著一個名字——「立春」、「小雪」、「寒露」、「驚蟄」等，原來是二十四節氣。

「這就是客房。兩位請隨意選擇一扇門吧。門上掛著燈籠的，說明裡面已經有客人了。」

二十四道門，此刻有六盞都掛起了燈籠，說明除了他們，已經來了六位客人。

葛先生笑道：「我這個人很長情，自從第一次住了『穀雨』後，就次次住『穀雨』。這次也不例外。鶴公選哪間？」

風小雅遲疑了一下，才回答：「『立秋』吧。」

「立秋是個好日子。」葛先生走向房門，邊走邊道：「那咱們暫別一段時間，等會兒見。」

風小雅等他進門了，示意孟不離和焦不棄抬他進「立秋」。

「立秋」位於船艙最西側，從外面看，黑門黑牆，與別處並無不同。推開門後，裡面是個布置得異常柔軟舒適的房間，分裡外兩間，外間還有專供僕人休息的床榻。因為位於船側，窗戶比其他房間多，內間十分明亮。鋪著綠色錦氈的榻旁，有一個半人高的象牙花瓶，裡面放了一把猶帶露水的薑花。

風小雅微微變色。

第十六回　賭局

秋薑像蜘蛛一樣攀爬在三層船艙的天花板上，注視著下方的一群鶯鶯燕燕。

她已將整艘船查看了一圈，甲板下一層是貨艙和僕婢們的住處。甲板上一層前半部分是宴客廳，後半部分是廚房和侍衛們的住處。二層是客房，三層則是胡九仙自己和家眷們的住處。

船上共有侍衛一百人、水手二百人、僕婢雜役一百人。每位客人可帶兩名僕人上船，一共差不多五百人。

胡九仙的獨生女胡倩娘也在船上，光她一人，就有二十名婢女。這些婢女全都穿著紅色衣衫，只不過紅的顏色有深有淺，婢女的名字就是她的衣衫顏色，如妃色、品紅、胭脂、茜色什麼的……

此刻，這些紅衣婢女正圍著胡倩娘。胡倩娘約莫十五、六歲，身形高䠷，五官秀麗，是個漂亮姑娘。

只見她抽掉其中一塊地板，底下露出一片碗口大的水晶。

婢女們在旁七嘴八舌道：「小姐、小姐，看到了嗎？」

「風小雅選了『立秋』呢！」

「他是不是真的那麼英俊啊？」

天花板上的秋薑一怔——她們竟能看到二樓客艙內的情形？可是，她跟頤非明明檢查過雲閃閃所住的「立冬」房間，並無暗格啊！還是，只有少數幾個房間能偷窺？

一時間，她不禁有些好氣又好笑——如此隱蔽的機關，卻被這位大小姐跟婢女們浪費在看美男上，胡九仙估計得氣死……

底下的房間裡，焦不棄看到薑花，驚訝道：「他們竟連這個都準備了？」

「胡九仙要讓所有的客人都敬畏他，自然要給一個下馬威。而這薑花和剛才的鐵籠，都不過是在告訴我——他很了解我。」

孟不離和焦不棄有些擔憂地對視一眼。

這時風小雅眉心微動，比了個禁聲的手勢。

然後他抬起頭，不偏不倚地看向了天花板上的某處——

「就是他嗎？」

「就是他！」

「讓我看看！讓我也看看呀……」

「等等，我還沒看清楚呢……」

天花板十分華麗，布滿雕花，看不出有什麼異樣，可嘰嘰喳喳的聲音，又確實是從上面傳來的。

「呀，他抬頭了！會不會發現我們了呀？」

「怎麼可能！只能咱們看見他，他看不見咱們的！」

「我說妳們都給我小聲點兒……」

風小雅對孟不離使了個眼色，孟不離會意，突然飛起一掌擊在天花板上。只聽上面女孩子們驚呼一聲，但木板沒有碎。

孟不離怔了一下，他那掌用了五分力度，莫說木頭，石頭也要裂一裂，怎麼這天花板卻紋絲不動？

風小雅皺眉，還沒想好下一步怎麼做，一個聲音格外清晰地響了起來——

「行了，都被發現了，還藏什麼藏？光明正大地下去看吧！」

伴隨著這個又清脆又嬌俏的聲音，頭頂兩塊木板突然移開，扔下一根繩，一個錦衣少女抓著繩子飛了下來，像朵花一樣輕盈地落到風小雅面前。

只一眼，風小雅就知道她是誰了。

因為，少女全身並無配飾，只在腰間掛了一把鑰匙。

朱紅色的鑰匙，雕琢成花的形狀，粗看只有一朵，細看就會發現乃是用上百朵花密密麻麻連在一起，才拼湊出來的。

這是四國最有名的園林的鑰匙。

園林座落在璧國的帝都，單名一個「紅」字。

人間天堂——紅園。

它的主人正是胡九仙。而紅園，是他送給獨生女兒胡倩娘的禮物。

「胡小姐？」風小雅揚眉。

少女展齒一笑。「我是。你就是燕國赫赫有名的鶴公嗎？」

胡倩娘說著繞著他走了一圈，將他細細打量。「你殘廢了？」

「唔……沒有。」

「你生病了？」

「唔……也沒有。」

「那我問你，為何你從來不自己走路，非要坐車？此刻上了我的船，也還坐在滑竿上？」

胡倩娘清亮的眼瞳，宛如一枚針，毫無預兆地扎了過來。

從來沒有人……當面問過風小雅這個問題。

風小雅靜靜地注視著胡倩娘，胡倩娘等了一會兒，見他遲遲不答，便挑起了眉毛。

「怎麼，那麼難以啟齒？」

風小雅將目光轉開，淡淡道：「我知道薛采為什麼不喜歡妳了。」

此言一出，胡倩娘的臉「刷」一下變白了。

而頭頂上方，頓時響起一片嘰嘰喳喳的叱喝聲——

「你說什麼呢！誰說薛相不喜歡我們小姐的！你不要胡說八道啊！」

「就是就是，你這個人怎麼這麼討厭啊，你說不喜歡就不喜歡啊？」

「哼，還以為是多麼了不起的男人呢，不過是個殘廢罷了！憑什麼……」

她們正吵作一團，胡倩娘怒道：「妳們給我閉嘴！」

上面霎時安靜了。

胡倩娘深吸口氣，冷眼望著風小雅道：「你說，為什麼薛采不喜歡我？我倒想聽聽原因。」

「因為妳無禮。」

「你！」胡倩娘雙目圓瞪，眼看就要發火，卻又生生忍住。「他……他這次為什麼沒跟

你一起來？」

「他為什麼要跟我一起來？」

「你不是從他府裡過來的嗎？」胡倩娘急了。「我讓人加送了請柬過去的，為什麼他不來？」

風小雅笑了。「所以，妳其實是來找他的？」

「是！但也是來找你的。」

「就為了問問我為什麼不自己走路？」風小雅揚眉。

「我是問問你，對娶頤殊那個不要臉的女人到底有幾分把握！」胡倩娘氣壞了，索性一口氣吼了出來。

風小雅「唔」了一聲：「跟妳沒關係。」

「怎麼沒關係了？我可是看好你的呀！」

風小雅怔了怔。「喔？」

胡倩娘冷哼一聲：「雖然你是個殘廢，但年輕，長得不錯，還有十幾個老婆，對付女人肯定很有一套。所以我押你。」

「押？」

「你不知道嗎？自從頤殊那個不要臉的女人要選丈夫的消息出來後，陛下就搞了一個博奕，讓大家猜你們誰會中選，本來買長琴公子的人最多。」

胡倩娘是宜國人，她口中的陛下指的是宜王赫奕。那可是個非常有趣的君王，又稱「悅帝」，他能做出這種事情來，風小雅一點兒都不覺得奇怪。

「那現在呢？」

「現在我買了你，所以你一下子變成最被看好的了！」胡倩娘說起這話時，神色極為倨傲，一副「你快來謝恩」的表情。

風小雅只是笑了笑。

胡倩娘果然很不滿意他的反應。「你不感激我？」

「你買了我，贏了錢是妳的，與我何干？」

胡倩娘的表情轉為嚴肅。「我既然買了你，當然會千方百計地力挺你入選，而且，你非贏不可！」

「是什麼讓妳如此看好我，並把寶押在我身上？」

「我說了呀，你年輕，長得不錯，對女人很有經驗……」

風小雅打斷她的話。「開門見山吧，胡姑娘，繞著圈子說話是很累的。」

胡倩娘的臉由白到紅，再由紅轉白，眼圈忽然溼潤了起來。

風小雅也不催促，默默等著。

他不急，樓上的婢女們卻各個急了，七嘴八舌地喊了起來——

「小姐，快告訴他呀！」

「是啊，妳買都買了，不能反悔了的！」

「小姐肯定是後悔了，早知道鶴公是這樣一個人，才不要買他呢！」

「對對……」

胡倩娘再次叱喝道：「妳們給我閉嘴！然後——滾！統統滾！」

樓上響起凌亂的腳步聲，大家忙不迭地走了。

如此一來，房間總算徹底安靜。

胡倩娘深吸口氣，沉聲道：「我不能讓我爹娶頤殊。」

「為什麼？娶了女王，對你們胡家來說是錦上添花，百利而無一害。」

「總之不許！我不能讓任何女人來取代我娘的地位，就算對方是皇帝，也不行！」

風小雅淡淡想：果然是個被嬌寵壞了的姑娘。如果是秋薑的話……

內心深處某個地方突然輕輕一悸，像是一顆石子投進水裡，泛起漣漪無數。

風小雅忽然想起，秋薑跟胡倩娘不一樣。她們怎麼會一樣呢？一個是無父無母、無依無靠，接觸著人生最陰暗面的細作；一個則是含著金湯匙出生，要風得風、要雨得雨的豪富之女……所以一個萬般算計，一個肆無忌憚。

風小雅的眼瞳一下子寂寥了。

胡倩娘緊張地觀察著他的反應，見他神色有異，便煩躁道：「你到底要不要我幫忙，給句痛快話啊！」

風小雅垂下眼睛。「有些話我只說一遍。胡小姐，妳要聽好。」

胡倩娘怔了一下。「什麼？」

「一，我很討厭別人胡亂對我指手畫腳，即使對方是皇帝，也不行。」風小雅抬頭睨她一眼，平淡的語音裡有種難以描述的冷酷味道：「更何況妳還不是皇帝。」

胡倩娘眼中冒起了怒火。

「二，妳並沒有妳所認為的那麼神通廣大，妳幫不幫我，不會改變任何事情。」

胡倩娘大怒。「你！」

風小雅根本不給她說話的機會，繼續道：「三，也就是回答妳之前的那個問題——為什麼我不自己走路。因為我喜歡，因為我的隨從願意，更因為妳管不著。」

胡倩娘顫聲道：「你……你……你得罪了我，會後悔的！」

風小雅微微一笑。「如果妳是薛采的妻子，我還會有點內疚，但很顯然妳不是。」

他句句戳中胡倩娘痛腳，只把胡倩娘氣得夠嗆，一跺腳，扭頭就走。

房門被她一腳踢在牆上，震得地板好一陣輕顫。

直到胡倩娘的身影消失不見後，焦不棄才忐忑開口：「公子……為何這樣對她？」

風小雅望著門口的方向，眼底依稀有些感慨。「你也覺得我過分了？」

「有點……公子本不是這樣刻薄的人。」

「她會生氣嗎？」

「她都快氣死了……」焦不棄十分擔憂。畢竟在人家船上，要是胡倩娘真的報復起來，可怎麼辦？

風小雅並不說話，而是在滑竿扶手上一拍，整個人飛了起來，直接躍上三樓。

上面是個巨大的房間，擺著一張琴案，旁邊各有兩扇屏風，看起來是胡倩娘的休憩之所。因為婢女們都被胡倩娘斥退了，此刻空無一人。

風小雅走了幾步，停下了。

他抬起頭，注視著上方的橫梁。一開始上方人多嘈雜，沒有注意到，可等胡倩娘遣走婢女後，此地仍有一人的氣息藏匿著。

那氣息十分微弱，幾不可察，但對他而言，實在太過熟悉，瞬間反應了過來。

他的眼瞳由淺轉濃——

秋薑，是妳嗎？

秋薑一溜煙地逃回了「立冬」房間，關上房門後，還覺得心「撲通撲通」跳得極快。之前什麼都不記得了，面對風小雅時雖然茫然，但還算鎮定。可此刻記起一切，再見他，心境已截然不同。說不出的愧疚、懊惱、怨恨……像蛛網一樣纏在心間，不得安寧。

秋薑不得不深呼吸，閉上眼睛一遍遍地想：我是無心之人，我是無心之人。

當她睜開眼睛時，前方赫然出現三兒的臉——當然不是真正的三兒，而是頤非。距離超乎想像的近，五官被仔細放大後，呈現出某種隱晦的真實來。

可那真實不過曇花一現，在與她的視線對上後，立刻再次沉入偽裝。

她情不自禁地想：頤非，也是個無心之人。

「妳遇到了什麼？」頤非一笑，開口問她：「風小雅嗎？」

「胡倩娘的房間可直達『立秋』。我懷疑『立冬』也不安全。」秋薑說著飛身躍起，檢查上方的天花板。

頤非歪著腦袋看她。

秋薑仔仔細細檢查一遍後，沒發現異樣，看來「立秋」屬於特殊情況，是因為胡倩娘要見風小雅，所以才安排風小雅住那個房間的嗎？可是，房間不是由客人們自己挑選的嗎？

似看出了她的疑惑，頤非道：「房間不可換，門牌卻是可以換的。」

也就是說，房間是早布置好等在那裡的，風小雅無論選什麼節氣，都會被領到那裡，難怪屋裡還有薑花。

秋薑沉吟片刻，翻身落地，問頤非：「你打探到了什麼？」

「周笑蓮住在『小雪』，馬覆住在『驚蟄』，他們都是孤身前來，沒帶隨從。」

「他們真放心胡九仙。」

「胡九仙一向信譽良好，快活宴也風評極佳。更重要的是——」頤非邪邪一笑。「帶著隨從不夠快活。」

秋薑立刻明白他的意思。船上的那些美人，可不是光擺著看的。她轉移了話題：「找到胡智仁了嗎？」

頤非大剌剌地坐下，指了指几上空著的茶杯。秋薑只好上前為他將茶斟滿。

頤非呷了一口茶，輕描淡寫道：「他死了。」

「什麼時候？怎麼死的？」

「去年。他勾結燕國大長公主鈺菁意圖造反，被揭穿後逃走，先是落到了宜國密使鄭端午手中，後逃脫，被孟不離所殺。屍首被送回玉京面呈謝皇后，確認無誤。」

秋薑皺眉，覺得哪裡怪怪的。

「不過，送屍首的箱子裡有張字條，署名卻是謝繁漪。」

秋薑腦海中有關奏春計畫的碎片終於被一根線串聯了起來，這條線就是謝繁漪。

頤非繼續道：「據說燕王有個孿生弟弟，因有天疾被老皇帝所棄，後被三才先生謝懷庸救回家，改名謝知微，同謝繁漪青梅竹馬、兩情相悅。鈺菁公主知悉後暗中籌謀，想用謝知微替換彰華成為燕王。」

偷天換日，原來真的是偷天換日！

兩人既是孿生兄弟，相貌必定一樣，殺了風樂天，換掉近侍，再加上有鈺菁公主在旁操控，確實可以做得神不知、鬼不覺。

「謝繁漪沒有死？」在她所知道的情報裡，謝繁漪出嫁時遇到海難死了，所以彰華後來才另選謝長晏為后。

「沒有。她在如意門的安排下假死，跟謝知微一起來到程國，隱姓埋名，等待時機。」

果然，謝繁漪才是燕國奏春計畫真正的執行者，而不是胡智仁。

秋薑想到這裡，手握成拳，沉聲道：「這個時機就是謝長晏嗎？」

「對。謝長晏退婚後化名十九郎，遊山玩水寫遊記，名聲漸著。去年她來到程國時，頤殊還去拜訪過她。而等候多年的謝繁漪，趁機綁架了她。」

去年，也就是三王會程之前……秋薑用手指有一下、沒一下地敲著几案，沉吟道：「彰華得知謝長晏失蹤，親自前去程國尋她，就這樣落入了謝繁漪的陷阱？」

「對。但他其實早有提防，而且運氣很好，沒有死成，最終扳回一局，謝繁漪輸了。」

謝繁漪輸了，即意味著鈺菁公主輸了，如意門輸了。

「胡智仁受到牽連，被胡九仙察覺，死於謝繁漪跟孟不離之手。以上，就是我探聽出來的全部。」頤非呷了一口茶，不再說話，靜靜地注視著秋薑。心中忍不住想，如果當年秋薑沒有被送上雲蒙山，沒有失憶，還在如意門中的話，也許一切就都不一樣了。

冥冥中似有一隻神奇的手，撥亂反正，逆了乾坤。

秋薑低著頭，不知在想些什麼，眼眶竟然有點發紅。她是在難過嗎？因為如意門的計畫失敗了，所以難過？

在他的猜測中，秋薑抬起頭，深吸口氣，正色道：「如意門的釘子，最少兩人。一個出事了，另一個可以頂上。」

也就是說，胡智仁雖然死了，但這快活宴上，最少還有一個如意門的細作。會是誰？長袖善舞的艾小小，還是泯然於眾的某個人？

忽見秋薑的目光掠向他，頤非心頭一緊，不會吧？「妳要幹麼？」

「幫我找出那個人。」秋薑停一停，補充道：「你以丁三三的身分出現，應該會比較容易。」

「以七主的身分出現，也許更容易。」

「可風小雅在這裡。」

頤非想，好吧，如此一來，確實只有自己比較方便。「那怎麼讓對方知道我在找他呢？」

秋薑手一翻，從丁三三的腰帶裡抽出一把軟劍——頤非一驚，他換上丁三三的衣服多日，竟不知腰帶裡面還藏著一把劍！

「此劍名薄倖，意思就是它像薄倖的人一樣，能傷人於無形，銘心於刻骨，一生都不會癒合，是聖境內的十大神器之一。」秋薑說到這裡，想起了一些往事。在不堪回首的少年記憶裡，訓練是辛苦的，淘汰是殘酷的，但獎勵，也是十足豐厚的。

聖境的十大神器，只有最優秀的孩子才能得到。

她同期的那一批弟子，三百人最後死的只剩下十個。如意夫人帶他們十人去藏劍閣內選兵器時，秋薑第一眼就看到了它。

一條腰帶靜靜地懸掛在架子上。

細作們的武器，講究隱蔽實用，大多暗淡無光，唯獨這根腰帶，鑲金嵌玉，包著綢緞、繡著紋理、垂著流蘇，精緻又華美。

如意夫人問：「誰要？」

十人全都默不作聲。

如意夫人笑了。「因為覺得太搶眼了，所以不敢要？」說完，她把腰帶解下，從扣環處緩緩拉出了裡面的軟劍。

腰帶不過是劍鞘，真正的武器是裡面的劍。

比起腰帶的華麗，劍刃樸素無光，二指寬、二尺長，薄薄軟軟，像張紙片。如意夫人挽了個劍花，那紙片就「嗖」一下挺直了，再反手一插，軟劍插進石壁之內，只剩下與劍身同樣輕薄的劍柄在外面。

如意夫人拈住那一截劍柄，把它拔了出來。石壁上出現一條細細的裂縫，然後「喀喀喀」像蛛網一樣裂開，整堵牆都碎了。

十人都驚呆了。

吹毛斷刃的兵器並非不存在，但像這把軟劍一樣至柔至利的，卻很稀少。一下子大家全沸騰了起來。

「我要！我要！」

如意夫人一句話打消了其中一半的念頭，她笑咪咪地說：「劍長二尺，你們也看見了，一旦沒有控制好，後果不堪設想。所以只能放在這個特製的劍鞘中。」

這根腰帶二尺二長——這是個很尷尬的長度，對女子來說，過粗了；對男子來說，又過細了。最後，只有丁三三一個人適合。

他是個腰圍二尺二的男子。自那之後，為了這把劍，他極力控制飲食，再沒讓自己胖起來。

因此，此刻秋薑握著此劍，想起丁三三二尺二的腰圍，然後不合時宜地怔忡了一下——咦？頤非的腰也那麼細啊……

頤非嘆了口氣道：「幸好那天我搶先出手，沒讓丁三三抽出這把劍。」

秋薑把劍遞給他。「你知道該如何做了？」

「知道。如此奇珍，當然要拿到快活宴上去賣個好價。」而看見了這把劍的細作，自會主動走過來。

秋薑點點頭，目光則情不自禁地再次往頤非的腰上飄——唔，還真是二尺二的腰啊。

頤非自是不知道她的小心思，將劍小心翼翼地裝回腰帶中，道：「去找雲二。」

「他在做什麼？」

「做豬。」

秋薑挑眉，然後明白過來，雲閃閃在賭博。

作為如意門弟子，秋薑自也精通賭術。

在圈內人看來，雲閃閃這種豪客是豬，入了賭局得先養，養得懶了、沒戒心了，再殺。

而此刻的雲閃閃，正被養得很愉快，面前已經堆起一堆籌碼。兩位紅衣美人一左一右地靠在他身邊，一個剝櫻桃，一個搧扇子，極盡討好之事。

雲閃閃愜意地一邊吃著餵到嘴邊的櫻桃，一邊捲起袖子把籌碼全部往前一推，大喝一聲：「大！給小爺開——」

莊家打開骰盅，三顆骰子分別是三三六，正是大。

雲閃閃當即興奮地大跳起來。「贏了！」

「二公子好厲害啊！這麼旺！」美人趁機諂媚。

雲閃閃隨手丟了幾枚籌碼給她。「來來來，繼續繼續！」

頤非看到這裡，知道這豬算是養好了。他索性將手抄在袖中，等著看莊家如何殺豬。等雲閃閃輸了之後再拿出薄倖拍賣，更合情合理。

那邊，莊家抄起了骰盅，骰子搖動撞擊盅壁的聲音宛如催命的魔音，多少人死在裡面而不自知。

與此同時，秋薑提著一個空水壺走出房間，立刻有一名綠衣婢女注意到了，迎上前來。「這位大娘，有什麼需要的嗎？」

「我家公子玩累了回來後是要喝茶的。船上可有泉水？」

婢女笑道：「有。我去為您取……」說著便要來接她的水壺。

秋薑道：「可有泉水？」

婢女愣了愣，答：「有。」

「勞煩妳帶我去，我來選可好？」秋薑說著無奈地嘆了口氣。「二公子的舌頭刁得很，一般泉水他是不喝的。」

婢女想必對雲閃閃的刁蠻作風有所耳聞，當即欠身道：「如此請跟我來。」

秋薑跟在她身後下了一樓。一樓是主要的宴客場所，看守極嚴，每隔二十步就有一名侍衛。

兩人來到另一側樓梯，正要下甲板時，不遠處呼啦啦走來一群人。

走在最前面的正是胡倩娘，身後的紅衣婢女們一邊追一邊勸道：「小姐！您消消氣！他是老爺的貴客，有什麼事等他下船了，我們一定給您報仇！」

「是啊，小姐，該走的人是他不是您啊！還有我們現在在很深很深的海上，方圓幾十里都沒陸地，小船根本划不到岸的！」

胡倩娘怒道：「我不管！我要去璧，親自去問問，為什麼他不來！」

一行人來到近前，綠衣婢女連忙退開，讓出通道。秋薑也低頭照做了。

胡倩娘果然沒有留意她們，快步走了過去。倒是她身後有個紅衣婢女開口：「艾綠，妳不在二樓伺候，怎麼在這裡？」

「回茜色姊姊，雲二公子要喝茶，我帶他的僕人來選泡茶用的水。」

茜色還待再問，但見胡倩娘走遠了，只好作罷，追了上去。

艾綠繼續領秋薑下甲板，底下是一個圓弧形的大廳，兩頭通著一間間艙室。幾個褐衣婦人坐在廳中做針線。

艾綠上前跟其中一人說明緣由，婦人起身掏出一把鑰匙，將其中一間艙室的門打開。

艾綠道：「大娘請進。我們船上一共備了十二種泉水，分別是……」

秋薑走進去，裡面是個貨艙，整整齊齊地擺著幾十個木桶，每個桶上都貼著名字。除了泉水，還有各種酒水。

秋薑的眼睛先是一亮，然後又黯淡了。

艾綠介紹完十二種泉水，神色恭敬中掩藏著驕傲——在大海上，能夠儲備如此多泉水的，也獨此一家了。「不知哪種符合雲二公子的口味？」

秋薑下意識去握自己的手腕，然後才想起她的佛珠沒有了。自陶鶴山莊醒來後，她的佛珠就不見了，想必是被風小雅摘走了。沒了那件利器，真是太不方便。否則，趁這機會下點兒毒，一切將更容易。

她一邊心中遺憾，一邊回答：「中冷泉吧。」

艾綠掀開中冷泉的桶蓋，將壺裝滿，遞給她道：「可要配什麼茶葉？」

「不必，我們自帶了。」

「那我稍後送炭爐上去。」

兩人取了水，婦人重新鎖好門。秋薑跟著艾綠上樓，還沒走出樓梯口，就聽甲板那頭傳來一陣嘈雜聲。

艾綠面色微變，快走幾步，秋薑連忙跟上，定睛一看，只見胡倩娘正在船尾跟艾小小說話。

艾小小道：「小姐對不起，老爺吩咐過，隨行的十二條小船都是有用的，不能擅用。」

「我用也叫擅用嗎？你快給我！再派個能幹點兒的船夫給我，我要回家！」胡倩娘說到這裡，刻意往二樓的客房瞄了一眼。「船上有些人我看見了就想吐。」

「我可以為小姐準備止吐的湯藥，但小船真的不行。」

胡倩娘一巴掌打過去。

艾小小沒有躲，硬生生地挨了她一耳光。

紅衣婢女們全都嚇得鴉雀無聲。

胡倩娘打完，冷冷道：「現在行不行？」

艾小小笑了笑，神色很平靜。「不行。」

眼見胡倩娘又要生氣，艾小小索性把另半邊臉湊了過去。「小姐再打，小人的回答也是一樣的。」

「是嗎？」胡倩娘冷笑一聲，第二個巴掌狠狠搧了過去，竟是半點兒都沒留情。

艾小小的臉立刻腫了起來。

胡倩娘一邊揉著自己的手，一邊道：「我平生最討厭那種把別人家的東西當自己家的來管的人。你是管家沒錯，但別忘了我姓胡，你管的可是我的船！鑰匙拿來！」

白生生的一隻手，筆直伸到艾小小面前。

艾小小沉默了一會兒，低聲道：「海上氣候凶險，這幾日會有暴雨——」

話音未落，胡倩娘就打了他第三個耳光。

與此同時，宴客廳中的雲閃閃汗如雨下地看著盅裡的骰子，三個六，莊家豹子通殺。他眼睜睜地看著莊家的竹竿伸過來，把他面前的籌碼全部拿走，心頭冰涼涼的。直到此刻他才意識到一件事——他好像、似乎、可能……欠下了巨額賭債。

完了完了，要是被哥哥知道了……

正惶恐時，聽外頭一陣喧譁，竟是比廳中還熱鬧。他本就生氣，當即跳起推窗罵道：「吵死啦！還能不能——」

話沒說完，看到外頭胡倩娘打艾小小，頓時一愣。

胡倩娘的目光如飛刀般朝他拋過來。「我教訓家奴，跟你有什麼關係？」

雲閃閃一聽，瞪大眼睛從窗戶跳了出來。「妳吵到小爺玩骰子，害小爺輸錢，就有關係！」

「你輸錢是因為你醜！」

「什麼？」雲閃閃大怒，當即扠腰罵道：「我眼睛比妳大，鼻子比妳高，皮膚比妳白，腰比妳細，腿比妳長，連腳趾頭都生得比妳好看！妳才醜！」

眾人譁然。最要命的是，除了最後一項，其他的還真是！

胡倩娘長這麼大，頭一天遇到敢對她不敬的人，還遇到了兩次！一張臉由白到紅，又從紅變黑，整個人氣得說不出話來。

站在艾綠身後的秋薑發現頤非袖手站在窗邊看熱鬧，立刻瞪了他一眼。

頤非忍著笑，指了指某處。

秋薑順著方向看過去，看到兩名護衛陪著一個男人走了出來。「倩娘，不得無禮。」

伴隨著這個聲音，所有人都面色一正，連站姿都直了幾分。

秋薑想：啊，東道主登場了。

此人身高六尺，體格魁梧，雖已年近五十，卻比大部分年輕人還要有精神。他面泛紅光、眼神銳利，看起來像個久經沙場的將軍，而不像商人。

胡倩娘見父親來了，氣焰頓時消了大半，退後一步諾諾道：「我……我問小艾要船，他不給。」

艾小小解釋：「咱們一共只帶了十二艘……」

話還沒說完，胡九仙已道：「給她。」

艾小小吃了一驚。「可是現在的天氣……」

「她要找死，就讓她去。」

胡倩娘眼中頓時有了眼淚。「我就走！就去找死！」

胡九仙「哼」了一聲：「我不會攔妳。」

胡倩娘咬著嘴唇，雙手握緊成拳，看得出十分憤怒。

艾小小連忙道：「小姐，您不要走了，都已經來到船上了，就等船到了目的地再說吧。」

「滾開！」胡倩娘推開艾小小，再看雲閃閃在一旁樂，當即又狠狠踩了他一腳。

雲閃閃吃痛，抓著腳跳了起來。「啊喲，我的腳……」

頤非飛身上前扶住他。「二公子，我們回屋吧。」一邊趁亂帶雲閃閃離開，一邊跟角落裡的秋薑交換了個眼神。

秋薑會意，做出受驚之色往後一退，壺中的水頓時灑了大半。

那邊艾小小急聲道：「老爺，真讓小姐一個人這時候離開？」

「我本就不讓她來，她以為薛采會來，非要跟著來。來了又惹是生非，也該讓她吃吃苦頭了。不要管她，給她船，讓她走！」胡九仙說罷，進了一樓宴客廳。

他一走，其他人也各自散去。

艾綠對秋薑道：「大娘，水灑了，回去補？」

秋薑面露痛色，彎腰去揉腳踝道：「我的腳……」

「可是剛才扭到了？」

秋薑將壺遞給艾綠。「勞煩姑娘去幫我重新裝滿可好？」

「那您坐這裡稍等，我馬上回來。」艾綠不疑有他，禮數周全地拿著水壺下樓去了。

秋薑趁機靠在船舷上，只見胡倩娘正在一群婢女的阻撓下固執地跳進一艘紅帆船裡，一群人七嘴八舌，十分喧鬧。

秋薑藉著衣袖遮擋，摘了一只耳環彈出去，耳環在落水前穿入紅帆船身，消失不見。

然後她回到樓梯旁等艾綠回來，再提著水壺回「立冬」房間。

頤非正在替雲閃閃上藥。胡倩娘那一腳真沒省力，白皙的腳背全都青腫了。雲閃閃邊哆嗦邊罵道：「歹毒的女人！敢踩小爺，等落到小爺手上，要她好看！」

「那你可以開始準備了。」秋薑走進去，淡淡道。

「什麼意思？」

「胡倩娘的船被我動了手腳，大概半個時辰左右就會漏水。」

頤非會意地眨了眨眼，接道：「真巧，我恰好讓雲笛的船在不遠處候著，看看有沒有漏網之魚可以撈。」

雲閃閃眼睛一亮。「也就是說……」

「她很快就會落到你哥手裡，你可以好好想想，怎麼報這一腳之仇。」

雲閃閃頓時神清氣爽，剛要說話，頤非笑咪咪道：「不過二公子在那之前，還要想一件事。」

「想什麼？」

「欠莊家的三千金怎麼還。」

雲閃閃頓時蔫了。

風小雅坐在花瓶前，靜靜地凝視著薑花，直到「立秋」的房門被敲響。

孟不離打開門，只見艾小小拱手行禮道：「晚宴已備好，我家老爺正在廳中等候，為公子接風。」

風小雅注意到他的臉上紅腫一片，問：「臉怎麼了？」

艾小小苦笑道：「小姐見薛相沒來，氣沖沖地走了，沒攔住……」

風小雅瞥了眼外面的天色，沒再說什麼，示意孟不離和焦不棄抬起滑竿。

四人坐著鐵籠降到一層宴客廳，廳中已坐了好些人，見孟不離和焦不棄抬著風小雅進來，紛紛側目。

而在雲閃閃身後，頤非看向秋薑。秋薑垂首安安靜靜地跪坐在陰影中，跟灰暗的背景幾乎融為一體，不刻意去看的話，真的注意不到還有這麼個老僕。

天賦啊……頤非想，她可真是天生當細作的料。

胡九仙從主座上起身，迎到風小雅面前，拱手道：「鶴公好久不見。一切還好？」

「很好。多謝你在屋中為我備了薑花。」

「我這個人記憶不太好，但有些東西想忘記是很難的……」胡九仙一邊笑，一邊親自引他入座，位置緊挨著主座，倒是離雲閃閃較遠。

頤非暗中鬆了口氣。

「……比如，若干年前有位多情的公子託我在天竺的商隊為他帶薑花的種子，就因為他的新夫人名字叫薑……」

頤非聽到這裡，情不自禁地再去看秋薑。秋薑低垂的眉眼沒有絲毫變化，依舊一副木訥老實的模樣，偽裝功力比在薛府時更精進了。看來，恢復記憶的秋薑，才展現出真正的實力。

那邊，葛先生跟在風小雅身後進了大廳，接話道：「鶴公向來心思過人。」

胡九仙向他行禮，三人一起入座。

胡九仙笑呵呵地繼續道：「那位夫人想必很滿意。」

葛先生道：「別提了，被他休了。」

胡九仙目光閃動，一笑道：「也好，前方也許有更好的等著呢。」

一個聲音突然插了進來：「只可惜等在前面的，未必就是你的。」

風小雅隨著聲音來源處回頭，就在廳門處看見了長琴。與人等高的古琴，被抱在一個男子懷中。古琴極高，他卻走得十分從容。長髮飛揚，雲袖寬廣，端的是畫裡的謫仙、書中的玉人。

頤非垂下頭，用只有兩人能夠聽見的聲音耳語道：「馬覆。」

雲閃閃撇了撇嘴，不屑道：「裝腔作勢的傢伙。」

只見馬覆一路走到風小雅面前，繼續說了後半句話：「也許是小弟的。鶴公以為呢？」

雲閃閃小聲地興奮道：「喲，這就開戰了？」

頤非也意外地揚眉。馬覆在他印象中是個城府頗深之人，怎麼這次一來就挑釁？

風小雅沉默了一下，學馬覆的樣子笑了笑。「我認為，你應該仿效令尊騎象出行，讓我也開開眼界。」

此言一出，全場氣氛瞬間降至冰點。

唯獨頤非作為這個典故的始作俑者，一口氣堵在胸口，想笑不能笑，想咳又不能咳，忍得很是辛苦。

雲閃閃慢悠悠地夾了一筷子菜，喃喃道：「這兩人真是來參加快活宴的？我怎麼看，像是來把快活變成不快活的呢？」

不得不說，雲閃閃說出了很多人的心聲。

胡倩娘坐在紅帆船頭，注視著下方的大海，心中充滿了惆悵。雨已經停了，大海波濤不驚，平靜的海面宛如一整塊上好的藍寶石，倒映出她的影子。都說她命好，會投胎，生在了當世首富家，從小要風得風、要雨得雨；然而，她既無娘親可以依靠，也無父親可以撒嬌，更沒有可以談心的朋友——跟在她身旁的，不是僕婢，就是趨炎附勢之輩，虛偽的嘴臉看得多了，也就懶得去一一分辨和較真了。

十六歲的胡倩娘，正在人生最能感受到孤獨的階段。偏偏在這時，遇到了薛采。

她至今還記得那天發生的所有細節。小到薛采鞋子上繡著的銀鳳凰，大到當時天邊的彤雲，還有鼎沸的人群、斷弦的古琴，全都深深地烙印在記憶中……

胡倩娘在見到薛采之前，就已經耳聞他許多許多年了。

唯方大陸共有四個國家，總計人口七千萬。這是一個百家爭鳴的年代，驚才絕豔的人物層出不窮，但是，細究其中最最著名的，便是薛采。

他是璧國前大將軍薛懷的孫子，姑姑薛茗曾是皇后，因為得罪了皇帝昭尹，被滿門抄斬。當時的淇奧侯姬嬰求情留下了他，自那以後他便成了姬嬰的奴隸，侍奉左右。後姬嬰逝世，將白澤之號傳給他，在新后姜沉魚掌權後，更是提拔他當了丞相。

那一年，薛采八歲。

而她，十五歲。

自胡倩娘有記憶起，便聽過他的若干傳聞，對這位久負盛名的神童充滿了好奇，一心盼著能夠親眼見一見。

機會終於在去年秋天姍姍而至。

姜沉魚提拔薛采為相，書生不服鬧事，每日在市井街頭胡說八道詆毀他。

薛采被激怒了，當街貼出告示，以鼎烹說湯為例，宣稱七天之內，無論是誰，只要覺得比他更有實力做璧國的丞相，都可以去挑戰他，若能將他擊敗，就將相位拱手相讓。

此言一出，天下俱驚。

得聞訊息的人從四面八方會集帝都，胡倩娘當時正好途經紅園，便在婢女石榴的陪伴下換了男裝去湊熱鬧。

整整七天。

從午時到戌時。

那個個子還沒她肩膀高的孩童，穿著白衣，鞋子上繡著鳳凰，就那麼大剌剌地往主座上一坐，舌戰群儒，雄辯滔滔，直將一干書生辯得啞口無言。

胡倩娘第一日去，是好奇。

第二日去，是興奮。

第三日去，是探究。

第四日去，是驚訝。

第五日去，是欽佩。

第六日去，是嘆服。

而到了第七日，則是徹徹底底地來了興趣。

她是胡九仙的女兒。

打出生起，命運就與凡人不同。按父親胡九仙的話說——便是一國的公主也沒有她矜貴。

富甲天下，其實是很可怕的字眼。因為無所缺，也就無所求。

這個世界上能讓她感興趣的東西，並不多。

然而，那一刻，胡倩娘望著眉目漠然、年僅八歲的薛采，像是看見了世間最希罕的珍寶，切切實實地感受到一種名叫渴望的東西在她內心深處發了芽，長出嘴巴，開開合合間，叫囂著兩個字——

我要。

我要！

我要這個人。

她打定了主意，抱起琴，在眾人以為大勢已定的第七日戌時時分，走出人群，走上大堂，朗聲道：「且慢。晚生不才，想與丞相一較琴藝。」

滿堂皆驚。

薛采設臺，與人比的是經略之才、為相之術，她卻要與他比八竿子都打不著關係的琴藝。其實胡倩娘也知是無理取鬧，但心中不知為何，就是知道——薛采一定會答應的。

他如果真是傳說中的那個冰璃公子，就應該允諾她，並狠狠地擊潰她，才不負傲世之名。

來吧，薛采，讓我看看你究竟是不是我心目中的那個人。
那個可以凌駕我、壓制我，讓我與世人一樣對你俯首稱臣的人。
薛采臉上沒有太多驚訝的表情，只是微微蹙了下眉，似乎有點不耐煩。「你說什麼？」
「我要與你比琴。」胡倩娘朝他走近幾步，在拉近的距離裡，他的五官變得越發清晰，黑瞳沉沉、睫翼濃長——一個八歲的孩子，竟長了一雙看不出深淺的眼睛。
她心頭一顫，表面卻不動聲色。「丞相不是說，這七日內無論誰來挑戰你都可以嗎？我，就來挑戰看看丞相的琴藝。」
四周議論紛紛。
薛采睨著她，半晌，冷冷一笑。「好。」
四周的議論聲頓時變成了抽氣聲。
而胡倩娘心中的芽抽長著，開出了花。
薛采又道：「我知道你心裡想的是什麼，如果我不答應你，你肯定會對外宣稱我設下的擂臺有漏洞，如此有漏洞的比賽規定，比出來了，也根本做不得準、算不得數，從而進一步將我這七日來的輝煌成績全部抹殺——對嗎？」
對，對，你說得都對。胡倩娘有些著迷地望著他。
薛采一字一字沉聲道：「所以，我絕對不會如你所願。你要比琴是吧？來啊！那就來比吧！」
他如她所願地接下了挑戰。
也如她所願地贏了她。
直到今天她還記得那天薛采說的最後一句話。

「權勢也是一種實力。你若沒有超越我的實力，憑什麼想要取代我？」

一個明明不會彈琴的人，卻用一種絕對強勢的方式贏了精通琴技的她，別人以為他用的是武功、是權勢，但只有胡倩娘自己知道——那是傲氣。

讓她宛如飲下毒酒般既致命又銷魂的，是他的傲氣。

百年難見的傲氣。

胡倩娘回想到這裡，感覺自己的臉很涼，伸手一摸，眼淚竟不知不覺流了一臉。

她自那天起便決定要嫁給薛采，可所有人都覺得那是異想天開。

便連父親，也覺得她不可理喻。

「不就是大七歲嗎？你的那些姬妾統統比你小二、三十歲！為什麼男人比女人大可以，女人比男人大就不行？」她記得自己當時氣急敗壞地反駁，也記得父親的眼神冷如冰霜。

「我可以用錢逼迫她們，妳可以嗎？」

是啊，縱是天下首富的女兒又如何？薛采……可是一國之相啊……

父親騙她，她根本沒有公主矜貴，所以，程王頤殊可以明目張膽地指認薛采為夫婿候選人，而她胡倩娘說要嫁，世人都道是樁笑柄。

胡倩娘擦掉臉上的眼淚，卻越擦越多，正在委屈時，忽聽船夫尖叫起來。

她心中不悅，訓斥道：「鬼叫什麼？沒看見我在想事情嗎？」

「小、小姐！漏、漏水了！」

胡倩娘大吃一驚，連忙回身，見船底不知哪裡漏了，正汩汩地往裡進水。船夫找了個水桶拚命往外舀水，然而倒水沒有進水快，很快的，船身開始下沉了。

胡倩娘氣得直跺腳。「出發時你不檢查的嗎？」

「我檢查過了，是好的呀。而且當時您催得急……」

「廢物！快放煙火求救！」

船夫手忙腳亂地從某個箱子裡找出煙火，面色頓變。「沾水了……」

胡倩娘放目眺望，此刻她們距離玖仙號已經很遠了，但她水性極好，應該能游得回去。她一咬牙，翻出水靠穿上。「拆船！抓著木板游回去！」

剛要拆船，船夫忽然看見一物，面色大喜。「不、不用游啦！那邊！那邊有船！」

胡倩娘扭頭，看見遙遠的海邊，出現了一艘戰船，旗幟上繡著「雲」圖騰。

她鬆了口氣。

玖仙號上，氣氛彷彿凍結。

只因風小雅這句「騎象出行」。

誰不知道此乃馬康生平最恥辱的事情，如今被風小雅毫不留情地扔到馬覆臉上，這位名譽程國的後起之秀臉色明顯一僵。

他瞇起眼睛，沉聲道：「聽聞鶴公武藝精絕，世間罕見……」

風小雅笑了起來。「你要與我決鬥嗎？」

馬覆將抱著的古琴橫托胸前，神色極為嚴肅。「長琴不才，請鶴公賜教。」

客人們一聽有架打，立刻精神振奮，睜大了眼睛看熱鬧。

艾小小連忙打圓場。「宴席已經準備完畢，不如大家先用膳……」話沒說完，胡九仙給了他一個眼色，艾小小心頭一怔，當即收音，但心中疑惑漸濃——老爺不阻止？成心想要客人們打架嗎？

葛先生也是唏噓不已。他可是快活宴的老客，總共參加過四次，往年宴客縱有矛盾，表面上還能和和氣氣、虛情假意，今年倒好，撕破臉直接開打了。風小雅和馬覆按理說都不是一點就燃的爆竹脾氣，現在三言兩語就要大打出手，莫非真是氣場不和？

艾小小使個眼色，本在歌舞的美人們全都退了出去，讓出空曠的大堂來。

馬覆手在琴上輕輕一撥，金玉之聲鏗鏘響起，他的眉眼一片肅殺。

風小雅收了笑，示意焦不棄離開自己。

焦不棄雖有遲疑，但還是照做了，退後了幾步。

頤非低聲對秋薑道：「來押注誰贏？」

雲閃閃一聽，立刻道：「當然是風小雅！」

頤非涼涼地掃了他一眼。「你還有錢押？」

雲閃閃立馬不說話了。

秋薑則在皺眉，片刻後道：「薄倖交上去了？」

「交上去啦。放心吧，晚宴吃得差不多時就會開始賣了，耽誤不了妳的事。」

秋薑「嗯」了一聲，又低下頭，顯得對風小雅和馬覆之間的決鬥毫無興趣。

頤非轉了轉眼珠，不再說話，專心看向場內。

那邊，馬覆沉聲道：「我的琴，雖不及長琴太子有五十弦，但也有十五根。每一根上都有玄機。鶴公要小心。」

風小雅淡淡回應：「好。」

他的話音剛落，馬覆長袖輕揮，手指宛如點水的蜻蜓一般在琴上彈了起來。伴隨著急促的琴聲，周遭人全都感到一股巨大的壓力以馬覆為圓心迅速擴散，連忙將各自的几案又後挪了些許，免得被殃及。

而身為目標的風小雅安然不動。

琴上一根弦斷，筆直朝他飛去。眼看那根斷弦就要刺中風小雅的眉心時，他左手一翻，突從滑竿下拔出一把傘。

傘面「砰」的旋轉打開，風小雅的人也跟著飛了起來。

那是一把淺藍色的油紙傘，在瀰漫的雪花中，看起來像是一朵優雅綻開的蘭花。

馬覆手指不停，第二根、第三根弦急速飛出。

在場的客人都是身分尊貴、頗有見識的，卻無一人說得出他彈的是什麼曲子，只覺那琴聲十分激越，聽得人血液沸騰、莫名煩躁，恨不得也衝上去大開殺戒。

頤非原本散漫的表情變得嚴肅了起來，低聲道：「天界大戰，阪泉之爭，長琴一曲炎怒，令萬物凋零……這是〈炎怒曲〉。」

雲閃閃扭頭。「你知道曲名？」

頤非道：「不只，你且看著，會有火……」

他剛說出「火」字，飛舞在空中的兩根斷弦「砰」一下跳起了火光，火光宛如巨龍，緊緊追逐著風小雅的傘，看起來，便猶如雙龍奪珠一般。

火龍雖急，雪傘更輕。

如果說馬覆的攻擊呈現的是力量迅疾之美，那麼風小雅的防禦則是風流靈動之美。他那麼漫不經心地一點、一踩、一跳，就讓火龍的攻擊全部落了空。

頤非忍不住讚道：「好武功。」回頭又看秋薑，心中感慨真是英雄難過美人關。風小雅如此武功，照理說當世已無人能在他身側殺人，偏偏娶錯女人，最終讓枕邊人禍害了自己父親。

風樂天竟是死在秋薑之手，雖不知其中是否另有原因，但也足夠令人唏噓。

場中馬覆眼看久戰不下，又一振琴弦，變了曲調。

琴聲由急轉緩，由重轉輕。之前分明萬馬奔騰，突然間，鳥語花香，就剩下一隻小鹿在歡快奔跑。

頤非悠悠道：「唔，這是〈放鹿曲〉。」

第四根弦脫離琴架，盤旋著朝風小雅刺去。

風小雅手一抖，傘面「嗖」的合起，他整個人輕飄飄地落到甲板上，然後立住不再四下飛躍，而是以傘為劍，將攻擊一一接住，並反彈回去。

頤非嘆道：「剛才以柔克剛，現在以靜制動。不愧是鶴公。」

雲閃閃問：「也就說馬覆要輸了？」

頤非搖頭。「那倒未必。阪泉、涿鹿兩場，長琴一方本就是輸的。但到了不周山，就……」

彷彿為了回應他的這句點評，馬覆的曲子又變了，變得忽急忽慢，不可捉摸起來。

與此同時，剩下的十一根琴弦同時脫手，漫天遍地地朝風小雅飛去。

眼看風小雅整個人都被罩在弦中，難以脫身，所有人都看得心中一緊——

他突然不見了。

就那樣——憑、空、消、失！

馬覆一驚，連忙抱著琴跳過去。

偌大的甲板上有一個洞。

原來是千鈞一髮之際，風小雅踩破地上的木板，順勢掉了下去。

比試至此，馬覆也實在拉不下臉跳下去繼續糾纏，只好冷哼一聲，轉身一言不發地走回位子上。

雲閃閃「啐」了一聲：「小爺飯都不吃了就給我看這個？沒勁。」

眾人也跟著議論紛紛。

艾小小哈哈一笑道：「不愧是鷲鸚、長琴，兩大圖騰的主人。這一場比賽真是不分上下、精采紛呈，令我等大開眼界！今日先點到為止吧，時候不早，咱們趕緊開宴，菜涼了，廚子們該哭了！」

豐肌秀骨的美貌侍女們將美酒佳餚一一端上，大廳西側有一高臺，花團錦簇的帷幕後方，八音迭奏，舞姬們重新回到場內翩翩起舞，婢女們陸續上菜，艾小小則轉身去了艙底。

頤非剛要跟秋薑說話，扭過頭，卻發現秋薑已不見蹤影。「什麼時候走的？」他問雲閃閃。

雲閃閃瞪大了眼睛。「連你都沒發覺，我怎麼會知道？」

艾小小來到甲板下，正要進破洞所在的艙室，被提前一步下來的孟不離攔在門外。

「公子，更衣中，稍候。」

艾小小連忙應是，跟他一起等在外面。

一門之隔的室內，焦不棄幫著風小雅將外袍脫去，只見裡面的褻衣已被汗水浸透。

風小雅的身子搖了搖，站立不住。焦不棄連忙扶著他平躺在地，拿了汗巾幫他擦汗。

「公子，您覺得怎樣？」焦不棄關切地問：「要讓不離進來一起幫您嗎？」

風小雅緊閉眼睛、調整呼吸，體內內力紊亂，令他痛苦得完全說不出話來。

焦不棄從懷中取出一支香點著，奇異的香味很快擴散開來，風小雅的呼吸慢慢地穩了些許。

焦不棄守在一旁，他知道如今正是公子運功的關鍵時刻，不可有任何打擾，因此格外戒備。

就在這時，他聽見了腳步聲。

焦不棄立刻回頭，卻只看見花白的頭髮，連對方的臉都沒看清，就暈了過去。

來人抱住焦不棄倒下的身軀，輕輕放在地上，她已足夠小聲，但閉著眼睛的風小雅還是聽見了，耳朵動了動，一張臉陡然漲紅，額頭青筋鼓起，顯得面目有些扭曲。

就在這時，一雙微涼的手輕輕地捧住他的臉龐。

原本躁動不安的風小雅先是一僵，然後神奇地平靜了下來。

那雙手將源源不斷的內力輸入他體內，伴隨著滿室的熏香，像夜月下起伏卻又平靜的海水，一遍遍地、不厭其煩地將凌亂的貝殼、海蟹等雜物沖走，最後留下平坦如毯的沙灘。

風小雅覺得整個人在極度緊繃後再極度放鬆，都快要睡著了。

突然，他一個激靈，睜開眼睛。

一旁的香只燒了三分之一。

室內只有躺在地上的焦不棄，並無第二人。

焦不棄揉著眼睛坐起來。「我睡著了？等等！剛才有人來過！」可等他跳起，看清周遭的情形後，迷惑道：「那老頭呢？」

風小雅的表情變得很古怪。「不是老頭。」

「那是老太婆？」焦不棄搜查室內的物件試圖找出什麼蛛絲馬跡。

「是秋薑。」

「什麼？她也在船上？」焦不棄大吃一驚。

風小雅撫摸著手上的佛珠。他之前在胡倩娘房間感應到秋薑的氣息，現在則確認了——秋薑確實也在船上。不但如此，她還恢復了記憶。

他同馬覆比武，有兩個目的，第一是試探對方底細，看看能否直接淘汰對手。馬覆的武功比他想像的高，真動手時需要速戰速決才行。第二是想看看秋薑會不會對此有所反應。

而秋薑真的出現了，並幫戰後內力紊亂的他梳理了氣脈。

這個方法父親生前只教給了她。她會用，說明恢復了記憶。

可是……她若真恢復了記憶，為什麼……沒有趁機殺他？畢竟，如意門冷血無情的七兒，在四年前沒有被他感化，反而殺了他父親，跟他已是死敵。

還有，秋薑在，那麼頤非呢，是不是也在？

他們兩個本該直接去蘆灣，為何上了此船？他們的目的是什麼？

風小雅看著佛珠，思考著最後一個問題——秋薑為何不趁機取回此物？這本是她的東西。這是否說明當時的她……

心亂了？

艾小小回來時，正上到第七道菜。

頤非摸著下巴道：「莫非風小雅受傷了？」

雲閃閃好奇。「為什麼這麼說？」

「不然光是換衣服的話，不需要這麼久呀。」

幾乎是他話音剛落，換了衣服的風小雅就坐著滑竿回來了，臉色蒼白、神情陰鬱——但因為他一直如此病態，反而讓人無法分辨到底有沒有受傷。

雲閃閃期盼地看向已在用膳的馬覆，好希望他們繼續再打一架。結果兩人誰也不看誰一眼，面容平靜得彷彿剛才的比武並沒有發生。

雲閃閃心頭好生失望。

而這時，頤非看見了秋薑。他一直刻意睜大了眼睛等著，這才看到秋薑跟在送菜的婢女身後走進宴客廳，並在婢女經過雲閃閃時自然而然地停在他身後——沒有引起任何人發覺，除了頤非。

頤非的目光落到她微溼的鬢角上，心中分析：唔，這是去做了樁大事啊。

雲閃閃扭過頭想跟頤非說話，卻看見秋薑回來了，不由得一個激靈。「妳剛幹麼去了？」

秋薑將一樣東西遞給他，是一只耳環。

雲閃閃納悶。「這麼粗糙的手藝，完全不值錢呀。」

「一個時辰前，我將此物射進了……小船裡。現在，它回來了。」

雲閃閃雖沒什麼心眼，但這會兒也明白了，胡倩娘落到他哥手裡了，頓覺心中底氣更足，狠狠咬了一口新送上桌的蹄膀。

而秋薑垂下眉睫，順服地站在他身後。她的手情不自禁地摸了摸手腕，也意識到了一個問題——她剛才，忘了拿回自己的佛珠。

風小雅的目光在廳中搜羅了一圈，沒有放過任何一個人。然而，並沒有看到形似秋薑的人。不過他也知道，秋薑想要偽裝成陌生人時，光看，是看不出端倪的。

她既在船上，又很可能恢復了記憶，那麼，必有作為。

按理說，只需等待即可，然而不知為何，他心緒不寧，有種不祥的預感。沉吟片刻後，他低聲吩咐了孟不離幾句。孟不離點點頭，轉身出了宴客廳。

這時，婢女們魚貫而入，奉上香茗。通常這也意味著晚膳結束，不會再上菜了。西側的高臺上一陣鼓聲密集響起，緊跟著，所有絲竹全部停下，帷幕緩緩拉開，大家心頭狂跳——

真正的好戲，終於開始了。

快活宴，之所以被歷屆參加過的客人們津津樂道、念念不忘，除了美酒佳餚、軟玉溫香之外，更有一項獨一無二的環節——操奇計贏。

所謂的操奇計贏，顧名思義，就是囤積斷缺物資而牟利的一種經商手段，也是胡九仙生平最被人津津樂道的地方。

他之所以能成為四國首富，除了祖業殷實、父輩勤勉之外，跟他與生俱來的獨到眼光和明智決策也是分不開的。他總能第一時間找出商機，並用強悍的方式壟斷，趕上三十年前四國大亂，趁機大發一筆，再加上戰後休養生息的好時機，財富猶如雪球般越滾越大，一躍成為四國第一人。

因此，他在這快活宴上也做了一番布置，為的就是讓客人們玩得刺激、玩得過癮。

在眾人期盼的目光中，艾小小登臺，為初次來玩的客人講解規則。「多謝各位貴客賁臨，我家老爺特地準備了三件寶物，由各位對其進行估價，估對者即可獲贈此物。為了以示公正，寶物的真實價格都是事先寫好放在對應的格子裡的。每人只能估一次。其間，大家手裡都有三塊令牌，可憑令牌提問，只要不涉及價格，我都會據實作答。但是，每問一個問題，都需要給我十金酬金。」

隨著這句話，婢女們為二十四位客人分別送上了三塊令牌。

風小雅一看，令牌是竹子刻成的，入手輕滑，倒也雅致。

艾小小見大家都拿到令牌，一笑道：「這樣，我來為第一次上船的新客們演示一把，就清楚了。」

他招了招手，一名婢女捧著個托盤走上前來。

掀開托盤上的紅布，裡面放著一只翡翠鐲子，在燈光下散發著幽綠色的光。

在場的客人們紛紛動容。

果然一出手就非凡品。

這鐲子一看就價格不菲，胡家的管家卻只是拿它來演示用。

艾小小高高舉起鐲子，以便大家看得更仔細些，然後從托盤上又拿起一封封了口的信箋，朗聲道：「鐲子的價格寫在信裡，現在，請各位估價。有問題問我的，請亮出令牌。」

就在眾人還在彼此猜測、打量、疑慮、盤算時，風小雅想也沒想地舉起第一塊令牌。

艾小小忙道：「鶴公請問——」

「我問的問題，我用的令牌，答案是不是就只告訴我？」

艾小小答：「不，小人會當場回答，讓所有人都聽到。」

風小雅又舉起第二塊令牌。「你保證你寫的價格就是真的？」

艾小小怔了一下。

「一石米，自農戶手中十錢可得，到了商人那裡就要五十錢。那麼，正確答案是十還是五十？」

此言一出，眾人紛紛點頭。

尤其是雲閃閃，大聲道：「是啊！我去買東西，那些奸商都會往死裡坑的啊！」

周遭頓時起了一片哄笑聲。

坐在風小雅身側的葛先生輕笑道：「難為雲二公子意識到這一點。」

風小雅的視線從雲閃閃身上掃過，不經意地掠過頤非時稍稍停了一下。

頤非心中「咯登」一下——不會他也認識丁三三吧？

但風小雅很快又看向艾小小，等著他的答案。

這個問題很顯然在胡九仙設計遊戲之初就考慮過，因此艾小小立刻答：「鶴公說到重點了。所以，我們這個遊戲才叫做『操奇計贏』。因為——雖然你沒有猜對，卻可以改變它的定價。」艾小小舉起手裡的信箋，朝眾人搖了搖，道：「這個鐲子最後一次交易時的價格被寫在信上，各位估價後，如果沒有人猜對，則進入下一步，就是競價。只要你出的價格比場內所有人都要高，就可以買到這封信，然後，裡面的數字你說了算，這個鐲子想值多少錢就值多少錢。」

風小雅道：「我出一百錢。」

艾小小環顧四周。「還有比鶴公出價高的嗎？」

眾人又是一陣盤算。雲閃閃試探道：「二百錢？」

「好，雲二公子出了二百錢。還有嗎？」艾小小等了片刻，見無人再出價，便道：「那麼，這封信就以二百錢的價格賣給了雲二公子。同樣的，這個鐲子也是雲二公子的了。」

雲閃閃沒想到居然沒人跟，連忙擺手道：「我才不要！」

眾人又是一陣哄笑。風小雅則是若有所思。

艾小小輕咳一聲，環視道：「各位還有什麼疑惑嗎？」

風小雅又道：「也就是說，大家先猜價格，猜對了就得到寶物；猜不對，就出價買？如果我們誰都不買呢？」

艾小小自信一笑。「我家老爺既然會選那三樣寶物，自然是有讓各位非要買不可的原因的。」

一旁的葛先生也呵呵笑了起來，點頭道：「確實，我之前參加了四次，每次見到的寶物，都令我不枉此行啊！」

被他這麼一說，眾人更是期待不已，巴巴等著看胡九仙到底準備了什麼樣的好貨，是否真如傳說那樣窮奢極欲。

秋薑卻突低聲問：「薄倖呢？」

頤非答：「賣完主人家的寶物，就輪到客人們的。別急。」

秋薑面色微異，頤非看出來了，問：「怎麼了？」

她卻不答，只是兩片薄薄的脣又抿緊了些。

頤非忽然想到，秋薑很流暢地背出五年前快活宴所賣寶物的名字……再一想，快活宴好像是三年前才新增了項目，讓客人們也可以自行交易寶物，難怪她不知道。莫非她是在因這個生氣？

畢竟，對博聞強記的千知鳥而言，突然空白了四年，從無所不知變成一無所知，也確實落差挺大的。

頤非忍不住嘲弄地勾了勾脣。

那邊，艾小小道：「鶴公還有問題嗎？」

風小雅攤了攤手。「我雖還有問題，卻沒有免費的令牌了。」

艾小小哈哈笑了起來。「所以，各位要珍惜這僅有的三次機會啊。來，令牌還給鶴公，演示結束，接下去再問問題，可就要真算錢了。」

婢女將令牌捧還給風小雅，並將鐲子撤走。

一陣歡快的鑼鼓聲後，艾小小宣布遊戲正式開始——

第一件被捧上來的寶物，是一只酒杯。

酒杯不過半隻手掌高，壁薄如紙，瑩白如玉。

艾小小把竹葉青酒倒進杯中，場內頓時發出一片讚嘆聲。

只見原本玉白色的杯身，緩緩滲出了淺綠色的花紋，竟是兩條魚在荷葉下嬉戲。看得久了，那魚便彷彿活了，隨著杯中酒漿的晃蕩而輕輕搖曳。

「各位請估價。」艾小小做了個「請」的手勢。

而客人們，仍在謹慎地觀望。

雲閃閃見眾人都不開口，便自告奮勇道：「先估對價格的人得到這只杯子，是嗎？那我猜，猜——五十金！」

艾小小呵呵一笑，也不表態，只是望著其他人道：「諸位覺得呢？」

眾人一看有人帶頭，當即也七嘴八舌地亂猜起來，基本都在三十到八十之間。這時，一個身穿白衣、面如冠玉的俊美男子突然起身，直勾勾地盯著那個酒杯道：「這是曦禾夫人的酒杯吧？」

伴隨著這句話，一枚令牌被他丟到艾小小腳邊。

艾小小撿起令牌，回望著該男子，答：「是的，周公子。這的確就是璧國曦禾夫人生前用過的酒杯。」

四下譁然聲起。

艾小小解釋：「眾所周知，那位夫人有個怪癖就是扔杯子，而璧國皇帝昭尹為了討伊歡心，特地命巧匠做了一套給她丟著玩，一共是三百個。如今，美人已乘黃鶴去，這套酒杯也碎得差不多了，完好存於世上的不超過十個。這是其中保管得最完好的一個。」

眾人聽得嘖嘖不已。曦禾夫人已經死了一年多了，有關她的傳說卻越來越多：她的美貌、她的囂張、她的歹毒、她的怪癖和她的一夜白頭……儼然已是個妖魔化的人物。

但，比起這樣巧奪天工的酒杯，居然是被那位絕世美人扔著玩更令在場眾人震驚的，是識破此物由來並第一個用令牌提問題的人，竟然就是跟個木頭人似地坐在角落裡、對之前風小雅和馬覆的爭執絲毫不關心的——小周郎周笑蓮。

他靜靜地坐在那裡，劍眉星目宛如墨染，眉心一點紅色朱砂，比唇色更豔。看起來頗有幾分超凡脫俗的仙氣，因此站起來一說話，就吸引住所有目光。

然而眾人看他，他的眼裡卻只有那杯子，過了好一會兒，才說了第二句話：「一百金。買信。」

眾人微微一驚，直接上來就買信，還拋出如此高價，是勢在必得嗎？

其實璧瓷杯雖很傳奇，卻不是什麼希罕之物，畢竟屬於當代工藝，如果喜歡，大可按著樣子另請工匠再做，基本上二、三十金也就夠了。可周笑蓮執念如此，想來在乎的是「曦禾夫人的杯子」這一特質了。

難道這位名譽程國的後起之秀，也愛慕那位四國第一美人不成？不是傳說他是個修行之人嗎？

艾小小環視眾人道：「唔，還有沒有估價的客人嗎？鶴公？」

風小雅目光流轉，微微一笑。「我猜不出來。」停一停，又道：「但我可以出一百零一金買信。」

四下頓時起了一片騷動——風小雅惹惱了馬覆不夠，又要挑釁周笑蓮嗎？

連馬覆也大感意外，眼睛微微瞇起，望著周笑蓮，看他做何反應。結果，周笑蓮的神色很平靜，只是加價道：「二百金。」

風小雅呷了口茶。「二百零一金。」

周笑蓮怔了一下，如夢初醒般回頭，看向風小雅。「我對這杯子勢在必得。」

風小雅點點頭。「真巧，我也是。」

周笑蓮皺眉。「我只帶了三百金……」

馬覆見機開口：「我借你。」

眾人本就愛看熱鬧，見此情形全都好生激動。馬覆此舉無疑是要跟周笑蓮結盟，公然跟風小雅對著幹了！且看風小雅如何反擊！

風小雅一本正經地問馬覆：「你有多少錢？」

馬覆回答：「多到可以買到這只酒杯。」

氣氛僵至頂點，幾乎可見箭在弦上，頃刻即發。

雲閃閃無比興奮，不停唸叨：「打起來，打起來，快打起來啊……」

結果，在眾人殷切期盼的目光中，風小雅轉頭對艾小小道：「那我不要了。」

艾小小一呆。「也就是說？」

「三百金，賣給他。」風小雅隨手一指周笑蓮，然後捧起面前的茶杯津津有味地喝了起來，邊喝邊低聲道：「三百錢的杯子賣出三百金，也算可以了。」

一客人驚道：「什麼？三百錢？」

眾人齊齊把目光轉向艾小小，艾小小遲疑了一下，將那信封送到周笑蓮面前。

周笑蓮剛打開，他身側的客人已伸頸過去看，並唸出了裡面的內容：「璧瓷杯，購自老宮女賈氏之手，計三百錢！」

眾人譁然。

也就是說，風小雅其實知道這杯子的價格？他是怎麼知道的？他既然知道，為什麼之前不估價，反而要跟周笑蓮抬價呢？

一時間，人人腦海中浮現起四個字——操奇計贏。

操奇計贏！

用一點點小花招就讓買主花費百倍的價格購物，這才是真正的操奇計贏！

葛先生嘆道：「我參加快活宴四次，唯獨這次，才真正領悟了這個名字的真諦啊……」

一客人不滿道：「但賣的錢又不給鶴公！難道鶴公跟胡老爺是一夥的……」

胡九仙哈哈一笑。「先說好了，這錢可不是給我。本就是要白送給大家的寶貝，競個價、賣個錢，只為添興。偶有所得，拿去賑災便是。」

葛先生附和道：「我可以作證，以往幾次拍到的錢，確實是直接給了我，胡老爺分文未留。」

一客人目光炯炯地打量著他。「傳聞燕國有個姓葛的大善人，每年在四國間遊走，為失去孩子、無依無靠的老人們發放米糧衣物……就是閣下嗎？」

葛先生拱手行了一禮。「賤名不足掛齒，叫我老葛即可。」說完又對風小雅搖頭苦笑道：「鶴公此舉害死我也。如今人人都知這三百金是要落我腰包了，免不得懷疑你跟我串通好了來訛錢。」

風小雅淡淡道：「周郎要修仙，散點兒錢財做善事正是助他一臂之力，他感激你都來不及。是吧，周郎？」

周笑蓮睜著一雙霧濛濛的眼睛，看起來很是心不在焉，就在眾人猜測他什麼時候會生氣爆發，他卻直直走到艾小小面前，道：「我買到了，杯子給我。」

艾小小連忙把杯子遞上。

周笑蓮像是捧著至寶一般小心翼翼地接過杯子，回到座位坐下，眼睛裡再沒容下別物。

雲閃閃本還盼著他能跟馬覆聯手對付風小雅的，沒想到此人壓根不以為意，只要杯子到手就心滿意足、萬事不理了。一時間，失望不已。

艾小小見廳內氣氛有些異樣，連忙轉移話題道：「咱們繼續看下一個寶貝吧！」說罷打了個手勢。

男僕敲響花盆鼓，帷幕緩緩拉開，一個蒙著面紗的紅衣女童，輕盈如花地走了出來。

眾人都盯著她的手，卻發現伊兩手空空，剛在納悶，紅衣女童伸手摘下面紗。

好幾人同時「咦」了一聲。

她蒙著面紗時，大家以為是個十歲左右的小孩，但摘下面紗才發現，此人分明是個十七、八歲的少女，只不過身形太過嬌小，讓人誤會罷了。

身子雖矮，臉卻生得真真是好。巴掌大的臉龐上，一雙撲閃撲閃的大眼睛，帶著一種與生俱來的天真好奇，一笑起來有兩顆小虎牙，真是可愛得不得了。

艾小小介紹道：「小玉兒，十八歲，身高四尺，體重四十。」

被喚作小玉兒的少女衝客人們嫣然一笑。

客人們則面面相覷——難道，這第二件寶物，竟是活人？

頤非則瞳孔一縮，目光閃爍起來。

艾小小問小玉兒：「小玉兒，妳是寶貝嗎？」

「回艾爺，小玉兒是。」

「為什麼？」

「小玉兒會跳舞。」

「會跳舞的姑娘多著呢。」

「但我會跳這種舞。」小玉兒大眼睛一眨，整個人忽然凌空躍起，宛如蝴蝶一般飛到艾小小的手掌上。

幕後的樂師們連忙再次彈奏，絲竹聲悠悠響起。小玉兒便應著樂聲開始翩翩起舞。

她身形嬌小本已得天獨厚，再加上腰肢輕軟、舞藝出眾，在人掌上起舞，便真如蝴蝶般輕盈飄逸。

葛先生不禁嘆服道：「好一個『掌中舞蝶肆歡笑，嬛嬛一嫋楚宮腰』。竟是失傳已久的飛燕舞。」

「不是。」風小雅隨口應了一聲。

「不是？」葛先生詫異。

就在這時，小玉兒足尖輕點，突從艾小小的掌心掠上他的肩頭。樂聲也隨之變了，鼓點帶著某種獨特的韻味，跟小玉兒的腳一起，蜻蜓點水般從艾小小的翳風、天牖、扶突、天鼎、肩井……一路滑下。

廳內眾人齊齊一震——至此，終於看出了名堂。

小玉兒的舞步，竟一一對應著人身上的一百零八處穴位。與平日裡趴著針灸不同，艾小小此刻是站著的，可以腹背同時受力。一種又癢又麻、又痛苦又愉悅的表情在他臉上糾結，若不是在大庭廣眾之下，他只怕早就叫了出來。

鼓點密集，小玉兒身形更快，真如一隻繞著花枝忙碌不休的彩蝶。伴隨著最後一記鼓響，小玉兒重新飛回到他手掌上，俯身一拜。

艾小小手一軟，身體因極度放鬆而踉蹌後退了幾步，「啪」的坐到地上，羞澀道：「失態了，見諒，見諒。」

「人家小姑娘都沒啥呢，你這個享受的倒先腳軟了。小艾啊，你那個，不行啊。」滿堂哄笑。

笑聲裡，風小雅握著茶杯，思緒突然飛揚，彷彿回到了五年之前——

六月初一，緣木寺內，秋薑拉出的那條白練。同樣的蝴蝶，小玉兒跳得花團錦簇，秋薑卻跳出了生離死別。

他的眼底泛起層層漣漪。

身後的焦不棄有些激動。「公子，這丫頭不錯，可以買來給公子按按！」

再看廳內其他貴客也都眼神發亮，躍躍欲試。

艾小小放小貓似地將小玉兒輕輕放到地上，然後拍拍衣袍起身拱手。「剛才跳的舞名『鵬遊蝶夢』，起源於遠古時代一種白骨生肌、祛病辟邪的巫舞，然而傳承至今已無那分神奇。只能用於鬆緩筋骨、消減疲累，跟針灸一術很像，又有不同之妙。至於究竟怎麼個奇妙滋味，呵呵，還待貴客親自體驗了。」

「妙極妙極！此舞既賞心悅目，又養身健體，真真是一舉兩得。還等什麼，快估價吧！」一位豪客已經迫不及待。

艾小小不再廢話。「好，請諸位估價。若無人猜對，再進行比價。」

葛先生對風小雅道：「鶴公喜歡？我若猜中，轉送於你。」繼而提高聲音喊：「我猜五百金。」

他既開了頭，其他賓客也都不再猶豫，紛紛報出自己的猜價。

雲閃閃更是猜出一千金的高價，秋薑瞥他一眼，他連忙陪笑道：「只是猜猜，我不買，不買。」他可還欠著賭場錢呢！

倒是周笑蓮，依舊全神貫注地盯著手裡的瓷杯，對小玉兒毫無興趣。如此一來，只剩下風小雅還沒猜。

艾小小笑望著風小雅道：「風公子不猜上一猜嗎？」

風小雅抬頭，注視著自跳完舞後就跪坐在原地一動不動的小玉兒。似乎感應到他的目光，小玉兒抬起頭，小臉紅紅地朝他笑了笑。

「一錢。」風小雅道。

群客譁然。這個報價，當真是比之前那個瓷杯的三百錢還離譜。

然而，小玉兒聽了這個價格，眼睛一彎，笑得更開心了幾分。

艾小小將寫著實價的信箋遞給葛先生。「勞煩先生公布吧。」

居然沒有進入比價環節，說明有人猜對了。會是誰？

葛先生拆掉信上的火漆，打開來唸道：「上月初九於宜國會晤永信禪師，得贈舞姬一人，名小玉兒。推辭無方，不得已，取一錢酬之。」

還真是一錢！最讓人驚訝的是，這個小玉兒居然是一個和尚送給胡九仙的！

主位上的胡九仙哈哈一笑道：「此緣法太盛，胡某不敢受，故而讓出，盼有緣者接。如今看來，鶴公就是有緣人了。」

小玉兒十分識趣，當即走到風小雅面前，拿起茶壺將他空了的茶杯斟滿，然後舉過頭頂捧到他面前。「小玉兒拜見公子，以後就是公子的人了。望公子不要嫌奴粗鄙。」

頤非見秋薑直勾勾地盯著這一幕，便揶揄地低聲笑道：「吃醋了？」

秋薑冷冷地看了他一眼。他連忙抬手。「當我什麼都沒說。」

那邊，風小雅什麼也沒說，接過了她捧的茶，垂下眼瞼，呷了一口，長長的睫毛覆下來，遮住眸色萬千。

葛先生感慨道：「你這一猜一個準的，看來第三樣寶物也要花落你手了。」話音剛落，第三樣寶物被人捧進了大廳。

同樣是一方紅巾蓋著托盤，第三樣寶物的體積看上去比瓷杯更小，毫無隆起之處。

艾小小道：「剛才見過了璧國的骨瓷、宜國的蝶伶，下面這樣東西，產自燕國，造於程國，可謂是集兩國之精華於大成。」將眾人的胃口吊起後，他掀開了紅巾。

托盤上是一塊布。

說是布也不盡然，顏色剔透，頗像是傳說中「穿五層還可見痣的素紗禪衣」。然而，燈光映於其上，流光溢彩，又說明其材質絕不是紗。

馬覆的眼神一下子熱了起來。「謝家的至寶天衣甲！」

「長琴公子好眼力！」艾小小讚了一聲，拈起那塊似紗非紗的織物，抖落開來，真是一件比甲。

「謝家？程國的謝家？也就是說這件衣服是用五色足鑌做的？可五色足鑌不是由五色稀鐵提煉而成的嗎？五色稀鐵是璧國的產物，怎會說出自燕國？」賓客們紛紛質疑。

艾小小笑了笑，解釋：「因為它不是鐵，而是骨。燕國平妥縣產一種金頂蠶，平日裡與家蠶並無兩樣，但到了要吐絲時，頭會變成金色，這時取冰凍住，摘其金頂，融為骨膠，再以謝家的冶鑌術淬為絲線，編織成甲。此小小一甲，需耗費十萬隻蠶。因此，這麼多年，也不過得了兩件。」

有客問：「這天衣甲有何特別之處？」

艾小小直接將一盞油燈的燈罩摘掉，將比甲放在上面，半天也點不燃；再用一把匕首在上面劃來劃去，未留絲毫痕跡。如此一來，大家立刻明白了——水火不侵，刀槍不入。

葛先生低笑著對風小雅道：「這次的三件寶物倒挺有說法，第一件寶物怡情，第二件寶物強身，第三件寶物直接多送一條命。」

確實，穿了這麼一件衣服在身上，可不比別人多一條命嗎？

「可殺手的第一目標多是咽喉，不是心臟。」風小雅不以為然。「累了。回去試試這第二樣寶物。」

他瞥了小玉兒一眼，小玉兒的臉更紅了。

然後他在一片比價聲中帶著小玉兒拂袖而去，將一室喧鬧盡數丟在身後。

頤非見他們走了，對秋薑道：「妳不跟去看看嗎？」

「我為什麼要跟去看看？」

「小玉兒也出現在船上了，妳不覺得奇怪嗎？」

秋薑既已恢復記憶，當認得出來此人是誰。

「比起她……我更在意的是……天衣甲為何會出現在這裡。」秋薑的面色十分凝重。

「這是聖境十大神器之一，而它的上一個主人是……」

如意夫人。

「立秋」房間內，薑花香依舊。

小玉兒羞答答地跟著風小雅進來，聞到這股香味時下意識皺了下眉，但她恢復得很快，立刻掛上甜甜的笑容，主動上前攙扶風小雅的胳膊。「公子，我扶您上榻吧。」

風小雅一抖袖子，從她手中滑脫，拉出了三分遠的距離。

小玉兒的手頓時僵在空中。

「一，我不喜歡別人隨便碰我；二，我不喜歡別人隨便碰我的東西；三，我不喜歡別人隨便進我的房間。」

小玉兒委屈。「小玉兒知錯了。但，這樣子的話，我怎麼給您跳鵬遊蝶夢呢？」

風小雅道：「去那邊，把紗簾拆下，將兩頭繫在床柱和門柱上。」

小玉兒轉動眼珠，上前照做，當她將紗簾全部繫好，看著橫拉在房間裡的白紗時，面色微變，似是明白了風小雅的意圖。她再回頭，只見風小雅眉睫深黑，面色素白，像是刷了一層釉的瓷器，看上去無情無緒。

「現在，妳可以跳了。」他如是道。

小玉兒咬著下唇，沒再說什麼，足尖輕點，飛身上紗，無樂自舞。

跟在風小雅身後如影子般沉默的孟不離和焦不棄至此，終於明白了主人的意圖，雙雙異樣地對視一眼。

風小雅將手伸向插著薑花的花瓶，手指輕彈，一片葉子飛了出去——

擊中小玉兒的右膝，她的舞姿微微一斜。

緊跟著，第二片葉子飛到，擊中她的左肩，她身子後仰。第三片、第四片……一片片葉子打在小玉兒身上，卻沒有干擾她的舞步，反而令這無聲的一曲舞蹈顯得更加完美。如此一直到小玉兒跳完，屈膝於紗，俯身叩拜，髮髻微亂，大汗淋漓。

風小雅淡淡道：「十七處。」

小玉兒抬頭望著他，雙目有些發紅。

「是妳跳錯的地方，也是我糾正妳的地方。」風小雅撫摸著瓶中剩餘的白色花朵。「是什麼讓妳覺得，妳可以取代秋薑來到我身邊？」

此言一出，小玉兒的表情頓時變了。如果說，她原本看起來像是個甜軟多汁的水蜜桃，此刻，已乾癟成了桃乾。一雙大眼睛裡，充滿了羞惱與憤恨。

宴客廳中，天衣甲受到極大的追捧。畢竟，衣服誰都能穿。但直到所有人都猜完，還是沒有結束，說明沒有人猜中價格。

秋薑當機立斷，對雲閃閃道：「把信買下來！」

雲閃閃顫聲道：「可是……我沒錢……」還倒欠了很多錢呢。

「我有。你儘管出價。」秋薑道。

頤非好奇地看著秋薑。「妳真有錢？」那一路上還吃他的、用他的……

「我知道如意門的金庫在哪裡。」

光這一句話，雲閃閃看她的眼神瞬間不一樣了，當即拍案興奮地喊：「五千金，買信！」

頤非一口氣嗆在胸口，咳嗽了起來，嘆道：「二公子，真是不是自己的錢不心疼啊。」

「你不懂！這種競價，一定要一出手就震懾住他們。」

頤非看向秋薑，秋薑對此不以為意，完全不心疼的模樣。

頤非想，他大概是這一年太窮了，才會對錢財開始斤斤計較。想當年，程三皇子也是個視金錢如糞土的人啊……他深刻地檢討反省一下。

果然，被雲閃閃這麼一喊，眾人全都陷入寂靜。一時間，無人敢跟。

雲閃閃大刺刺道：「各位，給個面子，小爺對此寶衣勢在必得。」

葛先生忍不住道：「二公子，若出了價但最後沒履諾，你可知是什麼後果？」

「豈有此理，小爺是賴帳的人嗎？」雲閃閃雖是這麼說，卻有些心虛地看了秋薑一眼，見秋薑面色鎮定，勇氣頓生，當即挺了挺胸。「少廢話，若無人跟，這信就是我的了。」

「是。」艾小小正要將信送上，一個聲音忽然響起。

「慢。五千零一金。」

眾人一看，原來是馬覆。

有意思！風小雅走了，馬覆卻跟雲閃閃對上了！同為女王王夫候選者，果然彼此不對付啊。

雲閃閃瞪大眼睛，怒視馬覆道：「你非要跟我搶？」

馬覆望著他輕輕一笑。「你我本就是競爭關係，也不差這一件寶衣。」

雲閃閃大怒，當即喊：「一萬金！」

眾人譁然。

馬覆道：「一萬零一金。」

雲閃閃冷笑。「有本事你翻倍呀，學什麼風小雅？」

馬覆不以為意道：「有本事你也學他退讓，君子有成人之美。」

「呸！我出、我出……十萬金！」

此言一出，滿室俱靜。

十萬兩金子，要是堆在一起，都差不多可以把這個宴客廳填滿了。

馬覆的表情也變得很是不好看。

雲閃閃挑眉道：「你跟啊，繼續跟啊！」

馬覆悠悠道：「十萬金……整個雲家，都沒有十萬金吧？」

雲閃閃僵了一下，強撐道：「我家有沒有，關你什麼事？」

「雲笛一年俸祿四千二百石，就算十年不吃不喝加起來也不過黃金五萬。請問，這多出來的五萬，是哪裡來的？」

雲閃閃一聽，這是含沙射影地說他哥貪汙受賄啊，當即怒道：「我家自有別的營生！你管我錢哪裡來的？」

馬覆微微一笑，不說話了。

但雲閃閃越想越不對勁，這要真被馬覆回頭去女王面前告一狀，哥哥恐怕會頭疼。他當即扭頭對秋薑道：「小爺為了妳而惹此是非，若因此牽連我哥……」

秋薑淡淡道：「將死之人的話，聽聽就好。」

雲閃閃一想，對啊，他急什麼？這兩人的目的本就是要活抓馬覆和周笑蓮，到時候馬覆都落到他哥手裡了，還怎麼去女王面前告狀？

雲閃閃瞬間放鬆，不再理會馬覆，笑咪咪地對艾小小道：「他不跟了，信給我。」

艾小小使了個眼色，一旁的婢女捧著筆墨上前道：「請雲二公子畫押。」

雲閃閃便大剌剌地在十萬金的欠條上寫了名字，艾小小這才將信交到他手中。

秋薑透過雲閃閃的肩膀看向信箋，裡面寫著：「去年七月螽斯山山洪爆發，山下房屋倒塌無數。胡家賑災救人時於地下挖出此物。原價為零。」

秋薑的手在袖中慢慢握緊。

如意門的大本營，就在螽斯山，取其繼繼承承的好彩頭。如意夫人說過那是程國境內難得的風水寶地，百年來從無地震、颶風侵擾，怎麼會山洪爆發？

還有紅玉之前說夫人在閉關，已經閉了好幾年，那她有沒有平安轉移？她這麼多年沒有露面，貼身寶甲又流落在外，是不是說明……她死了？

不！不可能！

秋薑心頭驚悸，如雷電亂劈，只覺自己睡了一覺，醒來後一切都改變了。

她咬了咬牙，突然扭身離開。

這時婢女捧來了天衣甲，雲閃閃正拿在手裡愛不釋手地把玩，頤非忽摸了摸鼻子道：「我想到一個問題。」

雲閃閃隨口道：「什麼問題？」

「任誰買到此信都會打開宣讀，自知此物出處。那麼，我們真有必要花十萬金買這玩

意嗎？」

雲閃閃頓時愣住了。

小玉兒突然出手，指甲處彈出像是貓爪一樣尖銳的利爪，直朝風小雅抓了過去。

「砰」的一聲，青色傘面撐開，利爪落在上面，不但沒破，反而滑了開去。

小玉兒順勢扭身鑽進傘中，抓向風小雅面門。

青傘瞬間合起，風小雅用傘柄擋了一擋；與此同時，孟不離和焦不棄雙雙撲至。

小玉兒身形嬌小，閃避極快，踩著焦不棄的腦袋，借力再次撲向風小雅。風小雅卻將傘送入她懷中。

小玉兒下意識接住，原本合起的傘面再次「砰」的展開，將她整個人都震飛出去。

小玉兒一個觔斗落到房頂的橫梁上，撞破那塊裝有水晶機關的木板，飛上了三樓。

「追！」風小雅命令。

孟不離和焦不棄立馬跟著飛上去。

然而房間裡已無小玉兒的痕跡。

身側風動，卻是風小雅親自上來了，他的目光在房間裡迅速掃了一圈，撞向某側船壁。船壁在碰觸到他身體的一瞬自動滑開，露出隔壁的房間來，竟是一道暗門。

門內無窗無燈，漆黑一片。

卻有一絲若有似無的氣息。

風小雅忽然出聲：「是妳嗎？秋薑。」

跟在他身後的孟不離和焦不棄頓時戒備。

黑暗中無人應答。

風小雅卻盯著某一處，慢慢地走過去。「妳恢復記憶了，是嗎？」

那氣息微重了起來，這下子，孟不離和焦不棄也聽到了。

「妳恢復了記憶，所以沒去蘆灣，而是上了玖仙號。妳想做什麼？」

黑暗中有什麼東西在掙扎，然後脫離了禁錮，嚶嚀一聲衝了出來，撲向風小雅。風小雅一把將對方扣住，手腕入手，卻是超乎想像的小。孟不離立刻吹亮火摺子，風小雅借光一看，自己抓住的，正是小玉兒。

小玉兒面目猙獰，張嘴就咬。風小雅不得不一掌將她推開，小玉兒的身形再次遁入黑暗。

孟不離走上前，用火摺子的弱光掃視，剛照到一個木桶，火光突滅，黑暗中，一人出手如電，將他放倒。

孟不離一個翻滾，滾回到風小雅腳邊。

風小雅盯著該處，忽然摘下手上的佛珠，捏在第三顆上。「出來。不然，我會捏碎此物。」

佛珠共有十八顆，每顆都有不同的作用。第三顆裡的，正是南柯一夢。

這本是秋薑之物，如今卻被反過來對付她。秋薑果然受激，第一萬次後悔為什麼之前沒趁風小雅病發時拿回該物，只好硬著頭皮慢慢地從黑暗中走出來。

只不過，她是提拎著小玉兒一起出來的——就像是老鷹提拎著小雞那樣。

小玉兒面容扭曲、四肢僵硬，既發不出聲音也動不了，只能用仇視的目光瞪著秋薑。

秋薑索性一記手刀切在她後頸處，小玉兒頓時暈了過去。

秋薑把她扔破布般扔在地上，然後直視著風小雅，伸出手。「還我。」

風小雅打量著她，看著這個面目陌生的中年婦人，眼瞳如霜，隱透著一種說不出的絕望。「妳……果然恢復了記憶。」

宴客廳內，在雲閃閃的極度傻眼中，下一環節開始了。

「下面是客人們自己帶來的貨物進行交易，就不猜了，價高者得。」艾小小說著，讓婢女們捧出第一件貨物，赫然就是薄倖劍。

然而，大概是二尺二的尺寸過於苛刻，眾人顯得對此興趣不大。

雲閃閃一開始急得不行，後來一想，反正船都是要沉的，到時候欠條自然也就沒了，便鎮定了下來。

頤非觀察著眾人的反應，心中沉吟：秋薑想以此物釣出潛伏在胡九仙身邊的如意門弟子，現在看來效果不會太好。誰能想到胡九仙自己拿出來的三樣寶物中，就有兩樣跟如意門有關呢？

想到這裡，他側頭看了看身旁空著的位置。秋薑還沒回來，是遇到什麼事了嗎？

這時，有個姓郭的富豪用一百金買下了薄倖劍，結果已出，頤非便對雲閃閃耳語道：「記得把劍拿回來。」然後便離開了。

三樓胡倩娘房間的暗室內，秋薑聽了風小雅的話後，忽笑了笑。

「是啊。多謝你當年手下留情，活命之恩，無以為報，便讓你死得痛快些吧。」

焦不棄憤怒地喊了起來：「秋薑，妳還有沒有良心？公子為了妳付出了那麼多，連宰相大人都——」

秋薑冷冷地打斷他的話。「殺父之仇都能原諒，你覺得是痴情？不好意思，我覺得是廢物。」

焦不棄和孟不離都震驚得說不出話來。萬萬沒想到，當事人竟如此不領情。

秋薑睨著面無血色的風小雅，接下去的話便說得更加肆無忌憚。「風小雅，你給我聽好了。這個世界上，我最瞧不起的人，就是你。我要是你，要不就拔劍為父報仇，要不就跳下海去死個乾淨，省得再苟延殘喘、浪費糧食。」

風小雅的身體顫抖了起來。孟不離擔憂地連忙上前扶住他。「公子！你別聽這妖女胡說八道！」

孟不離更加乾脆，拔劍刺向秋薑。

秋薑一邊閃避一邊冷笑道：「還有你，孟不離，不能說話憋死你了吧？」

孟不離一僵。他本是如意門弟子，風樂天在追查江江的下落時，故意聲稱要給體弱多病的兒子買護衛，請人牽線找上如意門。風樂天提的要求是話少、武功好。可孟不離生性活潑，極愛說話，於是如意門便給他灌了毒藥，毀了他的聲帶。自那後，他發音艱難，能不說話就不說話。

「你效忠的人毀了你的嗓子，奴役你為僕。你沒有自由，沒有自我，活得根本算不得人。你養什麼貓，你該養狗啊！給根骨頭就搖尾乞憐的狗！」

孟不離暴怒一聲，出劍更厲。

秋薑卻閃避得越發輕鬆。「把你們養大的，是如意門；教你們本事的，是如意門；放你們生路的，是如意門。你們兩個恩將仇報，竟幫著一個殘廢對付我，狗還記得原主人呢，你們兩個，連狗都不如！」

孟不離越發焦躁，破綻漸多。焦不棄在一旁忙喊：「不要聽她的！她想讓你心亂！」

秋薑的目光頓時掃向了他。「孟不離是個天閹，這輩子是沒戲了，焦不棄你卻不是，難道不想著娶妻生子？殺了風小雅，你就自由了！」

「少廢話！」焦不棄放開風小雅，拔劍加入戰鬥。

秋薑以一敵二，卻半點兒不弱，還有空扭頭對風小雅道：「你怎麼不動手？喔，你不敢。你既不敢自殺，也不敢殺我，果然是廢物呢……」

風小雅顫抖得越發厲害，看著她，看定她，猶如望著深淵一般，近不得，退不得，回應不得，不回應也不得……

「哧」的一聲，焦不棄的劍劃破了秋薑的衣袖。若非她躲得快，這一劍已將她的手砍下來。

秋薑皺了皺眉，忽然看向某處道：「你還不出來幫我？」

黑暗中，有人幽幽嘆了口氣。「如此場面，在旁看著，是好戲；加入了，可就不是好戲了。」

「我死了，你就沒戲看了！」

「也對。」話音剛落，頤非突然出現在風小雅身後，一把扣住他的咽喉。

孟不離和焦不棄大驚，雙雙停了下來。

頤非劫持著風小雅，笑咪咪道：「風水輪流轉啊，鶴公，上次我劫持秋薑，你來救。這次，我劫持你，救秋薑。」

風小雅閉了閉眼睛，再睜開來時，之前的悸顫、慌亂、痛苦等情緒全部消失，像是被雪覆蓋的大地，只剩下一片冷然的白。

顛非突然預感到某種不祥，像是機警的獵物般後退，但已來不及，一條細絲不知何時繞上他的脖子，一動，就拉出了血痕。

「別動！」秋薑連忙提醒。

風小雅卻沒有乘勝追擊，而是手一抖，將細絲收回佛珠裡。

顛非心有餘悸地摸上脖子上的血痕，差一點，剛才他的腦袋就掉了。

風小雅拿著佛珠，走向秋薑。

秋薑卻後退。

「不是要我還妳嗎？」風小雅淡淡道：「伸手。」

顛非這才知道這個古怪玩意是秋薑的，不禁苦笑道：「小姑奶奶，下次殺手鐧落人家手上時，記得提醒一聲啊。」

秋薑沒理會他的話，直勾勾地盯著風小雅，他前進一步，她就後退一步，從內心深處湧起恐懼。

風小雅的武功比她高許多。一直以來，她所倚仗的不過是此人把她認作江江，對她懷有深情。可一旦這份情誼沒有了，與這樣的人對上，她毫無勝算。

風小雅見秋薑不敢接，唇邊露出一絲輕蔑冷笑，隨手將佛珠戴回到手腕上。

「我不殺妳，並不是因為對妳餘情未了。」他輕輕地卻異常清晰地說道：「就像這串佛珠一樣，留著，是因為有用，而不是喜歡。」

顛非有點想笑，但看了眼秋薑凝重的表情，只好忍住了。

「同理，妳活著，比死了有用。我父確實是妳殺的，但我的仇敵，不是妳，或者說，不只妳。」風小雅的臉在陰暗的光影中異常的白，雙瞳則濃黑如墨，黑白二色出現在那樣一張瓊林玉質的臉上，更顯驚心動魄。「妳問我為什麼不去死，為什麼還活著，我的答案就是——如意門不倒，我絕不死。」

秋薑一動不動，似是被震到了，半個字都說不出來。

氣氛死一般沉寂。

頤非看看她又看看他，忽然拍起手來。「說得好！如此看來，我們的目的都是一樣的，自己人、自己人……」

他說著上前，哥倆好地想要打圓場，結果船身突然一個巨震，隔壁房間裡的所有能動物件全都不受控制地橫飛出去。

秋薑使了一個千斤墜釘在地板上，卻聽頤非說：「動手！」

秋薑一愣，萬萬沒想到頤非這就開始。

頤非撲向風小雅，風小雅立刻閃避，但又是一個巨震，船身反了個方向傾斜。頤非趁機一把擒住他。

然而手臂入手，卻像是燒紅的烙鐵一般灼熱，燙得頤非立刻鬆了手。

孟不離和焦不棄雙雙上前，擋住頤非的攻擊道：「公子快走！」

頤非看向一旁一動不動的秋薑，又說了一遍：「動手！」

秋薑一震，終於清醒過來，飛身上前攔住風小雅。

屋內又是一陣「丁零匡噹」聲，物件亂飛亂跳。

四下飛騰的物件裡，兩人目光相對，秋薑忽覺風小雅的臉模糊了，變成了另一張臉——圓圓的、彌勒佛般慈祥的，風樂天的臉。

她心一抖，出手便慢了一拍。

風小雅撞破牆壁飛了出去。

秋薑連忙跟著跳下去。

狂風呼嘯，船身晃蕩，秋薑衝出三樓船艙，飛落直接跳到一層甲板上。

只見一樓甲板被炸得四分五裂，蓄滿清水的池塘不見了，露出一個巨大的黑洞，還在著火冒煙。船工們手忙腳亂地奔走其中，撲火救人。

一時間人頭攢動，竟看不出風小雅去了哪裡。

船尾又是一記爆炸，船身再次震動，船帆上的一根橫木突然斷裂，掉下來打中了站在船頭控制招葉的扳招手（註3），該船工連聲都沒來得及發出就飛了出去。

眼看那人要栽進海裡，一道黑影閃過，卻是躲在暗處的風小雅飛過去拉住了船工。他的另一隻手抓在船舷上，欄杆承受不了重量，瞬間折斷。

這時秋薑趕到，眼睜睜地看著風小雅和船工一起掉下去，電光石火間，風小雅手不卸力，直接將船工拋回甲板，自己則摔進水中，像是一滴水，沒有激起浪花就被大海瞬間吞沒了。

風小雅會水嗎？

船工趴在甲板上，劫後餘生地失聲痛哭。

哭聲縈繞在秋薑耳旁，她只覺耳朵裡又是一陣嗡鳴。

「江江——」

註3　招掌握船航向的船工。

她不是江江！

「妳是個好孩子……」

不！她不是！

心中一個聲音無聲地吶喊著。秋薑的眼瞳由淺轉濃，身體先意識一步做出反應，一把抄起旁邊的繩子纏在桅杆和自己腰間，縱身跳了下去！

冰冷的海水瞬間從口鼻間湧進來，秋薑屏住呼吸，睜大眼睛尋找。巨大的漩渦一個接一個往身上撞，壓得每根骨頭都生疼。

在哪裡？

去哪裡了？

心急如焚之際，她終於看見十餘丈外有個黑影在往下沉。

風小雅果然不會游泳！

秋薑雙腿一蹬，朝他游過去，眼看就能追上，繩索一僵，卻是長度到了極限。秋薑咬牙，索性解開繩索，繼續游過去。

繩索悠悠蕩蕩，像是某個即將露出水面的真相，慢慢地浮上去了。

而秋薑也終於抓住風小雅。風小雅本是閉著眼睛的，至此才睜開來。

水紋讓一切扭曲，扭曲的畫面裡，風小雅竟似在笑。

秋薑心中湧起一股難言的挫敗感，但此時想不了太多，只能抓著他拚命往上游。

然而，氣息不夠了。

下沉太深，又負荷了一個男人的重量，秋薑只覺胸口快要爆炸，一口氣終於沒憋住，噴了出去。

她連忙捂住口鼻，狠狠咬牙，咬出了滿口血腥，痛覺一下子令她清醒起來。

她可不是謝長晏，跳水救人做事不顧後果！對如意門長大的人來說，沒有什麼比活下去更重要。

她要活下去！活下去！活下去！

正在危急時刻，風小雅伸手將一樣東西遞給她——她的佛珠。

秋薑立刻捏動其中一顆珠子，飛彈出那根鑌絲來。

鑌絲疾飛出去，卻沒鉤中什麼，蕩了回來。秋薑咬牙再次彈出去，來點兒什麼！來點兒什麼！

也許是強大的求生欲帶來了幸運，她依稀感覺鑌絲那頭纏住什麼，當即借力抓著風小雅游過去。

腦袋終於浮出水面，秋薑拚命呼吸。

就在這時，她看見自己鉤中的東西，是一截掉落的船舷欄杆，足有一人多長。

木製的欄杆漂在水上，剛才害風小雅落水，這一刻，卻救了他們。

這難道就是傳說中的好心有好報？

秋薑把風小雅平放在欄杆上，抽空喘了口氣。

視線中沒有大船的影子，也不知是他們漂離得太遠，還是船已沉了。他們尚未脫離危險，可趴在欄杆上的風小雅，仍在笑。

秋薑抹了把臉上的水。「你笑什麼？」

風小雅收了笑，極為專注地盯著她，問：「為什麼救我？」

「你還有用，而且我不想被燕王追殺。」

風小雅便又笑了。

秋薑聽著他的笑，覺得惱火得不行。偏偏這時，風小雅又問：「我父……真是妳殺的？」

「說了一萬遍了，是的，是的，是的！」

「騙子。」

輕輕兩字，卻讓她的心「咯登」一跳。

「我找仵作解剖了我父的屍體，父親五臟衰竭，肺部長滿惡瘤，就算沒被割頭，也活不過一個月。」風小雅凝視著上半身趴在欄杆上的秋薑，伸出手將溼漉漉的頭髮從她臉上撥開，動作又輕又柔。「妳和我父，是不是達成了什麼交易？」

臉龐完全暴露在對方面前的秋薑再也遮不住表情，海水太冷，凍得她的嘴唇都在抖，而比身體抖得更厲害的，是她的心。

就在這時，一條小船出現在視線中，緊跟著，一根繩索飛過來，捲在秋薑腰間。

風小雅驚呼：「放開她！」

秋薑只覺身子一輕，再一沉，被扔在小船的甲板上。

小船上，頤非將繩索慢慢地纏回手間，對著風小雅冷冷一笑。「她沒事，有事的好像是你啊，鶴公。」

秋薑穩住心神，定睛一看，小船船尾綁著二人，正是周笑蓮和馬覆，兩人全都閉著眼睛昏死過去，雲閃閃正看著他們。

也不知頤非是怎麼做到的，竟沒知會她一聲，真的活擒二人，炸了船。

想到這裡，她心中又一沉——剩下的，就只有風小雅了……

頤非慢悠悠地從袖子裡取出一樣東西，秋薑一看，那不是公輸蛙的「袖裡乾坤」嗎？

「求魯館的火藥真的很好用，那麼大的船說沒就沒。現在，就讓我再試一試這把弩，看看是不是真的那麼神乎其神。」頤非微笑著，將袖裡乾坤對準了風小雅。

秋薑下意識地跳起按住他的手，頤非扭頭，目光至冷，她突然清醒過來，連忙鬆手。

頤非嗤笑一聲：「一日夫妻百日恩，女人心思多變，我能理解。」

秋薑抿了抿唇道：「他可以死，但不能死在你手上。」

「喔？為什麼？」

「你是要當程王的人，如果風小雅死於你手，燕王不會善罷甘休。」

「這個理由找得不錯。」頤非笑咪咪地貼近她的臉，親暱輕佻地說：「可惜……我並不想當程王呀。」

秋薑面色微變。

頤非再次將袖裡乾坤對準風小雅，毫不猶豫地扣下按鍵。這一瞬間極短，看在秋薑眼中卻極長，長得足夠將很多事情都想起——

「我一直想見妳。」

「我想救妳。」

「花開之時，如妳所願。」

「我只後悔一件事……十年前的十二月十一日，沒能乾乾脆脆地走。」

「活下去，我試試。」

一幕幕，都是他說這些話的樣子。

秋薑絕望地閉了閉眼睛，再次出手，而這一次，她從頤非手上奪走了袖裡乾坤，然後

將黑漆漆的箭孔對準頤非。

頤非挑眉道：「妳果然臨陣倒戈。」

秋薑臉色素白，並不說話。

「說什麼程國的事程國人自己解決，說什麼要回如意門當如意夫人，這就是妳所謂的合作？」頤非朝她走了一步，索性將衣襟一扯，露出赤裸的胸膛。「來啊！動手！往這裡射！」

秋薑依舊不說話，也不動。

頤非再次冷笑。「原來妳既捨不得殺他，也捨不得殺我呀。」

秋薑沉聲道：「不要逼我。」

頤非則用比她更低沉的聲音道：「我就逼妳！要不他，要不我。今天，只能活一個！」

秋薑只覺原本就咬破了的口腔再次溢出血來，腥甜的氣息令她煩躁難安，偏偏頤非又朝她走過來，隨之同來的是巨大的威壓。

殺風小雅，還是殺他？

頤非自然比風小雅有用得多。只有頤非才能幫她順利回程國，奪回如意門的令牌，成為如意夫人。他如果死了，一切就要從頭開始，會更加艱難。

而且殺了他，就得殺雲閃閃滅口，否則雲笛追究起來，後患無窮。還有周笑蓮和馬覆，怎麼處理？她現在孤身一人，沒有幫手怎麼成事？

不！不行！不能殺頤非！

秋薑腦中波濤起伏，劇烈碰撞，手指卻堅定地按下去——她的洞口，對準的是頤非。

「喀嚓」一聲。

機關扳動了，但箭，並沒有飛出來。

秋薑連忙再次按動按鍵，「喀喀喀」，只有聲音，沒有箭。

她頓時明白，自己上當了。

立在前方的頤非臉上有一種很古怪的表情，竟不知是解脫，還是失落，但他很快輕笑一聲，手中繩索飛出去，這一次，捲住風小雅的腰，將他拉回船上。

風小雅定定地看著秋薑，神色卻是難得一見的激動。

頤非親自扶著他站穩。「恭喜啊，鶴公。她選了救你。」

秋薑的手一鬆，袖裡乾坤「啪答」落地，她的心，也似跟著落到地上，變得說不出的疲憊。「這是對我的，又一次考驗嗎？」

她早該知道，頤非和風小雅才是一夥的。

風小雅不停地試探她，頤非也不停地試探她，然後這一次，他們兩個聯起手來試探她。

逼得她，終於露出了原形。

海面上的太陽很晒，她只覺熱得不行，衣服已經蒸乾了，熱汗源源不斷地湧出來，順著頭髮往下淌，像是誰在替她哭一般。

然而秋薑眼中一滴眼淚都沒有，有的只是憤怒。

眼看著一點點重新變得冷靜冷酷的秋薑，頤非心頭一陣亂跳，忙道：「妳別胡思亂想，我這一次，可是真的為妳好。」

秋薑用一種平靜的、陌生的眼神看著他。

頤非苦笑起來。「算了，還是讓鶴公來說吧。」說罷，他轉身叫上雲閃閃，把周笑蓮

和馬覆抬進了船艙。

船艙很小，塞了四個人後就沒剩下多少空間。

雲閃閃嘀咕道：「我哥怎麼還不來啊？不是說好了看見黑焰就趕緊趕來的嗎？這小船上的食物我看了，只夠我們幾個吃三天的。大海這麼大，可別彼此錯過了……」

他說了半天，發現無人應答，不禁回頭看向頤非。「喂，問你話呢！」

頤非盤膝坐在角落裡，背對著他，低著頭，不知在想什麼。

雲閃閃湊過去問：「你怎麼了？」

頤非的目光閃了閃，揉了揉自己的臉道：「沒什麼。」

雲閃閃卻輕笑起來，朝他眨了眨眼。「我知道，你心裡失望對吧？人家為了救前夫，可是選擇殺你喔。」

頤非驚訝地看著雲閃閃。

雲閃閃覺得自己猜中了，當即安慰地拍了拍他的肩。「正所謂一日夫妻百日恩，她救風小雅不是正常的嘛！你也別難過，女人世上多得很，只要你跟著我和我哥，事成之後，要錢有錢、要權有權，要多少女人就有多少女人。」雲閃閃目前還不知頤非的真實身分，還當他是丁三三，只不過是被他哥收買了，替他家做事，因此如此安慰。

頤非看著這張一無所知的臉，輕嘆了口氣。「真是個有福氣的人啊。」

「你說我嗎？那是當然，小爺的福氣自然是一等一的好！」

頤非笑了笑，起身走到簾前，將簾子掀開一條縫，看向外面——

秋薑跟風小雅面對面站著，誰也沒有說話。

這兩人，一個是海底針，把自己的心思藏得極深，不允許他人窺探；一個是痴情種，百虐不悔，堅信對方是有苦衷的，非要大海撈針。

神仙打架，卻把他攪和其中，逃不開、脫不得，受了牽連。

再看袖裡乾坤，不知何時滾到角落裡，黑漆漆的洞口，卻不偏不倚地對準了艙簾方向，對準了站在這裡的他。

似有一道無形之箭飛射出來，刺入他心。

頤非的手抖了一下，然後慢慢抬起，捂住心口。在有選擇的時候，除了娘和松竹、山水、琴酒，沒有人會選他的。

這個道理他早已明白，不是嗎？

期待太多的人，得到的，往往是失望。

因利益而生的糾葛，怎麼比得上真情實意？

頤非鬆開手，簾子再次落下，他走回角落裡坐下，不再看，也不再聽。

小船漂浮在水面上。

像極了秋薑跟風小雅初見時做的第一道菜「一葦渡江」。

宿命走了一圈，重新回到起點，秋薑忍不住想，這可真是因果輪迴。

眼看風小雅抬腳，要朝她走過來，她下意識喝止道：「站住！」

風小雅笑了，腳步卻真的停下了。

秋薑捏著手指，好半天才一根根地鬆開，嘆了口氣道：「我救你，不是你所想的那個原因。」

「妳知我如何想？」

「你必定覺得，我……對你有情，所以不忍你死。但不是！」

風小雅只是看著她，臉上的淺笑在陽光的照耀下，晃得有些刺眼。

「我不殺賤民。而且，你活著，比死了有用……還有……」

她沒能說完，因為風小雅已走過來，一把將她摟入懷中。

在一片擂鼓般的心跳聲中，風小雅低聲道：「還有，妳要當如意夫人……我明白。」

鼻間聞到了熟悉的香味，那是薑花的味道，秋薑原本要掙扎的手，便一下子失去力氣，垂落在身側，無法迎合，卻也無法拒絕。

真是……孽緣啊……

「我父是不是告訴妳，拿著他的人頭回程，如意夫人就會把位置傳給妳？」

秋薑一抖，抬眼震驚地看向他。

「我父是不是跟妳說，他已經一敗塗地，但是……」風小雅在近在咫尺的距離裡凝視著她，一個字、一個字地說出了後半句：「妳，卻有機會。」

「轟隆隆——」

耳朵裡再次響起轟鳴聲，眼前的臉模糊了，變成了風樂天，記憶也彷彿回到了大年三十那天——

那一天，風樂天對她說：「妳是個好孩子……我已經一敗塗地，但是你們，還有機會。」

她將那番話深埋於心，根本不敢回味，偶爾想起，也只當是夢境一場。但實際上，那不是夢。

「如意門已成立一百二十年。正如妳所言，組織龐大、人手紛雜，跟各國朝堂都有千絲萬縷的關係。即使是如意七寶，彼此之間互相競爭、互相監視又互相合作，想要分而破之，事倍功半，幾不可能。但如果從內部解決，則不同。」風樂天說這話時，笑得兩眼彎彎，每條紋路裡都藏著洞悉與理解，還有難言的悲傷。「妳一旦成為下一任如意夫人，如意門的一切就是妳說了算。這條路滿是荊棘，但妳已走了九十九步，就差最後一步。」

現任的如意夫人已經老了。

這些年，秋薑殺光了所有的競爭對手，並讓如意夫人走火入魔，不得不經常閉關休養。

她是公認的下一任如意夫人。

只要完成風小雅的任務再回去，如意夫人就不得不把門主之位傳給她。

可風小雅的任務無法完成，那麼能夠累積功勞的，便只有風樂天的死了。

「我行將就木，活不久啦。與其苟延殘喘，不如用這把老骨頭，送妳一程。」風樂天伸出手，將她的手包攏住，溫熱的體溫似能將一切融化。

我是……無心之人啊……

秋薑提醒自己，可是這一次，這句十年來都百試百靈的咒語，失了效。

她的眼中升起一片霧氣。

「人口略賣，皆為利益。只要有人買，就一定會有人賣。滅了一個如意門，還會有下一個如意門。我所做這一切……」她聲抖、人抖、心也在抖。「也許毫無意義。可是、可是、可是……」

可是，不試試，她不甘心。

天將降大任於斯人也。總有人在痛苦中掙扎，不甘心就此沉下去，想要做點什麼，改變世界。
更何況，這是……她的原罪。
耳朵裡的轟鳴聲漸漸遠去，秋薑抬起頭，眼神重新轉為堅定。「你既已知道，為何不早點喚醒我？」
她終於承認了。
四年前的大年初一，她先借風小雅之手除去二兒、五兒和六兒，然後會有人黃雀在後出現，將她和風樂天的人頭帶走，幫她回如意門向夫人邀功。
可是，那個事先說好的人沒有出現。
而她，被風小雅使了「化蛹術」，再醒來後，莫名失了憶。
這其中到底是何緣故，她這麼急著回如意門，除了尋找如意夫人外，更是為了調查此事。莫非，此事也跟風小雅有關？
風小雅聞言，卻搖了搖頭。「我是直到剛才，才能確認這一點的。」
直到她不惜一切跳下海來救他，他才能確認她是真的有苦衷。因為，七兒既是如意門最出色的細作，誰能保證她跟風樂天的對話不是假的呢？沒準是藉機哄騙風樂天自願獻出人頭。
這其中的真真假假，除了生死之際，實在無法分辨。
秋薑也自知這一點，便提了另一個問題：「那麼，我為什麼會失憶？」
風小雅沉默了一會兒才答：「我不知道。我……趕在最後一刻鐘，才做出救妳的決定。」
在那之前，他猶豫掙扎了整整二十四個時辰。

那時候仵作正在檢查風樂天的遺體，另有收斂師等在一旁要把人頭縫回去安葬。他坐在父親和秋薑中間，希望眼前的一切都是夢境。

只要醒來，就會發現是假的。父親還好好地活著喝酒吃肉，秋薑還在堂屋裡種著薑花。那時候一切都看起來還有希望。

但最終，海誓山盟變成了笑話。

口口聲聲說要他活下去，要自己跟她廝守一生的女人，割下了父親的頭顱，並且毫不留情地扔到他面前。

風小雅滿腦子想的都是一件事：為什麼要活下來？

為什麼十年前不死？

為什麼要忍受這麼多年的煎熬，一次次地重複失望、痛苦和打擊？

命運在蒼穹上始終對他充滿戲弄地凝視著，彷彿在問他：活著，有意思嗎？

風小雅在那一刻，決定放棄。他叫來孟不離和焦不棄，把賣身契還給他們。「你們自由了。想去哪裡便去哪裡吧。」

孟不離和焦不棄頓時惶恐起來。「公子，您這是要？」

他垂眼看著秋薑的睡容，淡淡道：「我不準備喚醒她了。等父親的屍首收斂好，你們把我們三個葬在一起吧。」

也算團聚。

「公子！萬萬不可！」他們驚慌地想要阻止他，他卻心意已決，任憑二人哭泣哀求，都一字不言，一動不動。

直到仵作檢查完畢，洗淨手走到他面前，沉聲道：「鶴公，在下發現令尊的肺部長滿

腫瘤。」

他在呆滯中，好半天都沒明白那是什麼意思。

倒是焦不棄先反應過來，狂奔到他身邊，按住了他的雙腿道：「公子！可能另有隱情！」

有時候，人在絕望之際，給一點兒火星大的希望，就會改變一切。

焦不棄的這句猜測在當時，救了風小雅，也救了秋薑。

既然最壞的結局都已發生，那麼，為何不再等等？

風小雅看著落在膝上的焦不棄粗糙的雙手，忽然想，死其實多容易，可要活，何等艱難。這二人都是從如意門的地獄中逃脫，活到現在，等到了自由，難道他就懦弱得只能往死中求解脫嗎？

就算要死，也要先解脫，再死。

風小雅立刻命令召集所有僕人，詢問他們父親生前都做了什麼、說了什麼，有何異樣。然後，一點點細節、一句句話語，匯聚一處，形成了一張通向真相的蛛網。

父親，最多只有一個月壽命。

他生前，跟秋薑獨處過好幾次。

他總跟秋薑一起喝酒，相談甚歡的模樣。

他寫給秋薑的春聯「春露不染色，秋霜不改條」，似乎另具深意。

如意門損失了三個精英弟子，還有一個被他扣下了……

風小雅親自審訊那個名叫刀刀的少年，發現他對外界的一切可以說是一無所知。他出生在如意門，從會拿筷子起就開始拿刀，因此刀法頗具天賦，十歲便殺了第一個人。只服比他武功高的人，其他一概不理會。如意夫人反而極愛他這樣的性子，提拔到身畔伺候。

據刀刀說，如意夫人年紀大了，逐漸不愛動彈，以往還會親自外出巡視各國據點，這幾年都是七寶們回來向她稟報。

她疑心極重，誰都懷疑，尤其是七兒。

因為有傳聞說如意門這些年陸續折損的女弟子，都是七兒下的手。

如意夫人一邊欣賞她，一邊忌憚她，一邊防著她。所以七兒外出辦事，暗中都有三個人監視。三人之間彼此不認識，不允許互通訊息，每個月都要寫信回稟。

風小雅問他是否知道都有誰在監視秋畫，刀刀說只知道其中一個是四兒，因為做飯很好吃。

風小雅再問他。「你覺得七兒會是下一任的如意夫人嗎？」

刀刀回答：「會吧，從目先生最喜歡她。」

「從目先生？」

「品先生。」

風小雅自是知道如意門有個叫做品先生的頭目，跟如意七寶不同，他是負責略人的，是所有人販子的老大。

江江當初就是落到他手裡，通過考驗，被送進了如意門。

只是，他第一次聽說品先生還有個稱呼——從目先生。似乎在門中頗有話語權，能干涉如意夫人的很多決定。

再想細問，刀刀卻是答不上來了。

他甚至描述不清二人的長相，只道：「如意夫人是個很好看的女人，但頭髮是假的，眉毛是假的，牙齒是假的，笑起來臉是僵的，感覺哪裡都是假的。從目先生是個很高很好看的男人，跟你差不多好看，但他老了，你還年輕。」

風小雅最後問他。「你有什麼想要的嗎？」

刀刀沉默許久，才道：「我想要一把世界上最快的刀。七主有足鑌，但差了一位鍛造大師。」

「好。我現在要把你送往監獄，罪名是殺害更夫。只要你乖乖在牢中待足十年，屆時我送你一把當世最快的刀。」

刀刀用一種古怪的眼神看著他，問：「你若死了呢？」

風小雅笑了一下，指著一旁的孟不離和焦不棄道：「那麼，他們把刀帶去給你。」

刀刀真的去坐牢了。

燕王對此舉大為讚賞，感慨萬千。「這年頭，世家江湖全都濫用私刑、草菅人命，難為你還記得國有律法。」

「那麼陛下，何時更新大燕律法？略人之惡，父親生前沒能推行新政懲戒之，小雅願繼承家父遺志，助君一臂之力。」風小雅說罷，俯身深深一拜。

那一年的風小雅，拖著病重之身各種奔走。

那一年的燕王，因為謝長晏而牽引出多年前的舊事，正式下決心要剷除如意門。

那一年的謝長晏，決定去大海的另一端看看如意門所在的程國。

那一年的秋薑，用內力催化後發起高燒，全身僵硬。大夫聲稱需去寒冷乾燥之地靜養，才能慢慢恢復行動力。於是她被送上了雲蒙山，醒來後忘記了所有的事情。

直到華貞六年年初，燕王終於力排萬難，頒布了新令，禁止民間略賣人口。一經發現，無論是否已賣，都處以磔刑，知情、收買者同罪，不知情者黥為城旦舂（註4），舉發者賞帛三匹。十歲之下孩童，不管其父母是否自願，皆視為略。

新政頒發後，切膚組織人人彈冠相慶，抱在一起痛哭流涕。

如意門的青花組織受到重創，決定正式開始實施燕國的奏春計畫：謝長晏假死遁世的堂姊謝繁漪，帶著燕王的孿生弟弟謝知微，同鈺菁公主祕密相會，想用謝長晏引出燕王，趁機謀朝篡位。

如意夫人依舊閉關不出。

如意門內一團混亂。

然後，品先生出現，穩住時局，並且，幫助頤殊公主謀奪程國的帝位。

風雲際會的華貞六年，也就是圖壁四年，三王齊聚蘆灣，成為後來史書上最濃墨重彩的一筆。

而最初構想這一切的兩個人，一個失憶待在山上想要恢復行走。另一個，在回去的路上死了，終究沒能歸程。

註4　城旦是針對男犯人的刑罰，其意「治城」，即築城；舂是針對女犯人的刑罰，其意「治米」，即舂米。

禍國 歸程 上

作　　者／十四闕
榮譽發行人／黃鎮隆
總 經 理／陳君平
協　　理／洪琇菁
總 編 輯／呂尚燁
執行編輯／陳昭燕
美術監製／沙雲佩
美術編輯／陳聖義
國際版權／黃令歡、梁名儀
企劃宣傳／楊玉如、洪國瑋
文字校對／朱瑩倫、施亞蒨
內文排版／謝青秀

國家圖書館出版品預行編目資料

禍國：歸程 / 十四闕作. -- 1 版. -- 臺北市：城邦文化事業股份有限公司尖端出版：英屬蓋曼群島商家庭傳媒股份有限公司城邦分公司尖端出版發行, 2021.12
冊；　公分
ISBN 978-626-316-270-9（上冊：平裝）

857.7　　110017046

出版／城邦文化事業股份有限公司　尖端出版
台北市 104 中山區民生東路二段 141 號 10 樓
電話：（02）2500-7600　傳真：（02）2500-2683
讀者服務信箱：7novels@mail2.spp.com.tw
發行／英屬蓋曼群島商家庭傳媒股份有限公司城邦分公司　尖端出版
台北市 104 中山區民生東路二段 141 號 10 樓
電話：（02）2500-7600　傳真：（02）2500-1979
劃撥專線：（03）312-4212
戶名：英屬蓋曼群島商家庭傳媒（股）公司城邦分公司
劃撥帳號：50003021
※ 劃撥金額未滿 500 元，請加付掛號郵資 50 元
法律顧問／王子文律師　元禾法律事務所　台北市羅斯福路三段三十七號十五樓

台灣地區總經銷／中彰投以北（含宜花東）　楨彥有限公司
電話：（02）8919-3369　　傳真：（02）8914-5524
雲嘉以南　威信圖書有限公司
（嘉義公司）電話：0800-028-028　　傳真：（05）233-3863
（高雄公司）電話：0800-028-028　　傳真：（07）373-0087
馬新地區總經銷／城邦（馬新）出版集團 Cite（M）Sdn Bhd
電話：603-9057-8822　　傳真：603-9057-6622
E-mail：cite@cite.com.my
香港地區總經銷／城邦（香港）出版集團 Cite（H.K.）Publishing Group Limited
電話：852-2508-6231　　傳真：852-2578-9337
E-mail：hkcite@biznetvigator.com

版　次／2021 年 12 月 1 版 1 刷　Printed in Taiwan